Valérie Perrin es una fotógrafa y escenógrafa francesa. Su primera novela, *Les Oubliés du dimanche*, fue escogida por los libreros como la mejor novela del año. *El secreto de las flores* ha ganado el Premio Maison de la Presse 2018, ha sido traducida a cinco idiomas y ha logrado un enorme éxito de ventas en Francia.

Título original: *Changer l'eau des fleurs*

Primera edición en B de Bolsillo: enero de 2022
Tercera reimpresión: febrero de 2023

© 2018, Éditions Albin Michel
© 2019, 2022, Penguin Random House Grupo Editorial, S. A. U.
Travessera de Gràcia, 47-49. 08021 Barcelona
© 2019, Paz Pruneda, por la traducción
Diseño de la cubierta: Penguin Random House Grupo Editorial / Maria Ros
Imagen de la cubierta: © Laura Pérez

Printed in Spain – Impreso en España

ISBN: 978-84-1314-350-7
Depósito legal: B-17.647-2021

Impreso en Liberdúplex
Sant Llorenç d'Hortons (Barcelona)

BB 4 3 5 0 A

El secreto de las flores

VALÉRIE PERRIN

Traducción de Paz Pruneda

A mis padres, Francine e Yvan Perrin.
Para Patricia López, Paquita,
y Sophie Daull.

1

Un solo ser nos falta y todo parece despoblado

Mis vecinos de enfrente no le tienen miedo a nada. No tienen preocupaciones, no se enamoran, no se muerden las uñas, no creen en el azar, no hacen promesas ni ruido, no tienen Seguridad Social, no lloran, no buscan las llaves, las gafas, el mando de la televisión, a sus hijos, la felicidad.

No leen nunca, no pagan impuestos, no hacen dieta, no tienen preferencias, no cambian de opinión, no hacen la cama, no fuman, no confeccionan listas, no se muerden la lengua antes de hablar. No tienen sustitutos.

No son aduladores, ambiciosos, rencorosos, coquetos, mezquinos, generosos, celosos, negligentes, pulcros, sublimes, graciosos, yonquis, tacaños, sonrientes, astutos, violentos, amorosos, gruñones, hipócritas, suaves, duros, blandos, malvados, mentirosos, ladrones, jugadores, valientes, holgazanes, creyentes, pervertidos, optimistas.

Están muertos.

Lo único que los distingue es la madera de su ataúd: castaño, pino o caoba.

2

*En qué quieres que me convierta si ya
no escucho tus pasos, es tu vida o
la mía la que se va, no lo sé*

Me llamo Violette Toussaint. He sido guardabarreras y ahora soy guarda de cementerio.

Degusto la vida, la bebo a sorbitos como el té de jazmín mezclado con miel. Y cuando llega la noche, las verjas de mi cementerio se cierran y cuelgo la llave en la puerta de mi cuarto de baño, me siento en el paraíso.

Pero no en el paraíso de mis vecinos de enfrente. No.

En el paraíso de los vivos: un traguito de oporto —cosecha de 1983— que me trae José Luis Fernández cada primero de septiembre. Un resto de las vacaciones vertido en un pequeño vaso de cristal, una especie de veranillo de san Miguel que descorcho hacia las siete de la tarde, ya llueva, nieve o sople el viento.

Dos dedales de líquido color rubí. La sangre de las viñas de Oporto. Cierro los ojos y lo saboreo. Un solo sorbo basta para alegrar mi velada. Dos dedales justos porque me gusta la sensación de ebriedad pero no el alcohol.

José Luis Fernández llena de flores la tumba de María Pinto, de casada Fernández (1956-2007), una vez por semana, salvo en el mes de julio, ahí soy yo quien toma el relevo. Y de ahí el oporto para agradecérmelo.

Mi presente es un presente de cielo. O eso es lo que me digo cada mañana cuando abro los ojos.

Me he sentido muy desgraciada, aniquilada incluso. Inexistente. Vacía. Era como mis vecinos de enfrente, pero peor. Mis funciones vitales funcionaban pero sin mí en el interior. Sin el peso de mi alma, que pesa, al parecer, ya sea uno gordo o delgado, grande o pequeño, joven o viejo, veintiún gramos.

Pero como nunca me he regodeado en la desgracia, decidí que aquello no podía durar. La desgracia tiene que acabar algún día.

Mis comienzos no fueron buenos. Nací de madre desconocida en las Ardenas, al norte del departamento, en ese rincón que linda con Bélgica, allí donde el clima está considerado como «continental degradado» (fuertes precipitaciones en otoño y frecuentes heladas en invierno), allí donde imagino que se perdió* el canal de la canción de Jacques Brel.

El día de mi nacimiento, no lloré. Así que me dejaron a un lado, como a un paquete de dos kilos seiscientos setenta gramos, sin sello, ni nombre de destinatario, con el tiempo justo para rellenar los papeles administrativos y declararme muerta antes de llegar.

Nacida muerta. Niña sin vida y sin apellido.

La comadrona debía buscarme rápidamente un nombre para rellenar el formulario, y eligió Violette (Violeta).

Imagino que debía de estarlo de la cabeza a los pies.

Cuando cambié de color, cuando mi piel viró al rosa y ella tuvo que rellenar un acta de nacimiento, no me cambió el nombre.

Me habían colocado sobre un radiador. Mi piel se había comenzado a calentar. El vientre de mi madre, que no me deseaba,

---

* Frase de la canción *Un país llano* de Jacques Brel: «con un cielo tan bajo que un canal se perdió». *(N. de la T.)*

— 11 —

había debido de helarme. El calor me devolvió a ese día. Y sin duda por eso me gusta tanto el verano, y nunca pierdo ocasión de buscar el primer rayo de sol como la flor de un girasol.

Mi apellido es Trenet, como Charles Trenet, el famoso cantante. Después de Violette debió de ser sin duda la misma comadrona la que me dio el apellido. Le debía de gustar Charles. Como también me gustó a mí. Durante mucho tiempo lo he considerado como un primo lejano, una especie de tío de América al que nunca había conocido. Cuando te gusta un cantante, a fuerza de escuchar sus canciones, se llega a sentir incluso una especie de vínculo de parentesco.

El apellido Toussaint* llegó más tarde. Cuando me casé con Philippe Toussaint. Con semejante nombre, tendría que haber desconfiado. Pero también hay hombres que se apellidan Primavera y pegan a su mujer. Un nombre bonito no impide que se pueda ser un cabrón.

Nunca he echado de menos a mi madre. Salvo cuando tenía fiebre. Mientras gozaba de buena salud, crecí. Y lo hice muy erguida como si la ausencia de padres me hubiese colocado un tutor a lo largo de la columna vertebral. Me mantengo muy recta. Es una particularidad mía. Nunca me he encorvado. Ni siquiera en los días tristes. Con frecuencia me preguntan si he practicado ballet clásico. Yo respondo que no. Que es la vida diaria la que me ha moldeado, la que me ha hecho practicar en la barra y de puntas cada día.

---

* La Toussaint es el Día de Todos los Santos. *(N. de la T.)*

3

Que me lleven o que se lleven a los míos
pues todos los cementerios al final
se convierten en jardines

En 1997, cuando nuestra barrera fue automatizada, mi marido y yo perdimos nuestro empleo. Salimos incluso en el periódico. Representábamos las últimas víctimas colaterales del progreso, los empleados que activaban la última barrera manual de Francia. Para ilustrar el artículo, el periodista nos hizo una foto. Philippe Toussaint pasó incluso un brazo alrededor de mi cintura para posar. A pesar de mi sonrisa, ¡qué ojos más tristes tengo en la foto, por Dios!

El día de la aparición del artículo, Philippe Toussaint regresó de la desaparecida ANPE (Agencia francesa para el empleo) con el corazón encogido: acababa de comprender que iba a tener que trabajar. Se había acostumbrado a que yo lo hiciera todo en su lugar. Con él en modo holgazán, me había tocado la lotería, el premio gordo y el reintegro.

Para animarle un poco, le tendí un periódico: «Guarda de cementerio, una profesión de futuro». Me contempló como si hubiese perdido la razón. En 1997, me contemplaba todos los días como si yo hubiese perdido la razón. ¿Acaso cuando un hombre ya no ama a su mujer la mira como si esta hubiese perdido la razón?

Le expliqué que me había topado con ese anuncio por casualidad. Que el ayuntamiento de Brancion-en-Chalon buscaba una pareja de guardas que se ocupara del cementerio. Y que los muertos tenían horarios fijos y sin duda harían menos ruido que los trenes. Que había hablado con el alcalde y que estaba dispuesto a contratarnos inmediatamente.

Mi marido no me creyó. Replicó que él no creía en la casualidad. Que prefería morirse antes que tener que ir «allí» y realizar ese oficio de carroñero.

Encendió la consola y jugó a *Mario 64*. El objetivo del juego era atrapar todas las estrellas de cada mundo. Por mi parte, solo había una estrella que deseara atrapar: la buena. Eso es lo que pensé cuando vi a Mario correr por todas las pantallas para salvar a la princesa Peach raptada por Bowser.

De modo que insistí. Le dije que convirtiéndonos en guardas de cementerio tendríamos cada uno un sueldo, uno mucho mejor que en la barrera, pues los muertos daban más dinero que los trenes. Que dispondríamos de un bonito alojamiento incluido y ninguna carga. Que eso nos haría dejar la casa en la que vivíamos desde hacía años, una bicoca que tragaba agua como un viejo bote en invierno y era tan caliente como el Polo Norte en verano. Que sería el nuevo comienzo que tanta falta nos hacía, que pondríamos bonitas cortinas en las ventanas para no ver a los vecinos, las cruces, las viudas y todo lo demás. Que esas cortinas serían la frontera entre nuestra vida y la tristeza de los otros. Habría podido decirle la verdad, decirle que esas cortinas serían la frontera entre mi tristeza y la de los otros. Pero sobre todo debía ser discreta. No decir nada. Hacerle creer. Fingir. Para que se plegara.

Para terminar de convencerle, le prometí que no tendría que hacer nada. Que tres sepultureros se ocupaban ya del cuidado de las fosas y del mantenimiento del cementerio. Que ese trabajo no consistía más que en abrir y cerrar las verjas. En algo presencial. Con horarios nada incómodos. Con vacaciones y fines de semana tan largos como el viaducto de la Valserine, y que yo haría el resto. Todo lo demás.

Super Mario dejó de correr. La princesa se despeñó de golpe.

Antes de acostarse, Philippe Toussaint releyó el artículo: «Guarda de cementerio, una profesión de futuro».

Nuestra barrera se encontraba en Malgrange-sur-Nancy. En ese periodo de mi vida —o mejor dicho, «en ese periodo de mi muerte»—, yo no vivía. Me levantaba, me vestía, trabajaba, hacía la compra, dormía. Con un somnífero. Quizá dos. Quizá más. Y contemplaba a mi marido contemplarme como si hubiera perdido la razón.

Mis horarios eran increíblemente incómodos. Bajaba y subía la barrera cerca de quince veces al día durante toda la semana. El primer tren pasaba a las 4:50 y el último a las 23:04. Tenía los mecanismos del timbre de la barrera grabados en la cabeza. Los escuchaba incluso antes de que sonaran. Esa cadencia infernal, habríamos debido compartirla, hacerla alternativamente. Pero la única cosa que Philippe Toussaint alternaba era su moto y el cuerpo de sus amantes.

¡Oh, cómo me hicieron soñar los usuarios que veía pasar! Sin embargo, no eran más que pequeños trenes regionales que conectaban Nancy con Épinal y que se detenían una docena de veces por trayecto en aldeas marginales, para prestar servicio a los autóctonos. Pese a todo, envidiaba a esos hombres y mujeres. Me imaginaba que acudían a sus citas, citas que me habría gustado tener como esos viajeros que veía desfilar.

*

Tres semanas después de la aparición del artículo en el periódico pusimos rumbo a la Borgoña. Pasamos del gris al verde. Del asfalto a las praderas, del olor a alquitrán de la vía férrea al de la campiña.

Llegamos al cementerio de Brancion-en-Chalon el 15 de agosto de 1997. Toda Francia estaba de vacaciones. Todos sus habitantes habían desertado. Los pájaros que volaban de tumba en tumba ya no volaban. Los gatos que se estiraban entre los tiestos de flores habían desaparecido. Hacía demasiado calor incluso para las hormigas y los lagartos, los mármoles ardían. Los sepultureros estaban de vacaciones, los nuevos muertos también. Yo deambulaba sola en medio de las avenidas, leyendo el nombre de gente que no conocería jamás. Sin embargo, casi de inmediato me encontré bien. En mi lugar.

4

El ser es eterno, la existencia una travesía,
la memoria eterna será el mensaje

Siempre que los adolescentes no introducen un chicle en el ojo de la cerradura, soy yo quien abre y cierra las pesadas verjas del cementerio.

Los horarios de apertura varían dependiendo de la estación.

De 8:00 a 19:00 horas del 1.º de marzo al 31 de octubre.

De 9:00 a 17:00 horas del 2 de noviembre el 28 de febrero.

Nadie ha dispuesto nada para el 29 de febrero.

De 7:00 a 20:00 horas el 1.º de noviembre.

He asumido las funciones de mi marido desde su partida —o más exactamente, su desaparición—. Philippe Toussaint aparece bajo la denominación «desaparición voluntaria» en el fichero nacional de la gendarmería.

Me quedan muchos hombres en el horizonte. Los tres sepultureros, Nono, Gaston y Elvis. Los tres oficiales de pompas fúnebres, los hermanos Lucchini que se llaman Pierre, Paul y Jacques, y el sacerdote Cédric Duras. Todos esos hombres pasan varias veces al día por mi casa. Se acercan a beber algo o a comer alguna nadería y también me ayudan con la huerta si tengo que trasladar algún saco de tierra o reparar alguna fuga de agua. Yo los considero como amigos, y no colegas de trabajo. Incluso si no estoy en casa, pueden entrar en mi cocina, servirse un café, aclarar la taza y marcharse.

Los sepultureros realizan un trabajo que inspira repulsión, repugnancia. Sin embargo los de mi cementerio son los hombres más dulces y agradables que conozco.

Nono es con quien tengo más confianza. Se trata de un hombre recto que lleva la alegría de vivir en la sangre. Todo le divierte y nunca dice que no. Salvo cuando hay que asistir al entierro de un niño. «Eso» se lo deja a los otros. «A aquellos que tienen más coraje», como él dice. Nono se parece a Georges Brassens, y eso le hace reír porque soy la única persona en el mundo que le dice que se parece a Georges Brassens.

Gaston, por su parte, ha inventado la torpeza. Tiene los gestos desajustados. Parece que estuviera siempre ebrio pese a que no bebe más que agua. Durante los enterramientos, se coloca entre Nono y Elvis por si pierde el equilibrio. Bajo los pies de Gaston hay siempre un temblor de tierra permanente que le hace caer, y efectivamente se cae, vuelca, se estampa. Cuando entra en mi casa, siempre tengo miedo de que rompa alguna cosa o que se haga daño. Y como el miedo no evita el peligro, cada vez que pasa rompe un vaso o se hace daño.

En cuanto a Elvis, todo el mundo le llama Elvis a causa de Elvis Presley. No sabe leer ni escribir, pero conoce todas las canciones de su ídolo de memoria. Pronuncia muy mal las palabras, nunca se sabe si canta en inglés o en francés, pero el corazón está ahí. «Love mi tender, love mi tru...»

Los hermanos Lucchini apenas se llevan un año de diferencia, treinta y ocho, treinta y nueve y cuarenta años. Trabajan en el negocio de pompas fúnebres heredado de padres a hijos desde hace generaciones. Son también los orgullosos propietarios de la morgue de Brancion que está pegada a su local. Nono me ha contado que solo una puerta separa su establecimiento de la morgue. Es Pierre, el mayor, el que recibe a las familias en duelo. Paul es tanatopractor y su sala está instalada en el sótano del local. Jacques, por su parte, es el conductor de los furgones funerarios. El último viaje es suyo. Nono los apoda los «apóstoles».

Y luego está nuestro sacerdote, Cédric Duras. Dios tiene buen gusto, a falta de ser siempre justo. Después de que el padre Cédric llegara, parece que muchas mujeres de la región se han sentido impactadas por la revelación divina, y que hay cada vez más feligresas en los bancos de la iglesia los domingos por la mañana.

Yo no voy jamás a la iglesia. Eso sería como acostarme con un colega de trabajo. Sin embargo, creo recibir más confidencias por parte de la gente de paso de las que recibe el padre Cédric en su confesionario. Es en mi modesta casa y en las avenidas donde las familias derraman sus palabras. Al llegar, al marcharse, y a veces en ambos momentos. Un poco como los muertos. De ellos son los silencios, las placas funerarias, las visitas, las flores, las fotografías. La forma en la que se comportan los visitantes ante su sepultura, dice muchas cosas de su antigua vida. De cuando estaban vivos. En movimiento.

Mi trabajo consiste en ser discreta, disfrutar del contacto, no mostrar compasión. No tener compasión por una mujer como yo sería tanto como ser astronauta, cirujana, vulcanóloga o genetista. Eso no forma parte de mi planeta, ni de mis competencias. Pero yo no lloro nunca delante de un visitante. Eso me sucede antes o después de un entierro, nunca durante el mismo. Mi cementerio tiene tres siglos de antigüedad. El primer muerto que acogió fue una muerta. Diane de Vigneron (1756-1773), fallecida al dar a luz a la edad de diecisiete años. Si uno acaricia la lápida de su sepultura con la punta de los dedos aún puede adivinarse su identidad grabada en la piedra. Aunque no quedan muchos sitios en mi cementerio, no ha sido exhumada. Ninguno de los sucesivos alcaldes se ha atrevido a tomar la decisión de molestar a la primera inquilina. Especialmente cuando existe una vieja leyenda alrededor de Diane. Según los habitantes de Brancion, la joven se habría aparecido con su «traje de luces» en multitud de ocasiones frente a los escaparates de las tiendas del centro de la ciudad y en el cementerio. Cuando frecuento los mercadillos particulares de la región, a veces me encuentro a Diane representada como un fantasma en antiguos grabados que datan del siglo XVIII o en postales. Una falsa Diane puesta en escena, disfrazada de un vulgar fantasma de pacotilla.

Existe un montón de leyendas alrededor de las tumbas. Los vivos reinventan a menudo la vida de los muertos.

Hay una segunda leyenda en Brancion, mucho más reciente que la de Diane de Vigneron. Se llama Reine Ducha (1961-1982), está enterrada en mi cementerio, avenida 15, en la glorieta de los Cedros. Una hermosa joven morena y sonriente a juzgar por la foto pegada en su estela. Se mató en un accidente de coche a la salida del pueblo. Unos jóvenes la habrían visto al borde de la carretera, toda vestida de blanco, en el lugar del accidente.

El mito de las «damas blancas» ha dado la vuelta al mundo. Esos espectros de mujeres muertas accidentalmente acosan el mundo de los vivos, arrastrando su alma por castillos y cementerios.

Y para enfatizar la leyenda de Reine, su tumba se ha desplazado. Según Nono y los hermanos Lucchini, se trata de un tema de corrimiento de tierras. Algo que sucede a menudo cuando se acumula demasiada agua bajo una fosa.

En estos veinte años creo haber visto un montón de cosas en mi cementerio. Algunas noches, yo misma he sorprendido a unas sombras dispuestas a hacer el amor sobre o entre las tumbas, pero no se trataba de fantasmas.

Aparte de las leyendas, nada es eterno, ni siquiera las concesiones a perpetuidad. Uno puede adquirir una concesión por quince años, treinta años, cincuenta años o por la eternidad. Salvo que la eternidad, no hay que fiarse de ella: si después de un periodo de treinta años, una concesión perpetua ha dejado de ser mantenida (tiene aspecto indecente o deteriorado) y no ha tenido lugar en todo ese tiempo ninguna inhumación, la comunidad puede recuperarla; los restos, entonces, serán depositados en un osario al fondo del cementerio.

Desde que llegué aquí, he visto multitud de concesiones caducadas ser desmontadas y limpiadas y los huesos de los difuntos, trasladados al osario. Y nadie ha protestado. Porque esos muertos estaban considerados como objetos perdidos que ya nadie reclamaba.

Con la muerte siempre sucede lo mismo. Cuanto más antigua es, menos control tiene sobre los vivos. El tiempo acaba con la vida. El tiempo acaba con la muerte.

Yo y mis tres sepultureros hacemos cuanto está en nuestras manos para no dejar nunca una tumba abandonada. No podemos soportar ver cómo colocan la etiqueta municipal: «Esta tumba forma parte de un procedimiento de traspaso. Le agradeceremos que contacte urgentemente con el ayuntamiento», cuando todavía el nombre del difunto que allí reposa puede distinguirse.

Es sin duda por todo ello por lo que los epitafios abundan en los cementerios. Para conjurar la suerte del tiempo que pasa. Aferrarse a los recuerdos. Mi preferido es este: «La muerte comienza cuando nadie puede soñar contigo». Está en la tumba de una joven enfermera, Marie Deschamps, fallecida en 1917. Al parecer fue un soldado el que depositó esa placa en 1919. Cada vez que paso por delante, me pregunto si soñó mucho tiempo con ella.

«Lo que quiera que haga, estés donde estés, nada borra tu recuerdo, pienso en ti» de Jean-Jacques Goldman y «Las estrellas entre sí solo hablan de ti» de Francis Cabrel son las letras de las canciones más repetidas en las placas funerarias.

Mi cementerio es muy hermoso. Las avenidas están bordeadas de tilos centenarios. Una buena parte de las tumbas están floridas.

Frente a mi pequeña casita de guarda, vendo algunos tiestos con flores. Y cuando estos ya no son vendibles, los coloco en las sepulturas abandonadas.

También he plantado algunos pinos, por el olor que desprenden los meses de verano. Es mi olor preferido.

Los planté en 1997, el año de nuestra llegada. Han crecido mucho y ofrecen un gran aspecto a mi cementerio. Cuidarlos es como prestar atención a los muertos que allí reposan. Es respetarlos. Y si no lo han sido en vida, al menos que lo sean en su muerte.

Estoy segura de que allí reposan un montón de cabrones. Pero la muerte no sabe distinguir entre buenos y malos. Y además, ¿quién no se ha portado como un cabrón al menos una vez en su vida?

A diferencia de mí, Philippe Toussaint detestó inmediatamente este cementerio, esta pequeña localidad de Brancion, la Borgoña, la campiña, las viejas piedras, las vacas blancas, la gente de aquí.

Aún no había terminado de desembalar las cajas de la mudanza cuando él ya se marchaba con la moto desde la mañana hasta la noche. Y con los meses, llegó a marcharse durante semanas enteras. Hasta que un día ya no volvió más. Los gendarmes no entendieron por qué yo no había denunciado su desaparición antes. Nunca les conté que hacía años que había desaparecido, incluso cuando aún cenaba en mi mesa. Sin embargo, cuando al cabo de un mes comprendí que ya no volvería, me sentí igual de abandonada que las tumbas que limpiaba con regularidad. Igual de gris, apagada y desbaratada. Lista para ser desmontada y que mis restos fueran arrojados a un osario.

5

El libro de la vida es el libro supremo, que no
podemos cerrar ni reabrir a nuestro antojo,
querríamos volver a la página en que amamos,
cuando ya la página en que morimos está bajo
nuestros dedos

Conocí a Philippe Toussaint en Tibourin, una sala de fiestas de Charleville-Mézières en 1985.

Philippe Toussaint estaba acodado en la barra. Y yo, yo era la camarera. Yo acumulaba pequeños trabajos mintiendo sobre mi edad. Una compañera del hogar en el que vivía había falsificado mis papeles para que fuera mayor.

Aún no tenía la edad. Habría podido tener desde catorce a veinticinco años. No vestía más que vaqueros y camisetas, llevaba el cabello corto y aretes por todas partes. Incluso en la nariz. Era menuda y solía pintarme los ojos de negro para darme un aspecto a lo Nina Hagen. Acababa de dejar el colegio. No sabía leer bien, ni escribir. Pero sabía contar. Había vivido ya muchas vidas y solo tenía como objetivo trabajar para pagarme un alojamiento y abandonar el hogar cuanto antes. Y luego ya se vería.

En 1985, lo único recto en mi vida era mi dentadura. Había tenido esa obsesión durante toda mi infancia, poseer una bella dentadura blanca como las de las chicas de las revistas. Cuando las educadoras se pasaban por mis familias de acogida, y me preguntaban si necesitaba alguna cosa, yo reclamaba sistemáticamente una visita al dentista, como si mi destino y mi vida entera fueran a depender de la sonrisa que pudiera tener.

No tenía compañeras y me parecía demasiado a un chico. Me había encariñado con mis hermanas de acogida pero las repetidas separaciones y los cambios de familia me habían masacrado. *No atarse jamás.* Me decía que tener el cabello corto me protegería, que me daría el corazón y las agallas de un chico. De pronto, las chicas me evitaban. Yo ya me había acostado con chicos para hacer lo que hacía todo el mundo, nada trascendente la verdad, me había sentido desilusionada, no me parecía nada apetecible. Lo hacía por variar un poco o conseguir trapos, un broche de mierda, una entrada a alguna parte, una mano agarrada a la mía. Prefería el amor de los cuentos para niños, esos que no me habían contado nunca. «Se casaron y fueron muy, muy, muy...»

Acodado en el bar, Philippe Toussaint observaba a sus amigos bailar en la pista mientras degustaba un whisky con cola sin hielo. Tenía un rostro angelical. Una especie de Michel Berger en color. Largos rizos rubios, ojos azules, piel clara, nariz aguileña, boca de fresa... lista para ser consumida, una fresa del mes de julio bien madura. Y vestía pantalón vaquero, camiseta blanca y cazadora de cuero negro. Era grande, de constitución fuerte, perfecto. En cuanto lo vi, mi corazón hizo bum como cantaba mi tío de parentesco imaginario, Charles Trenet. Conmigo, Philippe Toussaint tendría todo gratis, incluso sus copas de whisky con cola.

Él no tenía que hacer nada para besar a las atractivas rubias que le rodeaban por todas partes como moscas que rondan un trozo de carne a la parrilla. Philippe Toussaint tenía aspecto de pasar de todo. Se dejaba hacer. Solo tenía que levantar un dedo para obtener cuanto deseaba, además de llevarse la copa a los labios de cuando en cuando, entre dos besos fluorescentes.

Me daba la espalda. De él solo veía los rizos rubios que pasaban del verde al rojo y al azul bajo los focos. Hacía más de una hora que mis ojos se entretenían en sus cabellos. A veces se inclinaba sobre la boca de una chica que le murmuraba alguna cosa al oído y yo aprovechaba para escrutar su perfil perfecto.

Y de pronto, se giró hacia la barra y su mirada se posó en mí para no abandonarme más. A partir de ese instante, me convertí en su juguete preferido.

Al principio, pensé que yo le interesaba a causa de las dosis de alcohol gratis que vertía en su copa. Al servirle, me las apañaba para que no viera mis uñas mordidas, solamente mis dientes blancos y perfectamente alineados. Me parecía que tenía el aspecto de un chico de buena familia. Para mí, a excepción de los jóvenes de la casa de acogida, todo el mundo tenía aspecto de hija o hijo de una buena familia.

A su espalda había un embotellamiento de niñas monas. Como un peaje en la autopista del Sol un día de operación salida. Pero él continuó echándome el ojo, el deseo reflejándose en sus ojos. Me apoyé contra la barra, frente a él, para asegurarme de que era a mí a quien contemplaba. Puse una pajita en su vaso. Y alcé los ojos. Efectivamente era a mí.

Y le dije:

—¿Quieres beber otra cosa? —No escuché su respuesta y me acerqué a él gritando—: ¿Cómo dices?

—A ti —me contestó al oído.

Me serví un vaso de bourbon a espaldas del jefe. Después de un sorbo dejé de sonrojarme, después de dos me sentí bien, después de tres recuperé todo el valor. Me acerqué hasta su oído y le respondí:

—Cuando termine el servicio, podríamos beber juntos.

Sonrió. Sus dientes eran como los míos, blancos y alineados.

Cuando Philippe Toussaint pasó el brazo por encima de la barra para acariciar el mío, me dije que mi vida iba a cambiar. Sentí mi piel endurecerse, como si tuviera un presentimiento. Él era diez años mayor que yo. Esa diferencia de edad le daba cierta altura. Tuve la impresión de ser la mariposa que contempla una estrella.

6

Pues llegará la hora en que todos los muertos oirán
su voz y saldrán de los sepulcros

Llaman suavemente a mi puerta. No espero a nadie, de hecho ya no espero a nadie desde hace mucho tiempo.

Hay dos accesos a mi casa, uno por el lado del cementerio, y otro por el lado de la calle. Éliane empieza a ladrar mientras se dirige hacia la puerta de la calle. Su propietaria, Marianne Ferry (1953-2007), reposa en la glorieta de los Boneteros. Éliane llegó el día de su entierro y ya no se ha marchado. Las primeras semanas, yo la alimentaba en la tumba de su ama, pero poco a poco me empezó a seguir hasta la casa. Nono la ha bautizado Éliane, como Isabelle Adjani en *Verano asesino*, porque tiene unos bonitos ojos azules y su ama se murió en agosto.

En veinte años he tenido tres perros que llegaron al mismo tiempo que sus amos y que se convirtieron en míos por la fuerza del destino, pero ya solo me queda ella.

Llaman de nuevo. Dudo si abrir. No son más de las siete de la mañana. Estoy a punto de servirme el té y recubrir mis tostadas con mantequilla salada y confitura de fresas regalada por Susanne Clerc, cuyo esposo (1933-2007) reposa en la glorieta de los Cedros. Escucho música. Fuera de las horas de apertura del cementerio, siempre escucho música.

Me levanto y apago la radio.

—¿Quién está ahí?

Una voz masculina vacila y responde.

—Discúlpeme, señora, he visto luz.

Oigo cómo frota sus pies en el felpudo.

—Querría hacerle unas preguntas a propósito de alguien que descansa en el cementerio.

Podría decirle que regresara a las ocho, la hora de apertura.

—¡Deme dos minutos, ahora voy!

Subo a mi habitación y abro el armario de invierno para enfundarme una bata. Tengo dos armarios. Uno al que llamo «invierno», y otro «verano». Eso no tiene nada que ver con las estaciones sino con las circunstancias. El armario de invierno solo contiene ropa clásica y sombría, está destinado a los otros. El armario de verano contiene prendas claras y coloridas, que es el que me está destinado. Suelo lucir el verano bajo el invierno, y me quito el invierno cuando estoy sola.

Así que me enfundo una bata gris acolchada por encima de mi camisón de seda rosa. Desciendo para abrir la puerta y descubro a un hombre de alrededor de cuarenta años. En un primer momento solo veo sus ojos negros clavados en mí.

—Buenos días, discúlpeme por haberla molestado tan pronto.

Fuera aún está oscuro y hace frío. Por detrás de él, advierto que la noche ha depositado una capa de escarcha. El vapor sale de su boca como si estuviera soltando unas caladas al día que amanece. Huele a tabaco, a canela y a vainilla.

Me siento incapaz de pronunciar palabra. Como si me hubiera encontrado con alguien a quien hubiera perdido de vista. Me digo que ha irrumpido en mi casa demasiado tarde. Que si hubiese podido presentarse en mi puerta hace veinte años, *todo* habría sido diferente. ¿Por qué me digo eso? ¿Porque hace años que nadie ha llamado a mi puerta de la calle aparte de algún chiquillo borracho? ¿Porque todos mis visitantes llegan por el cementerio?

Le hago pasar y él me da las gracias con aspecto de estar incómodo. Le sirvo un café.

En Brancion-en-Chalon conozco a todo el mundo. Incluso

a los habitantes que aún no tienen muertos en mi casa. Todos han pasado al menos una vez por mis avenidas para enterrar a un amigo, a un vecino, a la madre de un colega.

A él no le he visto nunca. Tiene un ligero acento, algo característico del Mediterráneo, por la forma en que puntúa las frases. Es moreno, tan moreno que sus pocas canas resaltan entre el desorden del resto. Tiene nariz grande, labios anchos, bolsas en los ojos. Recuerda un poco a Serge Gainsbourg. Parece que estuviera peleado con su máquina de afeitar aunque sin demasiada gracia. Tiene unas manos bonitas y largos dedos. Bebe su café hirviendo a pequeños sorbos, sopla por encima y se calienta las manos con la porcelana.

Sigo sin saber por qué está aquí. Le he dejado entrar en mi casa porque no es verdaderamente mi casa. Esta habitación pertenece a todo el mundo. Es como una sala de espera municipal que yo he transformado en cuarto de estar y cocina. Pertenece a toda la gente de paso y a los habituales.

Él parece estar contemplando las paredes. Este cuarto de veinticinco metros cuadrados tiene el mismo aspecto que mi armario de invierno. Nada en las paredes. Ni un mantel de color ni un sofá azul. Solamente el contrachapado un poco por todas partes y sillas para sentarse. Nada ostentoso. Una cafetera siempre lista para servirse, tazas blancas y licores fuertes para los casos desesperados. Aquí es donde recolecto las lágrimas, las confidencias, la rabia, los suspiros, la desesperación y la risa de los sepultureros.

Mi dormitorio está en el primer piso. Es mi traspatio secreto, mi hogar. Mi dormitorio y el cuarto de baño son dos bomboneras en tonos pastel. Rosa pálido, verde almendra y azul cielo, es como si yo misma hubiera diseñado los colores de la primavera. En cuanto aparece un rayo de sol, abro las ventanas de par en par y, a menos que se tenga una escalera, es imposible que te vean desde el exterior.

Nadie ha penetrado jamás en mi dormitorio tal y como está ahora mismo. Justo después de la desaparición de Philippe Toussaint, lo repinté por completo y añadí cortinas, encajes, muebles blancos y una gran cama con un colchón suizo que se adapta a las formas. A la mía, para así no tener que dormir más en la del cuerpo de Philippe Toussaint.

El desconocido sigue soplando en su taza. Y por fin me dice:

—Vengo de Marsella. ¿Conoce Marsella?

—Voy todos los años a Sormiou.

—¿A la cala?

—Sí.

—Qué casualidad.

—Yo no creo en la casualidad.

Parece buscar algo en el bolsillo de su vaquero. Mis hombres no llevan pantalones vaqueros. Nono, Elvis y Gaston visten todo el tiempo el mono de trabajo, los hermanos Lucchini y el padre Cédric, un pantalón de tergal. Se afloja la bufanda, liberando su cuello, y deja la taza vacía en la mesa.

—Yo soy como usted, muy racional... Y, además, soy comisario.

—¿Como Colombo?

Me responde sonriendo por primera vez.

—No. Él era inspector.

Desliza su dedo índice sobre algunos granos de azúcar diseminados por la mesa.

—Mi madre desea descansar en este cementerio y no entiendo por qué.

—¿Vive en la región?

—No, en Marsella. Falleció hace dos meses. Descansar aquí forma parte de sus últimas voluntades.

—Lo lamento. ¿Quiere una gota de alcohol en su café?

—¿Tiene la costumbre de emborrachar a la gente tan temprano?

—A veces me ha pasado. ¿Cómo se llama su madre?

—Irène Fayolle. Ella deseaba ser incinerada... Y que sus cenizas fueran depositadas en la tumba de un tal Gabriel Prudent.

—¿Gabriel Prudent? Gabriel Prudent, 1931-2009. Está enterrado en la avenida 19, en la glorieta de los Cedros.

—¿Conoce a todos los muertos de memoria?

—Prácticamente.

—¿La fecha de su fallecimiento, su ubicación y todo?

—Prácticamente.

—¿Quién era ese tal Gabriel Prudent?

—Una mujer viene por aquí de cuando en cuando... Su hija, creo. Era abogado. No tiene epitafio en su tumba de mármol negro, ni foto. Ya no me acuerdo del día de su entierro. Pero puedo comprobarlo en mi registro si así lo desea.

—¿Su registro?

—Anoto todos los entierros y las exhumaciones.

—No sabía que eso formara parte de sus atribuciones.

—Y no forma. Pero si uno solo tuviera que hacer lo que forma parte de sus atribuciones, la vida sería muy triste.

—Es curioso oír eso de boca de una... ¿Cómo llama su profesión? ¿Guarda de cementerio?

—¿Por qué? ¿Acaso cree que me paso el día llorando? ¿Que estoy hecha de lágrimas y tristeza?

Le sirvo un poco más de café mientras él a su vez me pregunta:

—¿Vive aquí sola?

Termino por responderle que sí.

Abro los cajones de los registros y consulto el cuaderno del 2009. Busco por el nombre de familia y encuentro rápidamente el de Prudent, Gabriel. Empiezo a leer:

18 de febrero de 2009, entierro de Gabriel Prudent, llueve a cántaros.

Había ciento veintiocho personas presentes en la sepultura. Su exmujer estaba en primera fila, así como sus dos hijas, Marthe Dubreuil y Cloé Prudent.

Por petición del difunto, ni flores ni coronas.

La familia ha hecho grabar una placa en la cual se puede leer: «En homenaje a Gabriel Prudent, abogado valiente. "El valor, para un abogado es esencial, pues sin él, el resto no cuenta: talento, cultura, conocimiento del derecho, todo es útil al abogado. Pero sin valor, en el momento decisivo, solo quedan las palabras, las frases que se suceden, que brillan y que mueren." (Robert Badinter)».

Nada de cura. Nada de cruz. El cortejo apenas permaneció allí media hora. Cuando los dos oficiales de pompas fúnebres terminaron de bajar el féretro a la fosa, todo el mundo se marchó. Aún llovía con fuerza.

Cierro el registro. El comisario parece anonadado, perdido en sus pensamientos. Se pasa una mano por el pelo.

—Me pregunto por qué mi madre quería reposar cerca de ese hombre.

Durante un momento, examina de nuevo las paredes blancas sobre las cuales no hay nada absolutamente que examinar. Luego su mirada vuelve a mí, como si no me creyera. Señala el registro de 2009 con la mirada.

—¿Puedo leerlo?

Habitualmente no confío mis notas más que a las familias implicadas. Vacilo durante unos segundos y termino por pasárselo. Él comienza a hojearlo. Entre página y página, me mira de arriba abajo como si fuera en mi frente donde figuraran las palabras del año 2009. Como si el cuaderno que tiene entre las manos fuera un pretexto para posar sus ojos en mí.

—¿Y hace esto mismo con cada entierro?

—No todos, pero prácticamente. Así, cuando aquellos que no han podido asistir vienen a verme, les hago un relato según mis notas... ¿Ha matado ya a alguien? Quiero decir, en cumplimiento del deber...

—No.

—Pero ¿lleva un arma?

—A veces sí. Pero ahora, esta mañana, no.

—¿Ha venido con las cenizas de su madre?

—No. Por el momento están en el crematorio... No quiero dejar las cenizas en la tumba de un desconocido.

—Para usted es un desconocido, pero no para ella.

Se levanta.

—¿Puedo ver la tumba de ese hombre?

—Sí. ¿Podría volver en media hora? No salgo nunca a mi cementerio en bata.

Él sonríe por segunda vez y abandona el salón-cocina. En un acto reflejo, enciendo la luz del techo. No la enciendo nunca cuando una persona está en casa, únicamente cuando se marcha. Para reemplazar su presencia por la de la luz. Una antigua costumbre de niña nacida de madre anónima.

Media hora después, él me espera en su coche aparcado frente a las verjas. He visto la matrícula, 13, Bouches-du-Rhône. Ha debido de dormirse apoyado contra su bufanda porque su mejilla está marcada, como arrugada.

Yo me había enfundado un abrigo azul marino sobre un vestido color carmín y me había abrochado el abrigo hasta el cuello. Mi aspecto recordaba a la noche, sin embargo, por debajo, vestía el día. Habría bastado con que abriera mi abrigo para que él guiñara de nuevo los ojos.

Caminamos a través de las avenidas. Yo le había explicado que mi cementerio tenía cuatro alas: Laureles, Boneteros, Cedros y Tejos, dos columbarios y dos jardines del recuerdo. Él me preguntó si hacía mucho tiempo que yo hacía «esto», y le contesté: «Veinte años». Le expliqué que antes era guardabarreras. Me preguntó cómo era pasar de los trenes a los coches fúnebres. No supe qué contestar. Habían sucedido demasiadas cosas entre esas dos vidas. Simplemente pensé que hacía unas preguntas muy raras para ser un comisario racional.

Cuando llegamos a la altura de la tumba de Gabriel Prudent, el hombre palideció. Como si hubiera venido para recogerse ante la tumba de un hombre del que no había oído hablar jamás pero que bien podría ser un padre, un tío, un hermano. Permanecimos inmóviles durante un largo momento. Terminé por soplarme las manos del frío que hacía.

Normalmente no me quedo nunca con los visitantes. Les acompaño y me retiro. Pero esta vez, no sé por qué, me resultó imposible dejarle solo. Al cabo de un instante que me pareció durar una eternidad, él comentó que debía tomar de nuevo la carretera. Volver a Marsella. Le pregunté si pensaba regresar para depositar las cenizas de su madre en la estela del señor Prudent. No respondió.

7

Siempre faltará alguien
para hacer sonreír mi vida, tú

Cambio el tiesto de las flores de la tumba de Jacqueline Victor, de casada Dancoisne (1928-2008) y de Maurice René Dancoisne (1911-1997). Son dos bonitos brezos blancos, que parecen dos trozos de acantilado al borde del mar plantados en una maceta. De las pocas flores que resisten al invierno, junto con los crisantemos y las crasas. La señora Dancoisne adoraba las flores blancas. Venía cada semana a visitar la tumba de su marido. Y charlábamos. Bueno, solo al final, una vez que se fue acostumbrando a la pérdida de su Maurice. Los primeros años, se la veía devastada. La desgracia te corta la palabra. O bien te hace decir cualquier cosa. Luego, poco a poco, recuperó el camino necesario para construir frases simples, pedir noticias de los otros, noticias de los vivos.

No sé por qué decimos «sobre la tumba», cuando más bien deberíamos decir «al borde de la tumba» o «contra la tumba». A excepción de la hiedra, los lagartos, los gatos o los perros, nadie se sube a una tumba. La señora Dancoisne se unió a su marido de un día para otro. Un lunes estaba limpiando la estela de su amado y el jueves siguiente yo ponía flores en la suya. Después de su entierro, sus hijos se pasan una vez al año y me piden que sea yo quien me ocupe el resto del tiempo.

Me gusta hundir las manos en la tierra de los brezos incluso si es mediodía y el sol pálido de este día de octubre apenas calienta. Y a pesar de que mis dedos están congelados, disfruto con ello. Al igual que cuando los sumerjo en la tierra de mi jardín.

A unos metros de donde estoy, Gaston y Nono cavan una fosa con la pala mientras se cuentan su velada. Desde donde estoy escucho retazos de su conversación dependiendo de la dirección del viento. «Mi mujer me dijo... en la televisión... unos picores... no debería... el jefe va a pasar... una tortilla en casa de Violette... le conocí... era un buen tipo... judío, ¿no es eso?... Sí, debía de tener nuestra edad... era muy amable... su mujer... marisabidilla... canción de Brel... no hay que jugar a los ricos cuando no se tiene un céntimo... una de sus urgencias por mear... qué susto... próstata... hacer la compra antes de que cierre... los huevos para Violette... qué desgracia...»

Mañana hay un entierro a las cuatro de la tarde. Un nuevo residente para mi cementerio. Un hombre de cincuenta y cinco años, muerto por haber fumado demasiado. En fin, eso es lo que dicen los médicos. Lo que nunca dicen es que un hombre de cincuenta y cinco años puede morir por no haber sido amado nunca, por no haber sido nunca escuchado, por haber recibido demasiadas facturas, por haber contratado demasiados créditos al consumo, por haber visto a sus hijos crecer y luego marcharse, sin realmente llegar a despedirse. Una vida de reproches, una vida de muecas. De ahí su pitillo y sus copas de vino para ahogar su angustia, él les quería mucho.

No te dicen jamás que se puede morir por sentirse con demasiada frecuencia harto de las cosas.

Un poco más lejos, dos pequeñas señoras, la señora Pinto y la señora Degrange, limpian las tumbas de sus hombres. Y como vienen cada día, se inventan lo que hay que limpiar. Alrededor de sus sepulturas está todo tan reluciente como las muestras de revestimiento de suelos de un almacén de bricolaje.

Esas personas que vienen cada día a las tumbas son las que de verdad se asemejan a fantasmas. Las que están entre la vida y la muerte.

La señora Pinto y la señora Degrange son tan livianas como un gorrión al acabar el invierno. Como si fueran sus esposos los que las alimentaran mientras aún estaban con vida. Las conozco desde que trabajo aquí. Hace más de veinte años que, de camino a hacer la compra, se dan una vuelta por aquí cada mañana como una parada obligada. No sé bien si es amor o sumisión. O las dos cosas. Si es por las apariencias o por ternura.

La señora Pinto es portuguesa. Y como la mayoría de los portugueses que viven en Brancion, en verano regresa a Portugal. Eso le da muchos quehaceres a su vuelta. A principios de septiembre regresa, siempre igual de delgada pero con la piel bronceada, las rodillas raspadas de haber limpiado las tumbas de aquellos que se han muerto en su país. En su ausencia, yo riego las flores francesas. Así que para agradecérmelo, ella me regala una muñeca vestida con traje folclórico en una caja de plástico. Cada año tengo derecho a una muñeca. Y cada año le digo: «Gracias, señora Pinto, gracias, no hacía falta, las flores, para mí, son un placer y no un trabajo».

Existen centenares de trajes folclóricos en Portugal. Así que, si la señora Pinto vive treinta años más y yo con ella, tendré derecho a treinta nuevas espantosas muñecas que cierran los ojos cuando levanto la caja de plástico que les sirve de sarcófago para quitarles el polvo.

Como la señora Pinto se pasa por mi casa de vez en cuando, no puedo esconder las muñecas que me regala. Pero no quiero tenerlas en mi habitación y tampoco puedo ponerlas ahí donde la gente entra buscando consuelo. Son demasiado feas. Así que las «expongo» en los peldaños de la escalera que lleva a mi habitación. La escalera se encuentra detrás de una puerta de cristal que puede verse desde la cocina. Siempre que pasa por mi casa a tomar un café, la señora Pinto las contempla para comprobar que están bien colocadas en su lugar. En invierno, cuando anochece a las cinco de la tarde, y contemplo esos ojos negros que brillan y sus trajes con volantes, imagino que van a abrir la tapa y ponerme una zancadilla para que me caiga por la escalera.

He advertido que a diferencia de otras personas, la señora Pinto y la señora Degrange no hablan jamás a sus maridos. Ellas limpian en silencio. Como si hubieran dejado de hablarles mucho antes de que estuvieran muertos y ese silencio fuera una continuidad. Tampoco lloran nunca. Sus ojos están secos desde hace lustros. En ocasiones, se encuentran de frente y hablan del buen tiempo, de los niños, de los nietos y muy pronto, se da usted cuenta, de la llegada de los bisnietos.

Las he visto reírse una vez. Una única vez. Cuando la señora Pinto le contó a la otra que su nieta le había hecho esta pregunta: «Abuela, ¿qué es el Día de Todos los Santos? ¿Unas vacaciones?».

8

Que tu reposo sea dulce como tu corazón fue bueno

22 de noviembre de 2016, cielo azul, diez grados, cuatro de la tarde. Entierro de Thierry Teissier (1960-2016). Ataúd de caoba. Nada de mármol. Una tumba cavada en la misma tierra. Sola.

Una treintena de personas está presente. Entre las cuales se incluye Nono, Elvis, Pierre Lucchini y yo misma.

Una quincena de colegas de trabajo de Thierry Teissier de las fábricas DIM ha depositado un ramo de flores de lis: «A nuestro querido colega».

Una empleada del servicio de oncología de Mâcon, que se llama Claire, sostiene un ramo de rosas blancas en la mano.

La mujer del difunto está presente, así como sus dos hijos, un chico y una chica de treinta y veintiséis años, respectivamente. En una placa funeraria han hecho grabar: «A nuestro padre».

No hay fotografía de Thierry Teissier.

En otra placa funeraria: «A mi marido». Con una pequeña curruca dibujada encima de la palabra «marido».

Una gran cruz de madera de olivo ha sido clavada en la tierra.

Tres compañeros de trabajo han leído, por turnos, un poema de Jacques Prévert.

Un pueblo escucha desolado
el canto de un pájaro herido
es el único pájaro del pueblo
y es el único gato del pueblo
el que lo ha medio devorado.
Y el pájaro deja de cantar
y el gato deja de ronronear
y de relamerse el hocico
y el pueblo le hace al pájaro
maravillosos funerales
y el gato que está invitado
camina detrás del pequeño féretro de paja
donde el pájaro muerto está tendido
transportado por una niña pequeña
que no deja de llorar
si yo hubiera sabido que eso te causaría tanta pena
le dice el gato
me lo habría comido por entero
y luego te habría contado
que lo había visto volar
volar hasta el fin del mundo
allá donde está tan lejos
que jamás podrá regresar
y tú habrías sentido menos pena
simplemente tristeza y pesar
nunca hay que hacer las cosas a medias.

Antes de que el féretro sea colocado en la tierra, el padre Cédric toma la palabra:

—Recordemos las palabras de Jesús a la hermana de Lázaro que acababa de morir: «Yo soy la resurrección y la vida: aquel que cree en mí, aunque esté muerto, vivirá».

Claire deposita el ramo de rosas blancas cerca de la cruz. Todo el mundo se marcha al mismo tiempo.

No conocí a este hombre. Pero la mirada que algunos han posado sobre su tumba me hace pensar que era bueno.

9

Su belleza, su juventud sonreían al mundo
en el que habría vivido. Luego de sus manos cayó
el libro del que no había leído nada

Hay más de mil fotografías dispersas por mi cementerio. Fotos en blanco y negro, sepia, con colores vivos o desvaídos.

El día en que todas esas fotos fueron tomadas, ninguno de los hombres, niños o mujeres que posaron inocentemente frente al objetivo podía imaginar que ese instante les representaría para la eternidad. Fue el día de un aniversario o de alguna comida familiar. Un paseo por el parque un domingo, una foto de boda, un baile de promoción, un Año Nuevo. Un día en que estaban un poco más guapos, un día en que estaban todos reunidos, un día en particular en que estaban más elegantes. O bien con sus hábitos militares, de bautismo o de comunión. Cuánta inocencia en la mirada de toda esa gente que sonríe desde sus tumbas.

A menudo, la víspera de un entierro, suele aparecer un artículo en el periódico. Un artículo que resume en pocas frases la vida del difunto. Brevemente. Una vida no suele ocupar demasiado espacio en el periódico local. Un poco más si se trata de un comerciante, un médico o un entrenador de fútbol.

Es importante poner fotos en las tumbas. Si no, no se es más que un nombre. La muerte se lleva también los rostros.

La pareja más hermosa de mi cementerio es la de Anna Lave, de casada Dahan (1914-1987) y Benjamin Dahan (1912-1992). Se les puede ver en una foto coloreada que fue tomada el día de su boda en los años treinta. Dos rostros maravillosos sonriendo al fotógrafo. Ella rubia como el sol, de piel diáfana, él, de rostro fino, casi esculpido, y sus miradas brillantes como zafiros estrellados. Dos sonrisas que ofrecen a la eternidad.

Cada enero, suelo pasar un trapo sobre las fotos de mi cementerio. Solo lo hago en las tumbas que han sido abandonadas o son poco visitadas. Un paño humedecido en agua que contiene una gota de alcohol de quemar. Hago lo mismo con las placas, pero usando un paño humedecido en vinagre blanco.

Esa limpieza me lleva alrededor de cinco a seis semanas. Cuando Nono, Gaston y Elvis desean ayudarme, les digo que no. Que ellos ya tienen bastante con el mantenimiento general.

No le he oído llegar. Es raro. Suelo advertir inmediatamente las pisadas de la gente en la grava de las avenidas. Distingo incluso si se trata de un hombre, de una mujer o de un niño. De un paseante o de un habitual. Él en cambio se desplaza sin hacer ruido.

Estoy terminando de limpiar los nueve rostros de la familia Hesme: Étienne (1876-1915), Lorraine (1887-1928), Françoise (1949-2000), Gilles (1947-2002), Nathalie (1959-1970), Théo (1961-1993), Isabelle (1969-2001), Fabrice (1972-2003), Sébastien (1974-2011), cuando siento su mirada clavada en mi espalda. Me doy la vuelta. Está a contraluz, y no le reconozco inmediatamente.

Solo cuando su voz dice «Buenos días» comprendo que se trata de él. Y justo después de su voz, con dos o tres segundos de retraso, su olor a canela y vainilla. No pensaba que regresaría. Hace ya más de dos meses que apareció llamando a mi puerta del lado de la calle. Mi corazón se embala un poco. Siento como si me susurrara: *Desconfía*.

Desde la desaparición de Philippe Toussaint, ningún hombre ha acelerado los latidos de mi corazón. Después de Philippe Toussaint, no ha vuelto a cambiar de ritmo, exactamente como un viejo reloj que ronronea indolentemente.

A excepción del Día de Todos los Santos, en el que su cadencia se acelera: puedo vender hasta cien tiestos de crisantemos y es preciso que guíe a los numerosos visitantes ocasionales que se han extraviado por las avenidas. Pero esta mañana, pese a que no es el día de los muertos, mi corazón se ha embalado. Y todo a causa de *él*. He creído detectar miedo, el mío.

Aún sostengo el trapo en la mano. El comisario observa los rostros que estoy a punto de abrillantar y me sonríe tímidamente.

—¿Son personas de su familia?

—No. Me ocupo de las tumbas, eso es todo.

No sabiendo ya qué hacer con las palabras que se agolpan en mi cabeza, le digo:

—En la familia Hesme, las personas mueren jóvenes, como si fueran alérgicas a la vida o esta no precisara de ellas.

Él sacude la cabeza, se cierra el cuello del abrigo y me dice sonriendo:

—Hace mucho frío en su región.

—Sin duda hace mucho más frío aquí que en Marsella.

—¿Irá allí este verano?

—Sí, como todos los años. Me reúno allí con mi hija.

—¿Vive en Marsella?

—No, viaja un poco por todas partes.

—¿Y a qué se dedica?

—Es maga. Profesional.

Como para interrumpirnos, un joven mirlo se posa sobre la sepultura de la familia Hesme y empieza a cantar a voz en grito. Ya no me apetece abrillantar los rostros. Vierto el cubo de agua en la grava y recojo mis trapos y el alcohol de quemar. Al agacharme, mi largo abrigo gris se entreabre y deja a la vista mi bonito vestido de flores color carmín. Advierto que ese detalle no escapa a la atención del comisario. Él no me mira como los demás. Hay algo diferente.

Para desviar su atención, le recuerdo que si desea depositar las cenizas de su madre en la tumba de Gabriel Prudent, habrá que pedir autorización a la familia.

—No merece la pena. Antes de morir, Gabriel Prudent dejó dicho en el ayuntamiento que mi madre reposaría con él... Lo tenían todo previsto.

Parece un tanto apurado. Se frota las mejillas mal afeitadas. No puedo ver sus manos, enfundadas en guantes. Me mira deteniéndose más de lo normal.

—Me gustaría que organizara alguna cosa para el día en que deposite las cenizas. En fin, cualquier cosa que recuerde a una fiesta sin fiesta.

El mirlo sale volando. Le ha asustado Éliane, que viene a frotarse contra mí para exigir una caricia.

—Ah, pero yo no hago esas cosas. Tiene que dirigirse a Pierre Lucchini de las pompas fúnebres Los torneros del valle, calle de la República.

—Las pompas fúnebres son para los enterramientos. Yo solo quiero que me ayude a realizar un pequeño discurso para el día en que deposite sus cenizas en la tumba de ese tipo. No habrá nadie más. Solo ella y yo... Me gustaría decirle algunas palabras que queden entre los dos.

Se agacha para acariciar a su vez a Éliane. Y la contempla mientras me habla.

—He visto que en sus... registros, en fin, en sus cuadernos de entierros, no sé bien cómo los llama, había copiado algunos discursos. Tal vez podría tomar algunos fragmentos aquí y allá... de los discursos de otros, para escribir el de mi madre.

Se pasa una mano por el pelo. Tiene más canas que la última vez. Tal vez sea porque la luz es diferente. Hoy el cielo es azul, y la luz es blanca. La primera vez que vi a este hombre, el cielo estaba bajo.

La señora Pinto pasa cerca de nosotros. Me dice: «Buenos días, Violette» y observa al comisario con recelo. En la región, en cuanto un desconocido traspasa una puerta, una verja o un porche, le miramos con recelo.

—Tengo un entierro a las cuatro de la tarde, pase a verme a las siete a la casa del guarda. Escribiremos algunas líneas juntos.

Parece aliviado. Liberado de un peso. Saca un paquete de cigarrillos de su bolsillo, y se mete uno en la boca sin encenderlo mientras me pregunta cuál es el hotel más cercano.

—A veinticinco kilómetros. Si no, justo detrás de la iglesia, verá una pequeña casita con las contraventanas rojas. Es la casa de la señora Bréant, alquila habitaciones. Bueno, una sola habitación, pero nunca está ocupada.

Ha dejado de escucharme. Su mirada está más allá. Ha partido, perdido en sus pensamientos. Regresa a mí.

—Brancion-en-Chalon... ¿No se produjo aquí una tragedia?

—Tragedias hay por todas partes, cada muerte es la tragedia de alguien.

Parecer rebuscar en su memoria sin encontrar lo que busca. Se sopla las manos y murmura: «Hasta luego entonces» y «Muchas gracias». Recorre de vuelta la avenida principal hasta las verjas. Sus pasos siguen siendo silenciosos.

La señora Pinto pasa a mi lado para llenar su regadera. Tras ella, Claire, la mujer del servicio de oncología de Mâcon, se dirige hacia la tumba de Thierry Teissier, con un rosal en maceta en la mano. Me acerco a ella.

—Buenos días, señora, me gustaría plantar este rosal en la tumba del señor Teissier.

Llamo a Nono, que está en su local. Los sepultureros tienen un local en el cual se cambian, se dan una ducha al mediodía y por la tarde y lavan su ropa. Nono dice que el olor de la muerte no puede agarrarse a sus prendas, pero que no existe ningún detergente que impida que salga del interior de su mollera.

Mientras que Nono cava allí donde Claire quiere plantar el rosal, Elvis canta: *Always on my mind, always on my mind...*» Nono añade un poco de turba y un tutor para que el rosal se mantenga recto. Le cuenta a Claire que conoció a Thierry y que era un tío estupendo.

Claire ha intentado darme dinero para que riegue el rosal de Thierry de vez en cuando. Le he dicho que lo regaré, pero que no acepto jamás dinero. Que si quiere puede echar algunas monedas en la hucha en forma de mariquita que se encuentra en mi cocina, sobre el frigorífico, y que esos donativos en efectivo están destinados a comprar comida para los animales del cementerio.

Ella ha contestado: «De acuerdo». Y me ha explicado que por lo general ella no hacía nunca eso, asistir al entierro de los pacientes de su servicio. Que era la primera vez. Que Thierry Teissier era demasiado amable para ser enterrado en el suelo, tal cual, sin nada alrededor. Que había elegido un rosal rojo por lo que representa y que le gustaría que Thierry continuara existiendo a través de él. Ha añadido que las flores le harán compañía.

Yo la he conducido al borde de una de las tumbas más bellas del cementerio, la de Juliette Montrachet (1898-1962), sobre la que diferentes plantas y arbustos han florecido fundiendo los colores y el follaje de una manera armoniosa, sin jamás haber sido mantenida. Una tumba jardín. Como si la casualidad y la naturaleza se hubieran puesto de acuerdo.

Claire ha comentado: «Esas flores son un poco como peldaños hacia el cielo». También me ha dado las gracias. Ha bebido un vaso de agua en mi casa, ha deslizado algunos billetes en la ranura de la hucha mariquita y se ha marchado.

10

Hablar de ti es hacerte existir,
no decir nada sería olvidarte

Conocí a Philippe Toussaint el 28 de julio de 1985, el día de
la muerte de Michel Audiard, el gran escritor y guionista. Tal
vez fue por eso por lo que Philippe Toussaint y yo no hemos
tenido nunca grandes cosas que decirnos. Por lo que nuestros
diálogos eran tan planos como el encefalograma de Tutanka-
mon. Cuando él me dijo: «Esa copa, ¿nos la bebemos en mi
casa?», yo respondí rápidamente: «Sí».

Antes de abandonar el Tibourin, sentí la mirada de las otras
chicas posarse sobre mí. Esas que hacían cola en la fila que se
eternizaba detrás de él después de que les hubiera dado la espalda para mirarme. Cuando la música cesó, pude notar cómo sus
ojos cargados de maquillaje y rímel me fulminaban, me colma-
ban de maldiciones, me condenaban a muerte.

Apenas acababa de responderle que sí, cuando ya estaba su-
bida en su moto, con un casco demasiado grande sobre la cabeza
y su mano posada en mi rodilla izquierda. Yo cerré los ojos.
Empezó a llover. Sentí las gotas sobre mi rostro.

Sus padres le habían alquilado un estudio en el centro de
Charleville-Mézières. Mientras que ascendíamos por la escalera,
yo continué ocultando mis uñas mordidas bajo las mangas.

En cuanto estuvimos en su casa, él se abalanzó sobre mí, sin decir palabra. Yo también permanecí silenciosa. Philippe Toussaint era tan guapo que me cortaba el aliento. Como cuando mi maestra del quinto curso dio una charla sobre Picasso y el periodo azul. Los cuadros que nos había mostrado señalándolos con la regla sobre un libro me habían dejado sin aliento y yo había decidido que el resto de mi vida sería azul.

Dormí en su casa, aturdida por la felicidad que le había dado a mi cuerpo. Por primera vez, me había gustado hacer el amor y no lo había hecho a cambio de nada. Me vi deseando que aquello se repitiera. Y volvimos a empezar. No me marché, continué durmiendo en su casa. Un día, dos días, luego tres. Casi enseguida todo se confundió. Los días se mezclaron unos con otros. Como un tren del que mi memoria no pudiera distinguir los vagones y solo quedara el recuerdo del viaje.

Philippe Toussaint hizo de mí una contemplativa. Una niña maravillada que examinaba la fotografía de un rubio de ojos azules en una revista y se decía: «Esta imagen me pertenece, puedo meterla en mi bolsillo». Me pasaba horas acariciándole, siempre tenía una mano deslizándose por alguna parte de su cuerpo. Se dice que la belleza no se come en ensalada, pero yo, su belleza, la comía de entrante, plato principal y postre. Y si sobraba algo, me lo reservaba. Él se dejaba hacer. Yo tenía pinta de gustarle, y también mis gestos. Me poseía, es lo único que contaba.

Me enamoré. Por suerte nunca he tenido familia, pues yo también la habría abandonado. Philippe Toussaint se convirtió en mi único centro de interés. Concentré en él todo lo que yo era y lo que tenía. Todo mi ser por una sola persona. Si hubiera podido vivir en él, en su interior, no lo habría dudado.

Una mañana me dijo: «Vente a vivir aquí». No añadió nada más. Solo dijo eso: «Vente a vivir aquí». Dejé el hogar de acogida marchándome sin permiso, pues aún no tenía la mayoría de edad. Desembarqué en casa de Philippe Toussaint con una maleta que contenía todas mis pertenencias. Es decir, no demasiado. Algunos vestidos y mi primera muñeca, Caroline. Cuando me la regalaron aún hablaba («Hola, mamá, me llamo Caroline, ven a jugar conmigo», y luego se reía) pero las pilas, los circuitos húmedos, los traslados, las familias de acogida, los asistentes sociales, las educadoras especiales, todo eso le había cortado el aliento a ella también. Había metido también unas fotos de clase, cuatro vinilos de 33 revoluciones, dos de Étienne Daho (*Mythomane y La notte, la notte*), uno de Indochina *(3)*, uno de Charles Trenet *(La mer)*, cinco álbumes de Tintín (*El loto azul, Las joyas de la Castafiore, El cetro de Ottokar, Tintín y los pícaros, El templo del sol*), la cartera que me había servido durante mi efímera escolarización, con la firma de todos los otros holgazanes (Lolo, Sika, So, Stéph, Manon, Isa, Angelo) en boli Bic.

Philippe Toussaint arrinconó algunas cosas para hacer sitio a las mías. Y luego dijo:

—Realmente eres una chica rara.

A lo que yo respondí:

—¿Hacemos el amor?

No tenía ganas de entablar una conversación. Nunca tuve ganas de entablar una conversación con él.

11

Acuna su reposo con tu canto más dulce

Una mosca nada en mi copa de oporto. La deposito al borde de mi ventana. Al cerrarla, veo al comisario remontar la calle a pie, la luz de las farolas iluminando su abrigo. El camino que lleva al cementerio está bordeado de árboles. Más abajo se encuentra la iglesia del padre Cédric. Y detrás de la iglesia, las pocas calles del centro del pueblo. El comisario camina deprisa. Parece transido de frío.

Tengo ganas de estar sola. Como todas las tardes. No hablar con nadie, leer, escuchar la radio, darme un baño. Cerrar las contraventanas. Envolverme en un quimono de seda rosa. Simplemente sentirme bien.

Una vez cerradas las verjas, el tiempo me pertenece. Yo soy su única propietaria. Es un lujo ser propietaria de tu tiempo. Creo que es uno de los mayores lujos que un ser humano puede darse.

Aún llevo el invierno sobre el verano cuando normalmente, a esta hora, solo llevo el verano. Me arrepiento un poco de haber propuesto al comisario que pasara por mi casa, de haberle ofrecido mi ayuda.

Llama a la puerta, como la primera vez. Éliane no se mueve. Ella ya ha empezado su noche, haciéndose un ovillo entre las innumerables mantas de su cesta.

Él me sonríe, me dice buenas noches. Un frío seco entra al mismo tiempo que él. Cierro rápidamente. Retiro una silla para que se siente. No se quita el abrigo. Es una buena señal. Eso quiere decir que no se quedará mucho tiempo.

Sin preguntarle nada, tomo un vaso de cristal y le sirvo mi oporto —cosecha de 1983—, el que me trae José Luis Fernández. Al ver la colección de botellas en el interior del mueble que me sirve de bar, mi visitante abre desmesuradamente sus grandes ojos negros. Hay centenares. Vinos dulces especiados, maltas, licores, aguardientes, espirituosos.

—No me dedico al tráfico de alcohol, son regalos. La gente no se atreve a regalarme flores. Uno no regala flores a los guardas del cementerio, puesto que yo las vendo. Uno no regala flores a los floristas. Además de la señora Pinto, que me regala muñecas cada año, los otros me traen botellas o tarros de mermelada. Necesitaría varias vidas para poder ingerirlos todos. Así que la mayoría se la doy a los sepultureros.

Él se quita los guantes y bebe un primer sorbo de oporto.

—Este que está bebiendo es el mejor que tengo.

—Divino.

No sé por qué, pero nunca habría imaginado que él pudiera pronunciar la palabra «divino» al saborear mi oporto. A excepción de sus cabellos que parten en todos los sentidos, no hay ninguna fantasía en él. Tiene un aspecto tan triste como la ropa que lleva.

Tomo algo con lo que escribir, me siento frente a él y le pido que me hable de su madre. Él parece reflexionar unos instantes, encuentra inspiración y responde:

—Era rubia. Rubia natural.

Y luego nada. Vuelve a contemplar mis paredes blancas como si hubiera obras maestras colgadas de ellas. De vez en cuando, se lleva el vaso de cristal a la boca e ingiere el líquido a pequeños tragos. Observo cómo lo paladea, y cómo se relaja a medida que bebe.

—Nunca he sabido hacer discursos. Pienso y hablo como un informe policial o un documento de identidad. Puedo decirle si una persona tiene una cicatriz, un lunar, una excrecencia... si cojea, qué número calza... Y de un solo vistazo, conozco la talla, el peso, el color de los ojos, de la piel, alguna señal particular del individuo. Pero en cuanto a sus sentimientos... Soy incapaz. Salvo si oculta alguna cosa...

Ha terminado su vaso. Rápidamente lo relleno y corto unas lonchas de queso Comté que dispongo en un plato de porcelana.

—En lo que se refiere a secretos, tengo buen olfato. Soy un verdadero sabueso... Percibo rápidamente el gesto que traiciona. En fin, eso es lo que yo creía... Antes de descubrir las últimas voluntades de mi madre.

Mi oporto hace el mismo efecto a todo el mundo. Actúa como un auténtico suero de la verdad.

—¿Y usted? ¿No bebe?

Me sirvo una gota, poco más que una lágrima, y bebo con él.

—¿Es todo lo que bebe?

—Soy la guarda del cementerio, no bebo más que lágrimas... Podríamos hablar de las pasiones de su madre. Cuando hablo de «pasiones», no tiene que tratarse forzosamente del teatro o de un salto en la cama elástica. Simplemente cuál era su color preferido, el lugar por donde le gustaba pasear, la música que escuchaba, las películas que veía, si tenía gatos, perros, árboles, en qué ocupaba su tiempo, si le gustaba la lluvia, el viento o el sol, cuál era su estación preferida...

Se queda un buen rato en silencio. Tiene aspecto de buscar las palabras como un paseante que se ha perdido busca su camino. Termina su vaso y me dice:

—Le gustaba la nieve y las rosas.

Y eso es todo. No tiene nada más que decir de ella. Su expresión es a la vez avergonzada y desamparada. Es como si acabara de confesarme que estaba aquejado de un malestar de huérfano. El de no saber hablar de uno de sus seres más próximos.

Me levanto y me dirijo al armario de los registros. Saco el del 2015 y lo abro por la primera página.

—Es un discurso que fue escrito el 1 de enero de 2015 por Marie Géant. No pudo venir al entierro de su abuela porque estaba en el extranjero por motivos de trabajo. Ella me lo envió y me pidió que lo leyera en el funeral. Pienso que tal vez pueda ayudarle. Tenga el registro, lea el discurso, tome notas y ya me lo devolverá mañana por la mañana.

Él se levanta rápidamente llevándose el registro bajo el brazo. Es la primera vez que un registro sale de mi casa.

—Gracias, gracias por todo.

—¿Va a dormir en casa de la señora Bréant?

—Sí.

—¿Ha cenado ya?

—Ella me ha preparado algo.

—¿Se marchará a Marsella mañana?

—Al alba, sí. Le devolveré el registro antes de partir.

—Déjelo en el borde de la ventana, detrás de la jardinera azul.

12

*Duerme, abuelita, duerme, pero sigue escuchando
nuestras risas infantiles allí,
desde lo más profundo del firmamento*

DISCURSO DE MARIE GÉANT

Ella no sabía caminar, corría. No se quedaba quieta, respingaba. «Respingar» es una expresión del este de Francia. «Deja de respingar significa: siéntate de una vez por todas». Pues bien, ahora ella se ha sentado de una vez por todas.

Se acostaba temprano y se levantaba a las cinco de la mañana. Era la primera en llegar a las tiendas para no hacer cola. Sentía un sagrado pavor por las colas. A las nueve, ya había terminado las compras del día, que transportaba en su bolsa de redecilla.

Murió la noche del 31 de diciembre al 1 de enero, un día festivo, ella, que había currado tanto toda su vida. Espero que no haya tenido que hacer cola durante mucho tiempo ante las puertas del paraíso, con todos esos juerguistas y accidentados de la carretera.

Para las vacaciones, a petición mía, me preparaba dos agujas de hacer punto con su madeja de lana correspondiente. Nunca jamás conseguí pasar de diez líneas. Juntando todos los trozos realizados cada año, habré podido confeccionar una bufanda imaginaria que me colocará alrededor del cuello cuando me reúna con ella en el paraíso. Si es que me merezco el paraíso.

Para identificarse al teléfono, solía decir: «Soy la abuelita», riéndose.

Enviaba cada semana cartas a sus hijos. A sus hijos que habían partido lejos de casa. Escribía las cosas tal y como las pensaba.

Enviaba paquetes y cheques en cada aniversario, fiesta, Navidad, Semana Santa, dirigidas a sus «cocos». Para ella, todos los niños eran «cocos».

Le gustaba la cerveza y el vino.

Trazaba la señal de la cruz en el pan antes de cortarlo.

Y decía: «Jesús, María», a menudo. Era como un signo de puntuación. Una especie de coletilla que incluía al final de sus frases.

En el aparador siempre había un gran aparato de radio que permanecía encendido toda la mañana. Como se quedó viuda muy pronto, a menudo pensé que la voz masculina de los locutores le hacía compañía.

A partir de mediodía, era la televisión la que tomaba el relevo. Para matar el silencio. Todos los juegos más estúpidos pasaban por delante de sus ojos hasta que se dormía con Los fuegos del amor. Comentaba cada frase de los personajes como si estos existieran en la vida real.

Dos o tres años antes de que tropezara y se viera obligada a abandonar su apartamento para irse a una residencia, le robaron sus guirnaldas y sus bolas de Navidad del sótano. Me telefoneó llorando, como si le hubiesen robado todas las Navidades de su vida.

Solía cantar. Muy a menudo. Incluso al final de su vida decía: «Tengo ganas de cantar». Y también decía: «Tengo ganas de morir».

Asistía a misa todos los domingos.

Nunca tiraba nada. Sobre todo las sobras. Las recalentaba y las comía. En ocasiones, se ponía mala de tanto aprovechar y repetir la misma cosa hasta que se terminaba. Pero prefería vomi-

tar antes que tirar un currusco de pan a la basura. Un viejo vestigio de la guerra en el vientre.

Compraba frascos de mostaza con dibujos pintados en el cristal que guardaba para sus nietos —sus cocos— cuando venían de vacaciones a su casa.

Había siempre un buen plato cociendo a fuego lento en el hornillo de gas, en una olla de fundición. Un pollo con arroz le solucionaba la semana. Y luego aprovechaba el caldo del pollo para sus cenas. En su cocina, había también dos o tres cebollas guisadas en una sartén o una pequeña salsa que te hacía la boca agua.

Siempre fue inquilina, nunca propietaria. El único lugar que le habrá pertenecido es su cripta familiar.

Cuando sabía que íbamos a llegar para las vacaciones, nos esperaba mirando por la ventana de su cocina. Observaba los coches que estacionaban en el pequeño aparcamiento más abajo. Podíamos distinguir sus cabellos blancos a través del cristal. Apenas recién llegados a su casa, nos decía: «¿Cuándo volveréis a visitar a la abuelita?», como si quisiera que nos marcháramos.

Los últimos años, ya no nos esperaba. Si teníamos la mala suerte de llegar con cinco minutos de retraso a la residencia para llevarla a comer a un restaurante, nos la encontrábamos en el refectorio con los otros viejos.

Dormía con una redecilla en la cabeza para no deshacer su peinado.

Cada mañana bebía un limón exprimido con agua tibia.

Su colcha era roja.

Había sido madrina de guerra de mi abuelo Lucien. Cuando él regresó de Buchenwald, ella no le reconoció. Tenía una foto de Lucien en su mesilla de noche. Por supuesto, nos llevamos la foto a la residencia al mismo tiempo que a ella.

Me encantaba probarme sus combinaciones de nailon. Dado que ella encargaba todo por correspondencia, recibía muchos regalos y bagatelas de toda clase. En cuanto yo llegaba a su casa, le preguntaba si podía husmear en su armario. Ella me decía: «Pues claro, ve». Y yo husmeaba durante horas. Encontraba misales, cremas de Yves Rocher, sábanas, soldados de plomo, madejas de lana, vestidos, pañuelos, broches, muñecas de porcelana.

La piel de sus manos era rugosa.

Alguna vez la ayudé a peinarse.

Para ahorrar, no dejaba correr el agua al lavar la vajilla.

Al final de su vida, solía decir: «¿Qué le he hecho al buen Dios para seguir aquí?», hablando de la residencia.

Empecé a desertar de su pequeño apartamento cuando tenía diecisiete años, para dormir en el de mi tía que vivía a trescientos metros de su casa. Era un bonito apartamento encima de un gran café y de un cine frecuentado por gente joven, con futbolín, videojuegos y bombón helado. Sin embargo continuaba comiendo en casa de la abuelita, pero prefería dormir con mi tía a causa de los cigarrillos que me fumaba a escondidas, del cine de sesión continua y del bar.

Yo siempre había visto a la señora Fève, una dama muy amable, limpiar y planchar en casa de mi tía. Y un día, me tropecé cara a cara con mi abuela, que pasaba el aspirador por las habitaciones. Reemplazaba a la señora Fève, que estaba de vacaciones o enferma. Por lo que pude saber, eso sucedía con frecuencia.

El día de su muerte, no pude dormir a causa de «eso». De ese malestar que hubo entre nosotros, en ese momento. Cuando empujé la puerta riendo y me topé cara a cara con mi abuela haciendo limpieza. Doblada en dos sobre el aspirador para redondear su fin de mes. Intenté recordar lo que nos habíamos dicho ese día. Eso me impidió dormir. Revivía la escena una y otra vez, una escena que había olvidado completamente hasta el día de su muerte. Durante toda la noche me vi empujando esa puerta y encontrándomela detrás, haciendo limpieza en casa de otros. Toda la noche continué riendo con mis primos mientras ella pasaba el aspirador.

La próxima vez que la vea, le preguntaré: «Abuelita, ¿te acuerdas del día en que te vi limpiando en casa de mi tía?». Ella seguramente se encogerá de hombros y me responderá: «Y los cocos, ¿están bien los cocos?».

13

Hay algo más fuerte que la muerte, es el recuerdo
de los ausentes en la memoria de los vivos

Acabo de encontrar el registro del 2015 detrás de mi jardinera azul. El comisario ha garabateado: «Muchas gracias. Ya la telefonearé» en el reverso de un prospecto de un gimnasio del distrito 8 de Marsella. Debajo hay una foto de una chica que sonríe. Su cuerpo de ensueño desgarrado a la altura de las rodillas.

No ha escrito nada más, ni un solo comentario sobre el discurso de Marie Géant, ni una sola palabra respecto a su madre. Me pregunto si estará lejos de Marsella. Si ya habrá llegado. ¿A qué hora habrá enfilado la carretera? ¿Vivirá cerca del mar? ¿Lo contemplará o ya no le prestará ninguna atención? Como aquellos que viven juntos desde hace tanto tiempo que parece como si estuvieran separados.

Nono y Elvis llegan en el momento en que abro las verjas. Me lanzan un «¡Hola, Violette!» y aparcan el camión municipal en la avenida principal para entrar en su local y ponerse el mono de trabajo. Les escucho reír desde las avenidas anexas que recorro para comprobar que todo va bien. Que todo el mundo está en su lugar.

Los gatos se acercan para frotarse contra mis piernas. Ahora mismo, son once los que viven en el cementerio. Cinco de ellos pertenecían a algún difunto, o al menos eso creo, pues aparecieron el día del entierro de Charlotte Boivin (1954-2010), Olivier Feige (1965-2012), Virginie Teyssandier (1928-2004), Bertrand Witman (1947-2003) y Florence Leroox (1931-2009). Charlotte es blanca, Olivier es negro, Virginie es un gato callejero, Bertrand es gris y Florence (es un macho), salpicado de manchas blancas, negras y marrones. Los otros seis llegaron después. Van y vienen. Como la gente sabe que en el cementerio los gatos son alimentados y esterilizados, suelen abandonarlos, es decir, arrojarlos por encima de los muros.

Es Elvis quien les ha bautizado a medida que los ha ido encontrando. Está Spanish Eyes, Kentucky Rain, Moody Blue, Love Me, Tutti Frutti y My Way. My Way fue depositado en mi felpudo en una caja de zapatos de hombre talla 43.

Siempre que Nono ve a otro pequeñajo desembarcar en el cementerio, le pone las cartas boca arriba: «Te prevengo, la especialidad de la patrona es cortar las pelotas». Pero eso no impide que los gatos se queden cerca de mí.

Nono ha instalado una gatera en la puerta de mi casa para que puedan entrar. Sin embargo, la mayoría prefiere acomodarse en el interior de las capillas funerarias. Tienen sus costumbres y sus preferencias. A excepción de My Way y de Florence, que están siempre hechos un ovillo en alguna parte de mi habitación, los otros me siguen hasta el porche pero no entran. Como si Philippe Toussaint estuviera todavía ahí, en el interior. ¿Acaso ven a su fantasma? Se dice que los gatos conversan con las almas. Philippe Toussaint no amaba a los animales. Yo los he amado desde mi más tierna infancia, pese a que mi infancia no tuvo nada de tierna.

Por lo general a los visitantes les gusta verse rodeados por los gatos del cementerio. Muchos de ellos dicen que su difunto se sirve de los felinos para hacerles una señal. En la tumba de Micheline Clément (1957-2013) está escrito: «Si hay paraíso, el paraíso no será tal, salvo que sea recibida por mis perros y mis gatos».

Regreso a casa seguida por Moody Blue y Virginie. Cuando

abro la puerta, Nono está hablando de Gaston con el padre Cédric. Le habla de esa torpeza legendaria, de ese temblor de tierra sobre el que Gaston parece vivir permanentemente. Del día en que, con ocasión de una exhumación, Gaston volcó su carretilla abarrotada de huesos en medio del cementerio y un cráneo rodó hasta un banco sin que nadie se diera cuenta. Horrorizado, Nono tuvo que avisarle para decirle que había olvidado una «bola de billar» bajo el banco.

A diferencia de los curas que lo han precedido, Cédric pasa por casa todas las mañanas. Al escuchar las historias de Nono, el padre Cédric repite: «Dios mío, no es posible, Dios mío, no es posible». Pero cada mañana, regresa y pide a Nono que le cuente nuevas anécdotas. Entre cada frase, se echa a reír y nosotros con él. Yo la primera.

Me encanta reírme de la muerte, burlarme de ella. Es mi forma de apartarla. Así, se da menos importancia. Al mofarme de ella, dejo que la vida recupere el control, tome el poder.

Nono tutea al padre Cédric, pero lo llama «señor cura».

—Al parecer, una vez sacaron un cuerpo que estaba casi intacto. ¡Después de más de setenta años, señor cura, intacto!... El problema es que el agujero para meter al fiambre en el osario era demasiado pequeño. Elvis vino corriendo a buscarme, la nariz goteándole como siempre, y me dijo: «¡Nono, ven rápido, ven rápido!». Yo repuse: «Pero ¿qué es lo que pasa?». Y Elvis que grita: «¡Es Gaston, que ha atascado a un hombre en el "bujero"!». Y yo repliqué: «Pero ¿qué "bujero"?». Llego al osario corriendo, ¡y me encuentro a Gaston empujando el cuerpo para hacerlo entrar en el interior del osario! Y le digo: «Joder, tío, no estamos en Alemania durante la guerra, allí...». Y lo mejor, ahora viene lo mejor, se lo cuento todo el tiempo al alcalde y este se muere de risa, ¿eh?... Los servicios del ayuntamiento nos habían prestado una bombona de gas colocada en un pequeño carrito con cuatro ruedas y un soplete para quemar las malas hierbas. Y va el otro, Elvis, y enciende el soplete y Gaston abre el gas... y entonces, te explico, señor cura, se debe abrir el gas muy lentamente, pero Gaston lo abrió del todo y cuando Elvis se acercó con su mechero, ¡se escuchó el bum por todo el cementerio! Cualquiera habría creído que se había declarado la guerra ahí dentro... ¡Y agárrate! Encontraron el medio de...

Nono se echa a reír con fuerza. Con la nariz hundida en un pañuelo, continúa su historia:

—Hay una mujer que limpia una tumba, y que deja su bolso encima, ellos prendieron fuego al bolso de la señora... ¡Te lo juro por la cabeza de mis nietos, señor cura, es cierto! Que me muera ahora mismo si miento. Elvis empezó a saltar con los pies juntos sobre el bolso de la señora para apagar el fuego, ¡con los pies juntos sobre el bolso!

Arrellanado contra una ventana, con My Way en las rodillas, Elvis empieza a cantar suavemente: *«I fell my temperature rising, higher, higher, it's burning through to my soul...»*.

—Elvis, cuéntale al señor cura que dentro del bolso estaban las gafas de la señora, ¡y que tú le rompiste los cristales! ¡Tendrías que haber visto el desastre, señor cura! Elvis que decía: *«Gaston ha jodido el bolso...»*. Y la pequeña viejecita que gritaba: *«¡Me ha roto mis gafas! ¡Me ha roto mis gafas!»*.

El padre Cédric, presa de una risa incontenible, llora en su taza.

—¡Dios mío, no es posible, Dios mío, no es posible!

Nono divisa a su jefe a través de mis cristales. Se levanta de golpe. Elvis lo imita.

—Ahora que mencionas a tu jefe, por ahí asoma el nuestro. ¡Discúlpame, señor cura! Que Dios me perdone, y si no me perdona, tampoco pasa nada. ¡Venga, un saludo a todos!

Nono y Elvis salen de mi casa precipitadamente y se dirigen hacia donde está su jefe. Como responsable de los servicios técnicos del pueblo, Jean-Louis Darmonville es el encargado de supervisar a los sepultureros. Al parecer tiene tantas amantes en mi cementerio como en la calle principal de Brancion. No obstante, no es demasiado apuesto que digamos. De cuando en cuando, asoma las narices y recorre mis avenidas. ¿Se acordará de todas esas mujeres a las que apenas estrechó en sus brazos? ¿De aquellas que se la chuparon? ¿Contemplará sus retratos? ¿Se acordará de sus nombres? ¿De su rostro? ¿De su voz? ¿De su risa? ¿De su olor? ¿Qué le queda ahora de esos no-amores? Nunca le he visto recogerse. Simplemente caminar, con mirada altanera. ¿Vendrá a asegurarse de que ninguna de ellas hablará jamás de él?

Yo en cambio, no tengo jefe. Solamente respondo ante el alcalde. El mismo desde hace veinte años. Y al alcalde no le veo más que en los entierros de sus administrados. Los comerciantes, los militares, los empleados municipales y las personas influyentes, los «peces gordos» como los llaman por aquí. Una vez enterró a un amigo de infancia, la pena le había consumido hasta tal punto el rostro que no le reconocí.

El padre Cédric se levanta a su vez para marcharse.

—Que tenga buen día, Violette. Muchas gracias por el café y el buen humor. Hace mucho bien.

—Buen día, padre.

Posa una mano en el pomo de mi puerta y se vuelve hacia mí.

—Violette, ¿alguna vez tiene dudas?

Sopeso mis palabras antes de responderle. Siempre sopeso mis palabras. Uno nunca sabe. Sobre todo cuando me dirijo a un empleado de Dios.

—Desde hace algunos años, no tantas. Pero es porque aquí me siento en mi lugar.

Deja pasar un momento antes de continuar:

—Tengo miedo de no estar a la altura. Confieso, caso, bautizo, predico, enseño el catecismo. Es una gran responsabilidad. A menudo tengo la sensación de traicionar a aquellos que han depositado su confianza en mí. Y a Dios el primero.

Ante eso, no sopeso nada y respondo:

—¿No ha pensado nunca que Dios ha sido el primero en traicionar a los hombres?

El padre Cédric parece escandalizado por mi comentario.

—Dios solo es amor.

—Si Dios solo es amor, entonces ha tenido que traicionar: la traición es consustancial al amor.

—Violette, ¿de verdad piensa lo que está diciendo?

—Siempre pienso lo que digo, padre. Dios está hecho a imagen del hombre. Eso quiere decir que él miente, que da, que ama, que quita, que traiciona como cualquiera de nosotros.

—Dios es un amor universal. A través de toda su creación, Dios evoluciona gracias a usted, gracias a nosotros, gracias a todos los jerarcas de la luz, siente y vive todo lo que se ha vivido y desea crear siempre la perfección, la belleza... Es de mí de quien dudo, y no de él.

—¿Y por qué duda usted?

Ningún sonido sale de su boca. Me contempla, postrado.

—Puede hablar libremente, padre. Hay dos confesionarios en Brancion, el de su iglesia y el de esta habitación. Debe saber que aquí me cuentan un montón de cosas.

Sonríe con tristeza.

—Siento cada vez más ganas de ser padre... La idea me desvela por las noches... Al principio, interpreté ese deseo de paternidad como orgullo, vanidad. Pero...

Se acerca a la mesa, y abre y cierra el azucarero maquinalmente. My Way se acerca para frotarse contra sus piernas. Él se agacha para acariciarlo.

—¿No ha pensado en la adopción?

—No tengo derecho, en absoluto, Violette. Todas las leyes me lo prohíben. Tanto las terrestres como las divinas.

Se da la vuelta y mira maquinalmente por la ventana. Una sombra pasa.

—Disculpe, padre, pero ¿se ha enamorado ya?

—Solo amo a Dios.

14

El día en que alguien te ama,
hace muy buen tiempo

Los primeros meses de nuestra vida en común en Charle-ville-Mézières, escribí en rotulador rojo en el interior de cada día: amor verdadero. Y fue justo hasta el 31 de diciembre de 1985. Mi sombra estaba siempre en la de Philippe Toussaint, excepto cuando yo trabajaba. Él me aspiraba. Me bebía. Me envolvía. Era de una sensualidad increíble. Me fundía en su boca, como un caramelo, o azúcar glas. Yo vivía perpetuamente en una fiesta. Cuando pienso en esa etapa de mi vida, me veo inmersa en un parque de atracciones.

Él siempre sabía dónde posar sus manos, su boca, sus besos. No se perdía nunca. Había hecho un mapa de carreteras de mi cuerpo, con itinerarios que conocía de memoria y de los que yo ignoraba su existencia.

Cuando terminábamos de hacer el amor, nuestras piernas y nuestros labios temblaban al unísono. Vivíamos en las que-maduras el uno del otro. Philippe Toussaint decía siempre: «¡Violette, joder, pero joder, Violette, nunca he experimentado nada parecido! ¡Eres una bruja, estoy seguro de que eres una bruja!».

Creo que me engañaba ya desde el primer año. Creo que me

ha engañado siempre. Que me mentía. Que corría a los brazos de otras en cuanto le daba la espalda.

Philippe Toussaint era como esos cisnes que se ven tan hermosos en el agua y que, sin embargo, caminan por la tierra renqueando. Él transformaba nuestro lecho en un paraíso, era gracioso y sensual en el amor, pero, en cuanto se levantaba, en cuanto cogía la vertical y abandonaba la horizontalidad de nuestro amor, perdía un montón de tonos. No tenía ninguna conversación y no se interesaba por nada más que por su moto y los videojuegos.

No quería que yo siguiera poniendo copas en el Tibourin, estaba demasiado celoso de los hombres que se me acercaban. Después de conocerle, tuve que despedirme de inmediato. Sin embargo trabajaba de camarera en una cervecería. Mi turno empezaba a las diez de la mañana para preparar el servicio de comidas y terminaba hacia las seis de la tarde.

Cuando salía por la mañana de nuestro pequeño apartamento, Philippe Toussaint aún dormía. Me costaba muchísimo abandonar nuestro confortable nido para encontrarme con el frío de la calle. Él me decía que durante la jornada salía a pasear con la moto. Cuando yo regresaba por la noche, estaba acomodado delante de la televisión. Yo abría la puerta y me tendía sobre él. Exactamente como si después del trabajo, me sumergiera en una inmensa piscina cálida, inmersa en sol. Yo, que quería poner un poco de azul en mi vida, estaba servida.

Habría hecho cualquier cosa para que me tocara. Solo eso. Que me tocara. Tenía la sensación de pertenecerle en cuerpo y alma, y me encantaba pertenecerle de esa forma. Por entonces tenía diecisiete años y mi cabeza arrastraba mucha felicidad atrasada que recuperar. Si él me hubiera abandonado, mi cuerpo seguramente no habría sabido encajar el golpe de una segunda separación después de la de mi madre.

Philippe Toussaint no trabajaba más que esporádicamente, cuando sus padres se enfadaban con él. Su padre siempre encontraba algún amigo con quien colocarlo. Lo había probado todo. Pintor de brocha gorda, mecánico, repartidor, guarda nocturno, limpiador. Philippe Toussaint se presentaba puntual el primer día, pero generalmente no terminaba la semana. Siempre encontraba una excusa para no volver. Vivíamos de mi sueldo, que yo ingresaba en su cuenta, pues al ser menor de edad era más sencillo. Lo único que me quedaba para mí eran las propinas.

Alguna vez sus padres desembarcaban durante la jornada en casa sin previo aviso. Disponían de un duplicado de las llaves del estudio. Se pasaban para sermonear a su hijo único de veintisiete años sin trabajo, y para llenar su nevera.

Yo no les veía jamás, estaba trabajando. Pero un día que libraba, aparecieron. Acabábamos de hacer el amor. Yo estaba desnuda, recostada sobre el sofá. Philippe Toussaint se estaba dando una ducha. No les oí entrar. Yo cantaba a voz en grito algo de Lio: «¡Y tú, dime que me amas! ¡Aunque sea una mentira! ¡Porque sé que mientes! ¡La vida es tan triste! ¡Dime que me amas! ¡Todos los días son iguales! ¡Necesito más romance!». Cuando les vi frente a mí, pensé para mis adentros: «Philippe Toussaint no se parece nada a sus padres».

Nunca olvidaré la mirada que la madre Toussaint posó en mí, su rictus. Nunca olvidaré el desprecio de su mirada. Yo, que apenas sabía leer, que tropezaba con las palabras, supe interpretarla a la perfección. Como si un espejo malévolo me devolviera la imagen de una joven degradada, despreciada, sin ningún valor. Un desecho, una ramera de la peor calaña, una chica del arroyo.

Ella era toda castaño rojiza. Sus cabellos tan increíblemente tirantes y apretados en su moño que podían distinguirse las venas de sus sienes bajo su fina piel. Su boca era una línea de desaprobación. Sus párpados, siempre cubiertos de una pesada capa de sombra verde sobre sus ojos azules, mostraban una falta de gusto con la que cargaba permanentemente. Como un maleficio. Tenía una nariz en forma de pico, como el de un pájaro en vías de extinción, y una piel muy blanca que seguramente nunca había sido acariciada por el sol. Cuando bajó los ojos cargados de maquillaje, al ver mi pequeño vientre redondeado, tuvo que coger una silla de la cocina para sentarse.

El padre Toussaint, un hombre encorvado y sumiso de nacimiento, comenzó a hablar como si estuviéramos en un curso de catecismo. Me acuerdo de las palabras «irresponsables» e «inconsecuentes». Creo que incluso llegó a hablar de Jesucristo. Me pregunté qué pintaba Jesús ahí, en ese estudio. ¿Qué diría al ver a los padres Toussaint sumidos en el oprobio y en sus vestidos caros, y a mí, totalmente desnuda, enroscada en una manta con los rascacielos de la ciudad de Nueva York impresos en rojo?

Cuando Philippe Toussaint salió del cuarto de baño, con una toalla anudada alrededor de la cintura, ni siquiera me miró. Hizo como si yo no existiera. Como si únicamente su madre estuviera presente en la habitación. Solo tuvo ojos para ella. Yo me sentí todavía más miserable. Como la cría de un chucho. La nada. Como el padre Toussaint. La madre y el hijo comenzaron hablar de mí como si yo no les escuchara. Sobre todo la madre.

—¿Eres tú el padre? ¿Estás seguro? Lo has comprobado, ¿no? ¿Dónde has encontrado a esta chica? ¿Acaso quieres matarnos? ¿Es eso? ¡El aborto no está hecho para los chuchos! ¡Dónde tienes la cabeza, mi pobre pequeño!

En cuanto al padre, continuaba predicando su evangelio:

—Todo es posible, nada es imposible, se puede cambiar, basta con creerlo, no bajar jamás los brazos...

Enroscada en mis rascacielos, me dieron ganas de reír y llorar al mismo tiempo. Tenía la sensación de estar en una comedia italiana pero sin la gracia de los italianos. Me había acostumbrado al tratar con los asistentes sociales y las educadoras especializadas, a que hablaran de mí, de mi vida, de mi futuro, como si no me concerniera. Como si estuviera ausente de mi propia historia, de mi existencia. Como si fuera un problema a resolver y no una persona.

Los padres Toussaint iban peinados y calzados como si fueran a una boda. Ocasionalmente, la madre posaba sus ojos en mí por espacio de un segundo, pues de hacerlo más tiempo se le habría ensuciado la córnea.

Cuando se marcharon sin saludarme, Philippe Toussaint

empezó a gritar: «¡Mierda! ¡vaya coñazo!», dando fuertes puntapiés a las paredes. Me pidió que me marchara hasta que recuperara la calma. Si no, esas patadas, terminarían en mí. Tenía aspecto aterrorizado cuando debería ser yo quien lo tuviera. La violencia no me era desconocida. Me había criado junto a ella, sin que jamás llegara a tocarme físicamente. Siempre había logrado esquivarla.

Salí a la calle, hacía frío. Caminé con paso rápido para entrar en calor. Nuestra vida cotidiana estaba hecha de despreocupación, había sido necesario que el padre y la madre Toussaint abrieran nuestra puerta para hacer volar todo en pedazos. Una hora más tarde regresé al estudio. Philippe Toussaint se había dormido. No le quise despertar.

Al día siguiente, cumplí dieciocho años. A guisa de regalo de aniversario, Philippe Toussaint me anunció que su padre nos había encontrado un trabajo a los dos. Íbamos a convertirnos en guardabarreras. El puesto, muy cerca de Nancy, quedaría libre en poco tiempo. Solo teníamos que esperar a que llegara ese momento.

15

Amable mariposa, despliega tus bonitas alas
y corre a su tumba para decirle que le amo

Gaston ha vuelto a caerse en una fosa. He dejado de contar el número de veces que le ha sucedido algo así. Hace dos años, durante una exhumación, se cayó a cuatro patas sobre el féretro encontrándose cara a cara con los huesos. ¿Cuántas veces, durante los entierros, se ha enredado los pies en cuerdas imaginarias?

Nono le había dado la espalda unos minutos para acercar una carretilla con tierra que se encontraba a unos cuarenta metros. Gaston estaba hablando con la condesa de Darrieux y cuando Nono regresó, había desaparecido. La tierra se había desprendido y Gaston nadaba en la fosa mientras gritaba: «¡Llama a Violette!». A lo que Nono respondió: «¡Violette no es una socorrista!». Sin embargo, Nono le había advertido que la tierra era quebradiza en esa estación. Mientras ayudaba a Gaston a salir de su apuro, Elvis cantó: *«Face down on the street, in the ghetto, in the ghetto»*. A veces tengo la sensación de vivir con los hermanos Marx. Pero la verdad me devuelve cada día a la tierra.

Mañana hay un entierro. El doctor Guyennot. Hasta los médicos acaban muriendo. Una muerte natural a los noventa y un años, en su cama. Él ha curado a todo Brancion-en-Chalon y alrededores durante cincuenta años. Tendría que haber mucha gente en sus exequias.

La condesa de Darrieux se rehace de sus emociones bebiendo a sorbitos un licor de ciruelas que me regaló la señorita Brulier, cuyos padres reposan en la glorieta de los Cedros. La condesa se ha asustado mucho al ver a Gaston sumergirse en la fosa. Me comenta con sonrisa maliciosa: «Creí estar viendo los campeonatos del mundo de natación». Adoro a esa mujer, forma parte de los visitantes que tanto bien me hacen.

En mi cementerio reposa su esposo y su amante. De primavera a otoño, la condesa de Darrieux adorna con flores las dos tumbas. Plantas crasas para su esposo y un ramo de girasoles en un jarrón para su amante, al que llama «su verdadero amor». El problema es que su verdadero amor estaba casado. Y cada vez que la viuda de ese verdadero amor descubre los girasoles de la condesa en su jarrón, los arroja al cubo de basura.

He tratado de recuperar esas pobres flores para depositarlas en otra tumba, pero es imposible, pues la viuda les arranca todos los pétalos. Y sin duda no creo que haya murmurado: «Me quiere, no me quiere, un poco, mucho, apasionadamente, con locura, para nada» mientras deshojaba los girasoles de la condesa.

En veinte años, he visto a viudas desconsoladas el día del entierro de su marido que después no han vuelto a poner un pie en el cementerio. Me he encontrado también con muchos viudos que se han vuelto a casar cuando el cuerpo de su mujer aún estaba caliente. Al principio, deslizaban algunos céntimos en la hucha de mariquita para que yo continuara ocupándome de las flores.

Conozco a algunas señoras de Brancion que se han especializado en viudos. Recorren las avenidas todas vestidas de negro, fijándose en los hombres solos que riegan las flores de la tumba de su esposa difunta. Durante mucho tiempo observé las argucias de una tal Clotilde C. que cada semana se inventaba nuevos muertos a los que visitar en mi cementerio. Al primer viudo inconsolable que divisaba, se acercaba entablando conversación a propósito de la climatología, de la vida que continúa y se hacía invitar a «beber un aperitivo una de estas tardes». Terminó por casarse con Armand Bernigal, cuya esposa (Marie-Pierre Vernier, de casada Bernigal, 1967-2002) reposa en la glorieta de los Tejos.

He recuperado y recogido decenas de placas funerarias nuevas de la basura o disimuladas bajo los matorrales por familias ultrajadas. Placas con las palabras: «A mi amor por toda la eternidad» que habían sido depositadas por un o una amante.

Y veo, cada día, a esos ilegítimos venir a recogerse discretamente. Sobre todo las amantes. Hay una gran mayoría de mujeres que aparecen por los cementerios porque viven más tiempo. Los amantes no vienen nunca los fines de semana, a horas donde podrían cruzarse con alguien. Siempre lo hacen nada más abrir o antes de cerrar las verjas. ¿A cuántos no habré dejado encerrados? Acuclillados sobre las tumbas no puedo verlos y tienen que venir a llamar a mi puerta para que les libere.

Me acuerdo de Émilie B. Después de que su amante, Laurent D. entregara su alma, llegaba siempre media hora antes de abrir. Cuando la veía esperar detrás de las verjas, me enfundaba un abrigo negro sobre mi camisón y salía a abrirla en zapatillas. Ha sido la única persona por la que he hecho algo así, porque me daba mucha pena. Cada mañana le ofrecía una taza de café azucarado con un poco de leche. Intercambiábamos algunas palabras. Ella me hablaba de su amor apasionado por Laurent. Me hablaba de él como si estuviera presente. Me decía: «El recuerdo es más fuerte que la muerte. Aún puedo sentir sus manos sobre mí. Sé que me está mirando allí donde esté». Antes de marcharse, dejaba su taza vacía en el reborde de la ventana. Cuando venían visitantes a recogerse sobre la tumba de Laurent, su esposa, sus padres o sus hijos, Émilie cambiaba de tumba, esperaba, agazapada en un rincón. Y en cuanto ya no quedaba nadie, regresaba con Laurent para recogerse y hablar con él.

Una mañana, Émilie no apareció. Me dije que habría terminado su duelo. Porque la mayor parte de las veces, terminamos por pasar el duelo. El tiempo deshace la pena. Por inmensa que esta sea. Salvo la pena de una madre o un padre que han perdido a su hijo.

Me equivocaba. Émilie B. nunca terminó su duelo. Regresó a mi cementerio entre cuatro tablas. Rodeada por los suyos. Creo que nadie supo nunca que Laurent y ella se habían amado. Por supuesto, Émilie no fue enterrada cerca de él.

El día de su entierro, cuando todo el mundo se marchó, al igual que se planta un árbol el día de un nacimiento, yo saqué un esqueje. Émilie había plantado una lavanda en la tumba de Laurent. Corté un largo tallo de la planta y le hice un montón de pequeños cortes para favorecer la aparición de raíces, le corté la cabeza y lo metí en la base de una botella perforada, rellenada con tierra y un poco de abono. Un mes después, el tallo había recuperado sus raíces.

La lavanda de Laurent iba también a convertirse en la de Émilie. Tendrían eso durante años, esa flor en común, hija de la planta madre. Durante todo el invierno me encargué del retoño y al llegar la primavera lo planté en la tumba de Émilie. Como dice la cantante Barbara: «la primavera es una estación hermosa para hablarse de amor». Aún hoy en día las lavandas de Laurent y Émilie siguen estando magníficas y perfuman todas las tumbas a su alrededor.

16

Nunca conocemos a la gente por azar.
Está destinada a cruzarse en nuestro camino
por alguna razón

—Léonine.

—¿Cómo dices?

—Léonine.

—Estás chalada... ¿Qué clase de nombre es ese? ¿Una marca de detergente?

—Me encanta ese nombre. Y además, la gente la llamará Léo. Me gustan las chicas que tienen nombre de chico.

—Llámala Henri, ya puestos.

—Léonine Toussaint... Es muy bonito.

—¡Estamos en 1986! Ya podrías buscar algo más moderno como... Jennifer o Jessica.

—No, por favor, Léonine...

—De todas formas siempre haces lo que quieres. Si es una niña, serás tú quien elija. Si es un niño, seré yo.

—¿Y qué nombre le pondrías a nuestro hijo?

—Jason.

—Espero que sea una niña.

—Pues yo no.

—¿Hacemos el amor?

17

Escucho tu voz en todos los ruidos del mundo

19 de enero de 2017, cielo gris, ocho grados, tres de la tarde. Entierro del doctor Philippe Guyennot (1924-2017). Ataúd de castaño, cubierto de rosas amarillas y blancas. Mármol negro. Una pequeña cruz dorada sobre la estela.

Una cincuentena de ramos, coronas, centros, plantas (flores de lis, rosas, ciclámenes, crisantemos, orquídeas).

Cintas con frases de condolencia en las que se puede leer: «A nuestro querido padre», «A mi querido esposo», «A nuestro querido abuelo», «Recuerdo de la promoción de 1924», «Los comerciantes de Brancion-en-Chalon», «A nuestro amigo», «A nuestro amigo», «A nuestro amigo».

En las placas funerarias: «El tiempo pasa, el recuerdo permanece», «A mi querido esposo», «Tus amigos que no te olvidarán nunca», «A nuestro padre», «A nuestro abuelo», «A nuestro tío bisabuelo», «A nuestro padrino», «Y así todo pasa sobre la tierra, espíritu, belleza, gracia y talento, como una flor efímera que se deshace al soplar el viento».

Un centenar de personas están presentes alrededor de la tumba. Incluidas Nono, Gaston, Elvis y yo. Antes de enterrarlo más de cuatrocientas personas se han reunido en la pequeña iglesia del padre Cédric. No todo el mundo ha conseguido entrar y sentarse en los bancos, pues primero se permitió a los viejos instalarse unos al lado de otros. Muchos han tenido que quedarse de pie, recogidos en el pequeño atrio de la iglesia.

La condesa de Darrieux me contó que se había acordado de ese valiente médico que volvía a visitarte a casa pasada la medianoche, con la camisa arrugada tras haber recorrido la campiña, solo para comprobar que la fiebre del niño había descendido desde la mañana. Y me dijo: «Cada uno de nosotros ha recordado sus anginas de pecho, sus paperas, sus malas gripes y las actas de defunción que él rellenaba inclinado sobre la mesa de cocina, pues cuando el doctor Guyennot comenzó a ejercer, la gente aún moría en su cama y no en el hospital».

Philippe Guyennot deja un bonito rastro tras de sí. Durante su discurso, su hijo ha declarado: «Mi padre era un hombre devoto de su profesión, que no cobraba más que una sola consulta incluso si pasaba varias veces en un mismo día a visitar al enfermo o posaba su estetoscopio en el corazón de toda una familia. Era un gran médico capaz de acertar con el diagnóstico simplemente con formular tres preguntas y examinar el fondo de ojo del enfermo, en un mundo donde aún no se habían inventado los "genéricos"».

Sobre la estela, ha sido grabado un medallón representando a Philippe Guyennot. La familia ha escogido una foto tomada durante las vacaciones en la que el médico aparenta unos cincuenta años. Con rostro bronceado, sonríe mostrando los dientes, y a su espalda puede adivinarse el mar. Un verano en el que debió solicitar un sustituto y desertar de la campiña y los accesos de tos para cerrar los ojos al sol.

Antes de bendecir el féretro, las últimas palabras del padre Cédric son: «Philippe Guyennot, como el padre me ha amado yo os he amado. No hay amor más grande que el de dar la vida por aquellos a los que amamos».

Se organizó una copa en la sala comunal del ayuntamiento en homenaje al difunto. Siempre me invitan, pero yo no asisto nunca a esos actos. Todos se marcharon hacia allí, salvo Pierre Lucchini y yo.

Mientras los marmolistas cierran la tumba de la familia, Pierre Lucchini me cuenta que el difunto había conocido a su mujer el día que esta se casaba con otro hombre. Durante el baile de apertura, ella se torció un tobillo. Llamaron de urgencia a Philippe para que la curara. Cuando el médico vio a su futura esposa vestida de novia, con el tobillo envuelto en hielo, se enamoró al instante. La tomó en sus brazos para llevársela a hacer una radiografía al hospital y nunca la devolvió a su flamante y breve esposo. Pierre añade sonriendo: «Y fue curándole el tobillo como le pidió la mano».

Antes de cerrar las verjas, los dos hijos de Philippe regresan al cementerio. Contemplan el trabajo de los marmolistas y recogen las palabras de condolencia prendidas en las coronas y ramos. Al subirse en un coche que les llevará de vuelta a París, me saludan con la mano.

18

*Las hojas muertas se recogen con pala,
los recuerdos y pesares también*

Hablo sola. Hablo a los muertos, a los gatos, a los lagartos, a las flores, a Dios (y no siempre en tono amable). Hablo conmigo misma. Me interrogo. Me interpelo. Me insuflo valor.

No encajo en ninguna categoría. Nunca he encajado en ese tipo de clasificaciones. Cuando hago algún test en una revista femenina del tipo: «Conócete a ti misma» o «Conózcase mejor», nunca hay una respuesta para mí. Me pasa igual con todo.

En Brancion-en-Chalon, hay personas a las que no les gusto, que desconfían o tienen miedo de mí. Tal vez porque parece que llevo luto permanentemente. Si supieran que debajo está el verano, tal vez me harían quemar en una pira. Todos los oficios que se relacionan con la muerte resultan sospechosos.

Y además, mi marido ha desaparecido. Así, tal cual, de un día para otro. «Reconozca que es raro. Se marcha en moto y alehop, desaparecido. No se le vuelve a ver jamás. Y además un hombre tan atractivo, por si eso no fuera bastante mala suerte. Y los gendarmes que no hacen nada. Y ella a la que nunca han molestado, que nunca ha sido interrogada. Y que no parece estar muy triste. Los ojos secos. Para mí que oculta algo. Siempre vestida de negro, siempre hecha un pincel... Muy siniestra esa mujer. Además en el cementerio pasan cosas que no parecen muy católicas, ella no me inspira confianza. Los sepultureros se pasan el día metidos en su casa. Y además, mira cómo habla sola. No me digas que es normal hablar sola».

Y luego están los otros. «Una mujer valiente. Que te habla con el corazón en la mano. Devota. Sonriente, discreta. Un oficio tan difícil. Ya nadie quiere realizar un oficio así. Y encima sola. Su marido la ha abandonado. Tiene mucho mérito. Siempre dispuesta a ofrecer una copita de algo a los más desdichados. Siempre una palabra amable. Y muy arreglada, con una elegancia... Pulcra, sonriente, compasiva. No hay nada que se le pueda reprochar. Una auténtica trabajadora. El cementerio está impecable. Una mujer sencilla que no da problemas. Un poco en la luna, eso sí, pero estar en la luna nunca ha matado a nadie».

Yo soy el tema principal de su guerra civil.

Una vez, el alcalde recibió un correo en el que se exigía mi despido del cementerio. Él respondió educadamente que nunca había cometido una falta.

De vez en cuando los jóvenes arrojan guijarros contra las contraventanas de mi habitación para asustarme o se acercan para llamar estruendosamente a mi puerta en plena noche. Puedo oír cómo se ríen desde mi cama. Cuando Éliane empieza a ladrar o yo agito la campana, cuyo sonido es espantoso, salen corriendo a toda prisa.

A los jóvenes prefiero conocerlos vivos, molestos, ruidosos, borrachos, estúpidos, antes que ver a la gente caminar detrás de su ataúd, encorvados por la pena.

En verano es posible también ver adolescentes trepar a los muros del cementerio y colarse. Esperan a la medianoche. Vienen en grupo y se divierten asustándose. Se esconden detrás de las cruces profiriendo gruñidos o hacen chirriar la puerta de las capillas funerarias. También están los que practican sesiones de espiritismo para aterrorizar o impresionar a sus ligues. «¿Espíritu, estás ahí?» En el transcurso de esas sesiones he escuchado a las chicas gritar y salir corriendo ante la más mínima «manifestación sobrenatural». Manifestaciones que provienen de los gatos que cazan polillas entre las tumbas, de erizos que vuelcan los cuencos del pienso para gatos o de mí, ya que les apunto desde detrás de una tumba con una pistola de agua con colorante.

No soporto que no respeten el lugar en el que reposan los difuntos. Como primera medida, enciendo las luces de delante de mi casa y hago sonar la campana. Si eso no sirve, salgo con mi pistola con colorante y les persigo a través de las avenidas. En el cementerio no hay luz por la noche, pero yo soy capaz de desplazarme sin ser vista. Lo conozco de memoria. Puedo orientarme con los ojos cerrados.

Aparte de aquellos que vienen a hacer el amor, una noche descubrí a un grupo que estaba viendo una película de terror sentados en la tumba de Diane de Vigneron, la primera inhumada del cementerio. La misma de quien algunos habitantes de Brancion afirman haber visto su fantasma desde hace siglos. Me acerqué a hurtadillas por detrás de los intrusos y soplé con todas mis fuerzas un silbato. Salieron corriendo como conejos, abandonando el ordenador sobre la tumba.

En 2007 me enfrenté a graves problemas a causa de una banda de jóvenes que estaba de vacaciones. Gente de paso. Parisinos o algo así. Desde el 1 al 30 de julio, saltaban cada día los muros del cementerio para dormir al aire libre entre las tumbas. Tuve que llamar a los gendarmes varias veces. Nono les propinó varios puntapiés en el trasero mientras les explicaba que el cementerio no era un lugar para jugar, pero volvían al día siguiente. Yo había encendido las luces delante de mi casa, agitado la campana, disparado con mi pistola de agua, sin lograr echarles. Nada parecía impresionarles.

Por suerte, el 31 de julio por la mañana se marcharon. Pero al año siguiente, regresaron. El 1 de julio por la noche ya estaban ahí. Pude oírles hacia las doce. Se habían instalado en la tumba de Cécile Delaserbe (1956-2003). Y a diferencia del año anterior, fumaban y bebían mucho, dejando las botellas abandonadas por todo el cementerio. Cada mañana, había que recoger las colillas aplastadas en los tiestos de flores.

Y entonces se produjo un milagro: en la noche del 8 al 9 de julio, se marcharon. No olvidaré nunca los gritos de espanto que profirieron. Afirmaban que habían visto «algo».

Al día siguiente, Nono me contó que había encontrado unas pastillas azules cerca del osario, una droga muy costosa que debió de deformar la visión de un fuego fatuo en sus mentes alteradas convirtiéndola en una suerte de espectro. No sé si fue el fantasma de Diane de Vigneron o el de Reine Ducha, la dama blanca, el que me liberó de esos jóvenes estúpidos, pero le doy las gracias.

19

*Si plantara una flor
por cada uno de mis pensamientos hacia ti,
la tierra sería un inmenso jardín*

Me disponía a entrar en el portal de nuestro estudio cuando, en el escaparate de la tienda de abajo, vi una manzana roja en la cubierta de un libro: *Príncipes de Maine, reyes de Nueva Inglaterra (Las normas de la casa de la sidra)*, de John Irving. No supe interpretar el título. Era demasiado complicado para mí. En 1986 tenía dieciocho años y mi nivel escolar era el de un niño de seis. Maes-tra, al co-le-gio, voy, yo tengo, tú tienes, yo vuel-vo a mi ca-sa, bue-nos días se-ño-ra, Donut, Babybel, El Case-rio, Skip, Fanta, Ballentine's.

Compré ese libro de ochocientas veintiuna páginas sabiendo que leer una página y comprenderla podría llevarme horas. Un poco como si hubiera cumplido cincuenta años y me hubiese regalado unos vaqueros de la talla 36. Pero lo compré, porque al ver la manzana se me había hecho la boca agua. Y desde hacía varios meses, se me habían quitado las ganas. Todo comenzó por el aliento de Philippe Toussaint en mi nuca. Ese aliento que significaba que estaba listo, que me quería para él. Philippe Toussaint nunca me amó, pero siempre me deseó. No me moví. Fingí estar dormida y respirar fuerte.

Era la primera vez que mi cuerpo no respondía a su llamada. Y luego, esa falta de ganas se repitió, una, dos veces, para más tarde regresar como la escarcha que se posa de vez en cuando.

Siempre había lidiado con la vida, siempre había visto el lado bueno de las cosas, y raramente la parte sombría. Como esas casas situadas al borde del mar cuyas fachadas están iluminadas por el sol. Desde el barco se puede apreciar el color resplandeciente de sus muros, las empalizadas blancas como espejos y los jardines de un verde deslumbrante. No era frecuente que viera la parte trasera de esos edificios, esa que se descubre cuando pasas por la carretera, la sombra en la que están ocultos los cubos de basura y la fosa séptica.

Antes de Philippe Toussaint, y pese a las familias de acogida y mis uñas mordidas, yo veía el sol en las fachadas y rara vez las sombras. Con él, comprendí lo que significaba la desilusión. Comprendí que no bastaba con gozar de un hombre para amarlo. La imagen de un chico guapo en papel maché se había abarquillado. Su holgazanería, su falta de valor frente a sus padres, su violencia latente y el olor de otras chicas en la yema de sus dedos me habían robado algo.

Él era quien quería un hijo mío. Él era quien me había dicho: «Vamos a hacer un bebé». Ese mismo hombre, diez años mayor que yo, que le había contado a su madre entre cuchicheos que me había «recogido», que yo era una marginada y que lo «sentía mucho». Y cuando su madre le había dado la espalda tras entregarle el enésimo cheque, me había besado en el cuello diciéndome que siempre les contaba a sus «viejos» lo primero que se le ocurría para librarse de ellos. Pero las palabras ya habían sido dichas, canalizadas.

Por mi parte, yo también fingí ese día. Sonreí, y respondí: «Pues claro, desde luego, lo entiendo». Esa desilusión había hecho nacer otra cosa en mí. Otra cosa más fuerte. Y a medida que iba contemplando cómo mi vientre se redondeaba, me dieron ganas de volver a aprender. De saber qué significaba realmente que se te haga la boca agua. Y no a través de alguien, sino a través de las palabras. Esas que están en los libros y de las que había huido porque me daban miedo.

Esperé a que Philippe Toussaint se marchara en su moto para leer por cuarta vez la cubierta del libro *Príncipes de Maine, reyes de Nueva Inglaterra (Las normas de la casa de la sidra)*. Tenía que leerlo en voz alta: para entender el sentido de las palabras, era preciso que las escuchara. Como si me contara una historia. Yo era mi doble: aquella que quería aprender y aquella que iba a aprender. Mi presente y mi futuro pendientes del mismo libro.

¿Por qué nos topamos con los libros como nos topamos con la gente? ¿Por qué nos sentimos atraídos por las portadas de la misma forma que nos atrae una mirada, una voz que nos resulta familiar, ya escuchada, una voz que nos desvía de nuestro camino, nos hace alzar los ojos, atrae nuestra atención y tal vez vaya a cambiar el curso de nuestra existencia?

Después de más de dos horas, aún seguía en la segunda página y solo había logrado comprender una palabra de cada cinco. Leía y releía en voz alta cada frase: «Un huérfano es más niño que los otros niños debido a su gusto por las cosas que le suceden todos los días a una hora determinada. El huérfano se muestra ávido de todo aquello que promete durar, permanecer». «Ávido.» ¿Qué significaría esa palabra? Tendría que comprar un diccionario y aprender a utilizarlo.

Hasta entonces solo conocía las letras de las canciones que estaban escritas dentro de mis álbumes de 33 revoluciones. Las escuchaba y trataba de leerlas al mismo tiempo, pero no las entendía.

Y fue mientras pensaba en comprar mi diccionario cuando sentí por primera vez a Léonine moverse dentro de mí. Las palabras que había leído en voz alta habían debido despertarla. Sentí sus lentos movimientos como si me estuviera dando ánimos.

Al día siguiente, nos mudamos a Malgrange-sur-Nancy para convertirnos en guardabarreras. Pero antes salí de casa para comprar un diccionario y encontrar la palabra «ávido» en su interior: «El que desea algo con voracidad».

20

Si la vida no es más que una travesía
nuestro recuerdo conservará tu imagen

Paso un trapo por las cajas de plástico que protegen a mis muñecas portuguesas. Las distancio lo máximo posible para no verles los ojos, esas minúsculas cabezas de alfiler negras.

He oído decir que los enanos que decoran los jardines desaparecen de las casas... ¿Y si hiciera creer a la señora Pinto que todas mis muñecas han sido robadas?

Nono y el padre Cédric están sumidos en su conversación detrás de mí. Sobre todo Nono. Elvis está asomado a la ventana de la cocina y contempla a los visitantes pasar, mientras canta suavemente «Tutti Frutti». La voz de Nono sofocando la suya:

—Yo era pintor. Pintor de brocha gorda, y no pintor como Picasso. Y entonces mi mujer me abandonó con tres críos de corta edad... y me encontré en el paro. La empresa alegó problemas económicos para despedirme. Así que en 1982 fui contratado por la alcaldía como sepulturero.

—¿Qué edades tenían tus hijos? —pregunta el padre Cédric.

—Apenas unos niños. Los dos mayores tenían siete y cinco años y el pequeño, seis meses. Los he criado yo solo. Más tarde, tuve otra hija... Nací muy cerca de aquí, detrás del primer bloque de casas al lado de tu iglesia. En esa época, la comadrona venía a las casas. Y tú, señor cura, ¿dónde naciste?

—En Bretaña.

—Allí llueve todo el tiempo.

—Es posible, pero eso no impide que los niños nazcan. Sin embargo, no me quedé demasiado tiempo en Bretaña, mi padre era militar. Le trasladaban constantemente.

—Un militar que engendra un cura, eso no es muy corriente.

La risa del padre Cédric resuena entre mis paredes. Elvis continúa canturreando. Nunca le he conocido una enamorada, a él, que se pasa los días cantando canciones de amor.

Nono me llama:

—¡Violette! Deja de jugar a las muñecas, hay alguien llamando.

Arrojo el trapo en la escalera y corro a abrir a ese visitante que sin duda busca alguna tumba.

Abro la puerta del lado del cementerio y me encuentro al comisario. Es la primera vez que llega por esa puerta. No trae la urna, y sigue mal peinado. Pero aún huele a canela y a vainilla. Sus ojos brillan como si hubiera llorado, de cansancio sin duda. Me sonríe tímidamente. Elvis cierra la ventana, el ruido que hace ahoga mi saludo.

El comisario advierte a Nono y al padre Cédric sentados en la mesa. Entonces me dice: «¿La molesto? ¿Quiere que vuelva más tarde?». Le digo que no. Que en dos horas hay un entierro y no tendré tiempo.

Entra. Saluda a Nono, a Elvis y al padre Cédric con un franco apretón de manos.

—Le presento a Norbert y Elvis, mis colegas, y a nuestro sacerdote, Cédric Duras.

El comisario se presenta su vez, es la primera vez que le oigo decir su nombre: Julien Seul. Mis tres acólitos se marchan al unísono como si el nombre del comisario les hubiese asustado. Nono grita: «¡Hasta luego, Violette!».

Me presento por primera vez: «Soy Violette. Violette Toussaint». El comisario responde:

—Ya lo sé.

—Anda, ¿ya lo sabe?

—Al principio creí que se trataba de un apodo, una especie de broma.

—¿Una broma?

—Reconozca que para una guarda del cementerio no es corriente llamarse Toussaint.

—De hecho, me apellido Trenet. Violette Trenet.

—Trenet le va más que Toussaint.

—Toussaint era el apellido de mi marido.

—¿Por qué «era»?

—Desapareció. Se evaporó de un día para otro. En fin, no de un día para otro... Digamos que prolongó una de sus ausencias.

Me dice, incómodo:

—Eso también lo sé.

—¿Lo sabe?

—La señora Bréant tiene las contraventanas rojas y la lengua muy larga.

Me acerco al fregadero para lavarme las manos, hago deslizar el jabón líquido sobre mis palmas, un jabón suave al aroma de rosas. En mi casa, todo tiene olor a rosas, mis velas, mi perfume, mi ropa de cama, mi té, las pequeñas pastas que mojo en el café. Me embadurno las manos con crema de rosas. Paso muchas horas con los dedos hundidos en la tierra, jardineando, tengo que protegerlos. Me gusta tener unas manos bonitas. Ya hace un montón de años que no me muerdo las uñas.

Durante ese tiempo, Julien Seul observa de nuevo mis paredes blancas. Tiene aspecto preocupado. Éliane frota su morro contra el comisario y él la acaricia sonriendo.

Mientras le sirvo una taza de café, me pregunto qué le habrá contado la señora Bréant.

—He escrito el discurso para mi madre.

Saca un sobre de su bolsillo interior y lo posa contra la hucha de mariquita.

—¿Ha hecho cuatrocientos kilómetros para traerme el discurso dedicado a su madre? ¿Por qué no me lo ha mandado por correo?

—No, en realidad no he venido por eso.

—¿Ha traído las cenizas?

—Tampoco.

Hace una pausa. Tiene una expresión cada vez más incómoda.

—¿Le importa si fumo en la ventana?

—No.

Saca un paquete aplastado de su bolsillo y extrae un cigarrillo rubio. Antes de prender la cerilla, me dice:

—Hay otra cosa.

Se dirige hacia la ventana y la entreabre. Me da la espalda. Da una calada y expulsa el humo hacia el exterior.

Creo entender lo que me dice con esa primera voluta:

—Sé dónde está su marido.

—¿Cómo dice?

Aplasta el cigarrillo contra la fachada exterior y se guarda la colilla en el bolsillo. Se gira hacia mí y repite:

—Sé dónde está su marido.

—¿Qué marido?

Me siento mal. No quiero por nada del mundo oír lo que está a punto de decir. Es como si hubiera subido a mi habitación sin permiso y estuviera abriendo todos mis cajones para revolverlos y sacar lo que contienen sin que yo pueda impedirlo. Baja los ojos y con una voz apenas audible susurra:

—Philippe Toussaint... sé dónde está.

21

La noche nunca es absoluta, siempre hay
al final del camino una ventana iluminada

Los únicos fantasmas en los que creo son los recuerdos. Ya sean reales o imaginarios. Para mí, los entes, los fantasmas, los espíritus y todas esas cosas sobrenaturales no existen más que en la mente de los vivos.

Algunas personas se comunican con los muertos y creo que son sinceras, pero cuando alguien está muerto, está muerto. Si regresa es porque alguien vivo lo hace volver con su pensamiento. Si habla es porque alguien vivo le presta su voz, si se aparece es porque alguien vivo lo proyecta en su mente, como un holograma, o una impresión en tres dimensiones.

La ausencia, el dolor, lo insoportable pueden revivir y hacer sentir cosas que superan lo imaginario. Pero cuando alguien parte, ha partido. Salvo en las mentes de aquellos que se quedan. Y la mente de un solo hombre es mucho más grande que el universo.

Al principio me decía que lo más difícil sería aprender a montar en monociclo. Pero me equivocaba. Lo más duro fue el miedo. Aprender a dominarlo, la noche en que lo hice. Rebajar los latidos de mi corazón. No temblar. No desanimarme. Cerrar los ojos y seguir. Era necesario que me liberara del problema, si no no cesaría nunca.

Lo había probado todo. La amabilidad, la intimidación, los demás. Ya no dormía. Solo pensaba en eso: librarme del problema. Pero ¿cómo hacerlo?

En una bicicleta, que tenga una rueda o dos es prácticamente lo mismo, es una cuestión de equilibrio. En cambio, entrenarme para rodar por la grava del cementerio, me interesaba más hacerlo de noche. Nadie debía ver a la guardesa pedaleando en un monociclo a lo largo de las tumbas. Así que empecé a ejercitarme una vez que se hacía de noche, con las verjas cerradas, durante muchos días seguidos. Necesitaba trabajar las frenadas y los acelerones. Era inconcebible que, en un momento dado, pudiera caerme.

Lo más lento, lo más fastidioso, fue coser la mortaja, esa pieza de tela que sirve para envolver los cadáveres. Uní metros y metros de tejido blanco: muselina, seda, sábanas de algodón, tul. Pasé mucho tiempo cosiendo todo aquello para darle al conjunto un aspecto realista y surrealista al mismo tiempo. Durante las noches en que cosía aquella «cosa», me decía divertida que se trataba del vestido de novia que no había podido llevar el día de mi matrimonio con Philippe Toussaint. Estoy convencida de que siempre terminamos por reírnos de todo. O al menos sonreír. Terminamos por sonreír con todo.

A continuación, metí la mortaja en la lavadora, en un programa frío, con quinientos gramos de bicarbonato de sodio para que adquiriera un blanco fluorescente. Antes de coser el forro, pegué unas bandas luminiscentes de las que se recargan cuando se exponen a la luz. Había robado varios metros del camión de los empleados del servicio de obras públicas. Normalmente las utilizan para la señalización exterior y producen una luminiscencia muy intensa. Basta con colocarlas bajo la luz justo antes de utilizarlas. Un baño de sol o una exposición prolongada bajo una lámpara servirían.

Era preciso que mi rostro y mis cabellos estuvieran completamente ocultos. Había cogido del local de los sepultureros uno de los gorros negros de Nono. Lo recorté a la altura de los ojos y por encima me coloqué un velo de novia. Un enterrador de paso me había regalado un llavero en forma de ángel. Cuando apretabas sus extremidades, proyectaba una luz lo suficientemente potente. Una especie de linterna de bolsillo pero más pequeña y flexible. La sostuve entre mis labios.

Cuando me miré en el espejo pensé que daba miedo. Auténtico miedo. Mi aspecto recordaba al de esa película de terror que los jóvenes estaban viendo en la tumba de Diane de Vigneron el día en que abandonaron su ordenador después de mi toque de silbato. Ataviada de esa guisa —un largo vestido blanco fantasmagórico, el rostro oculto bajo un velo de novia, mi cuerpo brillando como la nieve bajo los faros, y mi boca iluminándose según la cerrara o apretara los labios—, en ese contexto en particular, es decir, en un cementerio por la noche, donde el crujido de la más mínima ramita puede alcanzar proporciones irracionales, podría provocar un ataque cardiaco.

Solo me faltaba el sonido. Tenía la imagen pero no la banda sonora. Eso es lo que me dije cuando terminé de reírme sola. Hay muchos sonidos que aterrorizan a cualquiera en un cementerio por la noche. Gemidos, lamentos, un chirrido, el ruido del viento, de pasos, una música que suena muy lenta. Me decidí por una pequeña radio que no estuviera sintonizada en la frecuencia correcta. La colgué de mi monociclo. Cuando llegara el momento, la accionaría.

Hacia las diez de la noche, me oculté en el interior de una capilla mortuoria, con el corazón latiendo desbocado bajo mi atuendo y el monociclo en la mano.

No tuve que esperar mucho tiempo. Sus voces precedieron a sus pisadas. Se colaron por encima del muro situado en la parte este del cementerio. Esa noche eran cinco. Tres chicos y dos chicas. Aquello podía variar.

Esperé a que «se instalaran». A que empezaran a abrir las latas de cerveza y utilizaran los tiestos de flores como ceniceros. Se habían tendido sobre la tumba de la señora Cedilleau, una valiente mujer a la que había podido conocer cuando venía a poner flores en la tumba de su hija. Saber que estaban acostados sobre la madre y la hija me procuró la fuerza necesaria.

Empecé por montarme a horcajadas sobre el monociclo y

colocar el vestido largo correctamente, no debía pillarse con la rueda. Mis ropas se veían desde lejos pues había expuesto las bandas luminosas durante dos horas bajo un halógeno. Empujé la puerta de la capilla mortuoria haciendo mucho ruido, un ruido seco. Sus voces se callaron. Me encontraba a varios cientos de metros del grupo. Empecé a pedalear. Suavemente. Como si el aire me transportara.

Estaba a unos cuatrocientos metros de ellos, cuando uno de los chicos me divisó. Me sentí aterrorizada. Notaba mis manos sudorosas, mis piernas como algodón, la cabeza que parecía arder. El chico fue incapaz de pronunciar palabra. Pero advirtiendo su expresión, su estupor horrorizado, una de las chicas se volvió hacia mí, con un pitillo en la boca, y gritó. Gritó tan fuerte que la boca se me quedó seca, totalmente seca. Su grito hizo dar un brinco a los otros tres. El grupo que hasta ese momento reía a mandíbula batiente dejó de reír.

Los cinco me miraron fijamente. Aquello duró uno o dos segundos, no más. Me paré a doscientos metros de ellos. Apreté los labios y eso proyectó la luz en su dirección. Abrí los brazos en cruz y de nuevo comencé a rodar hacia ellos, pero esta vez mucho más rápido, de modo amenazante.

En mi memoria todo aquello sucedió a cámara lenta, me dio tiempo de disecar cada segundo. Si fallaba el golpe, si me desenmascaraban y empezaban a su vez a perseguirme, estaría perdida. Pero ni siquiera les dio tiempo a reflexionar. Cuando comprendieron que un fantasma estaba a punto de arremeter directamente contra ellos, flotando, a toda velocidad, con los brazos en cruz, salieron corriendo. Nunca vi a nadie levantarse tan rápido. Tres de ellos huyeron hacia las verjas gritando, y dos corrieron hacia el fondo del cementerio.

Decidí perseguir a los tres. Uno de ellos se había caído pero se levantó rápidamente.

No sé cómo consiguieron escalar las verjas que miden tres metros y medio de altura. Una demostración de que el miedo da alas.

Nunca más los volví a ver. Sé que han ido contando a todo

aquel que quería escucharles que el cementerio estaba hechizado. Recogí las colillas y las latas vacías que habían dejado. Y limpié la tumba de la señora Cedilleau con agua caliente.

Me costó mucho dormirme, no podía dejar de reír. En cuanto cerraba los ojos, volvía a verlos, corriendo como conejos.

Al día siguiente, guardé el monociclo y el disfraz de fantasma en el cobertizo. Antes de esconderlo en un baúl, le di las gracias. Lo doblé como se dobla un vestido de novia que se saca de vez en cuando para ver si todavía te cabe.

22

Pequeña flor de vida.
Tu perfume es eterno aunque la humanidad
te haya arrancado demasiado pronto

—Philippe Toussaint está muerto. La única diferencia que existe entre él y los difuntos de este cementerio es que a veces me recojo ante sus tumbas.

—Philippe Toussaint figura en la guía de teléfonos. O más bien, el nombre de su taller está en la guía.

Hacía más de diecinueve años que nadie pronunciaba su nombre y apellido en voz alta delante de mí. Philippe Toussaint había desaparecido incluso en boca de los demás.

—¿Su taller?

—Suponía que querría saberlo, que lo habría buscado.

Me siento incapaz de contestar al comisario. No he buscado a Philippe Toussaint. Lo esperé mucho tiempo, que es muy diferente.

—He podido constatar que se habían producido movimientos en la cuenta bancaria del señor Toussaint.

—Su cuenta bancaria...

—Su cuenta corriente fue vaciada en 1998. Yo mismo me acerqué hasta la sucursal donde el dinero había sido retirado para comprobarlo, para saber si se trataba de alguna estafa, de una usurpación de identidad o si había sido el mismo Toussaint quien había sacado ese dinero.

Estoy paralizada de la cabeza a los pies. Cada vez que pronuncia su apellido desearía que se callara. Desearía que no hubiese entrado nunca en mi casa.

—Su marido no ha desaparecido. Vive a cien kilómetros de aquí.

—Cien kilómetros...

Y sin embargo ese día todo había comenzado bien, la llegada de Nono, del padre Cédric, de Elvis que cantaba en la ventana, el buen humor, el aroma del café, la risa de los hombres, mis espantosas muñecas, el polvo que había que quitar, el trapo, el calor en la escalera...

—Pero ¿por qué ha hecho indagaciones sobre Philippe Toussaint?

—Cuando la señora Bréant me contó que había desaparecido, me entraron ganas de saber, de ayudarla.

—Señor Seul, si hay una llave en la puerta de nuestros armarios, es para que nadie los abra.

23

*Si la vida no es más que una travesía, al menos
sembremos esa travesía de flores*

Llegamos al paso a nivel de Malgrange-sur-Nancy a finales
de la primavera de 1986. En primavera todo parece posible, la
luz y las promesas. Uno siente que el pulso entre el invierno y el
verano ya se ha ganado. Que los dados están echados. Un juego
truncado por adelantado incluso aunque llueva.

«Las chicas del hospicio se contentan con poco.» Fue lo que
comentó una de las educadoras a mi tercera familia de acogida
cuando yo tenía siete años, como si yo no entendiese lo que decía, como si yo no existiera. Ser abandonada al nacer debió de
proporcionarme un estatus de invisibilidad. Y además, ¿qué significaba ese «poco»?

Yo tenía la sensación de tenerlo todo, mi juventud, mis ganas
de aprender a leer *Príncipes de Maine, reyes de Nueva Inglaterra. (Las normas de la casa de la sidra),* un diccionario, un bebé
en mi vientre, una casa, un trabajo, una familia que sería mi primera familia. Una familia defectuosa, pero una familia al fin y al
cabo. Desde mi nacimiento, no había poseído nada aparte de mi
sonrisa, algunas prendas, mi muñeca Caroline, mis discos de 33
revoluciones de Daho, Indochine, Trenet y mis *Tintín.* Con dieciocho años, iba a tener un trabajo estable, una cuenta bancaria

y una llave para mí, solo mía. Una llave de la que iba a colgar un montón de dijes que hicieran ruido para recordarme que tenía una llave.

Nuestra casa era cuadrada con una cubierta de tejas revestida de musgo como esas que dibujan los niños en el jardín de infancia. Dos forsitias, ahora en flor, adornaban cada lado de la casa. Cualquiera habría pensado que esa pequeña bicoca blanca con ventanas rojas lucía ricitos de oro. Un seto de rosas rojas aún en capullo separaba la parte trasera de la casa de la línea del ferrocarril. La carretera principal, atravesada por los raíles, se encontraba a dos metros del porche sobre el que reposaba un felpudo muy viejo.

Los guardabarreras, el señor y la señora Lestrille, se marcharían para comenzar su jubilación dos días después. Tenían dos días para enseñárnoslo todo, explicarnos los trucos del oficio: bajar y abrir la barrera.

El señor y la señora Lestrille dejaban sus muebles anticuados, sus sábanas y sus pastillas de jabón ennegrecidas. Los cuadros colgados de la pared desde hacía años acababan de ser retirados: unos rectángulos un poco más claros en varios lugares resaltaban en el empapelado de flores. Habían abandonado un bordado con el rostro de la *Gioconda* cerca de la ventana de la cocina.

Y en la cocina, no había cocina. Simplemente una plancha grasienta donde dominaba un hornillo de gas de tres fuegos fijados por tornillos oxidados. Cuando abrí el minúsculo frigorífico que parecía medio abandonado detrás de una puerta, me encontré un trozo de mantequilla amarillenta mal envuelto.

A pesar de la decrepitud y la suciedad del lugar, fui capaz de ver lo que podría hacer ahí. Cómo transformaría esas habitaciones a golpe de brocha. Fui capaz de sonreír ante el color de las paredes repintadas que se ocultaba detrás de las flores mustias de ese empapelado de antes de la guerra. Iba a cambiarlo todo. Especialmente los estantes, que me ayudarían a sostener nuestra vida futura. Philippe Toussaint me prometió al oído redecorar todas las paredes en cuanto los Lestrille se hubieran dado la vuelta.

Antes de marcharse, la anciana pareja nos dejó una lista de números de teléfono a los que recurrir en caso de que la barrera se bloqueara.

—Desde que ya no se sube la barrera con la manivela, los circuitos pueden bloquearse, esa clase de incordios sucede varias veces al año.

Nos dejaron los horarios de los trenes. Horarios de verano. Horarios de invierno. No había mucho más que añadir. Los días de fiesta, de huelga y los domingos, había menos tráfico y menos trenes. Confiaban en que ya nos hubieran advertido que los horarios serían difíciles, y el ritmo de trabajo, fatigoso para solo dos personas. Ah, sí, casi lo olvidaban: teníamos tres minutos entre el comienzo de la señal sonora y el momento en que el tren pasaba para bajar la barrera. Tres minutos para apretar el botón del cuadro de mandos que activaba la barrera y bloqueaba la circulación. Una vez que el tren hubiera pasado, el reglamento exigía un minuto de espera antes de subir la barrera de nuevo.

Al enfundarse su abrigo, el señor Lestrille nos dijo:

—Un tren puede ocultar a otro pero nosotros, en treinta años como guardabarreras, no hemos visto jamás a un tren ocultar a otro.

Ya en el umbral, la señora Lestrille se dio la vuelta para advertirnos:

—Desconfíen de los vehículos que tratan de pasar cuando la barrera esté bajada. Chiflados hay en todas partes. Y también gente borracha.

Con mucha prisa por marcharse a su retiro, nos desearon buena suerte y añadieron sin sonreír:

—Ahora nos toca a nosotros coger el tren.

Y ya no volvimos a verlos más.

En cuanto traspasaron la puerta, en lugar de empapelar todo, Philippe Toussaint me abrazó y me dijo:

—Oh, mi Violette, qué bien vamos a estar aquí cuando lo hayas arreglado todo.

No supe si era la novela de *Príncipes de Maine, reyes de*

Nueva Inglaterra (Las normas de la casa de la sidra) que había comenzado el día anterior o el diccionario que había comprado esa misma mañana lo que me dio fuerzas, pero reuní el valor para pedirle dinero por primera vez. Desde hacía año y medio mi sueldo era ingresado en su cuenta, y yo me las arreglaba con las propinas de camarera, pero ahora no tenía ni un solo céntimo en el bolsillo.

Generosamente me entregó tres billetes de diez francos que le costó la propia vida sacar de su cartera. Una cartera a la que yo no había tenido acceso nunca. Cada día contaba sus billetes para asegurarse de que nada hubiera desaparecido. Cada vez que hacía ese gesto me perdía un poco. No a mí, sino al amor del que estaba hecha.

En la mente de Philippe Toussaint todo era muy sencillo: yo era una chica perdida a la que él había recogido en una sala de fiestas y a la que hacía trabajar a cambio de cama y comida. Además, yo era joven y bonita, nada problemática, de buena complexión y carácter resuelto, y él adoraba poseerme físicamente. Y en algún rincón más perverso de su mente, había comprendido que yo tenía un miedo terrible al abandono, de modo que nunca me marcharía. Y encima con un hijo suyo, sabía que siempre me tendría ahí inmovilizada, al alcance de su mano.

Me quedaba una hora y cuarto antes del próximo tren. Crucé la carretera con mis treinta francos en el bolsillo y entré en el supermercado para comprar un cubo, una bayeta, esponjas y detergentes. Lo compré todo al azar buscando lo más barato. Tenía dieciocho años y no conocía en absoluto los productos de limpieza. Normalmente a esa edad uno compra música. Me presenté a la cajera:

—Buenos días, soy Violette Trenet, la nueva guardabarreras de enfrente. He venido a sustituir al señor y a la señora Lestrille.

La cajera, cuyo nombre, Stéphanie, estaba escrito en una placa prendida en su pecho, no me escuchó. Se había quedado boquiabierta al ver la redondez de mi vientre y me preguntó:

—¿Es usted la hija de los nuevos guardabarreras?

—No, no soy la hija de nadie. Soy la nueva guardabarreras.

Todo era redondo en Stéphanie, su cuerpo, su rostro, sus ojos. Como si la hubieran diseñado a lápiz para ilustrar una historieta cómica, una heroína nada perversa, ingenua y gentil con aspecto de estar siempre asombrada. Sus ojos permanentemente abiertos como platos.

—Pero ¿cuántos años tiene?

—Dieciocho.

—Ah, de acuerdo. Y el bebé, ¿para cuándo lo espera?

—Para septiembre.

—Ah, pues eso está muy bien. Entonces nos veremos a menudo.

—Sí, nos veremos a menudo. Adiós.

Empecé por fregar las baldas de nuestra habitación antes de colocar nuestra ropa.

Advertí que debajo de la mugrienta moqueta había un suelo de baldosas. Me disponía a retirarla cuando la alarma de la barrera comenzó a sonar. El tren de las 15:06 se anunciaba.

Corrí hasta el paso a nivel. Apreté el botón rojo que correspondía a la bajada de la barrera. Me sentí muy aliviada cuando la vi descender. Un coche aminoró el paso deteniéndose a mi altura. Un gran coche blanco cuyo chófer me lanzó una mirada oscura como si yo fuera la responsable de los horarios de los trenes. El tren de las 15:06 pasó de largo. Los raíles temblaron. Los pasajeros eran los del sábado. Grupos de chicas que iban a pasar la tarde a Nancy para ir de compras o ligar.

Pensé: «Tal vez sean chicas del hospicio, de esas que se contentan con muy poco». Al apretar el botón verde para levantar la barrera, sonreí: tenía un trabajo, llaves, una casa que pintar de nuevo, un bebé en el vientre, una moqueta que retirar, un hombre defectuoso a quien no debía olvidar devolverle las vueltas de la compra, un diccionario, música y la novela *Príncipes de Maine, reyes de Nueva Inglaterra (Las normas de la casa de la sidra)* para leer.

24

Hay que aprender a hacer notar tu ausencia
a aquellos que no han comprendido la importancia
de tu presencia

La muerte no se toma un momento de descanso. No conoce las vacaciones, ni los días de fiesta, ni las citas con el dentista. Las horas de poca actividad, los días de operación salida, la autopista del Sol, las treinta y cinco horas semanales, las vacaciones pagadas, las fiestas de fin de año, la felicidad, la juventud, la despreocupación, el buen tiempo, todo eso le da igual. Está ahí, por todas partes, todo el tiempo. Aunque nadie piensa demasiado en ella, pues si no nos volveríamos locos. Es como un perro que se frotase permanentemente contra nuestras piernas, pero del que no percibimos su presencia hasta el día en que nos muerde. O peor aún, que muerde a algún ser querido.

En mi cementerio hay un cenotafio. Se encuentra en la avenida 3, en la glorieta de los Cedros. Un cenotafio es un monumento funerario erigido sobre el vacío. Un vacío dejado por un difunto desaparecido en el mar, en la montaña, en avión o en alguna catástrofe natural. Un vivo que se ha volatilizado, pero cuya muerte parece innegable. El cenotafio de Brancion ya no tiene placa. Es muy antiguo y no he sabido nunca en recuerdo de quién se había construido. Ayer, por casualidad, Jacques

Lucchini me contó que había sido erigido en 1967 en honor a una joven pareja desaparecida en la montaña. Antes de subirse a su coche fúnebre, declaró: «Unos jóvenes que practicaban la escalada y que se habrían despeñado».

A menudo suelo escuchar: «Perder a un niño es lo peor del mundo». Pero también he oído decir que lo peor es no saber. Que más espantoso aún que una tumba es el rostro de un desaparecido fijado en carteles en los postes, los muros, los escaparates, los periódicos, en la pantalla de televisión. Unas fotos que envejecen pero no así el rostro que representan. Que más terrible aún que un entierro es la fecha del aniversario de una desaparición, las noticias televisadas, la suelta de globos con mensajes, la marcha blanca y silenciosa.

A unos kilómetros de Brancion, un niño se volatilizó hace treinta años. Su madre, Camille Laforêt, viene al cementerio cada semana. Excepcionalmente, el ayuntamiento le cedió una concesión sobre la que se le daba derecho a inscribir el nombre de su hijo desaparecido: Denis Laforêt. Nada prueba que Denis esté muerto. Tenía once años cuando se evaporó entre su aula y la parada del autobús situada delante de su colegio. Denis dejó la clase una hora antes que sus compañeros. Tenía que ir a estudiar. Y después nada. Su madre lo buscó por todas partes y también la policía. Cada familia de la región conoce la cara de Denis. Es el «desaparecido de 1985».

Camille Laforêt me ha contado muchas veces que el nombre de Denis inscrito en esa falsa tumba le había salvado la vida. Que ese nombre grabado en el mármol la mantenía entre lo posible y lo imposible: imaginar que aún estaba vivo, en alguna parte, solo, sin amor, sufriendo. Y cada vez que empuja mi puerta abierta, que se sienta a mi mesa y se bebe un café, me pregunta: «¿Qué tal va todo, Violette?», y añade: «Hay algo peor que la muerte, y es la desaparición».

Yo en cambio me había acostumbrado completamente a la desaparición de Philippe Toussaint. De quien no habría querido saber nada nunca más.

Abro el sobre que contiene el discurso que Julien Seul ha

escrito para su madre. Aquel que leerá el día en que por fin acepte depositar las cenizas en la tumba de Gabriel Prudent. Un reencuentro maldito el de esos dos. Si Irène Fayolle no hubiese conocido a Gabriel Prudent, Julien Seul no habría puesto nunca los pies en mi cementerio.

Irène Fayolle era mi madre. Olía bien. Se perfumaba con L'Heure bleu.

Aunque nació en Marsella el 27 de abril de 1941, nunca tuvo el acento del sur de Francia. Ella no llevaba el sur en sus genes. Era reservada, distante, poco habladora. Siempre prefirió el frío al calor, los cielos encapotados al sol. Incluso su físico la contradecía. Tenía la tez pálida, mejillas sonrosadas y cabellos rubios.

Le encantaba el beige. Nunca la vi vestida con prendas de colores ni con los pies descalzos, a excepción de un vestido amarillo en una fotografía de unas vacaciones en Suecia, antes de mi nacimiento. Un único vestido como un lapsus en su guardarropa.

Le encantaban los tés ingleses. Le encantaba la nieve. Y solía sacarle fotos. En los álbumes de familia, solo hay fotos tomadas en la nieve.

Sonreía poco. A menudo se la veía sumida en sus pensamientos.

Al casarse con mi padre se convirtió en la señora Seul. Como tenía la sensación de estar cometiendo una falta de ortografía al escribirlo, conservó su nombre de soltera.

Solo tuvo un hijo, a mí. Durante mucho tiempo me he preguntado si fue por mi culpa o por nuestro apellido por lo que mis padres no tuvieron más ganas de reproducirse.

Al principio fue peluquera, y luego se convirtió en horticultora. Creó diferentes variedades de rosas que no temían al invierno. Unas rosas a su imagen.

Un día me contó que le gustaba vender flores incluso si estas estaban destinadas a embellecer las tumbas. Que una rosa era una rosa, y que daba igual que estuviera destinada a una boda o a un cementerio. Que en todos los escaparates de las floristas estaba escrito: «Matrimonio y duelo». Que el uno no podía pasarse sin el otro.

No sé si el día en que me lo dijo estaba pensando en el desconocido con el que decidió reposar para toda la eternidad.

Respeto su elección como ella respetó siempre las mías.

Descansa en paz, querida mamá.

25

*El amor de una madre es un tesoro
que Dios solo concede una vez*

Léonine esperó a que terminara de repintar todas las paredes de la casa de los guardabarreras para hacer su aparición.

En la noche del 2 al 3 de septiembre de 1986, noté una primera contracción que me despertó. Philippe Toussaint dormía pegado a mí. Mi hija escogió la noche más oportuna para llegar: la del sábado. Había un intervalo de nueve horas entre el último tren y el del domingo por la mañana. Desperté a Philippe Toussaint. Tenía cuatro horas por delante para llevarme a la maternidad y regresar para bajar la barrera de las 7:10.

Léonine se demoró demasiado para que su padre pudiera estar presente cuando ella soltara su primer grito. Era mediodía cuando la expulsé a la vida.

Oleadas de amor y terror me sumergieron. Una vida que iba a resultar mucho más pesada que la mía y de la que yo era responsable. Me costaba respirar. Puedo decir que Léo me dejó sin aliento. Comencé a temblar de la cabeza a los pies. La emoción y el pavor me hacían castañear los dientes.

La niña tenía el aspecto de una pequeña anciana. Durante unos segundos me pareció que ella era el ancestro y yo la niña.

Su piel en la mía, su boca que buscaba mi pecho. Su pequeña cabeza en el hueco de mi mano. Su fontanela, sus cabellos negros, esa viscosa mucosidad verde que cubría su piel, la boquita de piñón. La palabra «seísmo» no es lo suficientemente rotunda.

Cuando Léonine apareció, mi juventud se rompió tan violentamente como un vaso de porcelana contra un suelo de baldosas. Fue ella quien enterró mi vida juvenil. En pocos minutos, pasé de la risa a las lágrimas, del buen tiempo a la lluvia. Como un cielo de marzo, me convertí al mismo tiempo en las escampadas y los chaparrones. Todos mis sentidos estaban alerta, agudizados como los de un ciego.

Durante toda mi vida, al cruzarme con mi reflejo en el espejo, me había preguntado a cuál de mis padres me parecía. Cuando sus grandes ojos se clavaron en mí, pensé que ella se parecía al cielo, al universo, a un monstruo. La encontraba fea y hermosa. Furiosa y dulce. Familiar y a la vez extraña. Una maravilla y un veneno en la misma persona. Le hablé como si continuásemos una conversación iniciada hacía mucho tiempo.

Le di la bienvenida. La acaricié. Me la comía con los ojos, la respiraba, la escupía. Inspeccioné cada centímetro de su piel, lamí su mirada.

Cuando me la quitaron para pesarla, medirla y lavarla apreté los puños. En cuanto desapareció de mi campo de visión me sentí otra vez niña, muy pequeña, desarmada, desocupada. Llamé a mi madre. No tenía fiebre, y sin embargo la llamé.

Vi pasar mi infancia a toda velocidad. ¿Cómo iba a arreglármelas para que mi hija no tuviera que vivir nunca lo que yo había vivido? ¿Acaso iban a quitármela? En el momento en que Léo llegó a mi vida tuve miedo de que nos separaran. Tuve miedo a que ella me abandonara. Y paradójicamente, sentía deseos de que desapareciera, de que volviera más adelante, cuando yo fuera mayor.

Philippe Toussaint se reunió con nosotras por la tarde, entre las 15:07 y las 18:09. Yo le había decepcionado. Él quería un niño. No dijo nada. Nos miramos. Él nos sonrió. Me besó en el cabello. Lo encontré muy apuesto con nuestra hija en brazos.

Le pedí que nos protegiera siempre. Me respondió: «Por supuesto».

Y luego, tuvo lugar el segundo seísmo. Léo tenía dos días. Acababa de mamar. La había apoyado en mis piernas dobladas, su pequeña cabeza sostenida por mis rodillas, sus piececitos contra mi vientre, sus puñitos apretándome el dedo índice de mis dos manos. La contemplé. Buscaba el pasado en su rostro, como si mis padres fueran a aparecer. La contemplaba tan fijamente que las comadronas me decían que acabaría por gastarla. Ella me miraba mientras yo le hablaba, ya no recuerdo lo que le estaba contando. Se dice que los bebés no sonríen nunca, que sonríen a los ángeles. No sé qué ángel vio a través de mí, pero me miró fijamente y sonrió.

Como para tranquilizarme. Como para decirme: «Todo va a ir bien». Nunca había experimentado un sentimiento de amor tan perturbador.

La víspera de nuestra salida del hospital, el padre y la madre Toussaint se acercaron a la maternidad con sus ropas elegantes. Ella, con los dedos atiborrados de piedras preciosas, él, calzado con unos zapatos con borla carísimos. El padre me preguntó si querría bautizar al «bebé», la madre la cogió en brazos mientras que Léonine dormía profundamente en su cuna transparente. La había agarrado torpemente sin preguntarme si podía hacerlo, como si la pequeña le perteneciera. La madrastra hizo desaparecer la fontanela de Léo bajo la tela de su blusa. El odio me abrumó. Me mordí con fuerza el interior de los carrillos para no llorar de rabia.

Ese día comprendí que podían hacerme y decirme cualquier cosa, que mi piel y mi alma de Violette habían sido impermeabilizadas al nacer contra cualquier forma de aniquilación. En cambio, todo aquello que afectara a mi hija penetraría en mí, que absorbería todo aquello que la concerniera como una madre porosa.

Mientras que acunaba a mi hija, la madre Toussaint se dirigió a ella llamándola Catherine. Yo rectifiqué: «Se llama Léonine». La madre Toussaint me respondió: «Catherine es mucho más bonito». En ese momento el padre Toussaint se dirigió a su mujer: «Chantal, no exageres». Así fue como supe que la madre Toussaint tenía un nombre...

Léo empezó a llorar, sin duda por el olor de la vieja, por su voz, sus dedos crispados, su piel áspera. Pedí a la madre Toussaint que me la pasara. No lo hizo. Depositó a una llorosa Léo en su cuna y no en mis brazos.

Poco después regresamos a la «casa de los trenes», como ella la apodó más tarde. Yo la apreté contra mí, en mi cama, en nuestra habitación. Philippe Toussaint dormía en el lado derecho, yo en el lado izquierdo, y Léo todavía más a la izquierda. Los dos primeros meses de nuestra vida en común no la dejé sola más que para subir y bajar la barrera. La cambiaba bajo las mantas. Calentaba nuestro cuarto de baño para bañarla cada día.

Luego llegó el invierno, los gorros, las bufandas, ella, arropada en su cochecito. La aparición de los dientes, los ataques de risa, la primera otitis. Y yo paseándola entre dos trenes. La gente que se inclinaba sobre ella para contemplarla. Que me decía: «La niña se le parece», y yo que respondía: «No, se parece a su padre».

Y luego llegó su primera primavera, una manta tendida en la hierba, entre la casa y los raíles, en la sombra, protegida del sol. Sus juguetes, ella que empezaba a sostenerse sola, que se metía todo en la boca entre dos sonrisas, la barrera bajando y subiendo, Philippe Toussaint que se iba a dar una vuelta pero que siempre regresaba a tiempo para sentarse a cenar y volvía a marcharse para dar una vuelta. Léo le divertía mucho pero no más de diez minutos.

A pesar de mi juventud, creo haber sabido ocuparme bien de mi hija. Supe encontrar los gestos, la voz, tocarla, escucharla. Con los años, el miedo a perderla desapareció. Terminé por comprender que no existía ninguna razón para que nos abandonáramos.

26

Nada se opone a la noche, nada se justifica

> *Ya que la sombra gana*
> *Ya que no la arroja una montaña*
> *Más allá de los vientos, más allá de los peldaños del*
>   *olvido*
> *ya que debes aprender*
> *a falta de comprender*
> *a soñar nuestros deseos y vivir del «así-sea»*
> *ya que piensas*
> *como una íntima evidencia*
> *que a veces darlo todo no siempre es suficiente*
> *ya que es en otra parte*
> *donde latirá mejor tu corazón*
> *y ya que te amamos demasiado como para retenerte*
> *Ya que te vas...*

Esta canción es una de las más escuchadas durante los entierros. Tanto en la iglesia como en el cementerio.

En veinte años he oído de todo. Desde el *Ave María* hasta «L'envie d'avoir envie» (Ganas de tener ganas) de Johnny Hallyday. En una inhumación, una familia solicitó la canción de Pierre Perret «Le zizi» (El pito) porque era la favorita del difunto. Pierre Lucchini y nuestro anterior cura se negaron. Pierre les explicó que a veces no se pueden hacer realidad todas las últimas voluntades, ni en la casa de Dios ni en el «jardín de las almas» —es así como llama a nuestro cementerio—. La familia nunca entendió la falta de humor del protocolo funerario.

Sucede con cierta regularidad que un visitante traiga un lector de música a una tumba y lo encienda, sin poner el sonido muy alto, como para no molestar a los vecinos.

He podido ver también a una señora posar su pequeña radio de mano en la tumba de su marido, «para que escuche los informativos». Una chica muy joven colocó unos auriculares a cada lado de la cruz en la tumba de un compañero del instituto, para que pudiera escuchar el último álbum de Coldplay.

Y luego están los aniversarios que se festejan depositando flores en la tumba o poniendo música de un teléfono móvil.

Cada 25 de junio, una mujer llamada Olivia viene a cantar para un difunto cuyas cenizas han sido dispersadas en el jardín de los recuerdos. Llega cuando se abren las verjas, se bebe un té sin azúcar en mi cocina y, sin decir palabra, salvo quizá algún comentario sobre el tiempo, hacia las nueve y diez, se dirige al jardín de los recuerdos. Yo no la acompaño nunca, conoce perfectamente el camino. Si hace bueno y tengo las ventanas abiertas, su voz llega hasta mi casa. Canta siempre la misma canción, «Blue Room» de Chet Baker: *«We'll have a blue room, a new room for two room, where ev'ry day's a holiday because you're married to me...».*

Se toma su tiempo para cantarla y lo hace con fuerza pero lentamente, para hacerla durar. Marca grandes silencios entre cada estrofa, como si alguien la respondiera, o le hiciera eco. Cuando termina, se sienta directamente en el suelo unos instantes.

El pasado junio tuve que prestarle un paraguas porque llovía a cántaros. Cuando se pasó por casa para devolvérmelo, le pregunté si era cantante por la voz tan bella que tenía. Se quitó el abrigo, y luego se sentó a mi lado. Empezó a hablarme como si le hubiera hecho un montón de preguntas, cuando en veinte años no le había hecho más que una.

Me habló del hombre enterrado, François, al que venía a

cantar cada año. Ella asistía al instituto en Mâcon cuando lo conoció, era su profesor de literatura. Se había enamorado de él, un auténtico flechazo, desde el primer día de clase. Había perdido el apetito. No vivía más que para verle. Las vacaciones escolares se le hacían interminables. Por supuesto, se las arreglaba cada día para sentarse en primera fila. Solo estudiaba la asignatura de literatura, en la que sobresalía. Había redescubierto su lengua materna. A lo largo del año, había obtenido un 19/20 en una redacción libre. Había escogido como tema: «¿El amor es un engaño?». Había escrito diez brillantes páginas sobre el amor que un hombre, de oficio profesor, sentía por una de sus alumnas. Un amor que rechazaba de plano. Olivia había construido su disertación como una novela policiaca en la que el culpable no era nadie más que ella. Había cambiado el nombre de todos sus personajes (los alumnos de su clase) y el lugar donde se desarrollaba la intriga. La había trasladado a un instituto inglés. Encarándose a François le había preguntado:

—Señor, ¿por qué me ha puesto un 19? ¿Por qué no un 20? Él le había respondido:

—Porque la perfección no existe, señorita.

—Entonces —había insistido ella—, ¿por qué se ha inventado el 20 si la perfección no existe?

—Para las matemáticas, para la resolución de problemas. En francés hay muy pocas soluciones infalibles.

En una nota al lado del 19/20, él había garabateado con bolígrafo rojo: «Estilo directo perfecto. Ha sabido poner su prodigiosa imaginación al servicio de una construcción literaria implacable. El tema es apasionante y está tratado con brío, ligereza, humor y gravedad. Enhorabuena, ha dado muestras de una gran madurez en su escritura».

Olivia había sorprendido mil veces su mirada clavada en ella cuando tenía la nariz hundida en sus cuadernos. Ese año, había mordisqueado un montón de capuchones de bolígrafo, mientras lo contemplaba dar explicaciones sobre los sentimientos de Emma Bovary.

Estaba segura de que su amor era recíproco. Y, cosa extraña, ambos tenían el mismo apellido. Eso la había inquietado, pues el nombre, Leroy, no era muy común.

Unos días antes de someterse al examen de literatura, Olivia, en medio de un puñado de alumnos que repasaban los temas con François, se había atrevido a decirle:

—Señor Leroy, si usted y yo nos casáramos, nada cambiaría. No tendríamos que hacer ninguna gestión administrativa, ni por nuestros papeles de identidad ni por las facturas.

Todo el grupo había estallado en carcajadas, y François se había ruborizado.

Olivia había aprobado su examen de literatura obteniendo un 19 en el oral y otro 19 en el escrito. Le había mandado una nota a François: «Señor, no he podido sacar un 20 porque aún no ha encontrado la solución a nuestro problema».

Él había esperado a que pasara el examen antes de pedirle que se vieran en una cita a solas. Tras un largo silencio que ella interpretó como un problema amoroso, él declaró:

—Olivia, un hermano y una hermana no pueden casarse.

En ese instante ella se había reído. Se había reído porque él había pronunciado su nombre, cuando siempre la había llamado señorita. Y después había dejado de reírse cuando vio que la miraba intensamente. Se había quedado sin voz cuando François le había contado que ambos tenían el mismo padre. François había nacido de una unión anterior, veinte años antes que Olivia, cerca de Niza. Su padre y la madre de François habían vivido juntos dos años, y luego se habían separado de forma un tanto dolorosa. Los años habían pasado.

Mucho más tarde, François había hecho indagaciones y descubrió que su padre había vuelto a casarse y que tenía una hija llamada Olivia.

El padre había ocultado la existencia de François a su segunda familia. Habían vuelto a verse. François había hecho que le trasladaran a Mâcon para estar más cerca de él.

Al descubrir que la niña iba a ser su alumna se había sentido muy perturbado. Al oír su nombre, el primer día de clase, había creído ser víctima de una mezquina broma del destino cuando ella había despegado su boca del oído de su compañera para levantar el dedo y ante el anuncio de su nombre susurrar: «presente» mirándole fijamente a los ojos. La había reconocido porque se parecían. Él se había fijado porque lo sabía, pero ella no, puesto que lo ignoraba todo.

Al principio Olivia no quiso creerle. Creer que su padre hubiera podido ocultar la existencia de François. Pensó que él se estaba inventando esa historia para poner fin a sus acosadores manejos de niña caprichosa. Y luego, cuando comprendió que la historia era real, le había soltado a François, con un tono falsamente ligero:

—No venimos del mismo vientre, eso no cuenta. Yo le quiero con amor.

Él le había respondido con una cólera fría:

—No, olvídelo, olvídelo inmediatamente.

Aún faltaba el último curso. Ambos se cruzaban en los pasillos del instituto. Cada vez que lo veía, sentía ganas de arrojarse en sus brazos. Pero no como haría una hermana en los brazos de su hermano.

Él la evitaba y bajaba la cabeza. Molesta, ella daba un rodeo para volvérselo a cruzar, gritándole prácticamente:

—¡Buenos días, señor Leroy!

A lo que él respondía tímidamente:

—Buenos días, señorita Leroy.

Ella no se había atrevido a preguntarle nada a su padre. No hacía falta. Había podido advertir cómo este miraba a François el día de la entrega de diplomas a final del curso anterior.

Olivia había sorprendido una sonrisa entre François y su padre. Le habían dado ganas de quedarse con uno para matar al otro. Sintió que las lágrimas y la rabia afloraban. No veía otra solución más que olvidar.

Tras la entrega de diplomas, se había organizado una fiesta. Alumnos y profesores habían ido pasando sucesivamente por el estrado. Después de haber escuchado varias veces a los grupos Trust y Téléphone, François había cantado «Blue Room» a capela, con la misma intensidad que Chet Baker: «*We'll have a blue room, a new room for two room, where ev'ry day's a holiday because you're married to me...*».

La había cantado para ella, con sus ojos clavados en los suyos. Ella había comprendido que jamás amaría a otro hombre más que a él. Y que ese amor imposible era recíproco.

Y entonces ella se había marchado. Había recorrido el mundo y superado los exámenes para convertirse ella también en profesora de literatura. Se había casado, lejos de allí, con otro. Y había cambiado su apellido.

Siete años después, cuando tenía veinticinco años, había regresado a vivir cerca de François. Una mañana había llamado a su puerta y le había dicho: «Ahora podemos vivir juntos, ya no llevo el mismo apellido que usted. No nos casaremos, no tendremos hijos, pero al menos, viviremos juntos». François había contestado: «De acuerdo».

Continuaron tratándose de usted, siempre. Como para mantener una distancia entre ellos. Para seguir como al principio, como en una primera cita. La vida les había regalado veinte años de convivencia en común. El mismo número de años que les separaban.

Mientras bebía un sorbo de oporto, Olivia me contó: «Nuestra familia nos rechazó, pero no sufrimos demasiado, nuestra familia éramos nosotros. Cuando François murió, como para castigarnos, su madre hizo que lo incineraran aquí, en Brancion-en-Chalon, el pueblo natal de ella. Y para hacer desaparecer completamente a su hijo, hizo que sus cenizas fueran esparcidas en el jardín de los recuerdos. Pero él nunca desaparecerá, yo lo llevaré siempre dentro de mí. Él ha sido mi hermano del alma».

27

La luz suave de la aurora derrama en los campos
la melancolía del sol del ocaso

En cuanto Léonine nació, encargué una cartilla escolar para volver a aprender a leer: *La Journée des tout-petits. Méthode Boscher,* de M. Boscher, V. Boscher, J. Chapron, maestros, y M. J. Carré. Casi al final de mi embarazo, escuché hablar por la radio a una profesora. Contaba que uno de sus alumnos había repetido dos veces 1º de primaria a causa de su analfabetismo. Que no conseguía leer sino adivinar. Podía decir cualquier cosa o utilizar su memoria para fingir que estaba leyendo cuando en realidad recitaba de memoria. Eso era exactamente lo mismo que yo hacía desde siempre. La profesora le había puesto entonces a aprender ese método de lectura y en seis meses, su alumno leía prácticamente igual que los otros niños de la clase. Ese antiguo método de lectura era completamente silábico. Opuesto al método global, con él era imposible engañar, tratar de reconocer o adivinar palabras o frases.

Durante horas, mientras que Léonine aún era lactante, le leía las palabras en voz alta: «Tú pipí, i u i i u u i u, liso, luna, pipa, pino. La noche. u o a i o a u o, oso, avión, corrimos, camión, cañón. Mi mamá me mima. Ma. Me. Mi. Mo. Mu. Émile. La luna. El loto. La lama. La lima. Émile ha sido buena en el colegio. Día. Fía. Lía. Mía. Pía. Ría. Tía. La tía es ella. La bo ca. La fo ca. La cu na. Un pi co. Éliane compra un tutú, yo abro la botella, mi madre abre el vino, y cuece la sopa».

Léonine abría sus grandes ojos y me escuchaba sin juzgar la lentitud de mi lectura, las repeticiones, los errores de pronunciación, las palabras que se trabucaban o lo que significaban. Cada día, yo repetía las mismas sílabas hasta que estas se deslizaban solas.

Las ilustraciones eran muy coloridas, divertidas e infantiles. Ella enseguida posó sus pequeños dedos encima. Mi cuaderno de colegio quedó manchado en cuanto Léonine aprendió a agarrarlo y a arrugarlo. Babas, chocolate, salsa de tomate, rotulador. Incluso hincó los dientes en la portada, llevándosela a la boca como para tragársela.

Los primeros años, escondí el libro. No quería que Philippe Toussaint lo encontrara por casualidad. Que pudiera descubrir que estaba aprendiendo a leer correctamente me resultaba insoportable. Eso habría significado que yo era realmente esa pobre chica inculta despreciada por su madre.

Lo sacaba en cuanto se marchaba a dar una vuelta. Cuando Léonine veía el manual, se ponía a dar gritos de alegría, sabía que empezaba la lectura. Entonces se dejaba acunar por mi voz, y observaba los dibujos que conocía de memoria. Niñas pequeñas de cabello rubio y vestidos rojos, gallinas, patos, árboles de Navidad, verduras, flores, escenas de la vida cotidiana destinadas a los niños más pequeños. Vidas simplificadas y felices.

Me decía que tenía tres años por delante para aprender a leer de corrido, que cuando ella entrase en primaria yo ya sabría leer. Pero lo conseguí mucho antes. Cuando Léonine sopló su primera vela, ya iba por la página 60.

Había aprendido a leer correctamente, sin tropezar con las palabras, gracias a ese método Boscher. Me habría encantado contárselo a la profesora de la radio, decirle que su testimonio había cambiado el curso de mi vida. Incluso telefoneé a la cadena RTL y expliqué a una telefonista que había escuchado el testimonio de una profesora en una emisión de Fabrice en agosto de 1986, pero ella me respondió que era imposible localizarla si no tenía la fecha exacta, y no la tenía.

Aprender a leer es como aprender a nadar. Una vez que le has cogido el tranquillo a los movimientos de la braza, el miedo a ahogarte se ha superado, y ya no hay diferencia entre atravesar una piscina o un océano. Es solo cuestión de respiración y entrenamiento.

Llegué rápidamente a la antepenúltima página, en donde la historia que ahí se contaba se convirtió en la preferida de Léonine. Era un fragmento de un cuento de Andersen, *El Abeto*.

Érase una vez, en un bosque lejano, un joven abeto crecía más hermoso de lo que nadie pudiera imaginar. Disponía de un buen sitio donde el sol podía calentarle, con unos buenos compañeros a su alrededor: los abetos y los pinos. El pequeño abeto solo pensaba en hacerse grande rápidamente. Los niños se sentaban cerca de él, lo contemplaban y decían: «Qué bonito es este pequeño abeto». Y el pequeño abeto no podía soportarlo. Crecer, crecer; hacerse alto y grande, esa es la única felicidad en la tierra, pensaba... Al final del año, los leñadores talaban algunos árboles, siempre los más hermosos. ¿Adónde van esos árboles?, se preguntaba el pequeño abeto... Una cigüeña le contestó: «Creo haberlos visto; se erguían con la cabeza muy alta en hermosos barcos recién construidos recorriendo el mundo». Cuando llegaba la Navidad, también talaban todos los años los árboles más jóvenes, escogidos entre los más hermosos y los más frondosos. ¿Adónde irán?, se preguntaba el abeto. Finalmente llegó su turno. Y fue llevado a un hermoso y enorme salón donde había bonitos sillones; en todas sus ramas brillaban juguetes, resplandecían las luces. ¡Qué brillo! ¡Qué esplendor! ¡Cuánta alegría! Al día siguiente, el abeto fue trasladado a un rincón donde lo olvidaron. Allí tuvo tiempo de reflexionar. De repasar su feliz juventud en los bosques, la alegre noche de Navidad, y suspiró: «¡Pasado, todo eso es pasado! ¡Si hubiese sabido disfrutar del aire libre y del buen sol cuando aún estaba a tiempo!».

Compré libros para niños, auténticos libros infantiles. Se los leí y releí a Léonine cien veces. Sin duda era la niña a la que más historias le habían contado. Se convirtió en un ritual cotidiano, nunca se dormía sin escuchar una historia. Incluso de día, iba corriendo detrás de mí, con los libros en las manos, y balbuceaba: «Historia, historia», hasta que la sentaba en mis rodillas y abríamos un libro juntas. Desde ese momento ya no se movía, fascinada por las palabras.

Yo había dejado el libro *Príncipes de Maine, reyes de Nueva Inglaterra (Las normas de la casa de la sidra)* por la página 25. Lo había escondido en un cajón como se esconde una promesa. Como unas vacaciones pospuestas. Lo había vuelto a abrir cuando Léonine cumplió dos años, y nunca más lo volví a cerrar. Y todavía hoy lo releo varias veces al año. Me encuentro con los personajes como quien se encuentra con su familia adoptiva. El doctor Wilbur Larch es como un padre para mí. Hice del orfelinato de Saint Cloud, en Maine, la casa de mi infancia. El huérfano Homer Wells es mi hermano mayor y la enfermera Edna y la enfermera Angela, mis dos tías imaginarias.

Esa es la ventaja del rey del orfelinato. Hace lo que quiere. E incluso puede decidir quiénes son sus padres.

Príncipes de Maine, reyes de Nueva Inglaterra (Las normas de la casa de la sidra) es el libro que me adoptó. Ignoro por qué yo nunca lo fui. Por qué me dejaron ir de una familia de acogida a otra en lugar de entregarme en adopción. ¿Acaso mi madre biológica pedía noticias mías de vez en cuando para que no pudiera serlo jamás?

Volví a Charleville-Mézièrs en 2003 para consultar mi expediente de hija nacida de madre desconocida. Tal y como me esperaba, estaba vacío. Ni una sola carta, ni una joya, ni una foto, ni una excusa. Un expediente que también podía ser consultado por mi madre si así lo deseaba. Deslicé mi novela de adopción en el interior.

28

No hay soledad que no sea compartida

Esta mañana han enterrado a Victor Benjamin (1937-2017).

El padre Cédric no estaba presente. Victor Benjamin deseaba un entierro civil. Jacques Lucchini ha instalado su equipo de sonido cerca de la tumba y cada uno se ha recogido mientras escuchábamos la canción «Mi viejo», de Daniel Guichard.

«Con su viejo abrigo raído, se marchó, el invierno, el verano, en el amanecer lluvioso, mi viejo...»

A petición del difunto, no había cruz, ni flores, ni coronas. Solamente algunas placas funerarias depositadas por sus amigos y colegas, su mujer y sus hijos. Uno de los hijos de Victor llevaba al perro de una correa. El perro, que asistía al entierro de su amo, se sentó mientras Daniel Guichard cantaba:

«Nosotros, lo sabemos por experiencia, todo pasa, burgueses, patronos, la izquierda, la derecha, incluso el buen Dios, con mi viejo».

La familia se marchó a pie, seguida del perro, que parecía haber conquistado a Éliane. Ella fue tras él durante un rato, y luego regresó a acurrucarse en su cesto. Demasiado mayor para esos amores.

Cuando regresé a mi casa, me sobrevino una gran tristeza. Nono lo notó. Se había marchado a comprar una barra de pan crujiente y huevos de granja y nos hicimos una suculenta tortilla con el queso que yo había rallado. Encontramos una emisora con música de jazz.

En mi mesa, entre los folletos publicitarios de marcas de semillas y cipreses que trasplantar, de facturas de plantas y catálogos de la casa Wilem & Jardins, el cartero había depositado una carta. Observé el sello con el castillo de If debajo, había sido enviada desde Marsella.

> Violette Trenet-Toussaint,
> Cementerio de Brancion-en-Chalon (71)
> Saône-et-Loire

Esperé a que Nono se marchara para abrirla.

Nada de «Querida Violette» ni de «señora», Julien Seul comenzaba su carta sin fórmulas de cortesía.

El notario ha abierto una carta que me estaba destinada. Mi madre no debía de fiarse de mí. Ella deseaba que las cosas se hicieran de forma «oficial». Deseaba que fuera él quien me leyera sus últimas voluntades para que no pudiera rechazarlas, imagino.

No había más que una disposición. La de descansar cerca de Gabriel Prudent en su cementerio. Le pedí al notario que me repitiera el nombre de ese hombre al que no conocía. Gabriel Prudent.

Le dije que debía de tratarse de un error. Que mi madre estaba casada con Paul Seul, mi padre, enterrado en el cementerio de Saint-Pierre en Marsella. El notario me contestó que no había ningún error. Que se trataba de las últimas voluntades de Irène Fayolle de casada Seul, nacida el 27 de abril de 1941 en Marsella.

Me subí al coche, introduje las coordenadas en mi GPS: «Brancion-en-Chalon, carretera del cementerio», puesto que cementerio no figuraba en la lista propuesta. Trescientos noventa y siete kilómetros. Había que remontar media

Francia, todo recto. Ni un solo giro ni desvío, por la autopista hasta Mâcon. Salir a la altura de Sancé y conducir diez kilómetros por carreteras secundarias. ¿Para qué fue mi madre allí?

El resto del día intenté trabajar en vano. Cogí la carretera hacia las nueve de la noche. Estuve conduciendo durante horas. Me detuve a la altura de Lyon para beber un café, llenar el depósito y teclear «Prudent» en el navegador de mi portátil. La única referencia que encontré fue una definición de prudencia en Wikipedia: Basada en la aversión al riesgo y al peligro.

Mientras mi coche avanzaba hacia ese hombre muerto y enterrado, traté de recordar a mi madre, los momentos pasados con ella los últimos años. Algunas comidas de domingo, un café de vez en cuando, cuando pasaba por su barrio, en la calle Paraíso. Ella comentaba la actualidad y no me preguntaba nunca si yo era feliz. Yo tampoco a ella, nunca le pregunté si lo era. Mi madre me hacía preguntas de tipo profesional. Parecía decepcionada por mis respuestas, esperaba más sangre e historias de crímenes pasionales, cuando yo no le ofrecía más que tráfico de drogas, crímenes depravados y robos de bolsos por el método del tirón. Antes de marcharme, me besaba en el pasillo, y me decía siempre pensando en mi trabajo: «En cualquier caso, ten cuidado».

Traté de buscar alguna pista que me hubiera dejado entrever de su vida privada —nada—. No encontré el menor rastro de ese hombre en mis recuerdos, ni siquiera una sombra.

Llegué a Brancion-en-Chalon a las dos de la mañana. Aparqué delante del cementerio, cuyas verjas estaban cerradas, y me quedé dormido. Tuve pesadillas. Tuve frío. Tuve que encender el motor para calentarme. Volví a quedarme dormido y no abrí los ojos hasta las siete de la mañana.

Vi una luz encendida en el interior de su casa. Llamé a su puerta. No me esperaba en absoluto a alguien como usted. Al llamar a la puerta de un guarda del cementerio, esperaba encontrar a un hombre mayor, colorado y barrigudo. Ya sé que

las ideas preconcebidas son estúpidas. ¿Pero quién habría po-
dido esperar a alguien como usted? ¿Su mirada afilada, ate-
morizada, dulce y desconfiada?

Me hizo pasar y me ofreció un café. Se estaba bien en su
casa, olía bien y usted olía bien. Llevaba una bata gris, una
prenda de señora mayor mientras que usted desprendía un
no sé qué cercano a la juventud. No consigo encontrar las
palabras. Una especie de energía, algo que el tiempo no había
estropeado. Se hubiera dicho que usted estaba disfrazada con
esa bata. Eso es, cualquiera habría dicho que era una niña
que había tomado prestada una prenda de adulto.

Sus cabellos estaban recogidos en un moño. No sé si fue el
shock que experimenté en la notaría, conducir de noche o el
cansancio que perturbaba mi visión, pero usted me pareció in-
creíblemente irreal. Un poco como un fantasma, una aparición.

Al descubrirla, sentí por primera vez, que mi madre com-
partía su extraña vida paralela conmigo, que me había lleva-
do hasta allí donde vivía realmente.

Y luego, usted sacó sus registros sobre los entierros. Fue en
ese momento cuando me di cuenta de que era una persona
singular. Que existen mujeres que no se parecen a ninguna
otra. Que no era la copia de alguien, que usted era alguien.

Mientras se arreglaba, regresé a mi coche, encendí el mo-
tor y cerré los ojos. No pude dormir. La veía detrás de esa
puerta. Usted me la había abierto durante una hora. Como
el fragmento de una película, repasé una y otra vez la música
de la escena que acababa de vivir para retenerla.

Cuando salí del coche, y la distinguí con su largo abrigo
azul marino, esperándome detrás de la verja, pensé: «Tengo
que saber de dónde viene y qué hace ahí».

A continuación, usted me acompañó hasta la tumba de
Gabriel Prudent. Se mantuvo muy erguida y su perfil era
hermoso. En cada uno de sus pasos, yo podía adivinar el rojo
bajo su abrigo. Como si ocultara secretos bajo sus zapatos. Y
pensé de nuevo: «Tengo que saber de dónde viene y qué hace
ahí». Esa mañana de octubre en ese cementerio suyo, helado

y siniestro, tendría que haberme sentido triste, pero lo que sentí fue todo lo contrario.

Delante de la tumba de Gabriel Prudent, tuve la sensación de un hombre que se ha enamorado de una invitada el día de su boda.

Durante el transcurso de mi segunda visita, la estuve observando atentamente. Estaba limpiando los retratos de los muertos sobre las tumbas mientras les hablaba. Y pensé por tercera vez: «Tengo que saber de dónde viene y qué hace ahí».

No me hizo falta preguntar a la señora Bréant, la propietaria de la habitación de alquiler, quien me contó que vivía sola, que su marido había «desaparecido». Creí que «desaparecido» significaba «muerto». Y debo confesarle que entonces me alegré al oírlo. Una alegría oscura al pensar: «Está sola». Cuando la señora Bréant precisó que su marido se había evaporado de un día para otro hacía veinte años, me dije que podría regresar. Que ese estado de irrealidad en el cual la había encontrado tras su puerta la primera vez, quizá se debiera a todo eso. A esas horas suspendidas en el interior de las cuales esa desaparición la había encerrado, entre una vida y otra. Una sala de espera en la que se habría sentado durante años sin que nadie acudiese a llamarla, ni pronunciara su nombre. Como si Toussaint y Trenet se devolvieran la pelota. Sin duda debía ser eso, esa sensación de disfrazar su juventud bajo una bata de casa gris.

Quise saberlo todo por usted. Quise liberar a la princesa. Jugar al héroe de los cómics. Despojarla del abrigo azul marino para verla en su vestido rojo. ¿Acaso traté de saber a través de usted lo que yo ignoraba de mi propia madre, de mi propia existencia? Seguramente. Irrumpí en su vida privada por allanamiento, para aliviar la mía. Y le pido perdón.

Perdón.

En veinticuatro horas averigüé lo que usted parecía ignorar desde hacía veinte años. No me fue difícil conseguir una copia de la orden de búsqueda que usted había presentado en la gendarmería. Leí en las notas del brigada que le había atendido en 1998 que su esposo desertaba con regularidad. Que no era raro que se marchara durante varios días, incluso varias semanas, sin informarla de adónde se iba durante esos periodos de ausencia. No se había efectuado búsqueda alguna. Su desaparición no se había considerado inquietante. Su perfil psicológico y moral, así como su estado de salud, hacían pensar que se había marchado por propia voluntad. Yo descubrí que esa desaparición no era más que una leyenda. La suya y la de los habitantes de Brancion.

Una persona mayor es libre de no volver a contactar con sus seres queridos y si se descubre su dirección, esta no podrá ser comunicada más que con su consentimiento. No tengo derecho a entregarle las coordenadas de Philippe Toussaint, pero lo hago. Fue usted misma quien me dijo: «Si uno solo tuviera que hacer lo que forma parte de sus atribuciones, la vida sería muy triste».

Haga lo que quiera con esta dirección. La he escrito y deslizado dentro del sobre adjunto. Ábralo si así lo desea.

Su devoto servidor
JULIEN SEUL

Es la primera carta de amor que recibo en toda mi vida. Una carta de amor extraña, pero una carta de amor al fin y al cabo. Él no ha dedicado más que unas líneas para rendir homenaje a su madre. Palabras que parecen haberle costado mucho. Me ha escrito muchas páginas. Definitivamente, es más fácil desahogarse delante de un perfecto desconocido que en una reunión familiar.

Observo el sobre adjunto y cerrado que contiene la dirección de Philippe Toussaint. Lo deslizo entre las páginas de la *Revista de Rosas*. Aún no sé lo que voy a hacer. Conservarla en el sobre cerrado, tirarlo o abrirlo. Philippe Toussaint vive a cien kilómetros de mi cementerio, todavía no puedo creerlo. Lo imaginaba en el extranjero, en el fin del mundo. Un mundo que desde hace mucho tiempo ya no es el mío.

29

Las hojas caen, las estaciones pasan,
solo el recuerdo es eterno

Philippe Toussaint se casó conmigo el 3 de septiembre de 1989, el día en que Léonine cumplía tres años. No me pidió matrimonio arrodillándose delante de mí ni nada por el estilo. Simplemente me dijo una noche, entre dos «me voy a dar una vuelta»: «Estaría bien que estuviéramos casados por la pequeña». Fin de la historia.

Unas semanas después me preguntó si había llamado ya al ayuntamiento para acordar una fecha. Dijo exactamente eso, «acordar una fecha». La palabra «acordar» no formaba parte de su vocabulario. Así fue como comprendí que no hacía más que repetir una frase que le habían soplado. Philippe Toussaint se había casado conmigo a petición de su madre. Para que no pudiera quedarme con la custodia de Léonine en caso de separación ni largarme de un día para otro sin dejar rastro, como hacen «esas chicas». Sí, a los ojos de la madre Toussaint yo siempre sería «la otra», «ella», «esa chica». Nunca tendría nombre. Como ella tampoco sería nunca Chantal para mí.

La tarde de nuestra boda, hicimos que nos sustituyeran en la barrera por primera vez desde nuestra llegada a Malgrange-sur-

Nancy. Cogíamos las vacaciones alternativamente, pero nunca habíamos abandonado nuestra barrera juntos. Eso convenía a Philippe Toussaint, pues de ese modo no podríamos salir nunca de vacaciones. Y durante mis días libres, como él no cambiaba de hábitos, era yo quien trabajaba.

El ayuntamiento estaba tan solo a trescientos metros de nuestro paso a nivel, en la calle Mayor. Fuimos hasta allí andando: Philippe Toussaint, sus padres, Stéphanie —la cajera del supermercado—, Léonine y yo. La madre Toussaint fue testigo por parte de su hijo y Stéphanie, por la mía.

Desde el nacimiento de Léo, los padres Toussaint nos visitaban dos veces al año. Cuando aparcaban su enorme coche delante de nuestra casa, nuestra pequeña bicoca desaparecía. Su desenvoltura devoraba nuestra indigencia en un santiamén. No éramos pobres, pero tampoco ricos. Al menos juntos. Con los años, me enteré de que Philippe Toussaint tenía mucho dinero pero que estaba depositado en una cuenta aparte de la que su madre tenía todos los poderes. Por supuesto, nos casamos en régimen de separación de bienes. Y no pasamos por la iglesia, para gran desesperación del padre. Pero Philippe Toussaint no quiso transigir.

La madre Toussaint nos telefoneaba regularmente, por lo general en los momentos más inoportunos: cuando la pequeña estaba en el baño, cuando estábamos sentados a la mesa o cuando había que salir de casa para bajar la barrera. Llamaba muchas veces al día hasta conseguir encontrar a su hijo, que se ausentaba con frecuencia para «dar una vuelta». Dado que era yo la que respondía la mayoría de las veces, podía escuchar su aliento contrariado seguido de su voz, que chasqueaba como un látigo: «Pásame a Philippe». Sin más tiempo que perder. Demasiado ocupada. Cuando por fin conseguía encontrar a su hijo y la conversación acababa derivando en mí, Philippe Toussaint salía de la habitación. Podía oírle bajar la voz como si yo fuera una enemiga, como si no pudiera fiarse de mí. ¿Qué podía contar sobre mí? Aún hoy me pregunto qué podía decirle a su madre. ¿Cómo me vería? Es más, ¿aún me veía? Yo era la que le alimentaba, hacía su trabajo, lavaba, repintaba las paredes, criaba a su hija. ¿Acaso él se inventaba a Violette Trenet? ¿Me ponía alguna costumbre? ¿Manías? ¿Se servía de todas sus amantes para no hablar de una mujer, la suya? ¿Tomaría un poco de una y un poco de otra, para reconstruirme?

La ceremonia la ofició el adjunto del adjunto del alcalde, quien leyó tres frases del Código Civil. Cuando pronunció las palabras «Jura usted serle fiel y ayudarle hasta que la muerte los separe», el tren de las 14:07 ahogó su voz y Léonine gritó: «¡Mamá, el tren!». No entendía por qué no salía corriendo a bajar la barrera. Philippe Toussaint respondió que sí. Yo respondí que sí. Él se inclinó para besarme. Mientras se ponía la chaqueta porque le esperaban en otra parte, el adjunto declaró: «Les declaro unidos por el vínculo del matrimonio». Los adjuntos de los adjuntos recitan sin duda el mínimo sindical cuando la novia no va de blanco. Como testimonio del acto, una sola foto hecha por Stéphanie es lo único que me queda de esa unión. En ella Philippe Toussaint y yo resultábamos muy hermosos de contemplar.

Nos fuimos todos a comer a Gino, una pizzería regentada por unos alsacianos que jamás habían puesto un pie en Italia. Léonine sopló sus tres velas entre dos ataques de risa. La luz iluminando sus ojos. Su expresión maravillada cuando vio el enorme pastel de cumpleaños que yo le había encargado. Aún puedo sentir ese momento, revivirlo a mi antojo. Léo con los mismos rizos que su padre.

Léo hizo de mí una madre amantísima. Yo la tenía siempre en brazos. Philippe Toussaint me decía a menudo: «¿No puedes soltar un poco a la niña?».

Mi hija y yo compartimos nuestros regalos de matrimonio y cumpleaños y fuimos abriéndolos al azar. Era divertido. En cualquier caso, yo me divertía. No vestía de blanco el día de mi boda pero, gracias a la sonrisa de Léo, llevaba el más bello de los vestidos, el de la infancia de mi hija.

Entre nuestros regalos había una muñeca, una batería de cocina, plastilina para modelar, un libro de recetas, lápices de colores, un abono de un año a *France Loisirs*, un disfraz de princesa y una varita mágica.

Tomé la varita mágica de Léo y declaré de un tirón ante la pequeña reunión que comía el plato del día con la nariz hundida en su comida: «Que el hada Léonine bendiga este matrimonio». Nadie me escuchó, salvo Léo, que se echó a reír y me dijo, tendiendo la mano hacia su varita mágica: «Dámela, dámela, dámela».

30

Frente a este río donde te gustaba soñar,
los peces plateados se deslizaban ligeros,
conserva nuestros recuerdos, que no pueden morir

Esta mañana todo el mundo está en mi casa. Nono le cuenta sus historias al padre Cédric y a los tres apóstoles. Es muy raro ver reunidos a los hermanos Lucchini. Siempre hay alguien haciéndose cargo de la tienda, pero desde hace diez días, no ha habido ningún fallecimiento.

My Way duerme hecho un ovillo en las rodillas de Elvis quien, como de costumbre, mira por la ventana mientras canta.

Nono hace reír a todo el mundo:

—Y cuando se bombeaba el agua, a veces, se abrían las fosas o alguna sepultura y las encontrábamos inundadas, hasta el borde. Había que meter una manguera para vaciarlas, ¡una manguera así!

Nono mueve exageradamente los brazos para describir el diámetro de la manguera.

—¡Y cuando se ponía la bomba en marcha, había que saber sostenerla! Pues bien, Gaston había dejado la manguera en la avenida... tal cual, a ras de las margaritas... la manguera se fue hinchando, hinchando y de pronto, pum, ¡agua por todas partes! Y cuando el agua salió disparada como una bala de cañón, Gaston y Elvis empaparon a una ricachona que andaba por allí.

¡La regaron en pleno moño! ¡Todo salió volando! ¡La mujer, sus gafas, su moño y su bolso de cocodrilo! ¡Había que ver el desastre! En tres años era la primera vez que visitaba a su difunto marido, y bueno, ¡ya no ha vuelto nunca más!

Elvis se da la vuelta y canta: «*With the rain in my shoes, rain in my shoes, searchin' for you*».

Pierre Lucchini interviene:

—¡Ya me acuerdo! ¡Yo también estaba ahí! ¡Por Dios, cómo me reí! ¡Era la mujer de un contramaestre! De esas tan secas que parece que nunca se ríen. Tan tiesa como la justicia. Mientras aún vivía su marido, la llamaba Mary Poppins porque soñaba con que ella desapareciera, pero ella no desaparecía nunca, estaba constantemente detrás de él.

—Sin embargo ningún entierro se parece a otro —prosigue Nono.

—Es como las puestas de sol al borde del mar —canta Elvis.

—¿Tú ya has visto el mar? —le pregunta Nono.

Elvis se da la vuelta hacia el exterior sin responder.

—Yo —interviene Jacques Lucchini— he visto entierros en los que había una multitud y otros con tan solo cinco o seis personas. Pero en fin, como suele decirse, esos también se entierran... Aunque es cierto que durante los sepelios, se han producido peleas a causa de la herencia, y se discute delante del féretro... Lo peor que he visto fue a dos mujeres a las que tuvimos que separar porque se tiraban del moño... Dos locas histéricas... Y mi padre, que en paz descanse, ese día se llevó unos buenos golpes... Ellas se gritaban: «Eres una ladrona, por qué has cogido eso, por qué quieres eso», y se insultaban... no me digáis que eso no es una desgracia.

—En pleno entierro... sienta bien... —suspira Nono.

—Fue antes de que usted llegara, Violette —me explica Jacques Lucchini—. Aún estaba el antiguo guarda del cementerio, Sasha.

Escuchar el nombre de Sasha me obliga a sentarme. Nadie lo había pronunciado en voz alta en mi presencia desde hacía años.

—¿Qué habrá sido de él, de Sasha? —pregunta Paul Lucchini—. ¿Alguien ha tenido noticias?

Nono reacciona rápidamente para desviar la conversación.

—Hace una decena de años, una tumba muy antigua fue recomprada... Hubo que vaciar todo lo que había dentro. Se limpió todo, y se depositó en un contenedor, en otros casos se dan las cosas a la gente que las quiere. Pero esa era realmente antigua, por Dios. Encontré una vieja placa en la que estaba escrito: «A mis queridos desaparecidos». Así que la tiré en el contenedor. Y luego, vi a una señora, muy segura de sí misma, me callaré su nombre por respeto porque es amable y buena persona... Ella recuperó la placa «A mis queridos desaparecidos» del contenedor y la guardó en una bolsa de plástico. Yo le dije: «Pero bueno, ¿qué pretende hacer con eso?». Y ella me respondió muy seria: «¡Mi marido no tiene cojones, voy a hacerle un regalo!».

Las risas de los hombres son tan escandalosas que My Way se asusta y decide subir a mi habitación.

—¿Y qué pinta Dios en todo esto? —pregunta el padre Cédric—. ¿Acaso todas esas personas creen en Dios?

Nono vacila antes de responder.

—Los hay que creen en Dios el día en que les libra de esos cretinos. He visto viudas muy alegres y viudos felices, y puedo decirte que en esos casos, estaban dando gracias a Dios con todas sus fuerzas, señor cura... Ah, estoy bromeando, venga, no pongas esa cara. Tu Dios alivia muchas penas. Es muy sencillo, si él no existiera habría que inventarlo.

El padre Cédric sonríe a Nono.

—Se ve de todo en nuestro oficio —continúa Paul Lucchini—. Desgracia, felicidad, creyentes, el tiempo que pasa, lo insostenible, la injusticia, lo insoportable... es la vida. En el fondo, nosotros, los que llevamos una funeraria, estamos en la vida. Tal vez aún más que en otros oficios. Porque aquellos que se dirigen a nosotros, son aquellos que quedan, aquellos que quedan en vida... Nuestro padre, que en paz descanse, nos decía siempre: «Hijos míos, somos las comadronas de la muerte. Nosotros damos a luz a la muerte, así que disfrutad de la vida y ganárosla bien».

31

Éramos dos para amarnos
ahora solo quedo yo para llorarte

A Philippe Toussaint su moto no le ha llevado muy lejos de Brancion. Vive a ciento diez kilómetros exactamente de mi cementerio. Solamente ha cambiado de departamento.

A menudo me he planteado un montón de preguntas: «¿Qué ha motivado que se parara en otra vida y se quedara allí? ¿Habrá sufrido una avería o se habrá enamorado? ¿Por qué no me avisó? ¿Por qué no me envió una carta de despido, de dimisión, de abandono? ¿Qué sucedió el día que se marchó? ¿Acaso sabía que ya no volvería? ¿Acaso dije algo inconveniente o, por el contrario, no dije nada?». Al final, ya prácticamente no decía nada. Solo le daba de comer.

Él ni siquiera había llenado una bolsa de viaje. No se había llevado nada. Ninguna ropa, ningún objeto, ninguna fotografía de nuestra hija.

Al principio pensé que se demoraba en la cama de otra mujer. Una que le hablaba.

Después de un mes, pensé que había tenido un accidente. Después de dos meses, fui a la policía para denunciar su desaparición. Cómo iba a saber que Philippe Toussaint había vaciado las cuentas del banco si yo no tenía acceso a ellas. Solo su madre tenía poderes para todo.

Después de seis meses, empecé a temer que regresara. Cuando comencé a acostumbrarme a su ausencia, pude recuperar el aliento. Como si me hubiera quedado demasiado tiempo bajo el agua, al fondo de una piscina. Su marcha me había permitido dar una patada y remontar a la superficie para respirar.

Después de un año, me dije: «Si regresa, lo mato».

Después de dos años, me dije: «Si regresa, no le dejaré entrar».

Después de tres años: «Si regresa, llamaré a la policía».

Después de cuatro años: «Si regresa, llamaré a Nono».

Después de cinco años: «Si regresa llamaré a los hermanos Lucchini». Y más concretamente a Paul, el tanatopractor.

Después de seis años: «Si regresa, le acribillaré a preguntas antes de matarlo».

Después de siete años: «Si regresa, seré yo quien se vaya».

Después de ocho años: «Ya no va a volver».

*

Salgo del despacho del señor Rouault, el notario de Brancion, para que le mande una carta a Philippe Toussaint. Me ha dicho que no podía hacer nada. Que debía dirigirme a un abogado especializado en derecho de familia, que ese era el procedimiento.

Como conozco muy bien al señor Rouault, me he permitido pedirle que lo hiciera por mí. Que llamara a un abogado de su elección y le escribiera en mi nombre, sin que tuviera que explicarle nada, ni justificar nada, ni mendigarle u ordenarle nada. Solo informar a Philippe Toussaint de mi deseo de recuperar mi nombre de soltera, Trenet. Le dejé muy claro al señor Rouault que no se trataba de reclamar una pensión alimenticia o lo que fuese, sino simplemente una formalidad. El señor Rouault me habló de una «prestación compensatoria por abandono de domicilio», pero yo respondí: «No. Ni hablar».

No quiero nada.

El señor Rouault me explicó que de cara a mi vejez, eso podría ser mejor para mí, más seguro. Mi vejez la pasaré en mi cementerio. No necesitaré más comodidades de las que ya tengo. Él insistió y dijo:

—¿Se da cuenta, querida Violette, que tal vez algún día ya no estará en condiciones de trabajar, y tendrá que coger la jubilación, que descansar?

—No, ni hablar.

—Está bien, Violette, yo me ocupo de todo.

Anotó la dirección de Philippe Toussaint, la que Julien Seul había garabateado en el sobre oculto que al final me decidí a abrir.

Philippe Toussaint,
a la atención de la Sra. Françoise Pelletier
Avenida Franklin-Roosevelt, 13
69500 Bron

—Permítame que le pregunte cómo lo ha encontrado. Creía que su esposo había desaparecido. ¡Después de todo este tiempo, habrá tenido que trabajar, tener un número de la Seguridad Social!

Era cierto. El ayuntamiento había dejado de remunerarlo como guarda del cementerio pocos meses después de su desaparición. También de eso me enteré mucho después. Los padres Toussaint recibían su nómina y hacían su declaración de la renta. Como guardabarreras y guardas de cementerio, nunca habíamos pagado ni alquiler ni impuestos. Yo hacía las compras cotidianas con mi sueldo. Philippe Toussaint decía: «Te doy un techo, te caliento, te pongo luz y a cambio tú me alimentas».

Aparte de lo necesario para mantener su moto, no había tocado un solo céntimo de su sueldo durante nuestros años de vida en común. Era yo quien siempre compraba su ropa y la de Léonine.

—¿Está segura de que se trata de él? Toussaint es un nombre común. Tal vez se trate de un homónimo. O de alguien que se le parezca.

Tuve que explicarle al señor Rouault que siempre existe un margen de error, pero no cuando se ha vuelto a ver al hombre con el cual se ha compartido tantos años de vida en común. Que incluso si había perdido pelo y ganado un poco de peso, nunca podría confundir a Philippe Toussaint con otro hombre.

Le hablé del comisario Julien Seul, que realmente se llamaba Julien Seul, de cómo había desembarcado en mi cementerio, de las cenizas de su madre, de Gabriel Prudent, de la investigación que había llevado a cabo sobre Philippe Toussaint sin pedirme permiso, y todo a causa de un vestido rojo que asomaba bajo mi abrigo, y del regreso a la vida de Philippe Toussaint, que tan solo vivía a ciento diez kilómetros de mi cementerio. Que le había pedido prestado el coche a Nono —«Norbert Jolivet, el sepulturero», precisé—, y había conducido hasta Bron, donde aparqué al lado del número 13 de la avenida Franklin-Roosevelt. Que el número 13 era una casa que habría podido parecerse a la que habité en Malgrange-sur-Nancy, cuando era guardabarreras en el este de Francia, pero que tenía bonitas cortinas en las ventanas, una planta más de altura, y que la carpintería de las ventanas era de madera de castaño con doble cristal. Que enfrente del número 13, estaba la cervecería Carmot. Que me había bebido tres cafés esperando. Qué esperaba, no lo sabía. Y luego, le había visto atravesar la avenida.

Iba con otro hombre. Ambos sonreían. Se encaminaron en mi dirección y entraron en la cervecería. Yo bajé la cabeza.

Tuve que agarrarme al mostrador cuando Philippe Toussaint pasó por detrás de mí. Reconocí su olor, su perfume característico, una mezcla de Pour un homme, de Caron, y el de otras mujeres. Que aún portaba el olor de estas, como una prenda detestada. Sin duda, el olor de sus antiguas amantes se le había quedado adherido como un mal recuerdo, un olor que solo yo era capaz de percibir, incluso después de todos esos años.

Los dos hombres se pidieron el plato del día. Yo les había observado comer a través del espejo que tenía frente a mí. Me había dicho que todo era posible, que él sonreía y que no importaba que pudiera rehacer su vida, que ni Léonine ni yo teníamos noticias suyas desde hacía mucho tiempo y que, en el presente, todo el mundo lo ignoraba. Que daba igual que alguien apareciera en una vida y desapareciera de otra. Aquí o allí, no importaba que fuera capaz de reconstruirse, de reinventarse. No importaba quién pudiera ser Philippe Toussaint, un hombre que salía a dar una vuelta y no regresaba jamás.

Philippe Toussaint había engordado, pero sonreía con franqueza. En el tiempo que vivimos juntos nunca le había visto sonreír así. Su mirada seguía sin estar habitada por la curiosidad. Vivía en la avenida Franklin-Roosevelt, pero yo sabía que incluso ahora mismo, por mucho que sonriera más que antes, él no sabía quién era Roosevelt, y que incluso si había cambiado de vida, si en esa nueva vida alguien le hubiera preguntado quién era Franklin Roosevelt, él habría respondido: «El nombre de mi calle».

Aferrada al mostrador de la barra, fui consciente de la suerte que había tenido cuando él decidió marcharse para no volver más. No me había movido. No me había dado la vuelta. Le daba la espalda. No podía ver de él más que su reflejo sonriente en el espejo.

El camarero se había dirigido a él como «señor Pelletier» pero aquel al que yo había tomado por su amigo, le había llamado dos veces «jefe», y luego el camarero le había preguntado: «¿Lo pongo todo a su cuenta como siempre, señor Pelletier?», y Philippe Toussaint había respondido: «De acuerdo».

Le había seguido por la calle. Los dos hombres caminaban uno al lado del otro. Habían entrado en un taller situado a doscientos metros de la cervecería, el taller Pelletier.

Yo me había ocultado detrás de un vehículo que parecía estar en tan malas condiciones como yo cuando Philippe Toussaint desapareció. Averiado, abollado, rayado, aparcado a un lado esperando saber qué harían con él. Sin duda habría algunas piezas del motor que podrían recuperarse. Algún resto de carburante en el fondo del depósito. Suficiente para volver a arrancarlo. Para terminar el viaje.

Philippe Toussaint se había dirigido hacia una oficina protegida por paredes de cristal. Había telefoneado. Tenía aspecto de ser el jefe. Pero cuando Françoise Pelletier llegó diez minutos más tarde, su aspecto fue el de ser el marido de la patrona. Él la había contemplado sonriendo. La había contemplado amorosamente. La había contemplado.

Me marché de allí.

Regresé adonde había dejado el coche de Nono. Una multa había sido depositada en el parabrisas, ciento treinta y cinco euros por aparcar en un lugar no permitido.

—La historia de mi vida —declaré, sonriendo al notario.

El señor Rouault se quedó callado durante algunos segundos.

—Mi querida Violette, en mis años de trabajo como notario he visto de todo. Tíos que se hacen pasar por hijos, hermanas que reniegan, viudas falsas, viudos falsos, hijos falsos, padres falsos, certificados falsos, testamentos falsos, pero jamás me había encontrado con una historia parecida.

Después me acompañó hasta la salida.

Antes de dejar su despacho, me prometió ocuparse de todo. Del abogado, de la carta, de las formalidades del divorcio.

El notario Rouault me aprecia porque cada vez que va a helar, yo me ocupo de cubrir las flores originarias de África que ha plantado para su mujer. Marie Dardenne, de casada Rouault (1949-1999).

32

Amigos míos, cuando muera,
plantad un sauce en el cementerio.
Adoro sus ramas desconsoladas.
Me gusta su dulce y amada palidez, y su sombra
será ligera en la tierra donde dormiré

En abril, reparto las larvas de las mariquitas entre mis rosales y los de los difuntos para luchar contra el pulgón. Soy yo quien deposita las mariquitas en las plantas, una a una, con la ayuda de un pequeño pincel. Es como si repintara mi cementerio en primavera. Como si colocara escaleras entre la tierra y el cielo. No creo ni en fantasmas ni en apariciones, pero creo en las mariquitas.

Tengo la seguridad de que cuando una mariquita se posa en mí, es un alma que me hace una señal. Cuando era niña, imaginaba que era mi padre el que venía a verme. Que mi madre me había abandonado porque mi padre había muerto. Y como uno se cuenta las historias que tiene ganas de contarse, siempre imaginé que mi padre se parecía a Robert Conrad, el héroe de la serie *The Wild Wild West*. Que era guapo, fuerte y tierno y me adoraba desde el cielo. Que me protegía desde donde estaba.

Me inventé mi ángel de la guarda. Aquel que llegó con retraso el día de mi nacimiento. Y luego crecí. Y comprendí que mi ángel de la guarda no tendría jamás un contrato de duración indefinida. Que ficharía a menudo en la Oficina de Empleo y, tal y como canta Brel, «se emborracharía todas las noches con vino malo». Mi Robert Conrad ha envejecido mal.

Depositar mis mariquitas una a una me suele llevar unos diez días si solo me dedico a eso y no hay ningún entierro entre medias. Me digo que posarlas en los rosales es como abrir las puertas al sol y dejarlo entrar a raudales en mi cementerio. Es como un permiso. Un salvoconducto. Lo que no impide que las personas mueran en el mes de abril o que me hagan una visita.

Una vez más, no le he oído llegar. Está detrás de mí. Julien Seul está detrás de mí. Me observa sin moverse. ¿Cuánto tiempo llevará ahí? Estrecha contra él la urna que contiene las cenizas de su madre. Sus ojos brillan como mármoles negros recubiertos de escarcha cuando el sol de invierno se refleja ligeramente sobre ellos. Me quedo sin voz.

Verle me causa el mismo efecto que mi ropa: un abrigo de lana negro sobre una combinación de seda rosa. No le sonrío, pero mi corazón da golpes como un niño que ha llegado tarde ante la puerta de su pastelería preferida.

—He venido a contarle por qué mi madre deseaba descansar en la tumba de Gabriel Prudent.

—He llegado a acostumbrarme a hombres que desaparecen.

Es la única cosa que soy capaz de responder.

—¿Querría acompañarme a su tumba?

Dejo mi pincel delicadamente en la sepultura de la familia Monfort y me dirijo hacia la de Gabriel Prudent.

Julien Seul me sigue, antes de decirme:

—No tengo ningún sentido de la orientación, y más aún en un cementerio...

Caminamos en silencio el uno al lado del otro en dirección a la avenida 19. Cuando llegamos ante la tumba de Gabriel Prudent, Julien Seul deposita la urna y la desplaza repetidas veces, como si no encontrara el sitio, como si tratara de encajar la pieza de un rompecabezas en el lugar correcto. Al final termina colocándola contra la estela, a la sombra.

—Como mi madre prefería la sombra al sol...

—¿Quiere leerle el discurso que ha escrito? ¿Quiere quedarse solo?

—No, preferiría que fuese usted quien lo leyera más tarde. Cuando el cementerio esté cerrado. Estoy seguro de que sabrá hacerlo muy bien.

La urna es de color verde abeto. «Irène Fayolle (1941-2016)» está grabado en letras de oro. Él se recoge unos instantes, y yo permanezco a su lado.

—Nunca he sabido rezar... He olvidado las flores. ¿Aún las vende?

—Sí.

Tras escoger un tiesto de narcisos me dice que quiere bajar al pueblo para comprar una placa. Me pregunta si puedo acompañarle a Los torneros del valle, el establecimiento fúnebre de los hermanos Lucchini. Yo acepto sin pensar. No he ido nunca a Los torneros del valle. Hace ya veinte años que indico a los demás el camino para llegar, sin haber puesto jamás un pie allí.

Me subo al coche del comisario, que huele a tabaco. Es un hombre silencioso. Yo también. Al dar a la llave de contacto, un Cd dentro del aparato de radio se pone a gritar «Elsass Blues» de Alain Bashung a todo volumen. Los dos nos sobresaltamos. Quita el sonido. Nos echamos a reír. Es la primera vez que Alain Bashung hace reír a alguien con esa canción magnífica pero terriblemente triste.

Aparcamos delante de Los torneros del valle. El local de los hermanos Lucchini está pegado a la morgue, pero también a El fénix, el restaurante chino de Brancion-en-Chalon. Es la broma preferida de todos los lugareños. Lo cual no impide que El fénix esté lleno a rebosar a la hora de comer.

Empujamos la puerta. En el escaparate hay placas funerarias y ramos de flores artificiales. Una rosa de plástico sintética es como una lámpara de mesilla que quisiera imitar el sol. En el interior, las maderas para los féretros están expuestas como las muestras de un almacén de bricolaje en el que se puede elegir el color de la tarima. Hay maderas preciosas para realizar ataúdes excepcionales. Y luego están las de segunda clase, maderas blandas, duras, exóticas, contrachapados. Confío en que el amor que uno tiene hacia los vivos no se mida por la calidad de la madera que se escoge.

Prácticamente en todas las placas del escaparate se puede leer: «Curruca, si vuelas alrededor de esta tumba, cántale tu más bella canción». Tras haber leído algunos textos que le ha presentado Pierre Lucchini, Julien Seul elige: «A mi madre» en letras de latón sobre una placa negra. Nada de poemas ni epitafios.

Pierre se asombra al verme en su tienda. No sabe qué decirme a pesar de que se pasa por mi casa varias veces a la semana desde hace años y de que jamás se le pasaría por la cabeza entrar en mi cementerio sin venir a saludarme.

Lo sé prácticamente todo sobre Pierre, su colección de canicas, su primer amor, su mujer, las anginas de sus hijos, su pena al morir su padre, los productos capilares que usa para que no se le caiga el pelo, y sin embargo, ahí, es como si yo fuera una desconocida en medio de sus flores de plástico y de esas placas que solo hablan de la eternidad.

Julien Seul paga y nos marchamos.

De vuelta a mi cementerio, Julien Seul me pregunta si puede invitarme a cenar. Quiere contarme la historia de su madre y Gabriel Prudent.

Y también darme las gracias por todo y tratar de hacerse perdonar por haber buscado a Philippe sin preguntarme. Yo le respondo: «De acuerdo, pero prefiero que cenemos en mi casa».

Porque así tendremos tiempo y no seremos molestados por un camarero entre plato y plato. No habrá carne para cenar, pero será algo bueno. Él me contesta que corre a reservar su habitación en casa de la señora Bréant, incluso aunque no esté nunca ocupada, y que vendrá a mi casa hacia las ocho.

33

Con el tiempo, va, todo pasa, se olvidan
las pasiones y se olvidan las voces, que decían
en voz baja las palabras de la pobre gente: no
vuelvas tarde a casa, y sobre todo no cojas frío

Irène Fayolle y Gabriel Prudent se conocieron en Aix-en-Provence en 1981. Ella tenía cuarenta años, él cincuenta. Él defendía a un detenido que había ayudado a otro a evadirse. Irène Fayolle se encontraba en ese tribunal a petición de su empleada y amiga Nadia Ramirès. Esta última era la mujer de un cómplice del preso. «Uno no decide de quién se enamora, había dicho a Irène entre una coloración de raíces y un *brushing*, eso sería demasiado sencillo».

Irène Fayolle asistió al proceso el día del alegato del abogado Prudent. Él habló de ruido de llaves, de libertad, de la necesidad de escapar de muros permanentes, de encontrar el cielo, el horizonte olvidado, el olor del café en un restaurante. Habló de solidaridad entre los detenidos. Declaró que la promiscuidad del encierro podía engendrar una verdadera fraternidad entre los hombres, que liberar la palabra era una salida de emergencia. Que perder la libertad era perder a un ser querido. Que aquello era como un proceso de duelo. Que nadie podía comprenderlo si no lo había vivido.

Como en la novela *Veinticuatro horas en la vida de una mujer* de Stefan Zweig, durante el alegato, Irène Fayollle solo tuvo ojos para las manos del abogado Prudent. Unas manos grandes que se abrían y cerraban. Con uñas blancas perfectamente cuidadas. Irène Fayolle se dijo: «Es curioso, las manos de ese hombre no han envejecido. Han permanecido en su infancia, son las manos de un hombre joven. Manos de pianista». Cuando Gabriel Prudent se dirigía al jurado, estas se abrían, cuando se dirigía al fiscal general, se cerraban en una crispación tal que parecían mustias, como si hubiesen recuperado su edad real. Cuando miraba al juez, se paralizaban, cuando observaba al público, no paraban quietas, como dos adolescentes sobreexcitados, y cuando regresaba sobre el acusado, se juntaban, se acurrucaban una contra otra como dos gatitos que buscaran calor. En pocos segundos, sus manos pasaban del encierro a la alegría, de la constricción a la libertad, y luego arrancaban de nuevo en una especie de rezo, de súplica. De hecho, sus manos no hacían más que mimar sus palabras.

Tras el alegato, tuvieron que abandonar la sala de la Audiencia y salir a beber algo por Aix, mientras el jurado deliberaba. Hacía muy buen tiempo, como siempre en Aix y eso ni alegraba ni entristecía a Irène. El buen tiempo no le había hecho nunca ningún efecto. Es más, le era completamente indiferente, como si aquello no fuera con ella.

Nadia Ramirès se dirigió a la iglesia del Espíritu Santo para encender una vela. Irène entró en un café al azar, no tenía ningunas ganas de sentarse en la terraza como todos los demás. Subió al primer piso para estar tranquila. Quería leer. La víspera, por la noche, mientras Paul su marido dormía, había empezado una novela en la que estaba deseando sumergirse.

El abogado Prudent, a quien le gustaba el sol pero no la multitud, estaba allí, solo, sentado en un rincón. Esperando el veredicto de su cliente contra una ventana cerrada. Con la mirada perdida, fumaba un cigarrillo tras otro. Aunque estaba solo en esa planta, una espesa capa de humo enturbiaba la estancia hasta las lámparas de araña. Antes de apagar su cigarrillo, se servía de él para encender uno nuevo. Una vez más, la mirada de Irène se fijó en su mano derecha, que aplastaba la colilla en el cenicero.

En la novela comenzada la víspera, había leído que un hilo invisible unía a aquellos que estaban destinados a encontrarse, y que ese hilo podía enmarañarse pero nunca romperse.

Cuando Gabriel Prudent vio a Irène Fayolle aparecer por la escalera le dijo: «Usted estaba en la sala hace un momento». No era una pregunta, solo una afirmación. Eran muchos los que habían ocupado la sala. Ella estaba al fondo, en el penúltimo banco. ¿Cómo habría podido fijarse? No se lo preguntó. Se sentó en un rincón en silencio.

Y como si hubiese oído lo que estaba pensando, él empezó a describirle cómo iba vestido cada miembro del jurado y los dos suplentes, los detenidos y todas las personas sentadas entre el público. Una detrás de otra. Empleaba palabras extrañas para hablar del color de un pantalón, de una falda o de un jersey «amaranto», «azul ultramar», «blanco de España», «lima», «coral». Parecía un tintorero o un vendedor de telas en el mercado de Saint-Pierre. Incluso se había fijado en que la señora del extremo izquierdo del tercer banco, «la del moño azabache, con pañuelo amapola y un traje gris de lino», llevaba un broche en forma de escarabajo. Durante esa descripción de indumentaria alucinante, agitó las manos en algunos momentos. Sobre todo cuando tuvo que referirse a la palabra «verde», que no llegó a pronunciar. Como si esa palabra le estuviese prohibida. Había empleado las palabras «esmeralda», «menta al agua», «pistacho» y «oliva».

Siempre silenciosa, Irène Fayolle se preguntaba qué interés tendría para un abogado identificar la ropa de cada uno.

Una vez más, como si le hubiese leído el pensamiento, él dijo que en un tribunal todo estaba escrito en la ropa. La inocencia, las lamentaciones, la culpabilidad, el odio o el perdón. Que cada uno escogía minuciosamente lo que llevaba el día de un juicio, ya fuese el suyo o el de otro. Al igual que para su entierro o su boda. Que no había sitio para el azar. Y que según lo que cada individuo vistiera, él era capaz de adivinar si era alguien perteneciente a la fiscalía o por el contrario, a la acusación, la defensa, un padre, un hermano, una madre, un vecino, un testigo, una enamorada, un amigo, un enemigo o un curioso. Y que de ese modo, ajustaba su alegato según la vestimenta y el aspecto de cada uno cuando posaba sus palabras y su mirada en él. Y que, por ejemplo ella, Irène Fayolle, por la forma en que iba vestida ese día, estaba claro que no estaba implicada en ese asunto. Que no había tomado partido. Que estaba allí como diletante.

«Diletante», realmente había empleado esa palabra.

Ella no tuvo tiempo de contestar, Nadia Ramirès acababa de unírsele. Le dijo a Irène que era una exagerada por enterrarse en ese restaurante con semejante tiempo, que su chico habría preferido una terraza. Y que si salía absuelto, recorrerían todas las terrazas de Aix, una tras otra, para festejarlo. E Irène Fayolle pensó: «Mi deseo, en cambio, es continuar leyendo la novela que he metido en mi bolso... o marcharme a Islandia con el hombre de las manos bonitas que fuma un pitillo tras otro al fondo de esta habitación».

Nadia saludó al abogado Prudent, y le dijo que su alegato había sido excepcional, que le pagaría como habían convenido, un poco cada mes, y que su Jules sin duda sería absuelto gracias a él. El abogado respondió, entre dos caladas, con voz grave:

—Lo sabremos muy pronto, después de las deliberaciones. Está usted muy guapa, me gusta mucho el vestido rosa peladilla que lleva. Estoy seguro que le ha subido la moral a su marido.

Irène bebió un té, Nadia, un zumo de melocotón y Gabriel Prudent, una cerveza de barril sin espuma. Él pagó todas las consumiciones y se marchó antes que ellas. Irène contempló sus manos una última vez, estas estaban crispadas sobre los expedientes como dos gruesas pinzas que se aferraban a los informes.

Irène Fayolle no pudo entrar en la sala de audiencias para oír el veredicto, solo las familias eran admitidas. Pero esperó delante del tribunal, al final de la pasarela, para observar el color de los vestidos de la gente que salía de allí. Advirtió el jersey azul ultramar, el traje coral, la falda color menta al agua y el escarabajo de la mujer del moño azabache. Los vio a todos, uno detrás de otro.

Irène regresó sola a Marsella. Nadia Ramirès se quedó en Aix para festejar la absolución de su Jules de terraza en terraza.

Unas semanas más tarde, Irène cerró su salón de peluquería y se lanzó a la horticultura. Se decía que quería hacer otra cosa con sus manos, que estaba harta de cortar el pelo, de los productos con amoniaco, de los envases de champú y, sobre todo, de tanta cháchara. Irène Fayolle era de naturaleza silenciosa, demasiado discreta para ser peluquera. En ese oficio, para ser bueno, hacía falta ser curioso, divertido y generoso. Ella no creía poseer ninguno de esos atributos.

Desde hacía años, la tierra y las rosas la fascinaban. Con el dinero del salón, compró un terreno en el distrito 7 de Marsella que ella misma transformó en rosaleda. Aprendió a plantar, a cultivar, a regar, a recoger. Aprendió también a crear nuevas variedades de rosas color carmín, frambuesa, granadina y muslos de ninfa turbada al recordar las manos de Gabriel Prudent.

Creó flores como se crean las manos que se abren y se cierran dependiendo de la climatología.

Un año después, Irène Fayolle acompañó a Nadia Ramirès a Aix-en-Provence para un segundo proceso. Su marido se había dejado pillar nuevamente en un asunto de estupefacientes. Antes de partir, Irène se preguntó cómo debía vestirse para no parecer una «diletante».

Se sintió desilusionada cuando supo que el abogado Prudent no estaría allí. Había abandonado la región.

Irène se enteró de camino entre Marsella y Aix, ya en el coche, cuando Nadia le confesó sentirse inquieta porque esta vez no sería el abogado Prudent quien hablaría en defensa de su Jules sino un colega.

—Pero ¿por qué? —preguntó Irène como un niño que se marcha de vacaciones y se entera de que no va a ver el mar.

Algo sobre un divorcio le había hecho mudarse. Nadia no sabía nada más.

Los meses pasaron hasta que un día una mujer entró en la

rosaleda de Irène Fayolle para encargar un ramo de rosas blancas que habría que enviar a Aix-en-Provence. Al rellenar el recibo de entrega, Irène advirtió que las rosas debían depositarse en el cementerio de Saint-Pierre de Aix para la señora Martine Robin, esposa de Gabriel Prudent.

Por primera vez, fue Irène la que hizo la entrega la mañana del 5 de febrero de 1984 en Aix-en-Provence, donde había helado durante la noche. Ella misma había escogido especialmente el ramo de flores que llevaría. Lo depositó en el asiento trasero de su utilitario Peugeot, donde ocupó todo el espacio disponible.

En el cementerio de Saint-Pierre un empleado municipal le dio permiso para recorrer las avenidas en coche y depositar las rosas cerca de la sepultura de Martine Robin, que aún no había sido enterrada. No eran más de las diez y el entierro no se celebraría hasta la tarde.

En el mármol estaba grabado: «Martine Robin, de casada Prudent (1932-1984)». Bajo su nombre, su foto había sido enmarcada: una bella mujer morena que sonreía al objetivo. La foto debió de tomarse cuando ella tenía unos treinta y pocos años.

Irène salió de nuevo y esperó. Quería volver a ver a Gabriel Prudent. Incluso de lejos. Incluso a escondidas. Quería saber si él era el viudo, si era su mujer la que iban a enterrar. Había buscado en el obituario, pero no había encontrado nada referente a él.

Con gran tristeza les anunciamos el súbito fallecimiento de Martine Robin sobrevenido en Aix-en-Provence a la edad de cincuenta y dos años. Martine era hija del difunto Gaston Robin y la difunta Micheline Bolduc. Deja en duelo a su hija Marthe Dubreuil, su hermano y hermana Richard y Mauricette, su tía Claudine Bolduc-Babé, su nuera Louise, numerosos primos, sobrinos y sobrinas y sus amigos íntimos, Nathalie, Stéphane, Mathias, Ninon, además de muchos otros.

Ningún rastro de Gabriel Prudent. Como si hubiera sido tachado de la lista de afectados por el duelo.

Irène salió del cementerio y condujo hasta el primer restaurante que encontró, situado a unos trescientos metros. Un bar de carretera. Se hizo esta reflexión: «Es extraño que haya un bar como este a medio camino entre el cementerio y la piscina municipal de Aix. Es como si estuviera perdido».

Aparcó el coche y estuvo a punto de desandar el camino porque los cristales estaban sucios y las cortinas que colgaban de las ventanas, muy anticuadas. Pero una sombra la retuvo. En el interior, había una silueta encorvada. La reconoció a pesar de los cristales mugrientos. Estaba allí. Estaba realmente allí. Apoyado contra una ventana cerrada, fumando un cigarrillo, con la mirada perdida en el vacío.

Durante unos segundos, creyó estar alucinando, confundida, mezclando sus deseos con la realidad. Creyó estar dentro de una novela pero no en la vida, en la vida real. Esa que es mucho menos agradable que las promesas que uno se hace en el último año de colegio. Y además, solo lo había visto una vez, tres años atrás.

Cuando entró, él alzó la cabeza. Había tres hombres acodados en el mostrador y únicamente Gabriel Prudent estaba sentado en una mesa. Le dijo:

—Usted estaba en Aix en el proceso de Jean-Pierre Reyman y Jules Ramirès el año que Mitterrand fue elegido... Usted es la diletante.

Ella no se sorprendió por que la reconociera. Como si aquello tuviera sentido.

—Sí, buenos días, soy amiga de Nadia Ramirès.

Él asintió, y encendió un nuevo cigarrillo con las últimas brasas de su colilla, al tiempo que respondía:

—Lo recuerdo.

Y sin invitarla a sentarse a la mesa, como si fuera un hecho sabido, ordenó dos cafés y dos calvados señalando con el índice hacia el techo y luego en dirección a la camarera. Una vez más, Irène Fayolle, que no había bebido café en su vida —solamente té— y menos aún un calvados a las diez de la mañana, posó sus ojos en las grandes manos de Gabriel y se sentó frente a él. Sus manos seguían sin envejecer.

Fue él quien habló primero, y mucho. Le contó que había regresado a Aix para enterrar a Martine, su mujer, bueno su exmujer, que no soportaba las pilas de agua bendita, a los curitas y la culpabilidad. Así que no pensaba asistir a la ceremonia religiosa, solamente al entierro, y por eso estaba ahí esperando, que vivía con otra mujer en Mâcon desde hacía dos años, que no había vuelto a ver a Martine, su mujer, bueno su exmujer, desde que se marchó, que la había dejado porque había conocido a otra, que su hija —solo tenía una— le miraba con mala cara, que se había quedado anonadado con la noticia —¡Martine, muerta!—, y que nadie entendería que él sería siempre ese cabrón que había abandonado a una mujer, la suya. Y como venganza *post mortem*, Martine, su mujer, bueno su exmujer, o su hija, ya no estaba seguro, había hecho grabar su nombre en la lápida. Ella se lo había llevado consigo a su eternidad.

—¿Y usted? ¿Usted habría hecho eso?

—No lo sé.

—¿Vive usted en Aix?

—No, en Marsella, esta mañana he entregado unas flores, en el cementerio, para su mujer, bueno, su exmujer. Antes de marcharme necesitaba beber un té, hacía frío, y no es que el frío me moleste, todo lo contrario, pero tenía frío. Ahí dentro, al menos, el calvados me está haciendo entrar en calor, creo que la cabeza me da vueltas, bueno, no es que lo crea, es que la cabeza me da vueltas, no voy a poder retomar la carretera inmediatamente, es fuerte el calvados... Disculpe si soy indiscreta, normalmente no lo soy, ¿cómo conoció a su nueva mujer?

—Oh, nada original, fue por causa de un hombre al que defendí durante años: a fuerza de organizar su defensa, de explicársela a su esposa, a fuerza de tener que acudir a la cárcel año tras año, fuimos nosotros quienes acabamos por enamorarnos el uno del otro. Y a usted, ¿le ha pasado alguna vez?

—¿El qué?

—¿Enamorarse?

—Sí, de mi marido, Paul Seul, tenemos un hijo, Julien, que tiene diez años.

—¿Usted trabaja?

—Soy horticultora, antes era peluquera, pero no solo vendo flores, también las cultivo, y practico la hibridación.

—¿El qué?

—La hibridación. Mezclo distintas variedades de rosas para crear nuevas.

—¿Por qué?

—Porque me gusta eso... El mestizaje.

—¿Y qué colores consigue? ¡Dos cafés con calvados más, por favor!

—Carmín, frambuesa, granadina o incluso muslo de ninfa turbada. También he creado distintas variedades de blanco.

—¿Qué tipo de blanco?

—Nieve. Adoro la nieve. Mis rosas tienen además la particularidad de no temer al frío.

—¿Y usted, no viste nunca ropa de color? Ya en Aix durante el proceso, iba toda de beige.

—Me gustan más los colores vivos en las flores y en las chicas guapas.

—Pero usted es mucho más que guapa. Su rostro muestra la vida. ¿Por qué sonríe?

—No sonrío. Estoy borracha.

Hacia mediodía, se pidieron dos tortillas con ensalada y unas patatas fritas para los dos. Y un té para ella. Él le dijo: «No estoy seguro de que el té y la tortilla sean una buena mezcla», a lo que ella respondió: «El té va con todo, es como el blanco y negro, que va con todo».

Durante la comida, él se chupó los dedos, chupó la sal de las patatas y se pidió otra caña. Mientras que ella mezclaba el té inglés y un enésimo vaso de calvados, él le dijo: «Normandía e Inglaterra son como el negro y el blanco, quedan bien juntos».

Gabriel se levantó dos veces. Ella contempló el polvo, la electricidad estática a su alrededor, los rayos de sol que penetraban por la ventana daban la impresión de que fueran como nieve. Y volvieron a pedir más patatas fritas, té y calvados. Normalmente, en un lugar tan cutre, Irène Fayolle habría limpiado los vasos con el dobladillo de su vestido, pero ahí no.

Cuando el coche fúnebre pasó junto al bar de carretera, eran las tres y diez. Ella no había sentido pasar el tiempo. Era como si hubiese entrado en ese bar hacía tan solo diez minutos. Sin embargo, hacía cinco horas que estaban juntos.

Se levantaron rápidamente, él pagó a toda prisa e Irène le propuso que se subiera a su utilitario, que ella le llevaría. Sabía dónde se encontraba la tumba de Martine Robin.

Ya en el coche, él le preguntó su nombre. Le dijo que estaba harto de llamarla de usted.

—Irène.

—Yo soy Gabriel.

Llegaron a la altura de la verja que llevaba hasta Martine Robin. Gabriel no se bajó. Le dijo:

—Vamos a esperar aquí, Irène. Lo que cuenta es que Martine sepa que estoy aquí. Los otros me dan igual.

Le preguntó si podía fumar en el coche, ella le dijo que por supuesto, él bajó la ventanilla, y descansó la cabeza contra el reposacabezas. Tomó la mano izquierda de Irène en la suya y cerró los ojos. Esperaron en silencio. Estuvieron observando a la gente que iba y venía por las avenidas. En un momento dado, les pareció escuchar música.

Cuando todo el mundo se marchó, cuando el coche fúnebre vacío pasó a su altura, Gabriel se bajó del vehículo. Le había pedido a Irène que fuera con él, ella había vacilado, él había insistido: «Por favor». Y caminaron el uno al lado del otro.

—Le dije a Martine que la dejaba por otra mujer, y le mentí. A usted, Irène, puedo decirle la verdad, dejé a Martine por culpa de Martine. Las otras, aquellas por las que se deja a alguien, no son más que pretextos, coartadas. Uno deja a la gente a causa de esa misma gente, no hay que buscar más lejos. Por supuesto, no lo reconoceré jamás. Y seguramente tampoco lo haré más hoy.

Cuando llegaron a la altura de la tumba, Gabriel besó la foto. Sus manos se agarraron a la cruz que dominaba la estela. Susurró algunas palabras que Irène no entendió y que tampoco trató de entender.

Sus rosas blancas estaban en el centro de la tumba. Había numerosas flores, palabras de amor e incluso un pájaro de granito.

*

—Pero ¿quién le ha contado todo eso?

—Lo he leído en el diario que escribía mi madre.

—¿Tenía un diario?

—Sí. Lo encontré entre las cajas la semana pasada, al ordenar sus cosas.

Julien Seul se levanta.

—Son las dos de la mañana, tengo que marcharme. Estoy cansado. Mañana debo coger la autopista muy temprano. Muchas gracias por la cena, estaba deliciosa. Gracias. Hacía mucho tiempo que no comía tan bien ni pasaba un momento tan delicioso. Sé que me repito, cuando me siento bien me repito.

—Pero... ¿Qué es lo que hicieron después del entierro? Tiene que contarme el final de la historia.

—Tal vez esa historia no tenga final.

Toma mi mano y deposita un beso. No conozco nada más perturbador que un hombre galante.

—Huele usted siempre tan bien.

—Agua de cielo, de Annick Goutal.

Él sonríe.

—Bueno, no cambie nunca. Buenas noches.

Se enfunda su abrigo y sale de la casa por el lado de la calle. Antes de cerrar la puerta tras él, me dice:

—Volveré para contarle el final. Si se lo contase ahora, ya no querría volver a verme.

Al acostarme, pienso que no me gustaría morirme en mitad de la lectura de una novela que me gustase.

34

Siempre te llevaremos en nuestros corazones

Tres años después de casarnos, en junio de 1992, la Francia
ferroviaria se paralizó. En Malgrange, el tren de las 6:29 se convirtió en el de las 10:20, que a su vez se convirtió en el de las
12:05, hasta que el tren de las 13:30 se paró en la vía a las 16:00 y
no se movió durante cuarenta y ocho horas. Los huelguistas eri-
gieron una barricada a doscientos metros de nuestra barrera. El
tren iba abarrotado. Ese día, en concreto, hacía mucho calor.
Los pasajeros tuvieron que abrir rápidamente las ventanas y las
puertas del Nancy-Épinal.

Nunca se había visto a tanta gente en el supermercado. Las
reservas de agua embotellada se agotaron en el espacio de pocas
horas. Ya por la tarde, Stéphanie dejó de pasar las botellas por
caja para distribuirlas directamente desde el estribo del tren. Ya
nadie hacía distinción entre primera y segunda clase. Todo el
mundo estaba en el exterior, a la sombra del tren, alrededor de
los raíles. Los interventores y el conductor de la SNCF habían
desaparecido al mismo tiempo.

Cuando los usuarios comprendieron que el tren no iba a
continuar, empezaron a llegar coches de vecinos, de amigos. Algunos viajeros llamaron desde nuestra casa para que vinieran a

buscarlos. Otros desde la cabina telefónica. En pocas horas, el tren y sus alrededores quedaron vacíos.

Toda la circulación de Malgrange-sur-Nancy había sido cortada. Los coches se acercaban hasta la barrera cerrada, rescataban a los usuarios y daban marcha atrás. A las nueve de la noche, la calle Mayor se quedó en silencio y el supermercado cerró sus puertas. Cuando Stéphanie bajó la persiana del local, sus mejillas estaban escarlata. A lo lejos, no se oía otra cosa que las voces de los huelguistas. Iban a dormir ahí mismo, detrás de su barricada.

Cuando se hizo de noche y Philippe Toussaint hacía rato que se había marchado a dar una vuelta, advertí que en la parte delantera del tren aún quedaban dos pasajeros: una mujer y una niña pequeña que debía de tener la edad de Léonine. Le pregunté a la mujer si alguien podía venir a buscarla, pero ella respondió que vivía a setecientos veinte kilómetros de Malgrange, que era muy complicado, que acababa de llegar de Alemania, donde había recogido a su nieta, y se dirigía a París. No estaba en condiciones de avisar a quienquiera que fuera hasta el día siguiente e incluso así, no estaba segura de conseguirlo.

La invité a cenar a nuestra casa. Ella se negó. Yo insistí. Tomé sus maletas sin pedirle permiso y ellas me siguieron.

Léo dormía plácidamente con los puños cerrados.

Abrí todas las ventanas, por una vez, podía hacer calor dentro de la casa.

Di de cenar a la pequeña Emmy, que estaba agotada. Durante la cena estuvo jugando con una de las muñecas de Léo, y luego la acosté al lado de ella. Al contemplarlas dormir una al lado de la otra, pensé que me gustaría tener otro hijo. Pero Philippe Toussaint no estaría de acuerdo, ya podía oírle decir que nuestra casa era demasiado pequeña para tener otro niño. Pensé que era nuestro amor el que era demasiado estrecho para acoger a un nuevo hijo, y no la casa.

Le dije a la abuela de Emmy, que se llamaba Célia, que no tendría más remedio que dormir en mi casa, que no permitiría que regresara a ese tren vacío, que era demasiado peligroso. Y le expliqué también que, por primera vez desde hacía años, gracias a esa huelga, yo había tenido vacaciones, que tenía una invitada y que esperaba que esa línea de ferrocarril estuviera cortada el mayor tiempo posible, pues así podría dormir más de ocho horas seguidas sin ser molestada por la alarma de la barrera.

Célia me preguntó si yo vivía sola con mi hija. Eso me hizo sonreír. En lugar de responder, abrí una botella de vino tinto muy buena que guardaba para una «ocasión especial», salvo que esta no se había presentado hasta ese día.

Empezamos a beber. Después de dos vasos, Célia aceptó mi invitación de dormir en casa. La instalaría en nuestra habitación y nosotros, mi marido y yo, dormiríamos en el sofá-cama. Solíamos usarlo cuando los padres de Philippe Toussaint venían a visitarnos, dos veces al año desde nuestra boda. Venían a buscar a Léo para llevársela de vacaciones. Una semana entre Navidad y Año Nuevo, y diez días en verano para llevarla al borde del mar.

Después del tercer vaso, mi huésped dijo que aceptaba mi invitación a condición de que fuera ella quien durmiese en el sofá-cama.

Célia tenía alrededor de cincuenta años, y unos hermosos ojos azules muy dulces. Hablaba suavemente, con una voz tranquilizadora y un bonito acento del sur.

Contesté: «De acuerdo, en el sofá-cama entonces», y acerté, porque cuando Philippe Toussaint apareció por fin, se fue directamente a desplomarse en la cama de nuestra habitación. Ni siquiera echó una mirada hacia nosotras.

Cuando vimos pasar a Philippe Toussaint a nuestro lado le dije a Célia: «Este es mi marido». Ella me sonrió sin responder.

Célia y yo nos quedamos hablando en el salón hasta la una de la mañana. Las ventanas aún seguían abiertas. Era la primera vez desde mi llegada que hacía calor en las habitaciones. Célia vivía en Marsella, le dije que sin duda había sido ella la que había traído el sol al interior de la casa. Que normalmente el calor no entraba nunca, que había una barrera invisible que se lo impedía.

Cuando terminamos la botella de vino, insistí en que aceptaba que durmiera en el sofá-cama a condición de quedarme yo con ella porque nunca había tenido una amiga ni una hermana, y aparte de mi hija cuando era pequeña, nunca había dormido con una amiga como lo hacen las verdaderas amigas. Célia respondió: «De acuerdo, amiga, dormiremos juntas».

Aquella noche cumplí un deseo al recuperar algo del retraso que tenía respecto a la amistad. Todas esas noches en las que me habría gustado dormir en casa de mi mejor amiga con sus padres al lado, todas esas noches en las que me habría gustado salir a hurtadillas con ella para encontrarnos con unos chicos esperando en sus ciclomotores al final de la calle, en cierto modo, conseguí recuperarlas un poco.

Creo que estuvimos hablando hasta las seis de la mañana. El día amaneció poco después de que acabara de dormirme. A las nueve, Léo vino a despertarme y decirme que había una niña que no sabía hablar en su cama. Emmy era alemana y no sabía una palabra de francés. Rápidamente, Léo empezó a bombardearme a preguntas:

—¿Y por qué estás durmiendo en el salón? ¿Y por qué papá está durmiendo vestido en la cama? ¿Quién es esta señora? ¿Por qué no hay trenes? ¿Quiénes son, mamá, esta gente? ¿Quién es la niña pequeña? ¿Es alguien de nuestra familia? ¿Se van a quedar?

Desgraciadamente, no. Célia y Emmy se marcharon dos días después.

Cuando volvieron a subirse al tren, creí que me moriría de pena. Como si las conociera desde siempre. Todas las huelgas tienen un final. Y también las vacaciones. Pero había conocido a alguien, mi primera amiga. Por la ventana entreabierta del tren, coche siete, Célia me dijo:

—Ven a vivir con nosotros a Marsella. Estarás bien allí, yo te encontraré un trabajo... Normalmente no suelo juzgar a las personas pero, como Francia está en huelga, digamos que yo también he hecho huelga y voy a decirte lo que pienso: Violette, es evidente que tu marido no está hecho para ti. Déjalo.

Le respondí que ya me habían privado de unos padres, que no privaría nunca a Léonine del suyo. Incluso si Philippe Toussaint era un padre entre comillas, al menos era un padre.

Una semana después de su marcha, recibí una larga carta de Célia. En la carta había incluido tres billetes de tren ida y vuelta Malgrange-sur-Nancy/Marsella.

Poseía una cabaña en la cala de Sormiou que ponía a nuestra disposición. La nevera estaría llena para que pudiéramos disfrutarla. Y escribió esto: «Disfrutadlo. Así vas a poder tener unas verdaderas vacaciones, Violette, y ver el mar con tu hija». Decía también que jamás olvidaría que le había ofrecido alojamiento y comida. Que a cambio de esos dos días que yo le había dado, tendría unas vacaciones cada año en Marsella.

Philippe Toussaint declaró que él no iría. Que tenía «muchas más cosas que hacer que ir a casa de una tortillera». Así era como llamaba a todas las mujeres con las que no se acostaba, «tortilleras».

Yo respondí que me parecía bien que no viniera, que así podría vigilar la barrera mientras Léo y yo estábamos fuera. No debió de gustarle imaginar que nos lo pasábamos bien sin él. Tuvo un brote de amor: por primera vez en seis años, a petición suya, la SNCF nos encontró unos sustitutos en pocas horas.

Quince días más tarde, el 1 de agosto de 1992, descubrimos Marsella. Célia nos esperaba en el andén de la estación de Saint-Charles. Yo me arrojé en sus brazos. Hacía buen tiempo incluso en el andén, y recuerdo haberle dicho a Célia: «Hace buen tiempo incluso en el andén...».

Cuando vi el Mediterráneo por primera vez, iba en la parte de atrás del coche de Célia. Bajé la ventanilla y lloré como un niño. Creo que tuve la conmoción de mi vida. La conmoción de lo *majestuoso*.

35

Todo se borra, todo pasa salvo el recuerdo

Cartas de amor, un reloj, una barra de labios, un collar, una novela, cuentos infantiles, un teléfono móvil, un abrigo, fotos de familia, un calendario de 1966, una muñeca, una botella de ron, un par de zapatos, una pluma, un ramo de flores secas, una armónica, una medalla de plata, un bolso, unas gafas de sol, una taza de café, una escopeta de caza, un amuleto, un disco de 33 revoluciones, una revista con Johnny Hallyday en la portada. Se encuentra de todo en un ataúd.

Hoy hemos enterrado a Jeanne Ferney (1968-2017). Paul Lucchini me ha contado que en el interior de su ataúd había deslizado un retrato de sus hijos como ella deseaba. A menudo las últimas voluntades son respetadas. Nadie se atreve a contrariar a los muertos, tenemos demasiado miedo de que nos den mala suerte desde donde estén, si les desobedecemos.

Acabo de cerrar las verjas del cementerio. Paso delante de la tumba recién adornada con flores de Jeanne y retiro los plásticos de los ramos para que puedan respirar.

«Descansa en paz, querida Jeanne.

»A lo mejor, ya has nacido más allá, en otra ciudad, al otro lado del mundo. Tienes a tu nueva familia a tu alrededor. Festejando tu nacimiento. Que te contempla, te besa, te cubre de regalos, te dice que te pareces a tu madre, mientras que aquí te lloramos. Y tú duermes, te preparas para una nueva vida con todo por hacer, mientras que aquí estás muerta. Aquí no eres más que un recuerdo, allí el futuro es tuyo.»

*

Cuando el coche de Célia se adentra por la pequeña carretera escarpada que desciende hasta la cala de Sormiou, se me llenan los ojos de belleza. Léo me dice que tiene ganas de vomitar, y yo la siento en mis rodillas y le indico: «Mira, ¿ves el mar ahí abajo? Ya casi hemos llegado».

Hemos abierto las contraventanas de la cabaña, hemos hecho que entrara el sol, la luz y los olores.

Las cigarras cantaban. No las había oído nunca salvo en la televisión. Ellas ahogaban nuestras voces.

Nos hemos enfundado los trajes de baño sin molestarnos en deshacer las maletas. ¡Teníamos que bebernos el mar! Hemos caminado cien metros y allí hemos hundido los pies en el agua transparente, de un verde limpio. De lejos el Mediterráneo era azul, de cerca, cristalino. Yo no conocía más que el agua clorada de las piscinas municipales.

He hinchado el flotador de Léo en forma de cisne y nos hemos internado en el agua fresca soltando gritos de alegría.

Philippe Toussaint nos ha hecho reír, nos ha salpicado. Me ha besado. Ha posado sal en mis labios. Léo ha dicho: «Papá ha dado un besito a mamá».

Las risas de Léo a hombros de su padre, las cigarras, el frescor del agua y el sol, mi cabeza dando vueltas. Era como un tiovivo que fuera demasiado rápido. He metido la cabeza en el agua y he abierto los ojos. La sal me quemaba. Me sentía exultante.

Nos quedamos allí diez días. Prácticamente no dormía. Algo en mí se negaba a cerrar los ojos, una sobrecogedora felicidad, tenía el manómetro de mis sentimientos desbordado. Nunca había visto a mi hija en ese estado de alegría.

Cualquiera que fuese la hora, era de día. Cualquiera que fuese la hora, nos bañábamos. O comíamos. O escuchábamos. O contemplábamos. O respirábamos. No teníamos más que tres frases en la boca: «Eso huele bien», «El agua está buena», «Esto sabe bien». La felicidad te vuelve idiota. Es como si hubiéramos cambiado de mundo, como si hubiéramos nacido aquí lejos, bajo una luz cruda.

Durante esos diez días, Philippe Toussaint no se marchó a dar una vuelta. Se quedó con nosotros. Me hacía el amor y yo le correspondía. Intercambiábamos nuestras pieles ebrias de sol contra una felicidad fingida. Recuperábamos nuestros inicios pero sin amor. Era solamente placer, gozar de todo. Todo estaba lejos. El cielo del este y los otros.

Léo se resistía cuando yo la cubría de crema solar. Se resistía también cuando yo quería ponerla a la sombra. Había decidido vivir desnuda en el agua. Había decidido transformarse en una pequeña sirena. Como en los dibujos animados.

Creo que en diez días no nos pusimos los zapatos. Fue entonces cuando comprendí que las vacaciones eran eso: no ponerse los zapatos.

Las vacaciones son como una recompensa, un primer premio, una medalla de oro. Hay que merecerlas. Y Célia había decidido que yo tenía muchas vidas que merecer. Una por cada familia de acogida, y esta con Philippe Toussaint.

De vez en cuando, Célia venía a vernos. Hacia una inspección de nuestra felicidad. Y como un jefe de obra satisfecho, se marchaba con la sonrisa en los labios tras haber tomado un café conmigo.

Yo la cubría de agradecimientos como otros cubren a su mujer de joyas. Le confeccionaba aderezos de gratitud. Y aún me parecía que nada de cuanto le decía era suficiente. El día en que nos marchamos me negué a cerrar las contraventanas de la cabaña. Le pedí a Philippe Toussaint que lo hiciera. Si las hubiera cerrado yo, habría tenido la sensación de enterrarme viva, de cerrar mi propia tumba. Como en la canción de Jacques Brel «yo te inventaré palabras insensatas que tú entenderás», hice eso mismo para que Léo no llorara en el momento de nuestra marcha, y que no se aferrara a las puertas de la cabaña gritando. Inventé palabras insensatas. Las de la infancia, las más sencillas.

—Mi amor, hay que marcharse porque en ciento veinte días llegará la Navidad y esos ciento veinte días pasan muy rápido. Así que vamos a tener que empezar a hacer la lista para Papá Noel rápidamente. Aquí no hay ni bolígrafo, ni lápices de colores, ni papel. Solo está el mar. Así que hay que regresar a casa. Antes de que te des cuenta vamos a tener que adornar el árbol, poner bolas de todos los colores en las ramas, y este año añadiremos guirnaldas de papel que vamos a fabricar nosotras mismas, ¡sí, nosotras mismas! Por eso tenemos que volver corriendo, no hay tiempo que perder. Y si eres buena, pintaremos de nuevo las paredes de tu habitación. ¿En rosa? Si tú quieres. Y luego, antes de Navidad, ¿qué pasa antes de Navidad? ¡Tu cumpleaños! Y eso será en muy pocos días. Vamos a tener que hinchar globos, rápido, rápido, rápido, ¡hay que volver a casa! Tenemos muchas cosas que hacer allí. Vuelve a ponerte los zapatos, mi amor. ¡Rápido, rápido, rápido, hay que hacer las maletas! ¡Volveremos a ver los trenes, y tal vez incluso estos se pararán! Y Célia irá dentro. ¡Rápido, rápido, rápido, volvemos a casa! Y además, de todas formas, el año que viene regresaremos a Marsella. Con todos tus regalos.

36

Todos los que te han conocido te añoran y te lloran

Irène Fayolle y Gabriel Prudent han dejado ya la tumba de Martine Robin, de casada Prudent. Antes de marcharse, Gabriel Prudent ha acariciado su nombre grabado en la piedra. Y le ha dicho a Irène: «Se hace muy raro ver tu propio nombre tallado en una tumba».

Han recorrido las avenidas del cementerio de Saint-Pierre deteniéndose de vez en cuando delante de otras tumbas, delante de desconocidos, para contemplar las fotografías o las fechas.

Irène ha comentado:

—A mí me gustaría ser incinerada.

Ya en el aparcamiento, frente al cementerio, Gabriel le ha preguntado:

—¿Qué le gustaría hacer?

—¿Qué podemos hacer, después de esto?

—El amor. Me gustaría despojarla de su beige y hacerle ver todos los colores, Irène Fayolle.

Ella no ha contestado. Se han subido al utilitario, y han continuado como han podido con todo ese amor, ese alcohol y esa pena en la sangre. Irène ha conducido y ha depositado a Gabriel frente a la estación de Aix.

—¿No quiere hacer el amor?

—Buscar una habitación de hotel como dos ladrones... Merecemos algo mejor que eso, ¿no cree? Y además, ¿a quiénes robaríamos, aparte de a nosotros?

—¿Querría casarse conmigo?

—Ya estoy casada.

—Entonces llego demasiado tarde.

—Sí.

—¿Por qué no lleva el nombre de su marido?

—Porque se apellida Seul. Paul Seul. Si llevara su nombre yo sería Irène Seul. Estaría cometiendo una falta de ortografía.

Se arrojaron en los brazos del otro. Pero no se besaron. No se dijeron adiós. Él se bajó del coche, con su traje de viudo arrugado. Ella contempló sus manos una última vez. Se dijo que esa sería la última. Gabriel le hizo una señal antes de darse la vuelta y alejarse hacia el andén.

Ella retomó la carretera de Marsella. El acceso a la autopista no estaba demasiado lejos de la estación. El tráfico era fluido. En poco más de una hora, aparcaría frente a la casa en donde Paul la esperaba. Y los años pasarían.

Irène vería a Gabriel por la televisión, mientras él hablaba sobre algún asunto penal, de alguien al que defendería y del que tendría la seguridad de su inocencia. Él comentaría: «Todo este caso está basado en una injusticia que pienso desmontar pieza a pieza». Y añadiría: «¡Voy a probarlo!». Tendría aspecto agitado, la inocencia del otro le carcomería, muy pronto se vería. Ella le encontraría fatigado, ojeroso, quizá envejecido.

En la radio Irène escucharía una canción de Nicole Croisille, «Era alegre como un italiano cuando sabe que le espera amor y vino». Entonces necesitaría sentarse. Esas palabras le aflojarían las piernas, la transportarían súbitamente al bar de carretera, de aquel 5 de febrero de 1984. Recordaría fragmentos de la conversación entre las patatas fritas, las cortinas mugrientas, la cerveza, las rosas blancas, las tortillas y el calvados.

—¿Qué es lo que más ama por encima de todo?

—La nieve.

—¿La nieve?

—Sí, es bella. Silenciosa. Cuando nieva el mundo se detiene. Es como si un manto de polvo blanco lo recubriera... Me resulta extraordinario. Es como magia, ¿comprende? ¿Y usted? ¿Qué es lo que más ama por encima de todo?

—A usted. En fin, creo que la amo por encima de todo. Es extraño encontrar a la mujer de tu vida el día del entierro de tu propia mujer. Quizá ella haya muerto para que yo la encontrara...

—Eso que dice es terrible.

—Quizá sí. O quizá no. Siempre he amado la vida. Adoro comer, adoro besar. Estoy a favor del movimiento, del asombro. Si usted quisiera compartir mi miserable existencia para iluminarla, sería bienvenida.

Cuando Irène Fayolle pensara en Gabriel Prudent pensaría en la palabra «osadía».

Irène se dice que no le gustaría vivir en el condicional sino en el presente. Ha puesto el intermitente. Ha cambiado de dirección. Ha tomado la salida de Luynes, ha bordeado una zona comercial y su coche ha circulado a toda velocidad en dirección a Aix. Más rápido que los horarios del tren.

Cuando ha llegado a la estación de Aix, ha aparcado su utilitario en una plaza reservada al personal. Ha corrido hasta el andén. El tren a Lyon ya había salido pero Gabriel no lo había cogido. Fumaba en la cafetería La salida, pero como no estaba permitido, la camarera había tenido que llamarle la atención en dos ocasiones: «Señor, aquí no puede fumar». A lo que él había contestado: «No conozco ningún *aquí*».

Cuando la ha visto, ha sonreído y le ha dicho:

—Voy a darte un buen repaso, Irène Fayolle.

37

Te amaba, te amo y te amaré

Elvis canta «Don't be cruel» a Jeanne Ferney (1968-2017). Lo oigo a lo lejos. Gaston se ha marchado a hacer la compra. Son las tres de la tarde, el cementerio está vacío, solo la canción de Elvis llena las avenidas: *«Don't be cruel to a heart that's true, I don't want no other love, baby, it's just you I'm thinking of...»*.

A menudo le sucede que se encariña de algún difunto recién enterrado, como si debiera acompañarlo.

Hace muy buen tiempo. Aprovecho para plantar mis semillas de crisantemo. Aún les quedan cinco meses antes de brotar, cinco meses para colorearse antes del Día de Todos los Santos.

No le oigo entrar y cerrar la puerta tras él. Atravesar la cocina, subir a mi habitación, tumbarse en mi cama, descender, soltar patadas a mis muñecas, salir al jardín de detrás de la casa, mi jardín privado, en el que cultivo las flores que luego vendo cada día para atender a nuestras necesidades, porque él nunca nos ha protegido.

—*«Baby, if I made you mad, for something I might have said, please, let's forget the past...»*

¿Acaso sabía que hoy Nono no estaría aquí? ¿Acaso sabía

que esta semana los hermanos Lucchini no vendrían? ¿Que no habría ningún muerto? ¿Que estaría a solas conmigo?

—«*The future looks bright ahead...*»

No me da tiempo a reaccionar, me levanto, con las manos llenas de tierra, las semillas y la regadera a mis pies, me giro sobre su sombra, inmensa, amenazadora, he sido atravesada por una espada de hielo. Me paralizo. Philippe Toussaint está ahí, el casco de moto en la cabeza, la visera levantada, sus ojos clavados en los míos.

Me digo que ha vuelto para matarme, para terminar conmigo. Me digo que ha vuelto. Me digo que me hice la promesa de no sufrir más.

Tengo el tiempo justo de decirme todo eso. Pienso en Léo. No quiero que ella vea esto. De mi boca no sale el menor sonido.

¿Pesadilla o realidad?

—«*Don't be cruel to a heart that's true, I don't want no other love, baby, it's just you I'm thinking of...*»

No consigo averiguar si su mirada es de desprecio, miedo u odio. Creo que me juzga como si yo aún fuera menos que nada. Como si hubiese empequeñecido con el tiempo. Como sus padres me juzgaban, sobre todo su madre. Había olvidado que alguien me había mirado así.

Me agarra por los brazos y los aprieta con fuerza. Me hace daño. No me rebelo. No puedo gritar. Estoy petrificada. No pensaba que un día volvería a poner sus manos sobre mí.

—«*Don't stop thinking of me, don't make me feel this way, come on over here and love me...*»

Solo cuando uno vive lo que yo estoy a punto de vivir es cuando se sabe que todo va bien, que nada es tan grave, que el ser humano tiene una facultad inaudita para reconstruirse, cauterizarse, como si tuviera numerosas capas de piel unas sobre otras. Varias vidas superpuestas. Otras vidas en el almacén. Como si las existencias de la tienda del olvido no tuviesen límites.

—«*You know what I want you tou say, don't be cruel to a heart that's true...*»

Cierro los ojos. No quiero verle. Escucharlo ya es suficiente. Respirarlo es insoportable. Me aprieta los brazos cada vez con más fuerza y me susurra al oído:

—He recibido una carta del abogado, te la he traído... Escúchame bien, escúchame bien, no me escribas más, nunca más, a esa dirección, ¿me oyes? Ni tú ni tu abogado, nunca. No quiero leer jamás tu nombre en ninguna parte, si no te... te...

—«*Why should we be appart? I really love you, baby, cross my heart...*»

Desliza el sobre en el bolsillo de mi delantal y se marcha a toda prisa. Caigo de rodillas. Escucho cómo arranca su moto. Se ha marchado. Ya no volverá. Ahora estoy segura de que ya no volverá más. Acaba de despedirse. Se ha acabado, terminado.

Examino la carta que ha arrugado, el abogado contratado por el señor Rouault se llama Gilles Legardinier, como el escritor. La carta informa a Philippe Toussaint que Violette Trenet, de casada Toussaint, ha presentado una demanda de divorcio por mutuo consentimiento en el tribunal superior de Mâcon.

Subo a darme una ducha. Me quito la tierra de debajo de las uñas. Su odio ha pasado de él a mí. Me lo ha contagiado como un virus, una inflamación. Coloco de nuevo mis muñecas en su sitio, quito la colcha y la meto en una bolsa de plástico para llevarla a la tintorería. Como si se hubiese cometido un crimen en mi casa y quisiese eliminar las pruebas.

El crimen es él. Sus pasos en los míos. Su presencia en mis habitaciones. El aire que ha respirado y expirado entre mis paredes. Lo ventilo todo. Vaporizo un aroma de mezcla de rosas.

En el espejo del cuarto de baño, la palidez de mi cara da miedo, está al límite de la transparencia. Se diría que la sangre ya no circula por mis venas. Que se ha concentrado en mis brazos, que ahora están azules. Ha dejado la marca de sus dedos en mi piel. Eso es todo lo que me quedará de él: moratones. Muy pronto generaré una nueva piel por encima. Como lo he hecho siempre.

Le pido a Elvis que me sustituya durante una hora. Me mira como si no entendiera nada.

—¿Me estás oyendo, Elvis?

—Estás blanca como la cal, Violette. Muy blanca.

Pienso en los jóvenes a los que asusté hace algunos años. Ahora mismo no tendría que disfrazarme para conseguir que salieran corriendo.

38

El recuerdo de las horas felices aplaca el dolor

Y así fue como regresamos para preparar las guirnaldas del árbol de Navidad en pleno mes de agosto, para recortar los lazos de cartulina. Le habíamos dado la espalda al mar, y desandado el camino.

En los trenes que nos llevaron de vuelta a nuestra barrera de Malgrange-sur-Nancy, Léo y yo estuvimos dibujando barcos flotando en el mar con rotuladores turquesa comprados en la estación, soles, peces y cigarras, mientras que Philippe Toussaint ponía a prueba su bronceado con las chicas que se le cruzaban en los andenes de cada estación donde nos deteníamos o que pasaban por el coche-bar, o de compartimento en compartimento. Parecía feliz por todas las miradas que se posaban sobre él.

Cuando por fin llegamos, nuestros sustitutos nos esperaban en la entrada y apenas se tomaron un momento para saludarnos. Ni siquiera nos dio tiempo a deshacer las maletas. Nos comentaron que todo había ido bien y que no había nada reseñable y nos plantaron ahí, dejando un desorden increíble tras ellos.

Por suerte no habían entrado en la habitación de Léo. Ella se había sentado en su camita y había confeccionado dos listas: una por su cumpleaños y otra para Papá Noel.

Yo me puse a ordenar mientras Philippe Toussaint se marchaba a dar una vuelta. Tenía mucho retraso que recuperar, el que había perdido conmigo en la cama de la cabaña.

Al día siguiente ya lo tenía todo limpio y la vida había retomado su curso. Había levantado y bajado la barrera al ritmo de los trenes, mientras Philippe Toussaint se marchaba otra vez a dar una vuelta y yo hacía la compra.

Léo y yo habíamos recuperado los baños de espuma juntas y contemplado cien veces nuestras fotos de vacaciones. Las habíamos colocado por todos los rincones de la casa. Para no olvidar, para volver a ellas todo el tiempo, durante el espacio de una mirada.

En septiembre repinté sus paredes de rosa entre dos trenes. Ella me ayudó y quiso hacer los rodapiés. Tuve que repasarlos después sin que se diera cuenta.

Léo empezó 2º de primaria y, casi enseguida, tuvimos que ponernos nuestros chalecos de lana.

Habíamos confeccionado nuestras guirnaldas de papel y comprado un árbol de Navidad sintético, de esa forma dispondríamos de uno todas las Navidades y eso evitaría tener que talar un árbol cada año.

Me dije que aquel sería el último año que creería en Papá Noel, que el año siguiente ya no sería lo mismo. Siempre habría alguien mayor para decirle que no existía. Durante toda nuestra vida, siempre surge algún mayor que nos explica que Papá Noel ya no existe, dejándonos sumidos en terribles decepciones.

Podría no haber tolerado que Philippe Toussaint corriera detrás de cualquier cosa que llevara falda, pero aquello me convenía. Ya no tenía ganas de que me tocara. Necesitaba dormir. No dormía suficiente entre el tren de la noche y el primero de la mañana. Necesitaba tranquilidad. Y sentir su cuerpo en el mío era algo que me había gustado, pero que ya no soportaba.

A veces, cuando escuchaba las canciones de la radio, soñaba

con un príncipe azul. Voces de hombres y mujeres repletas de palabras dulces, alocadas, rugosas. Voces repletas de promesas. O cuando le contaba alguna historia a Léonine por la noche. Su habitación era mi refugio, un paraíso terrestre en el que dormían, mezclados, enredados, en un caos fantástico, las muñecas, los ositos, la ropa, los collares de perlas transparentes, los rotuladores y los libros.

Podría no haber soportado hablar con nadie, más allá de mi hija y de Stéphanie, la cajera del supermercado. Stéphanie, que comentaba mis compras, siempre las mismas. Me aconsejaba sobre un nuevo detergente para lavavajillas y me decía: «¿No has visto la publicidad por televisión? Pulverizas el producto en la pila, esperas unos cinco minutos y toda la grasa se va con un chorro de agua. Y es verdad que funciona, deberías probarlo».

No teníamos absolutamente nada que decirnos. No seríamos nunca amigas. Seríamos dos vidas que continuarían cruzándose cada día. A veces ella se pasaba por casa para beber un café durante su pausa de la comida. Me gustaba que viniera, pues era muy dulce. Me regalaba muestras de champú y de crema para el cuerpo. Y me decía con frecuencia: «Eres una buena madre, eso está claro, una madre realmente cariñosa». Y se marchaba con su chaqueta de uniforme en dirección a la caja y a las estanterías que debía reponer.

Cada semana, Célia me escribía una larga carta. Podía leer su sonrisa a través de sus palabras. Y cuando no teníamos tiempo para escribirnos, nos llamábamos por teléfono el sábado por la noche.

Philippe Toussaint cenaba conmigo después de que yo hubiese acostado a Léo, que se dormía muy temprano. Intercambiábamos algunas palabras banales sin jamás soltar un grito. Nuestras relaciones eran a la vez cordiales e inexistentes. Nuestros reproches, mudos, pero jamás violentos. Sin embargo, las parejas que no se gritan nunca, que nunca se enfadan, que se muestran indiferentes con el otro, muestran a veces la mayor violencia posible. Nada de platos rotos en nuestra casa. Ni ventanas que cerrar para no molestar a los vecinos. Solamente silencio.

Después de cenar, si él no se marchaba a dar una vuelta, encendía la televisión y yo abría la novela *Príncipes de Maine, reyes de Nueva Inglaterra (Las normas de la casa de la sidra).* En diez años de vida en común, Philippe Toussaint no se había fijado ni una sola vez en que leía siempre el mismo libro. Y cuando no leía, veíamos una película juntos, pero era muy raro que el programa nos acercara. Ni siquiera compartíamos la televisión. A menudo él se quedaba dormido frente al aparato.

Yo mientras esperaba al último tren, el de Nancy-Estrasburgo de las 23:04, y me iba a acostar hasta el Estrasburgo-Nancy de las 4:50. Tras levantar la barrera, me dirigía a la habitación de Léo para verla dormir. Era mi pasatiempo preferido. Algunos se regalan con una vista del mar, yo tenía la de mi hija.

Durante esos años, no le reproché a Philippe Toussaint la soledad en la que me dejaba porque no la sentía, no la vivía, resbalaba sobre mí. Creo que la soledad y el aburrimiento afectan al vacío de la gente. Pero yo estaba saciada. Tenía numerosas vidas que ocupaban todo mi espacio: mi hija, la lectura, la música y lo imaginario. Cuando Léo estaba en el colegio y la novela cerrada, no hacía nunca la colada, la limpieza o cocinaba sin escuchar música y soñar. Me había inventado mil vidas durante esa vida allí en Malgrange-sur-Nancy.

Léonine era el suplemento extra de mi vida diaria. Lo que colmaba mi vida. Philippe Toussaint me había hecho el mejor de los regalos. Y para poner la guinda al pastel, le había pasado toda su belleza. Léo era todo belleza, como su padre. Y a ello había que sumar su gracia y alegría. Ya estuviera en horizontal o en vertical, yo me la comía con los ojos.

Philippe Toussaint tenía la misma relación con su hija que conmigo. Nunca le oí levantarle la voz. Pero Léo no le interesaba demasiado tiempo. Le divertía cinco minutos, y rápidamente pasaba a otra cosa. Si ella le hacía una pregunta, era yo quien la respondía. Yo terminaba las frases que su padre no tenía tiempo de concluir. No tenía una relación de padre-hija sino de amigo. La única cosa que le gustaba compartir con ella era su moto. La sentaba en la parte trasera del motor y la daba una vuelta suavemente alrededor de las casas para divertirla durante diez minutos. Pero en cuanto aceleraba un poco, ella sentía miedo y lloraba.

Quizá le habría sido más fácil encontrar el manual de instrucciones de haber tenido un niño. Para Philippe Toussaint, una chica era una chica. Ya tuviera seis o treinta años y eso nunca sería mejor que un chico, un tío de verdad. Uno que jugara al fútbol y al camión supersónico. Alguien que no llora cuando se cae, que se ensucia las rodillas y sabe manejar los mandos y los volantes. Todo lo contrario a Léonine, que era una niña rosa bebé llena de lentejuelas.

La había inscrito en la biblioteca de Malgrange-sur-Nancy. Era una sala adosada al ayuntamiento que abría dos veces por semana, una de ellas el miércoles por la tarde. Cada miércoles, entre el tren de las 13:27 y el de las 16:05, nos escapábamos las dos, cogidas de la mano, para llenar el depósito semanal de Léo y devolver los libros prestados de la semana anterior. Al regresar de la biblioteca, nos pasábamos por el supermercado donde Stéphanie le regalaba a Léo una piruleta, mientras que comprábamos un bizcocho con chocolate. Yo lo mojaba en mi té y ella en una infusión de flor de naranja, después de que yo hubiera levantado la barrera del de las 16:05.

En cuanto cumplió tres años, ante cada tren que se anunciaba, Léo salía al porche para saludar a los pasajeros de los trenes que pasaban delante de casa. Les hacía un gesto con la mano. Se había convertido en su juego preferido. Y algunos usuarios esperaban ese momento. Sabían que verían a «la pequeña».

Malgrange-sur-Nancy era solo una barrera por la que los trenes pasaban sin detenerse, había que recorrer siete kilómetros para llegar a la primera estación, la de Brangy. Muchas veces Stéphanie nos llevaba hasta allí en coche para que hiciéramos un recorrido de ida y vuelta Brangy-Nancy, las dos. Léo deseaba montar en el tren que veía pasar cada día, deseaba montar en esa atracción.

La primera vez que hicimos ese extraño viaje para nada, profirió tales gritos de alegría que no lo olvidaré jamás. Todavía hoy, sueño con ellos. No habría sido más feliz de haber descubierto un parque de atracciones. Por supuesto, habíamos escogido la línea que pasaba delante de nuestra casa, donde su padre esperaba en el porche de entrada para hacerle una señal. Es curioso cómo los niños pueden ser felices cuando se invierten los papeles.

En 1992 celebramos la Navidad los tres. Como cada año, Philippe Toussaint me entregó un cheque para que me comprara «cualquier cosa que quisiera pero nada demasiado caro». Yo le regalé su perfume Pour un homme, de Caron, y una ropa muy bonita.

A veces tenía la sensación de perfumarle y vestirle para los demás, para que continuara gustando allá donde fuera. Y, sobre todo, que continuara gustándose a sí mismo. Porque mientras él se gustara, mientras se contemplara en los espejos o en la mirada de otras mujeres, no me prestaría atención. Y yo deseaba que no me prestara atención. Un marido no abandona a una mujer a la que ya no ve, que no le monta escenas, que no hace ruido, que no da portazos, es mucho más práctico.

Para Philippe Toussaint yo era la mujer ideal, la que no molestaba. Nunca me habría abandonado por pasión. No estaba enamorado de sus conquistas, podía notarlo. Llevaba su olor en la yema de los dedos, pero no su amor.

Creo que siempre he tenido ese reflejo, el de no molestar. De niña, en mis hogares de acogida, me decía: «No hagas ruido, así esta vez te quedarás, y ellos te conservarán». Sabía bien que el amor hacía mucho tiempo que había pasado para nosotros, que se había marchado a otra parte, entre otros muros que ya no serían nunca los nuestros. La cabaña había sido un paréntesis de nuestros dos cuerpos salados. Yo me ocupaba de Philippe Toussaint como quien se ocupa de un inquilino al que había que mimar por miedo a que un día desapareciese y se llevase a Léo.

Por Navidad, Léonine obtuvo todo lo que había apuntado en su lista. Unos libros nada más que para ella, como *Perro azul* de Nadja, un disfraz de princesa, unas películas de vídeo, una muñeca pelirroja y un nuevo juego de magia un poco más sofisticado que el de la Navidad anterior. Con dos nuevas varitas, una baraja mágica y cartas místicas. A Léo siempre le ha gustado hacer trucos de magia. Ya desde muy pequeña quería ser maga, y hacer desaparecer cualquier objeto bajo los sombreros.

Al día siguiente, como era fiesta, hubo menos trenes. Solo uno de cada cuatro. Pude descansar, jugar con ella, y ver cómo hacía desaparecer sus manos detrás de unos pañuelos multicolores.

Por la tarde hice su maleta. El 26 de diciembre por la mañana, como todos los años, los padres de Philippe Toussaint vinieron a buscar a mi hija para llevársela una semana a los Alpes. No se quedaron mucho rato, pero madre e hijo tuvieron tiempo de encerrarse en la cocina para hablar en voz baja. Ella debió de darle un cheque para sus gastos, mientras que a mí, como cada año, me correspondían unos bombones de chocolate negro con una cereza de licor en el interior. Pero no los Mon Cheri, sino unos de marca blanca en una caja rosa que se llamaban Mon Trésor.

Esta vez fui yo quien salió al porche para despedir a Léo cuando el coche del padre y la madre Toussaint arrancó. Tenía una sonrisa en los labios y su equipo de magia en las rodillas. Bajó la ventanilla y nos dijimos: «Hasta dentro de una semana». La niña me envió muchos besos. Yo los guardé.

Cada vez que veía su enorme vehículo llevarse a mi pequeña, sentía un miedo terrible de que no me la devolvieran. Trataba de no pensar en ello pero mi cuerpo pensaba por mí, me ponía enferma, febril.

Como cada vez que Léo se marchaba, pasé toda la semana ordenando su habitación. Estar en medio de sus muñecas y de sus paredes rosas me reconfortaba.

El 31 de diciembre, Philippe Toussaint y yo celebramos la Nochevieja delante de la televisión. Habíamos cenado todas las cosas que le gustaban. Como cada año, Stéphanie nos había regalado unas cestas muy bien surtidas que no se habían vendido.

«Violette, debes comértelas antes de mañana porque si no todo se estropeará, ¿de acuerdo?»

Léonine nos llamó el día 1 de enero por la mañana.

—Feliz año, mamá. Feliz año, papá. Feliz año, papá y mamá. ¡Voy a conseguir mi primera medalla!

Regresó el 3 de enero con una cara resplandeciente. Mi fiebre desapareció. Los padres Toussaint se quedaron una hora con nosotros. Léo llevaba su primera medalla colgada por encima del jersey.

—¡Mamá, he conseguido mi primera medalla!

—Bravo, mi amor.

—Ya sé hacer slalom.

—Bravo, cariño.

—Mamá, ¿puedo ir de vacaciones con Anaïs?

—¿Quién es Anaïs?

39

Lo esencial es invisible a los ojos

—No está muriendo nadie ahora mismo.

El padre Cédric, Nono, Elvis, Gaston, Pierre, Paul y Jacques están inmersos en distintas conversaciones en mi cocina. Los hermanos Lucchini no dejan de darle vueltas al tema, hace más de un mes que nadie ha entrado en su establecimiento. Todos los hombres beben café alrededor de mi mesa. Les he hecho un bizcocho veteado de chocolate que comparten parloteando como chiquillas alrededor de una tarta de cumpleaños.

He terminado de plantar las semillas de mis crisantemos en el jardín. Las puertas están abiertas. Sus voces llegan hasta donde me encuentro.

—Es porque hace buen tiempo. La gente muere menos cuando hace buen tiempo.

—Tengo la reunión de padres y profesores esta tarde. Me horroriza. De todas formas me van a decir que mi hijo no hace nada. Que solo piensa en hacer el idiota.

—Nuestros activos son los humanos. Nos encontramos con personas vivas que están perdidas, que conceden una importancia capital a la ceremonia y a que todo vaya bien porque eso les va a permitir tener su duelo, de modo que es una auténtica profesión de servicio, no tenemos derecho a equivocarnos.

—El pasado domingo bauticé a dos niños, dos gemelos, fue muy emocionante.

—Lo que diferencia nuestro oficio de otros es que nosotros nos ocupamos del afecto y no de la parte racional.

—¡Ah, nos hemos reído lo suyo!

—¿Qué quieres decir?

—Que no tenemos derecho a equivocarnos. Para cada familia, va a suponer un hito muy importante. Lo que conviene a una familia no tiene por qué convenir a otra. Todo está en el detalle. Por ejemplo, en el caso de mi último difunto, solo había una cosa importante, y era que el reloj estuviera en la muñeca derecha.

—Ayer por la noche vi una película bastante buena en televisión, con ese actor de pelo rubio, tengo su nombre en la punta de la lengua...

—Y tampoco tenemos derecho a cometer faltas de ortografía en los obituarios, siempre habrá alguien que se llame Kristof con K o Chrystine con Y.

—¿A qué hora cierra el almacén de bricolaje? Tengo que pasarme por allí para comprar una pieza para la cortadora de césped.

—Y además todo depende de la relación con el difunto. Entre el marido y la mujer, los hijos y los padres, en resumen, es una historia de humanidad.

—Y dime, me he cruzado con esa pequeña señora, cómo se llama... la señora Degrange, cuyo marido trabajaba en la tienda de productos agrícolas.

—Gaston, ten cuidado, estás tirando el café por todas partes.

—Y luego tenemos que gestionar la parte religiosa y todo el aspecto emocional.

—Y también está el peluquero, el Jeannot, me contó que su mujer había tenido problemas de salud.

—Y paradójicamente muy pocas personas lloran cuando traspasan nuestra puerta, piensan en el féretro, en la iglesia, en el cementerio.

—Y tú, mi vieja Éliane, ¿qué opinas de todo esto? ¿Prefieres un trozo de bizcocho o una caricia?

—Y cuando les hablas de la música que pueden escoger, de los textos, de lo que puede hacerse para homenajear, para recordar, porque se pueden hacer muchas cosas, nos dejan sin embargo mucha libertad.

—Hace tiempo que no vemos al comisario de Violette.

—A mí me sigue resultando muy raro que vengan a darme las gracias y me digan: «Ha sido precioso». Al fin y al cabo, estamos hablando de un entierro.

—Yo digo que ese pollo va detrás de ella, ¿has visto cómo mira a nuestra Violette?

—Hace cinco mil años que enterramos a la gente pero el mercado es muy reciente. Nosotros estamos desempolvando el oficio.

—Ayer por la noche, Odile nos cocinó un pollo al caramelo.

—Nuestros ritos funerarios han cambiado, antes se acudía sistemáticamente a llevar flores a las tumbas el Día de Todos los Santos, pero ahora la gente ya no vive en el mismo lugar que sus padres y sus abuelos.

—Me pregunto sinceramente quién va a ser nuestro próximo presidente... Con tal de que no sea la rubia.

—Ahora la gestión del recuerdo es diferente: se incinera a los muertos. Los hábitos cambian, los costes financieros también, organizan ellos mismos sus exequias.

—Sin embargo todo se parece. Izquierda, derecha, solo piensan en tapar agujeros... Lo que cuenta es lo que nos queda a fin de mes en la cartera, y eso, eso no cambiará nunca para nosotros.

—¿Te das cuenta de que en 2040 un veinticinco por ciento de los franceses habrá previsto sus exequias?

—No estoy de acuerdo, no te olvides de que son ellos los que votan las leyes.

—Pero eso, eso depende de las familias, hay familias en las que no se habla de la muerte. Es como el culo, un tabú.

—Pero para ti, señor cura, todo viene a ser lo mismo.

—Somos los representantes de la muerte en la tierra. De modo que para la gente, tenemos que ser obligatoriamente tristes.

—Una buena ensalada de queso de cabra caliente con piñones y un poco de miel.

—Decimos «cámara funeraria» si es privado y «cámara mortuoria» si es público.

—Yo ya lo he decidido, he vuelto a sacar la barbacoa.

—Aseo, vestimenta, cuidados de conservación completos. La ley aún no lo obliga, pero eso no debería tardar por cuestiones de higiene.

—Van a abrir un nuevo comercio en lugar del que había. Será una panadería, creo.

—Proyecto de ley: prohibir el derecho a conservar a los difuntos en tu casa.

—Los fusibles saltaron ayer, creo que es la lavadora la que se bloquea y provoca cortocircuitos.

—Yo creo que hay un sitio para los vivos y otro para los muertos. Cuando conservas un muerto en tu casa, corres el riesgo de no poder hacer el duelo.

—Me da igual si está muy fastidiada, la tendré en mi cama, no pienso acostarme en la bañera.

—Para mí solo hay una regla: seguir su corazón.

—¿Vas a marcharte algunos días de vacaciones este verano?

—En cuanto me instalé, me dije: «No quiero hacer féretros caros para las cremaciones», es un error de principiante. Pero mi padre me advirtió: «¿Por qué? ¿Crees que tres metros bajo tierra tienen más interés? Que una familia quiera gastar una fortuna en un féretro que acabará en el fuego es claramente irracional, pero tú no puedes prohibirles que elijan un ataúd muy caro. No conoces la vida de la gente, y no te corresponde a ti decidir».

—Yo creo que la jubilación es el principio del fin.

—Con el tiempo, a fuerza de tratar con las familias, me he dado cuenta de que nuestro padre tenía razón... Hay mucha gente que quiere invertir sumas astronómicas en un féretro. ¿Por qué motivo? Lo desconozco...

—Iremos a Bretaña a casa de mi cuñado.

—Son los hombres de la ciudad los que lo organizan, será a

principios de julio. Yo en cambio prefiero pescar, no molesto a nadie, salvo a los peces, y además los devuelvo al río.

—Tenemos seis días para enterrar a alguien, esa es la ley.

—Da clases de piano. Ya hace tres años que está ahí. Es todo un tipo, y siempre va vestido como si fuera a salir por televisión.

—No tenemos derecho a separar las cenizas porque, desde el punto de vista legal, es un cadáver.

—Un poco de cebolla, y luego añades la nata a los champiñones, está delicioso.

—Dispersar las cenizas en el mar solo se ve en el cine, el barco se mueve, un poco de viento y las cenizas suben a la superficie. La verdad es que se deberían arrojar las cenizas en una urna biodegradable a un kilómetro de la costa.

—¿Cuántos chiquillos asisten todavía a tu clase de catecismo, señor cura? Eso no debe de ser muy pesado.

—Con el contrato de exequias, la gente ya no quiere gastarse miles de euros en una cripta familiar mientras los hijos viven en Lyon o en Marsella. Mucha gente nos dice: «No nos inclinábamos por la cremación, pero después de reflexionarlo preferimos que nuestros hijos disfruten del dinero mientras aún vivamos». Y yo les digo que tienen toda la razón.

—Tengo tres matrimonios programados en julio y dos en agosto.

—Además resulta bastante raro organizarse su propio entierro. Ver tu nombre en un monumento sin estar aún en la caja.

—Le he dicho al alcalde que debería hacer algo respecto a las vías de circulación a ese nivel. Que ningún día se parece a otro.

—La gente que prepara su entierro no lo hace desde el dolor, ni tampoco hay brutalidad en su partida. De repente se gastan dos veces menos dinero.

—¡Es el veterinario quien se va a alegrar!

—En la funeraria está prohibido prohibir. Pero yo desaconsejo a las familias que asistan a la exhumación.

—¿Lo vio? El segundo gol, una obra maestra... En plena escuadra.

—Hay que conservar una bella imagen de aquellos que amamos. Ya es muy duro perder a alguien cercano, enterrarlo... Por suerte, la tanatopraxia ha evolucionado mucho, nueve veces de cada diez los resultados son realmente espectaculares, uno tiene la impresión de que la persona duerme. Yo maquillo un poco, hago que la piel tenga un aspecto natural, visto y perfumo con la fragancia habitual del difunto que le pido a la familia.

—No sé, hay que verlo, tal vez sea la junta de la culata. Si es eso, va a salir muy caro.

—Es grave, pero no muy, muy grave, porque grave de verdad ahora ya sé lo que es. Hace dos semanas arranqué la aleta del coche fúnebre, se me rompió mi portátil, sufrí filtraciones de agua en mi casa, todo muy molesto pero no grave.

—El otro día, Elvis abrió la puerta del local y se topó de narices con el jefe, el Darmonville, que se estaba beneficiando a la madre Remy. Perdón, señor cura. Elvis dio media vuelta a todo correr.

—Decir a la gente que la quieres, disfrutar de ellos mientras están vivos. Tal vez tenga más alegría de vivir que antes. Uno reconsidera las cosas.

—«*Love me tender...*»

—No digo que haya que convertirse en un animal de sangre fría. Entiendo el dolor, pero yo no estoy en duelo. Yo no conozco a los difuntos.

—Es más duro cuando uno tiene recuerdos del difunto. Cuando lo ha conocido personalmente.

40

*Mi abuela me enseñó desde muy niño cómo atrapar
las estrellas: basta con poner por la noche
una palangana con agua en medio del patio
para tenerlas a tus pies*

Me dirigí a ver al señor Rouault para pedirle que lo parase
todo. Le dije que por supuesto tenía razón, que Philippe Toussaint había desaparecido, y que debíamos dejarlo así. Que ya no
deseaba remover el pasado.

El notario Rouault no me hizo preguntas. Delante de mí,
llamó por teléfono al abogado Legardinier para pedirle que de-
tuviera el procedimiento y no continuara con mi requerimiento.
El que hoy en día yo me llamase Trenet o Toussaint no tenía
importancia. La gente me llamaba Violette o «señorita Violette». La palabra «señorita» tal vez esté en desuso en la lengua
francesa pero no en mi cementerio.

Al regresar, me pasé por la tumba de Gabriel Prudent. Uno
de mis pinos hacía sombra a la urna de Irène Fayolle. Éliane se
unió a mí, gruñó algo y luego se sentó a mis pies. Después aparecieron, no sé de dónde, Moody Blue y Florence, que se frotaron contra mí antes de recostarse todo lo largo en la lápida. Me
agaché para acariciarlos. Sus vientres y el mármol estaban calientes.

Me pregunté si Gabriel e Irène se estarían sirviendo de los gatos para hacerme una señal. Como cuando Léo salía al porche para saludar a los pasajeros de los trenes. Los imaginé a ambos, cuando Irène volvió a encontrarse con Gabriel en la estación de Aix. Me preguntaba por qué ella no había dejado a Paul Seul, por qué había regresado a su casa. Y qué es lo que significaban sus últimas voluntades, su deseo de descansar cerca de ese hombre. ¿Acaso imaginaba que no podrían disfrutar en vida sino en la eternidad? ¿Regresaría Julien Seul para contarme la continuación de aquella historia? Esos pensamientos me llevaron a Sasha, hacia Sasha.

Nono había llegado a mi altura.

—¿Estás soñando, Violette?

—Si quieres verlo así...

—Ya está, hay un cliente en el local de los hermanos Lucchini.

—¿Quién?

—Un accidente en la carretera... En muy mal estado, al parecer.

—¿Y quién es? ¿Lo conoces?

—Nadie sabe quién es. No llevaba papeles encima.

—Eso es raro.

—Fue la gente del pueblo la que lo encontró en una cuneta, por lo visto llevaba allí tres días.

—¿Tres días?

—Sí, era un motorista.

En la cámara funeraria, Pierre y Paul Lucchini me explican que están esperando que la policía se lleve el cuerpo. En pocas horas, el cadáver del motorista será trasladado a Mâcon, donde el médico forense ha solicitado una prueba médico-legal para que se realice la autopsia.

Como en una mala serie de televisión, bajo una mala iluminación, con unos malos actores, Paul me muestra el cadáver del accidentado. Solamente el cuerpo, y no el rostro. «No queda nada del rostro», indica Paul. Me dice también que no está autorizado a enseñarme al difunto.

—Pero para ti, Violette, haré una excepción. No se lo diremos a nadie. ¿Piensas que podrías conocerle?

—No.

—¿Entonces por qué quieres verlo?

—Para quedarme tranquila. ¿No llevaba casco?

—Sí, pero no se lo había abrochado.

El hombre está desnudo. Paul ha extendido un paño sobre su sexo y otro sobre su cabeza. El cuerpo está cubierto de moratones. Es la primera vez que veo un muerto. Normalmente, cuando trato con ellos, ya están «dentro de la caja», como dice Nono. Me siento mal, mis piernas flaquean, un velo negro cae delante de mis ojos.

41

La tierra te oculta pero mi corazón te ve siempre

El 3 de enero de 1993, la madre Toussaint me entregó un folleto antes de marcharse. Anaïs, la amiga de Catherine (mi suegra nunca había llamado a Léonine por su nombre), era la hija de «gente muy bien» con los que habían simpatizado durante su estancia en los Alpes. El padre era médico, la madre, radióloga. Cuando la madre Toussaint pronunciaba las palabras «médico» o «abogado», se mostraba exultante. Como yo cuando me bañaba en el Mediterráneo con unas gafas de bucear. Aquel era su panteón de felicidad, poder «frecuentar» a médicos y abogados.

Anaïs formaba parte del grupo de esquí de Léo. Juntas habían conseguido su primera medalla. La familia de Anaïs vivía en Maxeville, cerca de Nancy, una afortunada casualidad.

Cada año la pequeña Anaïs se iba de vacaciones a La Clayette en Saône-et-Loire y estaría bien que Léonine se marchara con ella en julio. Los padres de Anaïs habían propuesto incluso pasar a buscar a Léonine de camino, y la madre Toussaint había aceptado, sin consultarnos, porque «la pobrecita Catherine, pasaba todo un mes encerrada delante de la línea del ferrocarril...». La madre Toussaint hablaba siempre de Léo como si le diese pena. Como si hiciera falta que ella tuviera que hacerse cargo para sacarla de esa gran desgracia de ser hija mía.

No le dije que la «pobrecita» no era desgraciada por tener delante la línea del ferrocarril, sin importar cuál fuese la estación del año. Que entre cada tren, hacíamos un montón de cosas en verano, que hinchábamos una piscina que colocábamos en mi jardín, y que aunque era pequeña, nos bañábamos en ella y nos divertíamos mucho. Que nos reíamos en nuestra piscina de plástico. Pero reír no formaba parte del vocabulario de los padres de Philippe Toussaint.

Solamente dije que en agosto volveríamos a Sormiou, y que por qué no irse en julio si eso la hacía feliz, y así poder marcharse con una amiga.

Después de que los padres Toussaint se marcharan, abrí el folleto de la colonia de vacaciones Notre-Dame-des-Prés en La Clayette. «Solamente nuestra seriedad no se toma nunca vacaciones.» Bajo el eslogan aparecían las condiciones generales de inscripción impresas sobre las fotos de un cielo azul. La lluvia debía de haber sido proscrita por la persona que había coordinado el prospecto publicitario. Podía verse la imagen de un bonito castillo con un gran lago en primera página. En la siguiente, un refectorio donde unas niñas de unos diez años comían, un taller donde las mismas niñas pintaban, la playa del lago con esas mismas niñas bañándose y, finalmente, se veía, en una imagen más grande, unas magníficas praderas donde esas mismas niñas montaban en poni.

¿Por qué será que el sueño de todas las niñas es montar en poni?

Yo, después de haber visto la película *Lo que el viento se llevó*, no me fiaba demasiado de los ponis. Me daba más miedo que Léo montara en un poni que en la parte trasera de la moto de Philippe Toussaint.

La madre Toussaint había lavado el cerebro a Léo: «Este verano te irás al campo con Anaïs y podrás montar en poni». La frase mágica, la frase que hace soñar a todas las niñas de siete años.

Los meses y los trenes pasaron. Léonine aprendió a diferenciar entre un cuento, un periódico, un diccionario, un poema y una redacción. Resolvió problemas matemáticos: «Tengo treinta francos por Navidad, compro un jersey de diez francos, un pastel de dos francos, y luego mamá me da cinco francos para que los gaste, ¿cuánto me queda para las vacaciones de Semana Santa?». Estudió la situación geográfica de Francia, su ubicación en un mapa, sus grandes ciudades, su lugar en Europa, en el mundo. Señaló un punto rojo sobre Marsella. Hizo trucos de magia. Hizo desaparecer todo, excepto el barullo de su habitación.

Y luego, en la cartilla con las notas, me mostró orgullosa: «Aprobado el segundo curso de primaria».

El 13 de julio de 1993, los padres de Anaïs pasaron por nuestra casa para llevarse a mi hija.

Eran encantadores. Se parecían al folleto de la colonia de vacaciones. Solo había cielo azul en su mirada. Léo se lanzó a los brazos de Anaïs. Las pequeñas no paraban de reír. Incluso yo me dije: «Conmigo, Léo no se ríe tanto».

—Estoy cansada, me gustaría descansar...

Julien Seul está frente a mí. Tiene mala cara. Tal vez sea la luz blanquecina de las paredes de la habitación del hospital. Ha sido Nono quien le ha llamado después de que los bomberos me recogieran del suelo en el local de los hermanos Lucchini. Nono piensa que somos amantes, que Julien Seul va a ocuparse de mí. Se equivoca, nadie aparte de mí se ocupará de mí.

La única cosa que soy capaz de decirle al comisario, que parece estar inquieto por mí es: «Estoy cansada, me gustaría descansar».

Si Irène Fayolle no hubiera dado media vuelta para volver a encontrarse con Gabriel Prudent en la estación, Julien Seul no habría venido jamás a mi cementerio. Si Julien Seul no hubiese visto mi vestido rojo asomar bajo mi abrigo la mañana en la que le llevé hasta la tumba de Gabriel Prudent, no se habría inmiscuido en mi vida. Si Julien Seul no se hubiese inmiscuido en mi vida, no habría encontrado a Philippe Toussaint. Y si Philippe Toussaint no hubiese recibido mi demanda de divorcio, jamás habría regresado a Brancion. Eso es lo que hay.

No le he dicho a nadie que Philippe Toussaint había venido a mi casa la semana pasada, ni siquiera a Nono.

La primera cosa que Julien Seul ha visto al entrar en mi habitación de hospital han sido mis brazos. Es un auténtico sabueso. No ha dicho nada, pero he sentido su mirada insistente clavarse en mis moratones.

Pero aún hay algo más increíble: al salir de mi casa, Philippe Toussaint se había matado exactamente en el mismo lugar que Reine Ducha (1961-1982), la joven que murió accidentalmente a trescientos metros del cementerio y que algunos afirman haber visto aparecer al borde de la carretera las noches de verano.

¿Será Philippe Toussaint uno de aquellos que la han visto? ¿Por qué no se había abrochado el casco cuando ni siquiera se lo había quitado para entrar y salir de mi casa? ¿Por qué no llevaba encima documentos que lo identificaran?

Julien Seul se levanta y me dice que regresará más tarde. Antes de abandonar mi habitación, me pregunta si necesito algo. Yo niego con la cabeza y cierro los ojos. Y me sumerjo en mis recuerdos por milésima vez, tal vez más, tal vez menos.

Los padres de Anaïs no se marcharon inmediatamente. Quisieron «conocernos mejor». Dejar un tiempo a las niñas para volver a adaptarse. Nos fuimos a Gino, la pizzería regentada por los alsacianos que nunca habían puesto un pie en Italia. Philippe Toussaint se quedó en casa para vigilar la barrera y los «trenes del mediodía»: el de las 12:14, las 13:08 y las 14:06. Eso le convenía. Detestaba entablar conversación con desconocidos y para él, hablar de vacaciones, de niños y de ponis era cosa de chicas.

Las niñas tomaron una pizza con un huevo al plato encima, mientras hablaban de ponis, de trajes de baño, de primaria, de la primera medalla, de trucos de magia y de crema solar.

Los padres de Anaïs, Armelle y Jean-Louis Caussin, pidieron el plato del día. Yo les imité pensando que sería yo quien tendría que pagar la cuenta. Que era lo mínimo que podía hacer dado que se habían ofrecido a llevar a Léonine al campamento. Como acababa de pagar la estancia en la colonia, era posible que mi cuenta se quedara al descubierto.

Estuve pensando en ello durante toda la comida, entre bocado y bocado, preguntándome cómo iba a solucionar ese descubierto en el banco, si no tenía autorización. Calculé mentalmente: «Tres platos del día más dos menús infantiles más cinco bebidas». Recuerdo haberme dicho: «Menos mal que van a conducir y no han pedido vino». Philippe Toussaint seguía sin darme dinero. Vivíamos los tres de mi sueldo. Yo vivía prácticamente al céntimo.

Recuerdo también que ellos me dijeron: «Es usted tan joven, ¿a qué edad tuvo a Catherine?». No sabían que Léonine se llamaba Léonine. Y recuerdo que Léo, mientras mojaba la masa de su pizza en la yema del huevo, dijo: «Te reviento los huevos». Y se rio.

Y recuerdo haber pensado: «Ya está, ya es mayor, ya tiene una amiga de verdad. Mientras que para que yo encontrara a mi primera amiga con veinticuatro años, tuvo que haber una huelga de trenes».

Aún puedo verme diciendo: «Sí... no... oh... ah... de acuerdo... es estupendo», mientras miraba de vez en cuando los hermosos ojos azules de los Caussin, pero sin escucharles. Me costaba mucho apartar la vista de Léo. Y todo eso mientras contaba: «Tres platos del día más dos menús de niño más cinco bebidas».

Léo puntuaba sus frases con risas. Acababa de perder dos dientes. Su sonrisa era como un piano abandonado en un granero. Yo la había peinado con dos trenzas, algo mucho más práctico para viajar.

Antes de dejar el restaurante, ella hizo desaparecer las servilletas de papel. Me habría encantado que hubiese hecho desaparecer la cuenta. Pagué con un cheque mientras temblaba de arriba abajo. Solo de pensar que no había fondos, me moría de vergüenza. Es curioso, imagino que todo Malgrange sabía que mi marido me engañaba, pero la mirada de los demás en la calle Mayor no me incomodaba. En cambio, si hubieran sabido que firmaba cheques sin fondos, no habría podido volver a salir de casa.

Regresamos a la barrera. Léo se montó en el coche de los Caussin, en la parte de atrás, al lado de Anaïs. Estuvo a punto de olvidar su peluche, el cual había escondido en mi bolso para que Anaïs no supiera que lo necesitaría durante el viaje. Yo le había hecho tomarse una pastilla porque solía marearse en el coche y aún tenían trescientos cuarenta y ocho kilómetros de camino. Deslicé el tubo en su bolsillo para el viaje de vuelta.

Llegarían a la colonia al final de la tarde y me llamarían rápidamente.

Por la tarde, mientras ordenaba las cosas de Léo, encontré la lista que había hecho quince días antes para no olvidar nada cuando hiciera su maleta.

Dinero suelto, dos trajes de baño, siete camisetas interiores, siete braguitas, sandalias, zapatillas de deporte (las botas de equitación se las daban allí), crema solar, gorro, gafas de sol, tres vestidos, dos pantalones de peto, dos bermudas, tres pantalones, cinco camisetas (las sábanas y toallas también se las daban), dos toallas de baño, tres tebeos, champú suave antipiojos, cepillo de dientes, dentífrico de fresa, un jersey grueso y un chaleco para la tarde, más un chubasquero, un bolígrafo y un cuaderno.

Máquina de fotos desechable más juego de magia.

Peluche.

Hacia las nueve de la noche, Léo me telefoneó, sobreexcitada, todo estaba requetebién. Al llegar a la colonia, había visto a los pequeños ponis, todos requeteguapos, les había dado un poco de pan y zanahorias, requetedivertido, hacía un tiempo requetebueno, las habitaciones muy bonitas estaban requetebién, había dos literas por habitación, Anaïs dormiría en la cama de abajo, y ella en la de arriba. Después de comer, había hecho unos trucos de magia y todos se habían reído mucho. Las monitoras eran requetesimpáticas, había una que se me parecía mucho. No, no podía pasarle con papá, se había marchado a dar una vuelta. «Te quiero, mamá, besitos. Besitos a papá.»

Después de colgar, salí a mi pequeño trozo de jardín. Encontré una Barbie nadando de espaldas en la piscina de plástico. El agua estaba verde. La vacié, e hice que el agua fluyera a lo largo de los rosales. Volvería a llenarla la semana siguiente, cuando Léo regresara.

42

*El amor es cuando conoces a alguien
que te dice algo nuevo acerca de ti*

Julien Seul vino a buscarme al hospital. Nos subimos a su coche y durante el trayecto guardamos silencio. Nada más dejarme frente a mi casa, él volvió a coger la carretera a Marsella. Al despedirse, me dijo que volvería pronto. Tomó mi mano derecha y depositó un beso en ella. Era la segunda vez que lo hacía desde que nos conocíamos.

Regresé a mi cementerio con una receta de reconstituyentes y otra de vitamina D. Y con los resultados de los análisis, que eran buenos. Éliane me esperaba en el porche. Dentro de la casa, Elvis, Gaston y Nono también me esperaban. La mujer de Gaston me había preparado un plato que solo había que recalentar. Se burlaron cariñosamente de mí por haberme desmayado al ver un muerto lo que «¡para una guarda de cementerio es el colmo!».

Yo pedí novedades del muerto como quien pide novedades de un colega que se ha jubilado. El cuerpo del «desconocido de la moto» había sido trasladado a Mâcon. Nadie sabía quién era. Su moto no estaba matriculada y se trataba de un modelo corriente cuyo número de serie había sido borrado. Sin duda una moto robada. La policía había emitido una orden de búsqueda.

Nono me enseñó un artículo en el *Journal de Saône-et-Loire* titulado: «Curva maldita».

Hablamos de un trágico accidente en el lugar en el que Reine Ducha encontró la muerte en 1982. El motorista no tenía abrochado el casco y circulaba a gran velocidad. Quedó desfigurado, lo que no ha permitido realizar una fotografía para su identificación sino un retrato robot.

Contemplo el retrato robot que ha sido publicado. Philippe Toussaint está irreconocible. Más abajo, en la leyenda, puede leerse: «Hombre de alrededor de cincuenta y cinco años, piel clara, cabellos castaños, ojos azules, metro ochenta y ocho de estatura, sin tatuajes ni signos distintivos. Sin joyas. Camiseta blanca. Vaqueros de marca Levi's. Botas negras y cazadora de cuero negro de la marca Furygan. Para cualquier información preséntense en la comisaría más cercana o marquen el número 17 (emergencias y policía)».

¿Quién iba a buscarlo? Françoise Pelletier, supongo. ¿Tendría más amigos aparte de ella? Cuando vivíamos juntos, tenía muchas amantes, pero no amigos. Dos o tres compañeros motoristas en Charleville y en Malgrange, no más. Y sus padres. Pero actualmente sus padres están muertos.

No me entretengo con las páginas del periódico. Subo a mi habitación para ducharme y cambiarme. Al abrir mi armario de verano y de invierno, me pregunto si ponerme mi vestido rosa bajo mi impermeable, o si enfundarme un vestido negro. Soy viuda y nadie lo sabe.

Lo reconocí en la cámara mortuoria. Reconocí su cuerpo. Creo que después del pavor, fue el asco lo que me hizo caer al suelo. Asco de él. Asco del odio que advertí cuando vino a aterrorizarme a mi jardín, de ese odio que pasó a mis brazos cuando los apretó tan fuerte. Tan fuerte que aún me duran las marcas.

Siempre he llevado cosas de color bajo mi sombría vestimenta para burlarme de la muerte. Como las mujeres que se maquillan bajo su burka. En cambio hoy, siento ganas de hacer lo contrario. Siento ganas de ponerme un vestido negro y enfundarme un abrigo rosa por encima. Pero no lo haré nunca por respeto a los otros, por aquellos que se quedan y que recorren las avenidas de mi cementerio. Y además nunca he tenido un abrigo rosa.

Bajo de nuevo a la cocina evitando que mis muñecas caigan al vacío, me sirvo una lágrima de oporto en el fondo de un vaso y me deseo buena salud.

Salgo a hacer la ronda por mi cementerio. Éliane me sigue. Recorro las cuatro avenidas: Laureles, Boneteros, Cedros y Tejos. Todo está impecable. Las mariquitas empiezan a aparecer. La tumba de Juliette Montrachet (1898-1962) sigue igual de bella.

De cuando en cuando, recojo los tiestos de flores que se han volcado. José Luis Fernández está ahí. Regando las flores de su mujer. Tutti Frutti le hace compañía. Y también están las señoras Pinto y Degrange. Cada una raspando los bordes de la tumba de su marido en silencio. Raspando una tierra de la que ya no hay nada que raspar. Hace mucho tiempo que las malas hierbas se rindieron a sus armas.

Me cruzo con una pareja a la que conozco de vista. La mujer se acerca de vez en cuando a la tumba de su hermana, Nadine Ribeau (1954-2007). Nos saludamos.

Ya no llueve. Hace bueno. Tengo hambre. La muerte de Philippe Toussaint no me ha quitado el apetito. Siento la seda de mi vestido rosa rozarme los muslos. Me digo que Léo no tendrá que vivir esto. Enterrar a su padre. Y yo tampoco.

Al escoger desaparecer de mi vida, Philippe Toussaint escogió también desaparecer de su muerte. No tendré que escardar los alrededores de su tumba, ni comprarle flores. Pienso en cuando hacíamos el amor siendo jóvenes. Hace ya años que no hago el amor. En la avenida de los Tejos, me dirijo hacia la glorieta de los niños.

La mayoría de las tumbas son blancas. Hay ángeles por todas partes, en las placas, entre los macizos de flores, sobre las lápidas. Hay corazones rosas y ositos de peluche, muchas velas y gran profusión de poemas.

Ahora mismo no hay padres. Cuando vienen, suele ser después del trabajo, a partir de las cinco o las seis de la tarde, y son casi siempre los mismos. Al principio se pasan el día ahí. Atontados. Aturdidos por la pena. Embriagados de muerte. Muertos vivientes. Después de algunos años, van espaciando sus visitas, lo cual es mejor porque la vida continúa. Y la muerte está más allá.

Y además, en la glorieta, hay algunos niños que ahora tendrían ciento cincuenta años.

En ciento cincuenta años, ya no pensaremos
en aquello que amamos, aquello que perdimos
vamos, ¡bebamos nuestras cervezas por los ladrones
    callejeros!
Acabar todos bajo tierra, Dios mío, ¡qué decepción!
Observa esos esqueletos que nos miran de reojo
y no pongas mala cara, no les hagas la guerra
no quedará nada de nosotros, no más que de ellos
me cortaría la mano o la metería en el fuego
así que sonríe.

Me reclino ante las tumbas de:

Anaïs Caussin (1986-1993)
Nadège Gardon (1985-1993)
Océane Degas (1984-1993)
Léonine Toussaint (1986-1993)

43

*Como una flor destrozada por el soplo
de la tormenta, la muerte se la llevó
en la primavera de su vida*

Hija mía, no puedes imaginarte hasta qué punto me he culpado por haberte regalado el juego de magia en Navidad, tú lo has conseguido, realmente has desaparecido. Y has hecho desaparecer a otras tres amigas entre las cuales estaba Anaïs.

Las demás habitaciones del castillo no quedaron afectadas. O bien fueron evacuadas a tiempo. Ya no lo sé, eso lo he olvidado.

Pero la tuya. La vuestra. Vuestra habitación,es la que estaba más cerca de las cocinas.

Un cortocircuito. O una placa calientaplatos mal apagada.

O alimentos que se habrían incendiado en el horno.

O una fuga de gas.

O una colilla de cigarrillo.

Más tarde, yo lo sabría más tarde.

Nada de trucos en tu juego de magia. Nada de trampillas disimuladas en el suelo, nada de aplausos, nada de reapariciones estrepitosas con música y saludos.

La nada, las cenizas, el fin del mundo.

Cuatro pequeñas vidas aniquiladas, convertidas en polvo.

Todas vosotras, juntas, ni siquiera medíais tres metros, treinta y un años de niñas pequeñas.

Después de esa noche desaparecisteis.

Una se consuela como puede, vosotras no sufristeis. Os asfixiasteis durante vuestro sueño. Cuando las llamas comenzaron a morderos, ya habíais partido. Ya estabais soñando y ahí os quedasteis.

Espero que estuvieras montada en un poni, cariño, o nadando en la cala, haciendo de sirena.

Después del tren de las 5:50 me había tendido en el sofá, y apenas acababa de dormirme cuando el teléfono sonó. Mi corazón empezó a latir desbocado, creyendo haber olvidado el tren de las 7:04. Descolgué. Acababa de soñar que la madre Toussaint me regalaba un oso de peluche sin ojos y sin boca y que yo se los dibujaba con uno de tus rotuladores.

Un gendarme me habló, me pidió que me identificara, escuché tu nombre, «castillo Notre-Dame-des-Prés... La Clayette... Cuatro cuerpos no identificados».

Escuché las palabras «tragedia», «incendio», «niñas».

Escuché: «Lo siento mucho», y de nuevo tu nombre, «llegaron demasiado tarde... los bomberos no pudieron hacer nada».

Volví a verte aplastar tu huevo con la masa de la pizza y hacer desaparecer las servilletas mientras que yo contaba: «Tres platos del día más dos menús infantiles más cinco bebidas».

Habría podido no creer al hombre que me hablaba al teléfono. Habría podido decirle: «Está cometiendo un error, Léonine es maga, ella reaparecerá», habría podido decirle: «Es una maniobra de la madre Toussaint, ella me la ha quitado y la ha reemplazado por una muñeca de trapo que ha quemado en el fondo de la cama», habría podido exigirle pruebas, colgarle, decirle: «Su broma es de muy mal gusto», habría podido decirle..., pero inmediatamente supe que me estaba diciendo la verdad.

Desde que era niña, no había hecho nunca ruido para que me

conservaran, para que no me abandonaran. Sin embargo, dejé la tuya, tu infancia, gritando.

Philippe Toussaint apareció, cogió el teléfono, intercambió unas palabras con el gendarme, empezó a gritar él también. Pero no como yo. Lo insultó. Todas esas feas palabras que te prohibíamos pronunciar, tu padre las dijo. En una sola frase. A mí tu muerte me aniquiló. Después de ese grito, dejé de hablar durante mucho tiempo. A él tu muerte le enfureció.

Cuando el tren de las 7:04 pasó, ninguno de los dos salió para bajar la barrera.

Dios, que esa noche había desertado del castillo de Notre-Dame-des-Prés, al menos se dignó darse una vuelta por nuestra barrera, porque con una tragedia, en la cuenta de nuestras vidas ya debíamos de tener suficiente. Ningún coche pasó, ningún coche apareció para chocarse con el tren de las 7:04. A esa hora, normalmente la carretera estaba muy frecuentada.

Para las siguientes barreras Philippe Toussaint fue a avisar a alguien, a pedir ayuda. Nunca sabré quién vino.

Yo me tumbé en tu habitación y no me moví.

El doctor Prudhomme apareció, ya sé que a ti no te gustaba, que lo llamabas «maloliente» cuando te curó las anginas, tu varicela, tus otitis.

Me puso una inyección.

Y luego otra. Y otra más.

Pero no el mismo día.

Philippe Toussaint llamó a Célia para pedirle ayuda. No sabía qué hacer con mi dolor. Se lo pasó a otro.

Al parecer, los padres de Philippe Toussaint se presentaron. Pero no vinieron a verme a mi habitación. Hicieron bien. Por primera y última vez, hicieron bien. Me dejaron sola. Los tres se pusieron en marcha en dirección a La Clayette. Fueron hacia ti, hacia tus restos de nada de nada.

Célia llegó después, más tarde, no sé, yo había perdido la noción del tiempo.

Recuerdo que era de noche, que abrió la puerta de tu habitación. Que dijo: «Soy yo, estoy aquí, estoy aquí, Violette». Su voz había perdido todo su sol. Sí, incluso en la voz de Célia se hizo de noche cuando tú te fuiste.

No se atrevió a tocarme. Yo estaba hecha un ovillo en tu cama. Un ovillo de nada. Célia me obligó suavemente a comer algo. Vomité. Me obligó suavemente a beber algo. Vomité.

Philippe Toussaint telefoneó para decirle a Célia que no quedaba nada de los cuatro cuerpos. Que aquello era la desolación. Que solo erais cenizas. Que era imposible identificar a unas de otras. Que iba a presentar una queja. Que íbamos a ser indemnizados. Que el resto de las niñas había regresado a sus casas. Que el lugar estaba lleno de policías por todas partes. Que ibais a ser inhumadas juntas, en la glorieta de los niños, juntas, con nuestro permiso. Y repitió eso, «inhumadas juntas». Y que para evitar a los periodistas, la muchedumbre, el caos, todo se haría en la más estricta intimidad, en el pequeño cementerio de Brancion-en-Chalon situado a pocos kilómetros de La Clayette.

Le pedí a Célia que llamara a Philippe Toussaint para que recuperara tu maleta.

Célia me explicó que tu maleta se había quemado. Y repitió: «Ellas no han sufrido, han muerto mientras dormían». Yo respondí: «Nosotros sufriremos por ellas». Me preguntó si quería que deslizaran algún objeto o alguna ropa en el interior del féretro. Yo respondí: «A mí».

Han pasado tres días. Célia me dice que mañana saldremos temprano. Que tiene que llevarme a Brancion-en-Chalon para la ceremonia funeraria. Me ha preguntado lo que me gustaría ponerme, si quería que fuese a comprarme algo de ropa. Me negué a las compras y me negué a ir al entierro. Célia me ha dicho que eso no era posible. Que era impensable. Yo he respondido que sí, que era posible. Que no iría al entierro de las cenizas de mi hija. Que ella ya estaba lejos, en otra parte. Célia me ha dicho: «Es indispensable que vayas para que puedas hacer tu duelo, tienes que dar el último adiós a Léonine». Yo he respondido que no, que no pensaba ir, que quería ir a Sormiou, a las calas, que allí te diría adiós. El mar me uniría a ti, una última vez.

Me marché con Célia en su coche. No me acuerdo de nada del viaje. Estaba como en una nube, bajo el efecto de los medicamentos. No dormía, pero tampoco estaba despierta. Flotaba en una especie de bruma densa, un estado parecido a una pesadilla permanente en donde todos los sentidos estaban anestesiados, todos salvo el dolor. Como un paciente al que se seda para una intervención médica y que, sin embargo, puede notar los movimientos del cirujano. El cursor de la pena que me trituraba los huesos marcaba el máximo de lo insoportable. Hasta respirar me dolía.

«¿En una escala del uno al diez, dónde situarías el dolor?» En «lo indeterminado, infinito, perpetuo».

Tenía la sensación de estar siendo amputada todo el día.

Me decía: «Mi corazón va a despegar, va a despegar, lo más rápido posible», esperaba que fuera lo más rápido posible. Mi única esperanza era morir.

Apretaba contra mí dos viejas botellas de licor. Botellas que Philippe Toussaint ya tenía cuando vivía en su estudio. De vez en cuando, bebía un trago que me quemaba por dentro, allí donde te había llevado.

Nos habíamos internado en la carretera escarpada que llevaba a la cala de Sormiou. Una carretera que se llama la «carretera de fuego». No le había prestado atención el año anterior.

No me desvestí antes de adentrarme en el mar. Simplemente me sumergí, cerré los ojos y escuché el silencio, escuché nuestras últimas vacaciones, la felicidad, las lágrimas al revés.

Casi enseguida sentí, sentí tu presencia. Como las caricias de un delfín que hubiese rozado mi vientre, mis muslos, mis hombros, mi rostro. Algo dulce que iba y venía entre las corrientes de agua que me rodeaban. Sentí que estabas bien ahí donde estabas. Sentí que no tenías miedo. Sentí que no estabas sola.

Antes de que Célia me agarrase por los hombros y me sacara a la superficie, pude oír claramente tu voz. Tenías la voz de una mujer, una voz que ya nunca escucharía. Creí distinguir claramente las palabras: «Mamá, tienes que saber lo que sucedió esa noche». No tuve tiempo de responder. Célia gritó.

—¡¡¡Violette, Violette!!!

La gente, los veraneantes en traje de baño como nosotros el año pasado, la ayudaron a arrastrarme hasta la orilla, solo hasta la orilla.

44

Curruca, si vuelas sobre esa tumba,
cántale tu canción más dulce

Hace un tiempo magnífico. El sol de mayo acaricia la tierra que cavo. Tres de los viejos gatos recuperan su juventud en medio de las hojas de las capuchinas y corren juntos tras unos ratones imaginarios. Unos mirlos desafiantes cantan un poco más lejos. Éliane duerme boca arriba, las cuatro patas al aire.

Acuclillada en mi jardín, termino de plantar mis semillas de tomate mientras escucho una emisión sobre Frédéric Chopin. He posado mi pequeña radio de pilas en un banco de madera que encontré hace algunos años en un mercadillo. Suelo repintarlo de azul o de verde de vez en cuando. Los años le han dado una hermosa pátina.

Nono, Gaston y Elvis se han marchado a comer. El cementerio parece vacío. Aunque está situado a una cota más baja respecto a mi jardín, hay algunas avenidas que no puedo ver a causa del muro de piedra que las separa.

Me he quitado la bata de punto gris para liberar las flores de mi vestido de algodón. Y me he calzado mi viejo par de botas.

Me gusta dar vida. Sembrar, regar, cosechar. Y volver a empezar cada año. Amo la vida tal como es ahora mismo. Soleada. Me gusta estar en lo esencial. Fue Sasha quien me lo enseñó.

He puesto la mesa en mi jardín. He hecho una ensalada de tomates de todos los colores y una ensalada de lentejas, he comprado algunos quesos y una buena barra de pan. Y he abierto una botella de vino blanco que he puesto a enfriar en un cubo con hielo.

Me gusta la vajilla de porcelana y las servilletas de algodón. Me gustan las copas de cristal y los cubiertos de plata. Me gusta la belleza de las cosas porque no creo en la belleza de las almas. Me gusta la vida tal y como es hoy, pero la vida no vale nada si no es para compartirla con un amigo. Mientras riego mis semillas, pienso en el padre Cédric, que es uno de ellos y al que espero. Comemos juntos cada martes. Es nuestro ritual. Salvo que haya algún entierro.

El padre Cédric no sabe que mi hija reposa en mi cementerio. Aparte de Nono, nadie lo sabe. Hasta el alcalde lo ignora.

Hablo a menudo de Léonine a los demás porque no hablar de ella sería como hacerla morir de nuevo. No pronunciar su nombre daría razón al silencio. Vivo con su recuerdo, pero no le digo a nadie que es un recuerdo. La he hecho vivir en otra parte.

Cuando me piden una foto de ella, la muestro de niña, con su sonrisa mellada. Me dicen que se me parece. No, Léonine se parecía a Philippe Toussaint. No tenía nada de mí.

—Buenos días, Violette.

El padre Cédric acaba de llegar. Trae una caja con pasteles y me dice sonriendo:

—La gula es un feo defecto, pero no un pecado.

Lleva impregnado en su ropa el olor a incienso de su iglesia y yo, el de las rosas en polvo.

Nunca nos estrechamos la mano ni nos besamos, pero comemos juntos.

Voy a lavarme las manos y me uno a él. El padre nos sirve un poco de vino. Nos sentamos de cara al huerto y, como de costumbre, hablamos primero de Dios como de un viejo compañero común al que hubiéramos perdido de vista, para mí un granuja al que no concedo ningún crédito y para él una persona extraordinaria, ejemplar y devota. Poco después comentamos la actualidad internacional y local. Y luego terminamos siempre por lo mejor, las novelas y la música.

Generalmente, no franqueamos nunca la barrera de la intimidad. Ni siquiera después de dos vasos de vino. Yo no sé si ha sentido un flechazo por alguien, o si ha hecho ya el amor, y él no sabe nada de mi vida privada.

Ahora, por primera vez, mientras acaricia a My Way, se atreve a preguntarme si Julien Seul es «solo un amigo» o si hay algo más entre nosotros. Le respondo que no hay nada entre nosotros más allá de una historia que él comenzó a contarme y de la que espero oír el final. La historia de Irène Fayolle y Gabriel Prudent. No pronuncio sus nombres. Solamente digo que espero que Julien Seul me cuente el final.

—¿Quiere decir que cuando le cuente el final de su historia, ya no le verá más?

—Sí, sin duda.

Voy a buscar los platos de postre. El aire es suave. El vino hace que la cabeza me dé vueltas.

—¿Aún sigue teniendo ganas de tener un hijo?

Él se sirve otro vaso de vino y deposita a My Way a sus pies.

—La idea me desvela por las noches. Ayer vi por televisión *La hija del pocero*, y como allí no hablan de otra cosa, en el fondo, más que de la paternidad, del amor y de la filiación, lloré toda la noche.

—Padre, es usted un buen hombre. Podría encontrar a cualquiera y tener un hijo.

—¿Y abandonar a Dios? Jamás.

Hundimos los dos nuestro tenedor de postre en el azúcar glas y el polvo de almendras que recubre uno de los pasteles. Él escucha mi desaprobación pero no dice nada. Se contenta con sonreír.

A menudo me dice: «Violette, no sé qué es lo que ha hablado con Dios esta mañana en el desayuno, pero parece estar muy enfadada con él». Y yo siempre respondo: «Eso es porque no se limpia nunca los pies antes de entrar en mi casa».

—Estoy unido a Dios. Estoy comprometido con su camino. Estoy en la tierra para servirle, pero usted, Violette, ¿por qué no puede rehacer su vida?

—Porque una vida no se rehace jamás. Coja una hoja de papel y desgárrela, ya puede usted pegar cada trozo, que los jirones, los dobleces y el papel celo seguirán siempre.

—De acuerdo, pero cuando los fragmentos están pegados, uno puede volver a escribir en esa hoja.

—Sí, si se posee un buen rotulador.

Nos echamos a reír.

—¿Qué piensa hacer con su deseo de tener un hijo?

—Olvidarlo.

—Un deseo no se olvida, sobre todo cuando es visceral.

—Envejeceré como todo el mundo y se pasará.

—¿Y si no se pasa? No por envejecer olvidamos.

El padre Cédric se pone a cantar:

—Con el tiempo, con el tiempo, va, todo se pasa. El otro al que adorábamos, al que buscábamos bajo la lluvia, el otro al que adivinábamos, a la vuelta de una mirada...

—¿Ha adorado ya a alguien?

—A Dios.

—¿A alguien?

Me responde con la boca llena de crema pastelera:

—A Dios.

45

Creemos que la muerte es una ausencia
cuando es una presencia secreta

Léonine ha continuado haciendo desaparecer sus cosas. Su habitación ha ido vaciándose poco a poco. Sus ropas y sus juguetes acabaron en los Traperos de Emaús. Cada vez que Paulo, así se llamaba el transportista, aparcaba su camión con la efigie del abad Pierre delante de mi casa y yo le entregaba las bolsas llenas de rosa, tenía la sensación de estar donando uno de los órganos de Léo para que otro niño pudiera disfrutar de ellos. Para que la vida continuara a través de sus muñecas, sus faldas, sus zapatos, sus castillos, sus cuentas, sus peluches, sus lápices de colores.

Ella hizo desaparecer la Navidad. Ya no volvimos a poner el abeto. El famoso árbol sintético para no talar a los vivos seguirá siendo, sin duda alguna, la peor inversión de mi existencia. Semana Santa, Año Nuevo, el día de la Madre, el día del Padre, los cumpleaños... Nunca más he vuelto a soplar una vela en una tarta desde su muerte.

Vivía en una especie de coma etílico permanente. Como si mi cuerpo, para protegerse del dolor, se hubiese sumido en un estado de ebriedad sin que yo hubiese ingerido la menor gota de alcohol. En fin, no siempre. A veces bebía como un pozo sin fondo. Y eso es lo que era, un pozo sin fondo. Vivía en una nebulosa, mis gestos eran puramente automáticos, al ralentí. Como el póster de Tintín cuando aún seguía clavado en la pared de la habitación de Léonine: me marché a la luna.

Terminé la granadina. Terminé las galletas Príncipe, los bizcochos con chocolate, los macarrones, el jarabe para la fiebre. Entremedias me levantaba, bajaba la barrera, me acostaba, me volvía a levantar, hacía la comida a Philippe Toussaint, subía la barrera, me volvía a acostar.

Daba las gracias por las «sinceras condolencias» de la calle Mayor. Daba las gracias a los numerosos correos. Clasifiqué los innumerables dibujos de sus compañeros de clase en una carpeta de color azul. Como si Léo hubiese sido un chico. Como si realmente no hubiese existido.

Lo peor de todo era cruzarme con la mirada horrorizada de Stéphanie tras su caja registradora cada vez que traspasaba la puerta del supermercado. Eso y las noches, era lo que más temía de todo. Me preparaba mentalmente durante horas para poder salir de casa, atravesar la carretera y abrir la puerta del súper. Bajaba los ojos, empujando mi pequeño carrito por los estrechos pasillos, hasta que la mirada de Stéphanie se cruzaba con la mía. La pena, la desesperación que asomaban a la superficie de sus ojos empañándolos como de una bruma, desde el momento en que me veía llegar, era peor que un espejo, era la desolación. Ella no decía nada cuando veía lo que yo depositaba en la cinta transportadora de la caja. Las botellas de alcohol. Proclamaba el total, seguido de un «por favor». Yo le tendía mi tarjeta azul, tecleaba mi código, adiós, hasta mañana.

Ya no me proponía las novedades, los «productos estrella», como ella decía. Todos esos trucos que había probado. El nuevo lavavajillas que dejaba las manos suaves, el detergente que olía bien y que lavaba incluso a treinta grados, incluso en frío, el delicioso cuscús de verduras en la estantería de los congelados, la escoba atrapapolvo mágica, el aceite al Omega 3. No se le propone nada a una madre que ha perdido a su hija. Ni las promociones ni los cupones de descuento. Se le deja comprar whisky bajando los ojos. Y aun así podía sentir la mirada de Stéphanie en mi espalda cuando abría la puerta de mi casa.

Tuvimos que tratar con aseguradoras y abogados. Se celebraría un proceso, la dirección de la colonia Notre-Dame-des-Prés sería demandada, haríamos cerrar el establecimiento para siempre. Y por supuesto seríamos indemnizados.

¿Cuánto cuesta una vida de siete años y medio?

Todas las noches, volvía a escuchar la voz de Léo, su voz de mujer decirme: «Mamá, tienes que saber lo que sucedió esa noche, tienes que saber por qué mi habitación se incendió». Fueron sus palabras las que me hicieron aguantar. Pero necesité muchos años para ponerlas en práctica. No me sentía capaz físicamente. Y el dolor aún era demasiado fuerte para que consiguiera animarme.

Necesitaba tiempo. No tiempo para encontrarme mejor, nunca estaría mejor. Tiempo para poder moverme de nuevo, para ponerme en movimiento.

Cada año, del 3 al 16 de agosto, la compañía ferroviaria SNCF nos enviaba unos sustitutos. Philippe Toussaint, que se negaba a seguirme en mi «delirio mórbido», se marchaba en su moto para encontrarse con compañeros de Charleville, y yo a Sormiou. Célia venía a buscarme a la estación de Saint-Charles en Marsella, me llevaba en coche hasta la cabaña, y luego me dejaba sola con mis recuerdos. De vez en cuando, venía a visitarme y bebíamos vino de Cassis contemplando el mar.

Para mí, la fiesta de difuntos era en agosto. Me sumergía, y sentía la presencia de mi hija que ya no estaba allí.

Nunca recibí nada por parte de Armelle y Jean-Louis Caussin, los padres de Anaïs. Ni una llamada, ni una carta, ni una señal. Debieron de odiarme por no estar presente en el entierro de las cenizas de nuestras hijas.

Los viejos Toussaint regresaron muchas veces al cementerio. Cada vez que lo hacían, se llevaban a su hijo con ellos. Tampoco a ellos volví a verlos más tras la muerte de Léonine. Ya no venían a mi casa. Era como un acuerdo tácito entre nosotros.

La rabia y la promesa de una enorme indemnización sostuvieron a Philippe Toussaint. Su obsesión era que los autores del incendio pagaran por lo sucedido. Sin embargo, no dejaban de repetirle que no había «autores», que había sido un accidente. Lo que le provocaba aún más rabia. Una rabia silenciosa. Quería ser indemnizado. Pensaba que las cenizas de nuestra hija valían su peso en oro.

Empezó a cambiar físicamente, sus rasgos se endurecieron y sus cabellos encanecieron.

Cuando dos veces al año regresaba del cementerio de Brancion-en-Chalon, y sus padres lo depositaban en casa sin entrar jamás, no me decía nada. Cuando se levantaba por la mañana, no me decía nada. Cuando se marchaba a dar una vuelta, no me decía nada. Cuando regresaba, horas más tarde, no me decía nada. En la mesa no me decía nada. Solo los videojuegos que activaba con los mandos, sentado delante de la televisión, armaban bullicio. Y ocasionalmente, cuando los gendarmes o los abogados o las aseguradoras llamaban por teléfono, les gritaba y les exigía cuentas.

Aún seguíamos durmiendo juntos, pero yo no dormía. Las pesadillas me acosaban. Por la noche, él se pegaba contra mí y yo imaginaba que era mi hija, ahí, a mi lado.

Una o dos veces me dijo: «Vamos a tener otro hijo», y yo respondía que sí, pero tomaba un anticonceptivo además de mis antidepresivos y de los ansiolíticos. Mi vientre estaba roto. Nunca traería una vida después de la muerte de mi cuerpo. Léo también hizo desaparecer eso, la posibilidad de tener otro hijo.

Habría podido marcharme, abandonar a Philippe Toussaint tras la muerte de nuestra hija, pero no tuve ni la fuerza ni el valor. Philippe Toussaint era la única familia que me quedaba. Permanecer cerca de ese hombre era también estar cerca de Léonine. Ver los rasgos de su padre cada día era ver los rasgos de ella. Pasar por delante de la puerta de su habitación era acariciar su

universo, sus huellas, su paso por la tierra. Yo sería definitivamente una mujer que no abandonaría jamás lo que se me había
quitado.

En septiembre de 1995, recibí un paquete sin nombre del
remitente. Había sido echado al correo en Brancion-en-Chalon.
Al principio pensé que podía venir de mi querida Célia. Que
habría ido allí, al cementerio. Pero no reconocí su letra.

Cuando abrí el paquete, tuve que sentarme. Tenía en mis
manos una placa funeraria blanca, un bonito delfín había sido
grabado a un lado con estas palabras: «Cariño, naciste el 3 de
septiembre, y falleciste el 13 de julio, pero para mí, tú serás
siempre mi 15 de agosto».

Yo habría podido escribir esas palabras. ¿Quién me había
enviado esa placa? Alguien quería que yo fuera a depositarla en
la tumba de Léonine, pero ¿quién?

Volví a meterla en el paquete y la guardé en el armario de mi
habitación, bajo una pila de ropa blanca que no utilizábamos
nunca.

Al volver a doblar la ropa de casa, descubrí una lista de nombres y cargos, metida entre dos sábanas.

Édith Croquevieille, directora.
Swan Letellier, cocinero.
Geneviève Magnan, encargada de la limpieza.
Éloïse Petit y Lucie Lindon, monitoras.
Alain Fontanel, encargado de mantenimiento.

La lista del personal de Notre-Dame-des-Prés, garabateada
por Philippe Toussaint. Debió de anotar los nombres la semana
del juicio. La lista había sido confeccionada por la parte de atrás
de una cuenta, una comida de tres personas en el café del Palacio, en Mâcon, el año del juicio. Tres personas: Philippe Toussaint y, sin lugar a dudas, sus padres.

Lo interpreté como una señal de Léonine. En un mismo día

yo recibía esa placa y tenía ante mis ojos la lista de las personas que la habían visto por última vez.

Fue a partir de ese momento cuando comencé a salir de mi ensimismamiento, a hacer señales a los pasajeros de los trenes que pasaban por delante de mi barrera. Y fue a partir de ese día cuando Philippe Toussaint empezó a mirarme como si hubiese perdido la razón. No me comprendía: yo la había recuperado.

Comencé por deshacerme de mi coraza de ansiolíticos, dejando la medicación poco a poco, y el alcohol completamente. Todos los dolores se apoderarían de mí, ensañándose duramente conmigo, pero ya no moriría.

Salí de casa. A través del escaparate del supermercado, me crucé con la mirada de Stéphanie detrás de su caja, quien me sonrió tristemente. Caminé durante diez minutos pensando que antes, cuando hacía ese camino y bordeaba las casas, llevaba en el bolsillo, agarrada, la mano de mi hija. Ahora mis bolsillos estarían vacíos, pero las manos de Léonine continuarían guiándome. Empujé la puerta de la autoescuela Bernard para inscribirme y sacarme el carné de conducir.

46

Ya no estás donde estabas
pero estás por todas partes donde estoy

Me voy espabilando lentamente mientras bebo un té hirviendo a pequeños sorbitos. El sol de la mañana deja entrar algunos rayos a través de las cortinas echadas de la cocina. Un haz de polvo en suspensión se filtra en la habitación y me resulta hermoso, casi mágico. He puesto un poco de música con el volumen bajito, Georges Delerue y el tema de *La noche americana*. Sostengo la taza con mi mano derecha a la vez que acaricio con la izquierda a Éliane, que alarga su cuello, cerrando los ojos. Adoro sentir su calor entre mis dedos.

Nono llama a la puerta y entra. Al igual que el padre Cédric, no me besa nunca ni tampoco estrecha mi mano. Solo un simple buenos días o buenas noches «mi Violette». Antes de servirse un café, deja el *Journal de Saône-et-Loire* en la mesa para que pueda leerlo: «Brancion-en-Chalon: tragedia en la carretera, el motorista identificado». Me oigo decirle a Nono, con voz opaca:

—¿Puedes leerme el artículo, por favor? No tengo aquí mis gafas.

Éliane, que siente el nerviosismo de mis dedos, se frota brevemente contra Nono como para saludarle y pedirle que le abra rascando la puerta. Nono la acaricia, le deja salir y vuelve a mi lado. Retira una silla para sentarse frente a mí, busca en su bolsillo, se pone sus gafas subvencionadas al cien por cien por la Seguridad Social y empieza a leer, un poco como un niño en la escuela primaria, remarcando cada sílaba. Como cuando Léonine era un bebé y yo le leía con el método Boscher: «Si todas las niñas del mundo quisieran darse la mano, pasando por encima del mar, podrían dar la vuelta al mundo». Pero las palabras no son las mismas que las de mi libro coloreado.

La víctima del accidente mortal en Brancion-en-Chalon habría sido identificada por su compañera. Se trataría de un habitante de la región de Lyon. El hombre fue encontrado sin vida el pasado 23 de abril en Brancion-en-Chalon. Según los primeros atestados de los gendarmes, su moto, una imponente Hyosung Aquila negra de 650 cm³ —cuya matrícula había sido borrada—, habría mordido el arcén precipitando la caída del piloto, que llevaba el casco sin abrochar. Al día siguiente de su desaparición, su compañera alertó a las comisarías y hospitales de la región, y fue así como pudo establecerse el vínculo.

Somos interrumpidos por los miembros de la familia de un difunto que llegan en racimos al cementerio. Algunos de ellos tocan la guitarra clásica. Cada uno lleva un globo en la mano.

Nono deja a un lado el periódico y me dice:

—Ya voy yo.

—Yo también.

Al enfundarme mi abrigo negro, me pregunto si debo decirle a la policía que Philippe Toussaint salía de mi casa.

«Solo el silencio», decía a menudo Sasha.

¿Acaso no he dado ya suficiente? ¿Acaso no merezco un poco de paz?

Incluso muerto, Philippe Toussaint aún me atormenta. Me acuerdo de sus últimas palabras y de los moratones que ha dejado en mis brazos.

Quiero vivir en paz. Quiero vivir como Sasha me enseñó. Aquí y ahora. Quiero la Vida. Y no rumiar a un hombre que ha sido inútil en la mía, y cuyos padres se llevaron a mi único sol.

El coche fúnebre penetra en el cementerio y se adentra hasta la cripta de la familia Gambini. Hoy se entierra a un famoso feriante, Marcel Gambini, nacido un día de 1942 en la comuna de Brancion-en-Chalon. Sus padres deportados tuvieron el tiempo justo para ocultarlo en la iglesia del pueblo.

Casi he llegado a desear que algunos padres desesperados se acercaran a dejar a sus hijos en casa del padre Cédric. La lotería de la vida a veces está mal repartida. Me habría gustado tanto ser criada por un hombre como el padre Cédric, en lugar de pasar de familia en familia.

Hay más de trescientas personas en el entierro de Marcel, entre ellos guitarristas, violinistas y un bajo que tocan a lo Django Reinhardt alrededor de su féretro. Su música contrasta con la pena, las lágrimas que vierten, las miradas sombrías, las siluetas perdidas, encorvadas. Todo el mundo guarda silencio cuando la nieta de Marcel, Marie Gambini, una joven de dieciséis años, toma la palabra:

—A mi abuelo le gustaba el algodón de azúcar, las manzanas caramelizadas crujientes, el olor de las crepes y los gofres, el dulzor del malvavisco, del turrón y de los churros. Las patatas fritas espolvoreadas con la sal de la vida, los dedos impregnados de alegrías sencillas. Siempre conservará la sonrisa del niño que sostiene, victorioso, su pez rojo en una bolsa con agua. La caña de pescar en una mano, un globo en la otra, posando en un caballo de madera. La batalla de su vida fue esa: ofrecernos el tiro al blanco con carabina de aire comprimido, los tigres de peluche que invadían nuestras camas, las horas haciendo cucú a un niño montado en un avión, en el camión de bomberos o en el coche de carreras del carrusel. Mi abuelo era el premio gordo y las primeras emociones, el primer beso que damos en el gusano loco, en el castillo encantado o el laberinto. Ese beso de azúcar que nos daba para siempre un anticipo de las montañas rusas que el futuro nos reservaba. Mi abuelo era también una voz, una música, el dios de los bohemios que leían las líneas de la mano. Llevaba el jazz gitano en la sangre y se ha marchado a tocar nuevos acordes allí donde no podemos escucharlo. La línea de su mano se ha roto. No te pido que descanses en paz, querido abuelo, porque eres incapaz de reposar. Solo te digo: pásatelo bien y hasta pronto.

Besa el féretro. El resto de la familia la imita.

Mientras que Pierre y Jacques Lucchini hacen descender el féretro de Marcel Gambini al interior de su cripta con la ayuda de cuerdas y poleas, todos los músicos vuelven a tocar «Minor swing» de Django Reinhardt. Cada uno suelta un globo que sube hacia el cielo. A continuación, cada miembro de la familia lanza boletos de la tómbola y peluches sobre el ataúd.

A petición de la familia Gambini, esta noche no cerraré las verjas de mi cementerio a las siete de la tarde, para que así puedan cenar cerca de la tumba. Les he dado permiso para que se queden hasta medianoche. En agradecimiento, me han regalado decenas de entradas para las atracciones de la próxima feria que se celebrará en Mâcon en quince días. No me he atrevido a negarme. Se las regalaré a los nietos de Nono.

No sé si se puede juzgar la vida de un hombre por la belleza de su entierro, pero el de Marcel Gambini ha sido uno de los más bellos a los cuales he podido asistir.

47

*Es preciso que la oscuridad se acentúe
para que la primera estrella aparezca*

En enero de 1996, cuatro meses después de haber recibido la placa funeraria, la guardé en mi bolso y le dije a Philippe Toussaint que por una vez iba a tener que trabajar y vigilar la barrera durante dos días. No le dejé tiempo de replicar, y me marché al volante del coche de Stéphanie, un Fiat Panda rojo, con un tigre blanco de peluche colgado del retrovisor para hacerme compañía.

Normalmente habría tardado tres horas y media en cubrir la distancia. Me llevó seis. Ya nada sería normal. Tuve que pararme varias veces. Durante el trayecto, escuché la radio. Canté por Léonine a la que imaginaba, dos años y medio antes, en la parte trasera del coche de los Caussin, con sus pastillas para el mareo en el bolsillo y su peluche entre las manos.

—Como la abeja, como un pájaro que bate rápidamente las alas, el sueño echa a volar, como una nube, como el viento, al paso de la luna la noche desciende, el fuego se apaga en los hogares, incluso las brasas se ocultan, la flor se cierra con el rocío, solo la bruma se levanta...

Al contemplar las casas, los árboles, los caminos, los paisajes, trataba de imaginar lo que habría atraído su atención. ¿Acaso se habría adormecido? ¿Habría hecho trucos de magia?

Las raras ocasiones en las que nos habíamos montado en coche juntas fueron con Célia o con Stéphanie. O si no tomábamos el tren. Nosotros no teníamos coche, Philippe Toussaint solo tenía su moto y no podía llevarnos a ninguna parte. De todas formas, ¿adónde nos habría llevado?

Llegué a Brancion-en-Chalon hacia las cuatro de la tarde. «La hora de merendar», pensé. La puerta de la casa del guarda del cementerio estaba entreabierta. No vi a nadie. No llamé a nadie. Quería encontrar sola a Léonine.

Ese cementerio era como un mapa del tesoro al revés. Solo que en lugar del tesoro estaba el horror.

Al cabo de media hora de zigzaguear entre las tumbas, con la placa blanca entre las manos, terminé por entrever la glorieta de los niños, en la avenida de los Tejos. Me dije: «Ahora mismo tendría que estar preparando la entrada de Léonine en sexto de primaria, comprando material escolar, rellenando formularios de inscripción o prohibiéndole que se maquillara los ojos, y sin embargo, aquí estoy, como un alma en pena, un alma errante, más muerta que los muertos, buscando su nombre en una tumba».

Me estuve preguntando mucho tiempo qué es lo que había hecho mal para merecer esto. Me estuve preguntando mucho tiempo por qué habían querido castigarme. Repasé todos mis errores. Las veces en que no había sabido entenderla, cuando me había enfadado con ella, cuando no la había escuchado, cuando no la había creído, cuando no había advertido que tenía frío o calor o que realmente le dolía la garganta.

Besé su apellido y su nombre grabados en el mármol blanco. No le pedí perdón por no haber venido antes. No le prometí regresar a menudo. Le dije que prefería encontrarla en el Mediterráneo en agosto, que aquello se le parecía mucho más que este lugar de silencio y de lágrimas. Le prometí averiguar lo que sucedió esa noche, por qué se incendió su habitación.

Y deposité mi placa funeraria «Cariño, naciste el 3 de septiembre, y falleciste el 13 de julio, pero para mí, tú serás siempre mi 15 de agosto», entre las flores, los poemas, los corazones y los ángeles. Al lado de otra en la cual estaba inscrito: «El sol se ha puesto demasiado pronto».

No sabría decir cuánto tiempo me quedé allí, pero cuando fui a salir, las verjas del cementerio estaban cerradas con llave.

Tuve que llamar a la puerta de la casa del guarda. Había luz en el interior. Una luz suave y difusa. Traté de echar un vistazo a través de las ventanas, pero las cortinas echadas me impedían ver nada. Tuve que insistir una y otra vez. Llamé a la puerta, a los cristales, nadie respondió. Terminé por empujar la puerta que estaba entreabierta. Y entré gritando: «¿Hay alguien en casa?». Nadie me respondió.

Escuché ruido en el piso de arriba, unos pasos sobre mi cabeza, y también música. Algo de Bach entrecortado por la voz de un locutor que salía de un aparato de radio.

Inmediatamente adoré esa casa. Las paredes y sus olores. Cerré la puerta detrás de mí y esperé allí plantada mientras observaba los muebles a mi alrededor. La cocina había sido acondicionada como una tienda de té. En las estanterías, una cincuentena de botes lucían todos una pequeña etiqueta. Los nombres escritos a mano con tinta. Las teteras de barro, también etiquetadas, se correspondían con los nombres de los botes. Unas velas perfumadas habían sido encendidas.

Un minuto antes yo estaba frente a las cenizas de mi hija, pero solo con empujar una puerta había cambiado de continente.

Tuve la impresión de esperar mucho tiempo antes de oír pasos en la escalera. Vi unas chinelas negras, un pantalón de lino negro y una camisa blanca. El hombre debía de tener alrededor de sesenta y cinco años. Era mestizo, sin duda una mezcla de Vietnam y Francia. No pareció sorprenderse al verme plantada delante de su puerta, simplemente dijo:

—Discúlpeme, estaba dándome una ducha, siéntese, se lo ruego.

Tenía una voz que recordaba la de Jean-Louis Trintignant. Turbia, melancólica, dulce y sensual. Había dicho con esa voz: «Discúlpeme, estaba dándome una ducha, siéntese, se lo ruego» como si tuviéramos una cita. Pensé que me había tomado por otra persona. No tuve tiempo de responder, pues él continuó:

—Voy a prepararle un vaso de leche de soja con polvo de almendras y aroma de flor de naranjo.

Hubiera preferido un chupito de vodka pero no dije nada. Le contemplé verter la leche, la flor de naranjo y el polvo en una batidora y llenar un gran vaso con el brebaje, en el cual puso una pajita multicolor, como si estuviéramos en el cumpleaños de un niño, antes de tendérmelo. Al hacer ese gesto, me sonrió como no me habían sonreído nunca, ni siquiera Célia.

Todo en él era grande. Sus piernas, sus brazos, sus manos, su cuello, sus ojos, su boca. Sus miembros y sus rasgos debían de haber sido trazados con una cinta métrica doble, de esas que se encuentran en las escuelas primarias para medir el mundo en los mapas geográficos.

Empecé a beber de la pajita y lo encontré delicioso, aquello me recordaba a la infancia que no había tenido, y también a la de Léonine, me recordaba a algo de una dulzura infinita. Me deshice en lágrimas. Era la primera vez que encontraba placer en tomar alguna cosa. Desde el 14 de julio de 1993, había perdido el gusto. Léonine también había conseguido eso, hacer desaparecer mi gusto.

Le dije: «Discúlpeme, las verjas estaban cerradas». Él me contestó: «No pasa nada. Siéntese». Retiró una silla y me la acercó.

Yo no podía quedarme. No podía marcharme. No podía hablar. Me sentía incapaz. La muerte de Léo también me había quitado las palabras. Leía, pero no era capaz de decir nada. Almacenaba, pero nada salía. La vida de mis palabras se resumía a: «Gracias... Buenos días... Adiós... Está preparado... Discúlpame, voy a acostarme». Incluso para aprobar el permiso de conducir no había necesitado hablar, me había bastado con marcar las casillas correctas y aparcar marcha atrás.

Aún seguía de pie. Mis lágrimas caían al fondo de mi vaso de leche. Él me prestó un pañuelo impregnado en un perfume llamado «Sueño de Ossian» y me lo hizo respirar. Yo continué llorando como si las compuertas hubiesen cedido, pero las lágrimas derramadas me hicieron mucho bien. Me vaciaron de cosas malas, como la mala transpiración, como toxinas envenenadas que salían de mí. Creía que ya lo había llorado todo, pero aún me quedaba un poso. Aún quedaban las lágrimas sucias, las fangosas. Como agua putrefacta, la que se estanca en el fondo de un hoyo tras dejar de llover durante mucho tiempo.

El hombre me hizo sentar y, cuando sus manos me tocaron, sentí una onda de choque. Pasó por detrás de mí y comenzó a masajearme los hombros, los trapecios, la nuca y la cabeza. Me tocaba como si me curase, como si pusiera parches de calor a lo largo de mi espalda y en lo alto de mi cabeza. Murmuró: «Su espalda está más dura que una roca. Dan ganas de escalarla en rápel».

Nunca me habían tocado así. Sus manos estaban muy calientes y desprendían una energía increíble que me penetraba, como si un ligero ardor paseara sobre mi piel. No me resistí. No lo comprendí. Estaba en una casa en un cementerio, el cementerio donde se hallaban enterradas las cenizas de mi hija. Una casa que me recordaba a un viaje que no había hecho nunca. Más tarde, me enteraría de que él era curandero. «Una especie de sanador», como le gustaba decir.

Cerré los ojos bajo la suave presión de sus manos y me quedé dormida. Un sueño profundo, oscuro, sin imágenes dolorosas, sin sábanas mojadas, sin pesadillas, sin ratas que me devoraran, sin Léonine que me susurrara al oído: «Mamá, despiértate, no estoy muerta».

Me desperté a la mañana siguiente, recostada en el sofá, tapada con una colcha gruesa y suave. Cuando abrí los ojos, me costó emerger y saber dónde estaba. Vi los botes de té. La silla en la que me había sentado seguía en el centro de la habitación.

La casa estaba vacía. Una tetera humeante había sido dispuesta en una mesita baja frente al sofá. Me serví y bebí a pequeños sorbos el té al jazmín, que estaba delicioso. Al lado de la tetera, en un plato de porcelana, el propietario del lugar había dejado unos bizcochitos, que mojé en mi taza.

A la luz del día pude advertir rápidamente que la casa del cementerio era igual de modesta que la mía. Pero el hombre que me había recibido la víspera la había transformado en un palacio gracias a su sonrisa, su benevolencia, su leche de almendras, sus velas y sus perfumes.

Entonces apareció del exterior. Colgó su grueso abrigo del perchero y se sopló las manos. Giró la cabeza hacia mí y sonrió.

—Buenos días.

—Debo marcharme.

—¿Adónde?

—A mi casa.

—¿Y dónde está?

—En el este de Francia, cerca de Nancy.

—¿Es usted la madre de Léonine?

—...

—La vi en su tumba ayer por la tarde. Conozco a las madres de Anaïs, Nadège y Océane. Usted es la primera vez...

—Mi hija no está en su cementerio. Aquí no hay más que cenizas.

—Yo no soy el propietario de este cementerio, solo soy su guarda.

—No sé cómo se las arregla para hacer esto... Este trabajo. Es un extraño oficio, aunque no muy divertido. En absoluto.

Él sonrió de nuevo. No había ningún juicio en su mirada. Más tarde descubriría también que él se ponía siempre en la piel de la gente con la que hablaba.

—¿Y usted, en qué trabaja?

—Soy guardabarreras.

—Usted impide que la gente pase al otro lado; yo, en cambio, les ayudo un poco a llegar allí.

Más mal que bien, traté de devolverle su sonrisa. Porque sonreír ya no sabía. Todo en él era bondad, todo en mí era destrucción. Yo era una ruina.

—¿Va a volver?

—Sí. Tengo que averiguar por qué la habitación de las niñas se quemó esa noche... ¿Les conoce?

Le tendí la lista del personal de Notre-Dame-des-Prés escrita en el revés de una cuenta por Philippe Toussaint.

«Édith Croqueville, directora; Swam Letellier, cocinero; Geneviève Magnan, encargada de la limpieza; Éloïse Petit y Lucie Lindon, monitoras; Alain Fontanel, encargado de mantenimiento.»

Leyó los nombres atentamente. Y luego volvió a mirarme.

—¿Regresará a visitar la tumba de Léonine?

—No lo sé.

Ocho días después de nuestro encuentro, recibí una carta suya:

Señora Violette Toussaint,

Aquí le dejo la lista de nombres que se olvidó en mi mesa. Además, le he preparado un saquito con una mezcla de distintas clases de té: té verde de almendra, de pétalos de jazmín y de rosas. Si no estoy presente cuando venga, cójalo, la puerta está siempre abierta, lo he puesto en la estantería amarilla, a la derecha de las teteras de fundición, tiene su nombre encima: «Té para Violette».

Su fiel servidor,
SASHA H.

Aquel hombre parecía directamente salido de una novela o de un manicomio. Lo que viene a ser lo mismo. ¿Qué hacía en un cementerio? Yo ni siquiera sabía que existiera el oficio de guarda de cementerio. Para mí, el comercio de la muerte se resumía a ser enterrador, a tener la tez cerúlea y llevar ropa negra con un cuervo posado en el hombro, cuando no estaba sobre un ataúd.

Pero había algo mucho más perturbador. Había reconocido su caligrafía en el sobre y en la carta. Él era quien me había enviado la placa «Cariño, naciste el 3 de septiembre, falleciste el

13 de julio, pero para mí tú serás siempre mi 15 de agosto» para que la depositara en la tumba de mi pequeña Léo.

¿Cómo conocía mi existencia? ¿Cómo conocía esas fechas, y sobre todo la de la felicidad? ¿Estaba allí cuando las niñas fueron enterradas? ¿Por qué se interesaba por ellas? ¿Por mí? ¿Por qué me había atraído hasta el cementerio? ¿Por qué se entrometía? Llegué a preguntarme si no me habría encerrado conscientemente en el cementerio para que entrara en su casa.

Mi vida era un campo de ruinas, en medio del cual un soldado desconocido me había enviado una placa funeraria y una carta.

Sí, la guerra tocaba a su fin. Podía sentirlo. Nunca me recuperaría de la muerte de mi hija, pero los bombardeos habían cesado. Ahora llegaba la posguerra. Lo más largo, lo más difícil, lo más pernicioso... Cuando te levantas y te topas de narices con una niña de su edad. Cuando el enemigo se ha ido y solo quedan aquellos que permanecen. La desolación. Los armarios vacíos. Las fotos que la congelan en su infancia. Y todos los demás que crecen, incluso los árboles, incluso las flores, sin ella.

En enero de 1996 anuncié a Philippe Toussaint que, a partir de ese momento, acudiría al cementerio de Brancion-en-Chalon dos domingos al mes, que me marcharía por la mañana y regresaría por la noche.

Él resopló. Alzó los ojos al cielo con aspecto de querer decir: «Voy a tener que trabajar dos días al mes». Añadió que no entendía nada, que primero no acudía al entierro y ahora, de pronto, era presa de un capricho. No repliqué. ¿Qué responder a eso? ¿A la palabra «capricho»? Según él, querer recogerme ante la tumba de mi hija era un capricho, una fantasía.

Christian Bobin dijo: «Las palabras no dichas se van a gritar al fondo de cada uno de nosotros».

Bueno, no lo dijo exactamente así. Pero yo estaba llena de silencios que gritaban desde lo más hondo de mí. Que me despertaban por la noche. Que me hacían engordar, adelgazar, envejecer, llorar, dormir todo el día, beber como un pozo sin fondo, golpearme la cabeza contra las puertas y los muros. Pero había sobrevivido.

Prosper Crébillon dijo: «Cuanto mayor es la desgracia, más grande es el vivir». Al morir, Léonine había hecho desaparecer todo a mi alrededor, salvo a mí.

48

Como el vuelo de golondrinas
cuando se acerca el invierno, tu alma ha partido
sin esperanza de regresar

Julien Seul está de pie en el umbral de la puerta. Aquella que da al huerto, en la parte de atrás de la casa.

—Es la primera vez que le veo llevando una camiseta. Tiene un aspecto más joven.

—Y usted, es la primera vez que la veo llevar color.

—Es porque estoy en mi casa, en mi jardín. Detrás de este muro nadie me ve. ¿Se va a quedar mucho tiempo?

—Solo hasta mañana. ¿Cómo se encuentra?

—Como una guarda de cementerio.

Él me sonríe.

—Es bonito su jardín.

—Es gracias al abono. Cerca de los cementerios, todo crece muy rápido.

—No le conocía ese lado tan cáustico.

—Eso es porque no me conoce.

—Tal vez la conozca mejor de lo que usted piensa.

—No por husmear en la vida de la gente se la conoce mejor, señor comisario.

—¿Puedo invitarla a cenar?

—A condición de que me cuente el final de la historia.

—¿Cuál?

—La de Gabriel Prudent y su madre.

—Pasaré a buscarla a las ocho. Y sobre todo no se cambie, siga con color.

49

Estas pocas flores como recuerdo de tiempos pasados

Entré en casa de Sasha. Abrí el saquito del té, cerré los ojos y respiré su contenido. ¿Acaso iba a volver a la vida en esa casa del cementerio? Era la segunda vez que penetraba en su interior, y ya podía notar de nuevo ese olor que prácticamente me arrancaba de la oscuridad en la que parecía haberme sumido desde la muerte de Léo.

Tal y como Sasha había indicado en su carta, el saquito de té estaba dispuesto en la estantería amarilla, al lado de las teteras de fundición. Había pegado una etiqueta como las de los cuadernos de los niños: «Té para Violette». Pero lo que no había escrito en su carta es que bajo el saquito del té había también un sobre a mi nombre. No estaba cerrado. Descubrí que había deslizado varias hojas en su interior.

En un primer momento creí que se trataba de la lista de personas recientemente fallecidas y que el «Toussaint» escrito en el sobre podía corresponder a las tumbas en las que debía poner flores por el Día de Todos los Santos. Pero pronto lo entendí.

Sasha había reunido los datos de todo el personal presente en el castillo de Notre-Dame-des-Prés la noche del 13 al 14 de julio de 1993. La directora, Édith Croquevieille; el cocinero,

Swan Letellier; la encargada de la limpieza, Geneviève Magnan; las dos monitoras, Éloïse Petit y Lucie Lindon; el encargado de mantenimiento, Alain Fontanel.

Aparte de la directora, era la primera vez que descubría el rostro de aquellos que habían visto a mi hija por última vez.

En la televisión, habían hablado de la tragedia en el telediario de las ocho. En todos los canales. Habían mostrado una foto del castillo de Notre-Dame-des-Prés, del lago, de los ponis. Y habían manejado las mismas palabras clave: tragedia, incendio accidental, cuatro niñas que habían encontrado la muerte, colonia de vacaciones. Las niñas habían aparecido en la portada del *Journal de Saone-et-Loire* durante muchos días. Yo había mirado por encima los artículos que Philippe Toussaint me había traído la mañana siguiente al entierro. El retrato de las niñas, sus sonrisas melladas, esos dientes que el ratoncito Pérez se había llevado, el muy afortunado. Nosotros, los padres, no teníamos nada. Yo habría dado mi vida por saber dónde estaba su madriguera, por recuperar los dientecitos de Léo, por recuperar algo de su sonrisa. Pero en esos artículos no aparecía ninguna foto del personal del establecimiento.

La directora, Édith Croquevieille, tenía los cabellos grises recogidos en un moño, llevaba gafas y sonreía con desenvoltura al objetivo. Daba la impresión de que el fotógrafo la hubiese aleccionado: «Sonría pero no demasiado, tienen que encontrarla simpática, serena y digna de confianza». Conocía bien esa imagen, estaba en el dorso del prospecto publicitario que me había dado la madre Toussaint unos años antes. Ese folleto lleno de cielos azules. Un poco como en los de las pompas fúnebres generales.

«Solo nuestra seriedad no se toma vacaciones.» ¿Cuántas veces me había reprochado el no haber sabido leer entre líneas?

Bajo el retrato de Édith Croquevieille se indicaba su dirección.

La fotografía de Swan Letellier era de fotomatón. ¿Cómo habría podido Sasha conseguirla? Al igual que con la directora, Sasha había anotado la dirección del cocinero. Pero no parecía ser un domicilio particular. Era el nombre de un restaurante en Mâcon, El terruño de las cepas. Swan debía de tener alrededor de treinta y cinco años, de aspecto delgado, ojos almendrados, guapo e inquietante a la vez, con una extraña cabeza, labios finos y mirada furtiva.

La foto de Geneviève Magnan, la encargada de la limpieza, debió de hacerse durante una boda. Llevaba un sombrero ridículo como llevan a veces los padres de los contrayentes. Se había maquillado mal y en exceso. Geneviève Magnan debía de tener unos cincuenta años. Y sin duda, esa pequeña y rechoncha mujer, enfundada en su traje de chaqueta de flores azules, era quien había servido su última cena a Léo. Estaba segura de que Léo le habría dado las gracias porque estaba bien educada. Yo misma se lo había enseñado, había sido una de mis prioridades, decir siempre buenos días, adiós, gracias.

Las dos monitoras, Éloïse Petit y Lucie Lindon posaban juntas delante de su instituto. En la fotografía debían de tener dieciséis años. Dos jóvenes vivarachas y despreocupadas. ¿Habrían cenado en la misma mesa que las niñas? Por teléfono, Léo me había dicho que una de las monitoras se me parecía «mucho». Sin embargo, ni Éloïse ni Lucie, rubias con ojos azules, se me parecían.

El rostro del encargado de mantenimiento, Alain Fontanel, había sido recortado de un periódico. Llevaba una camiseta de futbolista. Posaba, agachado entre otros jugadores, delante de un balón. Tenía un falso aire al cantante Eddy Mitchell.

Bajo cada retrato había una dirección garabateada con tinta azul. Las de Geneviève Magnan y Alain Fontanel eran idénticas. Y siempre la misma caligrafía que en el sobre del paquete que contenía la placa funeraria, en la carta y las etiquetas de los botes de té.

Pero ¿quién era ese guarda de cementerio que me había atraído hasta aquí? ¿Y por qué?

Estuve esperándole, pero no vino. Guardé el té en mi bolso y también el sobre que contenía los retratos y los nombres de aquellos que habían estado presentes *esa noche*. Di una vuelta por el cementerio para ver si encontraba a Sasha. Me crucé con desconocidos que regaban las plantas, con paseantes. Me pregunté a quién tendrían enterrado aquí. Traté de adivinarlo mirando sus rostros. ¿Una madre? ¿Un primo? ¿Un hermano? ¿Un marido?

Al cabo de una hora de recorrer las avenidas en busca de Sasha, me encontré en la glorieta de los niños. Bordeé los ángeles y me dirigí a la tumba de Léo. Había visto el nombre de mi hija en la estela —ese nombre que había cosido en el interior del cuello de su ropa antes de guardarla en la maleta—. Ese era el reglamento, si no la dirección de la colonia declinaba cualquier responsabilidad en caso de robo o de desaparición de las prendas. Un poco de musgo había empezado a aparecer en el mármol desde la última vez, en un cuadrado a la sombra. Me arrodillé para frotar los restos con el revés de mi manga.

50

*Hace años que para mí, una deslumbrante sonrisa
tuya prolonga la misma rosa con su hermoso estío*

Irène Fayolle y Gabriel Prudent entraron en el primer hotel
que encontraron, a pocos kilómetros de la estación de Aix. El
hotel De Paso. Eligieron la habitación Azul. Como el título de
la novela de Georges Simenon. Había otras: la habitación Jo-
séphine, la habitación Amadeus, la habitación Renoir.

En recepción, Gabriel Prudent encargó que les subieran a la
habitación pasta y vino tinto para cuatro personas. Pensaba que
hacer el amor les daría hambre. Irene Fayolle le preguntó:

—¿Por qué para cuatro personas? Solo somos dos.

—Usted, obligatoriamente, va a pensar en su marido, y yo,
en mi mujer, así que más vale invitarles a comer inmediatamente. Eso evitará malentendidos, *llorimentos* y todo eso.

—¿Qué son los «llorimentos»?

—Es una palabra que he inventado y que engloba la melancolía, la culpabilidad, los lamentos, los pasos adelante y los pasos hacia atrás. Todo lo que nos estorba en la vida, lo que nos
impide avanzar.

Se besaron. Se desnudaron, ella quiso hacer el amor a oscu-
ras, él dijo que no merecía la pena, que desde el juicio la había

desnudado muchas veces con la mirada, y que sus curvas y su cuerpo ya los conocía.

Ella insistió. Y dijo:

—Es usted un gran orador.

A lo que él respondió:

—Efectivamente.

Él corrió las cortinas azules de la habitación Azul.

Llamaron a la puerta, era el servicio de habitaciones. Comieron, bebieron, hicieron el amor, comieron, bebieron, hicieron el amor, comieron, bebieron, hicieron el amor. Gozaron el uno del otro, el vino les hacía reír, gozaron, rieron, lloraron.

Decidieron de común acuerdo no volver a salir nunca más de aquella habitación. Se dijeron que morir juntos, allí, en ese momento, podría ser la solución. Consideraron la huida, la desaparición, un coche robado, un tren, un avión. Incluso pensaron en el país de destino.

Decidieron que se marcharían a vivir a Argentina. Como los criminales de guerra. Ella se quedó dormida. Él permaneció despierto, fumó varios cigarrillos, pidió una segunda botella de vino blanco y cinco postres.

Ella abrió los ojos, le preguntó quién era el tercer invitado además de su marido y de su mujer, él respondió: «Nuestro amor».

Fueron al cuarto de baño. Al volver a la cama, decidieron bailar. Pusieron la radio-despertador, y se enteraron de que Klaus Barbie iba a ser extraditado a Francia para que le juzgaran. Gabriel Prudent pronunció estas palabras: «Al fin, justicia, hay que festejarlo». Encargó champán. Ella dijo: «Le conozco desde hace veinticuatro horas y casi no he estado un minuto sobria. Tal vez fuera mejor que nos viéramos en ayunas».

Bailaron con «Vuelvo a buscarte» de Gilbert Bécaud.

Ella se durmió hacia las cuatro y abrió los ojos a las seis. Él acababa de dormirse.

La habitación olía a tabaco y alcohol. Escuchó los pájaros cantar. Los detestó.

«Retén la noche.» Esas fueron las palabras que le vinieron a la mente. Johnny Hallyday a las seis de la mañana en la habitación Azul. Trató de recordar la letra: «Retén la noche, hoy, hasta el fin del mundo, retén la noche...». Y ya no recordó lo que seguía.

Él le daba la espalda, ella le acarició, lo respiró. Eso le despertó, hicieron el amor. Volvieron a dormirse.

Les llamaron a las diez para saber si seguirían en la habitación o la dejarían libre. Si lo hacían tendrían que marcharse antes del mediodía.

51

Cada día que pasa teje el hilo invisible
de tu recuerdo

En la planta baja del ala izquierda, un pasillo principal, tres habitaciones adyacentes con dos literas, aseos y lavabos para los internos y una habitación reservada al personal. En el primer piso, tres habitaciones adyacentes de dos literas con aseos y lavabos para los internos y cinco habitaciones reservadas para el personal.

En la noche del día 13 al 14 de julio de 1993, todas las habitaciones estaban ocupadas.

Las habitaciones de Édith Croquevieille (directora y supervisora), Swan Letellier (servicio), Geneviève Magnan (servicio y supervisora), Alain Fontanel (servicio) y Éloïse Petit (supervisora) se encontraban en el primer piso. La habitación de Lucie Lindon (supervisora) se encontraba en la planta baja.

Anaïs Caussin (siete años), Léonine Toussaint (siete años), Nadège Gardon (ocho años) y Océane Degas (nueve años) ocupaban la habitación 1 situada en la planta baja. Las niñas salieron de su habitación sin autorización y sin hacer ruido para no despertar a su monitora (Lucie Lindon), que dormía en una de las habitaciones contiguas a la suya. Se dirigieron a las cocinas situadas a cinco metros de su habitación, al fondo del pasillo

principal. Abrieron uno de los frigoríficos y vertieron el conteni-
do de una botella de leche en un cazo de acero inoxidable de dos
litros para ponerla a calentar. Utilizaron una cocina de ocho hor-
nillos (dos eléctricos, seis de gas). Encendieron uno de los horni-
llos de gas con ayuda de unas cerillas. Estuvieron husmeando en la
despensa situada por detrás de la cocina para encontrar chocolate
en polvo y también en el aparador para sacar cuatro boles en los
que servir la leche caliente.

Cada una de ellas se llevó su bol de leche caliente a la habita-
ción. (Los cuatro boles fueron encontrados en la habitación 1, al
ser de cerámica no inflamable.)

Las cuatro víctimas dejaron el cazo de acero inoxidable sobre
el hornillo de gas que, por descuido, no fue apagado sino reduci-
do al mínimo.

El mango de plástico del cazo de acero inoxidable empezó a
fundirse, y luego se prendió fuego. (Cazo encontrado, acero
inoxidable no inflamable.)

Diez minutos después (tiempo estimado aproximado) las lla-
mas surgidas del mango de plástico empezaron a alcanzar otros
elementos de la cocina situados por encima, a la derecha de la
cocina de gas.

El revestimiento plastificado que recubría esos elementos se
reveló altamente tóxico. Los compuestos orgánicos (lacas y bar-
niz) muy volátiles.

Asimismo, se ha podido constatar que las cuatro niñas no ha-
bían cerrado las puertas de las cocinas ni tampoco la de su habi-
tación.

Entre el momento en que las cuatro víctimas dejaron las coci-
nas y el momento en que los gases tóxicos invadieron la cocina, el
pasillo y su habitación, debieron de transcurrir entre veinticinco
y treinta minutos.

Como se ha explicado anteriormente, la habitación 1 estaba
situada a unos cinco metros de las cocinas. Las emanaciones tóxicas
de gas producidas por la combustión de los elementos de la cocina
debieron de sumir rápidamente a las cuatro niñas en un profundo
coma, y provocar sus muertes por asfixia y envenenamiento.

Los cuerpos de las cuatro víctimas fueron encontrados calcinados en sus camas. Estaban dormidas cuando inhalaron el gas tóxico, lo que resultó fatal.

La habitación 1 estalló en llamas cuando una de las ventanas de esa misma habitación explotó a causa del calor provocando una succión de aire.

Bajo la deflagración y la temperatura extrema, todos los cristales de la habitación estallaron, lo que permitió a los gases tóxicos escapar en parte hacia el exterior. Las otras habitaciones de la planta baja (que tenían las puertas cerradas) no resultaron afectadas.

La monitora (Lucie Lindon) que ocupaba la habitación contigua a aquella de las cuatro víctimas hizo evacuar rápidamente las dos habitaciones de la planta baja donde dormían ocho niñas (indemnes) que no fueron alcanzadas por el incendio.

Lucie Lindon no tuvo oportunidad de entrar en la habitación 1.

Después de haberse asegurado de que todos los ocupantes del primer piso (doce niñas y cinco adultos) estaban sanos y salvos, Lucie Lindon alertó a los bomberos.

Fue más difícil que de costumbre localizar a estos últimos, al haber sido reclamados para garantizar la seguridad de la población durante los fuegos artificiales celebrados a diez kilómetros del lugar llamado La Clayette.

Alain Fontanel y Swan Letellier intentaron entrar nuevamente en la habitación 1 por todos los medios, pero fue en vano. El calor y la altura de las llamas eran demasiado elevados.

Entre el aviso telefónico de Lucie Lindon y la llegada de los bomberos transcurrieron veinticinco minutos. La llamada se hizo a las 23:25 y los bomberos acudieron al lugar del incendio a las 23:50.

Una gran parte del ala izquierda ya había sido devorada por las llamas.

Fueron necesarias tres horas para neutralizar el incendio.

Dada la corta edad de las cuatro víctimas y el avanzado estado de calcinación de los cuerpos, no ha podido procederse a la identificación basándose en las huellas dentales.

Eso es lo que la investigación había revelado.

Eso es, poco más o menos, lo que contenía el informe redactado por la gendarmería y enviado a la atención del Procurador de la República.

Eso es lo que se dijo durante el curso del juicio (al que yo no asistí) y que me fue repetido por Philippe Toussaint.

Eso es lo que apareció en los periódicos (que yo no leí).

Palabras sueltas, carentes de *pathos*, precisas. «Sin drama, sin lágrimas, pobres e irrisorias armas, porque hay dolores que solo se lloran por dentro.»

Édith Croquevieille fue condenada a dos años de cárcel debido a que el acceso a las cocinas no había sido cerrado con llave y el revestimiento de los suelos, paredes, y techos de Notre-Dame-des-Prés estaba muy anticuado. No se dijo explícitamente ni tampoco consta por escrito que las niñas fueran responsables. No se acusa a cuatro pequeñas víctimas de siete, ocho y nueve años. Pero para mí, quedaba sobreentendido en la condena de la directora.

El problema que advertí casi de inmediato en esos informes proporcionados por los expertos es que Léonine no bebía leche, le horrorizaba. Una sola gota bastaba para hacerla vomitar.

52

Aquí reposa la más bella flor de mi jardín

Al observar los peces de colores del inmenso acuario que ocupa toda una pared del restaurante chino El fénix, me acuerdo de la cala de Sormiou. Del sol, de la belleza de la luz.

—¿Se bañaba a menudo en Marsella?

—Cuando era pequeño sí.

Julien Seul vuelve a llenar mi vaso de vino.

—El hotel De Paso, la habitación Azul, el vino, la pasta, el amor con Gabriel Prudent, ¿todo eso está escrito en el diario de su madre?

—Sí.

Saca un cuaderno de su bolsillo interior. Con su cubierta rígida azul marino, me recuerda al premio Goncourt de 1990, *Los campos del honor*, que me regaló Célia.

—Lo he traído para usted. He marcado con papeles de color las páginas que se refieren a usted.

—¿Cómo puede ser?

—Mi madre habla de usted en su diario. Ella la vio en distintas ocasiones.

Abro el cuaderno al azar, y miro furtivamente la caligrafía en tinta azul.

—Quédeselo. Ya me lo devolverá más adelante.

Lo guardo al fondo de mi bolso.

—Lo trataré con cuidado... ¿Qué siente al descubrir la otra vida de su madre en su diario?

—Es como si leyera la historia de otra persona, de una desconocida. Y además mi padre hace mucho tiempo que murió. Como suele decirse «todo tiene caducidad».

—¿Y no le molesta que no descanse al lado de su padre?

—Al principio lo llevé mal. Ahora voy mejor. Y además si no no la habría conocido a usted.

—Una vez más insisto en no estar segura de que nos conozcamos. Nos hemos encontrado, eso es todo.

—Entonces conozcámonos.

—Creo que necesito beber.

Termino de un trago el vaso que me acaba de servir.

—Normalmente bebo en pequeñas cantidades, pero aquí es imposible. Y además, con esa forma que tiene de mirarme. Nunca sé si quiere llevarme detenida o casarse conmigo.

Suelta una carcajada.

—Casarse o llevarla detenida viene a ser lo mismo, ¿no?

—¿Está casado?

—Divorciado.

—¿Tiene hijos?

—Un hijo.

—¿Qué edad tiene?

—Siete años.

Un ángel pasa.

—¿Quiere que nos conozcamos en un hotel?

Se muestra sorprendido por mi pregunta. Acaricia la servilleta de algodón con la yema de sus dedos. Y me sonríe de nuevo.

—Un hotel, usted y yo, ese era uno de mis proyectos a medio o largo plazo... Pero, ya que me lo propone, podemos acortar el plazo.

—El hotel es el comienzo del viaje.

—No, el hotel ya es el viaje.

53

No lloréis mi muerte. Celebrad mi vida

La segunda vez que vi a Sasha, se encontraba en su huerto.

Yo había entrado en su casa, que estaba toda desordenada. Las cacerolas desbordaban en el fregadero, había tazas diseminadas por todas partes, y también teteras vacías. Numerosos papeles estaban esparcidos por la mesa baja. Los botes de té se veían recubiertos de polvo. Pero las paredes seguían oliendo igual de bien.

Escuché un ruido al fondo de la casa. Una música clásica que provenía del exterior. La puerta, al fondo de la cocina, que daba al jardín del huerto, estaba abierta de par en par. Distinguí la luz del sol.

Sasha estaba en lo alto de una escalera de mano apoyada contra un ciruelo. Recogía los frutos azucarados depositándolos en un saco de yute, como los de patatas. Cuando me vio, me sonrió con esa sonrisa inigualable. Me pregunté cómo era posible tener un aspecto tan feliz en un lugar tan triste.

Inmediatamente le di las gracias por el saquito de té y la lista con el personal de Notre-Dame-des-Prés. Él me respondió: «Ah, de nada».

—¿Cómo ha conseguido encontrar la foto y la dirección de esa gente?

—Oh, no ha sido difícil.

—¿Acaso conoce a Édith Croquevieille y a los demás?

—Conozco a todo el mundo.

Sentí unas ganas terribles de hacerle preguntas sobre esa gente. Pero no pude.

Al bajar de su escalera, me dijo:

—Se parece usted a un gorrión, un pajarillo caído del nido, da pena verla. Acérquese, voy a decirle algo.

—¿Cómo consiguió mi dirección? ¿Por qué me mandó la placa funeraria?

—Fue su amiga Célia quien me la dio.

—¿Conoce a Célia?

—Hace algunos meses vino al cementerio para depositar una placa en la tumba de su hija. Ella me pidió que le indicara dónde estaba ubicada, y yo la acompañé. Me dijo que había imaginado las palabras que usted habría grabado de haber podido venir aquí en persona. Ella había escogido las palabras en su lugar. No conseguía entender por qué no había puesto nunca los pies en el cementerio. Decía que sin duda le haría mucho bien. Estuvo mucho tiempo hablando de usted, y me contó que se encontraba muy mal. Y entonces se me ocurrió esa idea. Le pedí permiso para enviarle la placa para que viniese a depositarla usted misma. Estuvo dudándolo durante un buen rato y finalmente accedió.

Ha cogido un termo que había dejado al final de una de las veredas de su jardín y ha vertido un poco de té para mí en un vaso de cocina murmurando: «Jazmín y miel».

—Tuve mi primer jardín con nueve años. Un metro cuadrado de flores. Fue mi madre quien me enseñó a sembrar, a regar, a cosechar. Enseguida supe lo mucho que me gustaba. Ella me repetía siempre: «No juzgues cada día por lo que cosechas, sino por los granos que siembras».

Guarda silencio durante unos instantes, luego me coge por los brazos y me mira a los ojos.

—¿Ve usted este jardín? Hace veinte años que lo tengo. ¿Ve lo bonito que está? ¿Ve todas esas hortalizas? ¿Todos esos colores? Este jardín tiene setecientos metros cuadrados, setecientos metros de alegría, de amor, de sudor, de valor, de voluntad y paciencia. Voy a enseñarle a ocuparse de él, y cuando aprenda, se lo confiaré.

Le contesté que no entendía nada. Él se quitó los guantes y me mostró la alianza que llevaba en el dedo.

—¿Ve usted esta alianza? La encontré en mi primer huerto.

Me arrastró hasta un cenador cubierto por hiedra trepadora y me hizo sentar en una vieja silla. Él tomó asiento frente a mí.

—Era domingo, yo debía de tener alrededor de veinte años, y paseaba a mi pequeño perro no muy lejos de las viviendas sociales de alquiler donde vivía, en un suburbio de Lyon. Me alejé de los aparcamientos y tomé un camino al azar. Había una falsa campiña un poco más arriba, algunos prados abandonados en medio del hormigón, unos prados muy secos, y no muy bonitos, y un islote con viejos árboles. Al final de ese camino, me encontré con un grupo de gente sentada bajo un castaño que estaba limpiando judías en una vieja mesa cubierta con un mantel de hule. Lo que me llamó la atención es que parecían felices. Eran unos vecinos, habitantes de las viviendas sociales a los que conocía de vista, gente que no sonreía de esa manera cuando te los cruzabas por la escalera. A su alrededor vi unos huertos hechos con objetos de aquí y allá. Cultivaban frutas y verduras. Comprendí que lo que les hacía sonreír así eran esos pequeños trozos de tierra y los pozos. Les pregunté si yo podría tener un huerto como el suyo. Me explicaron que había que telefonear al ayuntamiento, que ellos alquilaban las parcelas a cambio de una miseria, y que aún quedaban algunas disponibles un poco más abajo.

»Al llegar octubre cavé orgulloso mi parcela y la recubrí de estiércol. El invierno siguiente planté mis semillas en recipientes de yogur vacíos. Calabaza, albahaca, pimientos, berenjenas, tomates, calabacines. Lo imaginaba todo a lo grande. Tenía ambición por mis hortalizas. Las planté en primavera. Hice todo lo que se indicaba en los manuales de jardinería, cultivaba con la cabeza, no con el corazón. Sin prestar atención a las lunas, a las heladas, a la lluvia, al sol. También sembré zanahorias e incluso patatas en la tierra. Esperé a que salieran. De vez en cuando me pasaba para regarlas. Contaba con la lluvia.

»Por supuesto no brotó nada. No había entendido que había que pasarse horas en el huerto para que se obrara la magia. No había entendido que las hierbas silvestres, las que salen alrededor de las verduras, si no se las arranca todos los días, se beben toda el agua, absorben la vida.

Se levanta para ir a la cocina y regresa con unos bizcochitos de almendras en un plato de porcelana.

—Coma, está muy delgada.

Contesté que no tenía hambre, y él respondió: «Me da igual». Degustamos sus pasteles sonriéndonos, y luego él prosiguió con su historia:

—Como si mi huerto se burlara de mí, en septiembre, solamente había crecido una zanahoria. ¡Una sola! Vi la mata amarillenta, aislada, en medio de la tierra seca y mal aireada. Una tierra que no había sabido entender. La retiré, muerto de vergüenza, dispuesto a echar la zanahoria a las gallinas, cuando distinguí una alianza de plata que rodeaba a mi pobre verdura deformada. Una auténtica alianza de plata que alguien había perdido muchos años antes en la tierra de mi huerto. Lavé la zanahoria, me la comí y recogí la alianza. Lo interpreté como una señal. Era como si hubiese fallado en mi primer año de casado porque no había entendido a mi mujer, pero me quedaban decenas de años por delante para hacerla feliz.

54

Ella ocultaba sus lágrimas
pero compartía sus sonrisas

Lavar su ropa con detergente en polvo, ponerla a secar, excepto los jerséis, doblarla cuando aún está caliente, ordenarla por colores en las estanterías. Hacer la compra, el dentífrico con flúor, la revista *Auto-moto*, las cuchillas de afeitar Gillette, el champú anticaspa a la manzanilla, la espuma de afeitar para pelo duro, el suavizante, la cera para el cuero, el jabón Dove, los paquetes de cerveza rubia, el chocolate con leche, los yogures de vainilla.

Las cosas que le gustan. Las marcas que prefiere.

En el cuarto de baño, el cepillo de pelo y los peines limpios. Una pinza de depilar y un cortaúñas siempre listos.

La barra de pan crujiente. Todos los aromas de cereza. La carne que se trincha sin que su olor llegue a la nariz. Hacerla dorar y cocer a fuego lento en una olla de fundición. Levantar la tapa y vigilar los trozos de animales muertos, añadir harina, colocarlos en el plato, las hojas de laurel que se empapan en la salsa de cebolla. Servir.

No comer más que verduras, pastas, puré. No comer más que los acompañamientos. Eso es lo que soy. Un acompañamiento.

Quitar la mesa.

Lavar los suelos, la cocina. Pasar la aspiradora. Ventilar. Quitar el polvo. Cambiar rápidamente de cadena de televisión cuando no le gusta algún programa. Apagar la música. Nada de música cuando él está en casa: mis cantantes «le molestan», le dan dolor de cabeza.

Él que se va a dar una vuelta, yo que me quedo. Acostarse. Él que regresa tarde. Que me despierta porque hace ruido, que no presta atención al agua que corre en el lavabo, al chorro de pis en el fondo del inodoro, a las puertas que se cierran de golpe. Él que se pega contra mí. Que trae el olor de otra. Fingir que estoy dormida. Pero a veces, él me desea. A pesar de la otra, de la que acaba de dejar. Se desliza en mí, me fuerza, gruñe, yo cierro los ojos. Pienso en otro lugar, me marcho a nadar al Mediterráneo.

No he conocido otra cosa. Nada más que ese olor, esa voz, sus palabras y sus costumbres. Los últimos años de mi vida con él estuvieron más ocupados por los recuerdos que los primeros, aquellos que pasaron rápidamente, los años cortos, ligeros y despreocupados del amor. Cuando nuestra juventud se entremezclaba.

Philippe Toussaint me ha hecho envejecer. Ser amada es permanecer joven.

Es la primera vez que hago el amor con un hombre que es delicado. Antes de Philippe Toussaint, hubo algunos jóvenes del hogar y de Charleville. Cuánta torpeza, vidas de vapuleados que se entrechocan. Que hacen ruido. Manazas que no saben acariciar. Que han aprendido mal el francés en los manuales escolares, que han aprendido mal el amor.

Julien Seul sabe amar.

Duerme. Escucho su respiración, es un aliento nuevo. Escucho su piel, respiro sus gestos, sus manos sobre mí, una sobre mi hombro izquierdo, la otra rodeando mi cadera derecha. Él está por todas partes contra mí. Fuera de mí. Pero no en mí.

Duerme. ¿Cuántas vidas me harían falta para dormir contra alguien? ¿Tener la suficiente confianza para cerrar los ojos y apartar las almas que me atormentan? Estoy desnuda bajo las sábanas. Mi cuerpo no ha estado desnudo bajo las sábanas desde la noche de los tiempos.

Me ha encantado ese momento de amor, ese impulso de vida.

Pero ahora me gustaría volver a mi casa. Me gustaría encontrarme con Éliane, con la soledad de mi cama. Me gustaría marcharme de esta habitación de hotel sin despertarle, huir de hecho.

Decir adiós por la mañana me parece insoportable. Un cara a cara casi insostenible, como cruzarme con la mirada de Stéphanie cuando perdí a Léonine.

¿Qué voy a decirle?

Habíamos vaciado una botella de champán para darnos valor, para terminar tocándonos. Estábamos aterrorizados el uno del otro. Como la gente que se gusta realmente. Como Irène Fayolle y Gabriel Prudent.

No quiero una historia de amor. Se me ha pasado la edad. He perdido la oportunidad. Mi escasa vida amorosa es como un viejo par de zapatos guardados al fondo de un armario de los que no te has deshecho pero que tampoco piensas ponerte más. No es grave. Nada es grave salvo la muerte de un niño.

Tengo la vida por delante, pero no el amor de un hombre. Cuando uno se ha acostumbrado a vivir solo, no puede vivir en pareja. De eso estoy segura.

Estamos a veinte kilómetros de Brancion-en-Chalon, justo al lado de Cluny, en el hotel Armance. No quiero regresar a pie. Tomaré un taxi. Bajaré a recepción y pediré un taxi.

Esa idea me da fuerzas. Me deslizo fuera de la cama lo más suavemente posible. Como cuando dormía con Philippe Toussaint y no quería despertarlo.

Me pongo el vestido, agarró mi bolso y salgo de la habitación con los zapatos en la mano. Sé que me está viendo salir. Pero tiene la elegancia de no decir nada y yo la poca elegancia de no darme la vuelta.

«Irreverente», es lo que pienso que soy.

En el taxi, trato de leer las páginas del diario de Irène Fayolle al azar, pero no lo consigo. Hay demasiada penumbra. Cuando atravesamos un grupo de casas, la luz de las farolas ilumina una palabra de cada diez.

«Gabriel... manos... luz... cigarrillo... rosas...»

55

Su vida es un hermoso recuerdo.
Su ausencia, un dolor silencioso

Cuando salí del cementerio de Sasha eran las seis de la tarde. Conduje en dirección a Mâcon al volante del Fiat Panda para volver a tomar la autopista. El tigre blanco colgado del retrovisor me observaba de reojo balanceándose indolente.

Volví a pensar en Sasha, en su jardín, en su sonrisa, en sus palabras. Pensé en que una huelga me había enviado a Célia y la muerte de mi hija, a ese jardinero con sombrero de paja. Mi Wilbur Larch particular. Un hombre entre la vida y los muertos, su tierra y su cementerio. Como en *Príncipes de Maine, reyes de Nueva Inglaterra (Las normas de la casa de la sidra)*.*

Pensé en el personal de la colonia. Sin duda, también ellos eran buena gente. Volví a evocar los rostros de la directora, Édith Croquevieille; del cocinero, Swan Letellier; de la encargada de la limpieza, Geneviève Magnan; de las dos jóvenes monitoras, Éloïse Petit y Lucie Lindon; del hombre a cargo del mantenimiento, Alain Fontanel. Sus rostros se habían yuxtapuesto.

---

* En Francia el libro de John Irving se tradujo como *La obra de Dios, la parte del Diablo*, lo que le da aún más sentido al comentario. *(N. de la T.)*

¿Qué pensaba hacer con sus direcciones? ¿Acaso iría a visitarles uno detrás de otro?

Mientras conducía, recordé que el cocinero Swan Letellier trabajaba en El terruño de las cepas en Mâcon. Había visto en un plano que el restaurante estaba en el centro de la ciudad, en la calle Héritan.

No cogí la autopista, entré en Mâcon, y dejé el coche en un aparcamiento situado a doscientos metros del restaurante, cerca del ayuntamiento. Una camarera muy amable me atendió. Dos parejas estaban ya sentadas en sus respectivas mesas.

La última vez que había puesto un pie en un restaurante había sido en Gino, el día en que almorcé con los padres de Anaïs, el día en que Léonine rompió los huevos con la masa de la pizza echándose a reír. Había revivido ese día millones de veces, la comida, el vestido que llevaba, sus trenzas, su sonrisa, la magia, el importe de la cuenta, el momento en que se subió al coche de los Caussin, en el que me dijo adiós con la mano, con su peluche escondido entre las rodillas, un conejo gris cuyo ojo derecho amenazaba con caerse y al que había metido tantas veces en la lavadora que había perdido una oreja. Hay horas que deberíamos olvidar rápidamente. Pero los acontecimientos deciden lo contrario.

No vi a Swan Letellier. Debía de estar en la cocina. Solo había unas chicas encargadas del servicio. «Cuatro chicas como en la tumba», pensé.

Bebí media botella de vino y apenas comí. La camarera me preguntó si no me gustaba. Yo respondí que sí, pero que no tenía hambre, ella sonrió con condescendencia. Contemplé a la gente entrar y salir. No había bebido desde hacía muchos meses, pero me sentía muy sola en esa mesa para tomar solo agua.

Hacia las nueve de la noche, el restaurante estaba completo. Cuando salí de allí tambaleante, me senté en un banco un poco más lejos y esperé a Swan Letellier con los ojos fijos en la penumbra.

Muy cerca, escuché cómo el río Saona fluía. Me dieron ganas de tirarme en él. De reunirme con Léo. ¿Acaso la encontraría?

¿No era mejor arrojarse al mar? ¿Seguiría ella aún allí? ¿Bajo qué forma? Y yo, ¿es que yo aún seguía allí? ¿Qué sentido tenía mi vida? ¿De qué había servido? ¿A quién? ¿Por qué me habían colocado sobre un radiador el día de mi nacimiento? Ese radiador se había estropeado el 14 de julio de 1993.

¿Qué iba a decirle al pobre Swan Letellier? ¿Qué es lo que quería saber, exactamente? La habitación se había quemado, de nada servía cuestionar el presente. Remover la mierda.

No tenía valor para volver al Panda de Stéphanie, regresar a la barrera, conducir por la noche.

En el momento en que quise levantarme, franquear el muro detrás de mí, saltar al agua negra, un gato siamés apareció ronroneando para frotarse contra mis piernas. Me miró fijamente con sus bonitos ojos azules. Me incliné para tocarle. Su pelaje era suave, cálido, magnífico. Se subió a mis rodillas y di un respingo. No me atreví a moverme. Él se recostó sobre mí todo lo largo que era. Como un peso muerto en mis muslos, una barrera. Iba a lanzarme al vacío y él me lo impidió. Creo que esa noche, ese gato me salvó la vida, al menos lo poco que quedaba de ella.

Cuando los últimos clientes salieron y las luces del restaurante se apagaron, Swan Letellier apareció el primero.

No me moví del banco en el que estaba sentada.

Llevaba una cazadora negra cuya tela brillaba bajo las farolas, unos pantalones vaqueros y unas zapatillas deportivas, y caminaba con paso titubeante.

Le llamé. No reconocí mi voz. Como si fuera otra mujer la que se dirigiera a él. Una desconocida a la que yo alojaba. Sin duda por efecto del alcohol. Todo me parecía confuso.

—¡Swan Letellier!

El gato saltó al suelo y se sentó a mis pies. Swan Letellier giró la cabeza hacia mí, me observó unos segundos antes de responder, no muy convencido:

—¿Sí?

—Soy la madre de Léonine Toussaint.

Se quedó inmóvil. Tenía la misma mirada que los jóvenes a los que yo había aterrorizado el día en que me transformé en fantasma. Sentí su mirada asustada sondear la mía. Aunque estaba sumida en la oscuridad, distinguí perfectamente sus rasgos desde donde estaba.

Una de las cuatro camareras salió del restaurante. Se acercó a él y se pegó a su espalda. Él le dijo con tono seco:

—Adelántate, ahora te alcanzo.

Ella rápidamente advirtió que estaba mirando en mi dirección. Me reconoció y le susurró algo al oído. Seguramente que acababa de soplarme media botella de vino yo sola. La chica me calibró y luego se marchó, casi gritando a Swan:

—¡Te espero en casa de Titi!

Swan Letellier se acercó a mí. Cuando llegó a mi altura, esperó a que le hablara:

—¿Sabe por qué estoy aquí?

Negó con la cabeza.

—¿Sabe quién soy?

Me contestó fríamente:

—Me lo acaba de decir: la madre de Léonine Toussaint.

—¿Sabe quién es Léonine Toussaint?

Vaciló antes de responder:

—Usted no apareció en el entierro ni en el juicio.

No me esperaba para nada esa contestación. Fue como si me hubiese abofeteado. Apreté los puños hasta clavarme las uñas en la piel. El siamés continuaba pegado a mí, sentado a mis pies y mirándome fijamente.

—Nunca he creído que las niñas fueran a la cocina esa noche.

Él me contestó a la defensiva:

—¿Por qué?

—Una intuición. ¿Qué es lo que usted vio?

Su voz sonó velada:

—Tratamos de entrar en la habitación, pero de todas formas era demasiado tarde.

—¿Se llevaba usted bien con el resto del personal?

Daba la sensación de que le costaba respirar. Sacó un tubo de Ventolín de su bolsillo e inhaló secamente por la boca.

—Tengo que irme, me esperan.

Pude detectar su miedo. La gente que tiene miedo percibe más fácilmente el de los demás. Esa noche, sentada en el banco, frente a ese joven inquieto e inquietante, tuve miedo. Sentí que el fuego que consumía a mi hija la consumiría para siempre si no descubría la verdad.

—No tengo ganas de recordar eso. Usted debería hacer lo mismo. Es una desgracia, pero es la vida. A veces, esta puede ser horrible. Lo lamento.

Me dio la espalda y empezó a caminar con paso acelerado. Casi corriendo. Su reacción no hizo más que confirmar mi idea de que nada era verdad en el informe dirigido al Procurador de la República.

Bajé los ojos, el gato siamés se había marchado sin que me diera cuenta.

56

Dulces son los recuerdos que nunca se marchitan

Cuando Jean-Louis y Armelle Caussin vienen a recogerse en la tumba de Anaïs no saben quién soy yo. No son capaces de establecer el vínculo entre la joven tímida y de mala facha con la que almorzaron el 13 de julio de 1993 en Malgrange, y la pulcra empleada municipal que recorre las avenidas del cementerio de Brancion con paso decidido. Incluso me han comprado flores sin reconocerme.

Tras la muerte de mi hija adelgacé quince kilos, mi rostro se ha quedado a la vez afilado e hinchado. Me han caído cien años encima. Tenía el rostro y el cuerpo de una niña en una envoltura arrugada.

Una niña vieja.

Tenía siete años y pico.

Sasha decía de mí: «Un viejo pajarillo caído del nido y empapado por la lluvia».

Tras conocer a Sasha cambié. Me dejé el pelo largo y varié mi forma de vestir. Perdí el gusto por los pantalones vaqueros y las camisetas.

Cuando recuperé mi cuerpo, cuando lo vi en el escaparate de una tienda, era el de una mujer. Lo cubrí con vestidos, faldas y blusas. Los rasgos de mi cara han cambiado. Si hubiese sido un cuadro, habría pasado de los óvalos angulosos de Bernard Buffet a aquellos, casi etéreos, de Auguste Renoir.

Sasha me hizo cambiar de siglo, retroceder para continuar avanzando.

La última vez que vi a Paulo y su camión de Emaús, le entregué las pocas cosas que quedaban de Léonine, mi muñeca Caroline, mis pantalones y mis zapatones pisacacas. Me limé las uñas, pinté una raya con lápiz de ojos en mis párpados y me compré unos escarpines.

Stéphanie, que me había conocido siempre con la cara lavada y en vaqueros, me observaba depositar los polvos y el colorete rosa en la cinta transportadora de su caja con mirada casi más recelosa que en la época en que compraba botellas de alcohol de toda clase bajo sus narices.

La gente es extraña. No soporta mirar a los ojos de una madre que ha perdido a su hija, pero se sorprende todavía más al ver cómo se levanta, se viste, se arregla.

Aprendí a usar crema de día, crema de noche y colorete rosa como otras aprenden a cocinar.

La mujer que se ocupa del cementerio tiene aspecto triste, pero siempre sonríe a los paseantes. Tener aspecto triste supongo que va con el oficio. Se parece a una actriz de la que no recuerdo el nombre. Es guapa pero sin edad. Me he fijado en que siempre va bien vestida. Ayer le compré flores para Gabriel. No tenía ganas de llevarle mis rosas. La mujer que se ocupa del cementerio me ha vendido un precioso brezo en tono malva. Hemos hablado de las flores, parece ser una apasionada de los jardines. Cuando le he dicho que yo era propietaria de una rosaleda su cara se ha iluminado. Ya no era la misma.

Eso fue lo que escribió Irène Fayolle sobre mí en su diario en 2009. Un mes después del entierro de Gabriel Prudent. Años después de la desaparición de Philippe Toussaint.

Irène Fayolle nunca habría imaginado que un día la «señora

que se ocupa del cementerio» pasaría una noche de amor con su hijo.

No he tenido más noticias de Julien Seul. Imagino que aparecerá una mañana de estas, en silencio, como es su costumbre. Como cuando yo salí del hotel Armance.

Pienso en nuestra noche de amor ante el féretro de Marie Gaillard (1924-2017), a la que estamos enterrando. Al parecer Marie Gaillard era mala como la tiña. Su empleada del hogar acaba de susurrarme al oído que ha venido al entierro de la «vieja» para asegurarse de que esté bien muerta y enterrada. Me he tenido que pellizcar con fuerza el interior de la mano para no reírme. No hay ni un gato alrededor de la tumba, ni siquiera los del cementerio. Ni una flor, ni una placa. Marie Gaillard ha sido enterrada en la cripta familiar. Espero que no sea demasiado odiosa con aquellos con los que va a reencontrarse.

No es extraño ver a paseantes escupir en las tumbas. Yo misma lo he visto hacer con más frecuencia de la que hubiese creído. Cuando me estrené en el oficio, pensaba que las hostilidades morían con el ser detestado. Pero las lápidas no reprimen el odio. He asistido a muchos entierros sin lágrimas. Incluso algunos entierros felices. Hay muertes que ponen de acuerdo a todo el mundo.

Tras la inhumación de Marie Gaillard, la empleada del hogar murmura que «la maldad es como el estiércol, que el olor de este se pega al viento incluso mucho tiempo después de haberlo retirado».

*

Desde enero de 1996, volví para ver a Sasha un domingo de cada dos. Al igual que un padre que no tiene la custodia de su hijo y lo recibe un fin de semana de cada dos. Yo cogía siempre el Fiat Panda rojo de Stéphanie, que me lo prestaba sin rechistar. Salía temprano, a las seis de la mañana, y regresaba por la tarde. Era consciente de que aquello no podría durar. Que muy pronto Philippe Toussaint empezaría a hacerme preguntas, me impediría marcharme. Él era muy desconfiado.

En el transcurso de mis visitas al cementerio de Brancion, fui cambiando físicamente. Como una mujer que tiene un amante. Mi único amante era el estiércol que Sasha me había enseñado a fabricar con excrementos de caballo. Me enseñó a cavar en octubre, a volver a hacerlo en primavera en función del tiempo. A prestar atención a las lombrices, a no aplastarlas para que pudieran «hacer su trabajo».

Me enseñó a observar el cielo y decidir si hacía falta plantar en enero o más tarde, o si quería cosechar en septiembre.

Me explicó que la naturaleza se tomaba su tiempo, que las berenjenas plantadas en enero no saldrían antes de septiembre, que en las plantaciones industriales fumigaban constantemente las verduras con abonos químicos para que salieran antes. Un rendimiento inútil para el horticultor del cementerio de Brancion. Nadie esperaba sus hortalizas aparte de él, el guarda, y yo, su «viejo pajarillo caído del nido». Me enseñó a no utilizar más que la naturaleza para hacer brotar la naturaleza. A no usar nunca abonos que no fueran naturales. Me enseñó a hacer estiércol de ortigas e infusión de salvia para tratar las hortalizas y las flores. Nunca pesticidas. Me decía:

—Violette, lo natural da mucho más trabajo, pero el tiempo, cuando uno está vivo, lo encuentra, brota como los champiñones con el rocío de la mañana.

Casi enseguida empezó a tutearme, yo no lo hice nunca.

Cuando me veía, siempre empezaba reprochándome algo:

—¡Has visto la facha que tienes! ¿No podrías vestirte como la mujer guapa que eres? Es más, ¿por qué llevas el pelo corto? ¿Tienes piojos?

Me lo decía como si se dirigiera a uno de sus gatos, los gatos a los que adoraba.

Yo llegaba el domingo hacia las diez de la mañana. Entraba en el cementerio, me dirigía a la tumba de Léonine. Sabía que ya no estaba ya allí. Que bajo ese mármol no había más que vacío. Como un terreno baldío, un *no man's land*. Me limitaba a leer su nombre y su apellido. Y a besarlos. No dejaba flores, a Léonine las flores le daban igual. Con siete años uno prefiere los juguetes y las varitas mágicas.

Cuando empujaba la puerta entreabierta de casa de Sasha, me recibía siempre ese olor, esa mezcla de cocina sencilla, de cebollas guisándose en una sartén, de té y de Sueño de Ossian con los que impregnaba pañuelos desperdigados al azar por la habitación. Y yo, desde el momento en que entraba, respiraba mejor. Estaba de vacaciones.

Comíamos frente a frente, era siempre algo bueno, colorido, especiado, perfumado, sabroso y sin carne. Sabía que yo la detestaba.

Me hacía preguntas sobre cómo habían transcurrido mis semanas, mi rutina, la vida en Malgrange-sur-Nancy, mi trabajo, mis lecturas, la música que escuchaba, los trenes que pasaban. No me hablaba nunca de Philippe Toussaint o, si lo mencionaba, decía «él».

Rápidamente salíamos a su jardín para trabajar juntos. Ya helara o hiciera buen tiempo, siempre había algo que hacer.

Plantar, sembrar, trasplantar, poner tutores, remover, arrancar las malas hierbas, sacar esquejes, mantener las veredas, los dos inclinados sobre la tierra, las manos hundidas en la tierra todo el tiempo. Los días buenos, su diversión era mojarme con la manguera de riego. Sasha tenía una mirada infantil y los ojos a juego.

Era guarda de ese cementerio desde hacía años, y no hablaba nunca de su vida privada. La única alianza que llevaba era la que había encontrado en su primer huerto alrededor de la zanahoria.

A veces sacaba de su bolsillo *Regain*, la novela de Jean Giono, y me leía algunos pasajes. Yo le recitaba extractos de *Príncipes de Maine, reyes de Nueva Inglaterra (Las normas de la casa de la sidra)* que me sabía de memoria.

A veces éramos interrumpidos por una urgencia, alguien que tenía dolor de lumbares o se había torcido un tobillo. Sasha me decía: «Continúa, ahora vuelvo». Desaparecía media hora para ocuparse de su paciente, regresando siempre con una taza de té, la sonrisa en los labios y la misma pregunta: «Y bien, ¿cómo te va con nuestra tierra?».

Cuánto disfruté de la primera vez que hundí las manos en la tierra, la nariz al cielo, para entablar el vínculo entre esos dos elementos. Aprender que uno no existe sin el otro. Regresar dos semanas después de las primeras plantaciones y ver la transformación, contar las estaciones de otra forma, la fuerza de la vida.

Entre esos domingos, tenía la impresión de que la espera se hacía interminable. El domingo en que no iba a Brancion era como un desierto en el que solo contaba el futuro, mi horizonte era el domingo siguiente.

Ocupaba mi tiempo leyendo las notas que había tomado, lo que había plantado, cómo había hecho este o aquel injerto, mis semillas. Sasha me había prestado revistas de jardinería que yo devoraba como antes había devorado la novela *Príncipes de Maine, reyes de Nueva Inglaterra (Las normas de la casa de la sidra)*.

Al cabo de diez días, tenía la sensación de ser una prisionera que contaba las últimas horas que le faltaban para ser liberada. Desde el jueves por la tarde, pataleaba de impaciencia. El viernes y el sábado ya no podía más y tenía que salir a pasear entre cada paso del tren. Necesitaba canalizar mi energía sin que Philippe Toussaint se diera cuenta. Escogía caminos transversales que él no frecuentaba con la moto. Si por casualidad me lo encontraba, le decía que había salido a comprar algo urgente. El sábado a última hora de la tarde me acercaba a coger el Panda de Stéphanie, que estaba aparcado delante de su casa.

Nunca nadie en el mundo ha querido un coche como yo quería el Fiat Panda de Stéphanie. Ningún coleccionista, ningún conductor de Ferrari o de Aston Martin ha sentido lo que yo sentía al posar mis manos temblorosas en el volante. Al girar la llave, al meter primera, al apretar el acelerador.

Le hablaba al tigre blanco. Imaginaba lo que iba a encontrarme al llegar, las plantas que habrían brotado, las semillas que trasplantaría, el color de las hojas, el estado de la tierra, suelta, seca o grasa, la corteza de los árboles frutales, el progreso de los brotes, de las hortalizas, de las flores, el miedo a las heladas. Imaginaba lo que Sasha me habría preparado para comer, el té que nos beberíamos, el olor de su casa, su voz. Reencontrarme con mi Wilbur Larch particular. Mi médico personal.

Stéphanie imaginaba que yo estaba impaciente por reencontrarme con mi hija, cuando en realidad yo estaba impaciente por reencontrar la vida después de mi hija. Otras vidas distintas a la mía. La principal se había apagado, el volcán estaba muerto, pero sentía ramificaciones, bifurcaciones brotando en mi interior. Lo que yo sembraba, lo sentía. Me sembraba a mí misma. Sin embargo, la tierra yerma de la que estaba constituida era mucho más pobre que la del huerto del cementerio. Una tierra de guijarros. Y no obstante, hasta una brizna de hierba puede brotar no importa dónde, y yo estaba hecha de ese no importa dónde. Sí, una raíz puede arraigar en el asfalto. Basta con una microscópica fisura para que la vida penetre en el interior de lo imposible. Un poco de lluvia, sol y esporas venidas de no se sabe dónde, del viento tal vez, y aparece.

El día en que me arrodillé para recoger los primeros tomates que había plantado seis meses antes, Léonine llenaba desde hacía mucho tiempo el jardín con su presencia, como si hubiera traído el Mediterráneo hasta ese pequeño huerto del cementerio en el que estaba enterrada. Ese día, supe que ella estaba en el interior de cada pequeño milagro que la tierra producía.

57

*El destino ha trazado su camino pero
no ha separado nunca nuestros corazones*

Junio de 1996, Geneviève Magnan

Soy tan sensible que cuando leo o escucho la palabra «ácido» la lengua me escuece y me pican los ojos. Todo me quema. Eso es lo que me digo cuando veo un anuncio de gominolas de frutas ácidas por televisión. «Tienes demasiada sensiblería», me espetaba mi madre entre dos sopapos.

Debe de ser un caso de vasos comunicantes: como mi alma está maldita, y solo sirve para arrojarla a los perros callejeros, mi cuerpo recibe el golpe.

Cambio de canal. Si solamente pudiera cambiar de vida apretando un botón. Desde que estoy en paro, me paso el día tirada en mi viejo sillón sin saber qué hacer. Diciéndome que nada es grave. Que todo ha acabado. Que no se puede volver atrás. Que el asunto está archivado. Muerto. Enterrado.

Estaba durmiendo cuando Swan Letellier me telefoneó. Me dejó un mensaje que no entendí, sus palabras eran confusas, había un pánico seco en su voz, todo se mezclaba en su cerebro de gorrión. Tuve que escucharlo varias veces para poner sus palabras en orden: la madre de Léonine Toussaint le estaba esperando delante del restaurante que regenta como cocinero, con aspecto de loca, y le ha dicho que no cree que las niñas fueran esa noche a las cocinas para hacerse un chocolate.

Después del juicio, creí que no volvería a oír hablar nunca más de Léonine. Al igual que no volvería nunca a oír hablar de Anaïs, de Océane ni de Nadège. Por suerte, fue la otra, la directora, quien se llevó la peor parte. Dos años en el trullo. Está bien que los poderosos coman un poco de mierda, está bien que de vez en cuando se haga justicia. Nunca pude soportar a esa estirada, con sus aires de mosquita muerta.

La madre de Léonine Toussaint... Las familias no eran de la zona. Solo los burgueses envían a sus chavalas a mojarse el culo en el lago de un castillo. Pensaba que los padres solo se acercarían por el cementerio cuando vinieran de paso por el pueblo, y que se marcharían a sus hogares en cuanto depositaran las flores y los crucifijos en la tumba de sus hijas.

¿Qué estará buscando esa? ¿Qué es lo que quiere? ¿Acaso pretende venir a mi casa? ¿Es que va a hacer la ronda por todos los bares? Letellier está muerto de miedo, pero yo hace siglos que no tengo miedo de nadie.

Éramos seis en el castillo. Letellier, Croquevieille, Lindon, Fontanel, Petit y yo.

Al pensar en ello, me acuerdo de la primera vez que lo vi. No de la última sino de la primera. Por lo general, siempre pienso en la última. Y noto que el odio me irrita la sangre como una riada de gominolas ácidas.

La primera vez fue en una fiesta de fin de curso de los jardines de infancia de la región. Yo tenía vómito en la camisa, leche cuajada, la de mi pequeñajo que se había puesto malo a causa del calor. Me la había abierto un poco para que la gente no viera la mancha. Él no me miró, solamente echó un ojo a mi sujetador de lactancia. Me estremecí de pies a cabeza. Era una mirada de perro salido que despertó mi deseo. Un deseo violento.

No me vio, pero yo «solo tuve ojos para él», como dicen los ricos.

Los dos meses de vacaciones escolares me parecieron una tortura.

Más tarde fui contratada como encargada de la limpieza en el jardín de infancia. El primer día le esperé como un perro. Cuando le vi entrar en el patio del colegio para recoger a su hija, mi piel se endureció como el cuero de su cazadora. Me habría gustado ser el animal al que habían descuartizado para que él pudiera abrigarse.

Él apenas venía por el colegio. Era siempre la madre la que traía y recogía a la niña.

Tardó meses en dirigirme la palabra. Seguramente aquel día no tenía otra cosa que hacer. No tenía otras chicas con las que echar un polvo. Era un macho en celo y que me aspen si no era guapo. Olía su oportunidad a cien metros a la redonda, con esas camisetas que llevaba y sus vaqueros ceñidos. Con una mirada azul hielo desvestía a toda aquella que llevase falda, las de todas las madres que iban y venían por los pasillos que apestaban a amoniaco.

Los cristales que yo limpiaba con Ajax después de clase... Los cagones a los que acompañaba al baño...

Un día le paré con la primera excusa que se me ocurrió. Algo sobre unas gafas que me había encontrado en la taquilla de uno de los alumnos. ¿Acaso eran suyas? Se mostró tan frío como el congelador de la despensa del colegio. Dijo: «No, no son mías». Estaba acostumbrado a que las mujeres le abordaran, eso era evidente, podía respirarse. Tenía una cabeza de príncipe maldito, de traidor, de cabrón, de galán de las películas antiguas.

Al final del curso, a fuerza de verme plantada en medio de los pasillos para cruzarme con él, para topármelo, terminó por darme una cita. Pero no una cita para magrearse un rato, no, solo con darme la hora y el lugar ya me había desnudado.

Entonces me abordó: «Una noche y rápido». Porque estaba casado y yo también. No quería líos ni camas de hotel. Él follaba en los baños de las discotecas, contra los árboles o en los asientos traseros de los coches.

Dediqué horas a prepararme. A depilar mis piernas, a embadurnarme de crema Nivea, a ponerme una mascarilla de arcilla en la cara, en mi gorda napia, a perfumarme debajo de los brazos, a dejar a los críos en casa de una compañera que mantendría la boca cerrada. Una que se acostaba con cualquiera y a la que yo había encubierto en otras ocasiones. Una a la que su adulterio impediría chismorrear.

Debíamos encontrarnos en «la pequeña roca», así es como la gente del lugar llamaba a un enorme peñasco que se encuentra a la salida de la ciudad, una especie de menhir partido, un lugar sombrío en el que los chavales habían destrozado las farolas desde hacía años.

Llegó en moto. Dejó su casco en el asiento. Como alguien que no puede quedarse demasiado tiempo. No me dijo ni buenos días, ni buenas noches, ni cómo te va. Yo creo que apenas le sonreí. Mi corazón latía con fuerza, hasta casi hacer que me estallara el pecho. Mis zapatos nuevos se hundían en el barro y me estaban produciendo ampollas.

Me dio la vuelta, sin mirarme. Me bajó las bragas y las medias, me separó los muslos. Nada de caricias, nada de palabras suaves o duras. Ninguna palabra en absoluto. Me hizo gozar con tal intensidad que creí estallar. Empecé a temblar como una hoja muerta de la que el árbol quiere deshacerse lo más rápido posible.

Después, cuando se marchó, mis ampollas y mis ojos empezaron a fluir al mismo tiempo. El amor, me había dicho siempre mi madre, era cosa de ricos. «No para una sirvienta de mierda».

Todas las veces que me encontré con él en la pequeña roca me penetró por detrás sin mirarme. Entraba y salía de mí haciéndome proferir gritos de cerda a la que se degüella. Nunca supo que mis gritos, eran el paraíso y el infierno, el bien y el mal, el placer y el dolor, el comienzo del fin.

Sentía su aliento en mi nuca y me encantaba. Le pedía más. Mientras se abrochaba la bragueta yo le decía: «¿Nos vemos la semana que viene? ¿A la misma hora?». Él respondía: «Ok».

La semana siguiente yo estaba allí como un clavo. Estaba siempre allí. Y él, no siempre, no todo el tiempo. A veces no venía. Se iba a follar a otra parte. Yo esperaba, la espalda apoyada contra la pequeña roca helada. Esperaba ver aparecer la luz de sus faros. Aquello duró varios meses.

La última vez que lo vi apareció en coche. No iba solo. Había un hombre en el asiento del pasajero. Me entró pánico, quise marcharme pero él me agarró por el brazo, me pellizcó violentamente y susurró entre dientes: «Quédate donde estás, no te muevas, eres mía». Me dio la vuelta, me penetró como de costumbre y yo le dejé hacer, gimiendo. Me oí gritar. Escuché la puerta del coche cerrarse. Escuché a mi madre decirme: «El amor es para los ricos». Oí cómo le decía al pasajero del coche, que estaba muy cerca de nosotros: «Toda tuya, sírvete». Dije que no. Pero le dejé hacer.

Se marcharon los dos. Yo seguía dada la vuelta, con las bragas bajadas a la altura de los tobillos. Como un muñeco desarticulado. Tenía la boca contra la piedra. El sabor de la piedra en la boca, un poco de musgo, creí que era sangre.

Después, me mudé a otra parte llevándome a mis dos chiquillos. No volví a verle.

Llaman a la puerta, debe de ser ella. No estaba en el entierro. No estaba en el juicio. Era lógico que acabara por llegar a alguna parte.

58

*Son las palabras no pronunciadas las que hacen
a los muertos tan pesados en sus féretros*

Junio de 1996. Hacía seis meses que iba a casa de Sasha un domingo de cada dos. Acababa de dejarle, y aún tenía tierra bajo las uñas, cuando coloqué la dirección en mi salpicadero. Un lugar llamado La Biche aux Chailles, justo después de Mâcon. Conduje aproximadamente treinta minutos y me perdí por los caminos, fui hacia delante y marcha atrás, lloré de rabia. Acabé por encontrarlo. Una pequeña vivienda de muros enlucidos desgastados y ennegrecidos, encajada entre otras dos, más grandes e imponentes. Se habría dicho que era la hija pobre entre sus dos parientes engalanadas.

En el buzón colgado de la puerta aparecían los dos nombres: «G. Magnan. A. Fontanel».

Mi corazón se llenó de espanto. Me entraron náuseas.

Ya era tarde. Pensé que me vería obligada a conducir de noche de vuelta a Malgrange, a pesar de lo que me horrorizaba. Con un nudo en el estómago, llamé varias veces a la puerta. Tuve que aporrearla. Me hice daño en los dedos. Vi la tierra bajo mis uñas. Mi piel estaba seca.

Fue ella quien abrió, aunque tardé un rato en relacionar a la mujer que tenía delante con aquella que posaba con un sombrerito ridículo el día de una boda en la foto que Sasha había deslizado en el sobre. Había envejecido y engordado mucho después de que se sacara aquella imagen. En la foto estaba muy mal maquillada pero iba maquillada. A la luz de ese final del día, su piel estaba marcada por los años. Tenía ojeras violetas y unas venitas rojas recorrían sus mejillas.

—Hola, me llamo Violette Toussaint. Soy la madre de Léonine. Léonine Toussaint.

Pronunciar el nombre y apellido de mi hija delante de esa mujer me heló la sangre. Pensé: «Sin duda fue ella la que sirvió su última comida». Pensé, por millonésima vez: «¿Cómo pude dejar a mi hija de siete años ir allí?».

Geneviève Magnan no respondió. Se quedó petrificada y me dejó continuar sin abrir la boca. Todo en ella estaba cerrado con doble llave. Ninguna sonrisa, ninguna expresión, solo unos ojos vidriosos e inyectados en sangre posados en mí.

—Quiero saber lo que vio aquella noche, la noche del incendio.

—¿Para qué?

Su pregunta me dejó estupefacta. Y sin pensarlo dos veces, repliqué:

—No creo que mi hija de siete años fuera a la cocina a calentarse leche.

—Eso había que haberlo dicho en el juicio.

Sentí como mis piernas flaqueaban.

—Y usted, señora Magnan, ¿qué es lo que dijo en el juicio?

—No tenía nada que decir.

Me soltó un adiós y me cerró la puerta en las narices. Creo que me quedé mucho tiempo así, con la respiración entrecortada delante de su puerta, contemplando la pintura desconchada y sus nombres escritos en un trozo de plástico: «G. Magnan. A. Fontanel».

Regresé al Fiat Panda de Stéphanie. Mis manos aún temblaban. Al hablar con Swan Letellier había notado que algo no estaba claro en el desarrollo de los acontecimientos de aquella noche, y mi «encuentro» con Geneviève Magnan no hizo más que confirmarlo. ¿Por qué esa gente se mostraba tan ambigua, tanto unos como otros? ¿Acaso era yo la que me lo estaba imaginando? ¿Acaso me estaba volviendo loca? ¿Más loca aún?

Durante el viaje de vuelta, pasé de la luz a las tinieblas. Pensé en Sasha, en el personal del castillo de Notre-Dame-des-Prés. Pensé que la próxima vez, dentro de dos semanas, me daría una vuelta por el castillo. Nunca había tenido el valor de pasar por delante. Sin embargo, se hallaba tan solo a unos cinco kilómetros del cementerio de Brancion. Después regresaría a casa de Magnan y Fontanel y daría patadas a su puerta hasta que terminaran por hablar.

Llegué a casa hacia las 22:37. Con el tiempo justo para aparcar antes de bajar la barrera para el tren de las 22:40. Cuando abrí la puerta de casa, vi que Philippe Toussaint se había quedado dormido en el sofá. Le miré sin despertarle pensando en que una vez lo había amado, hacía mucho tiempo, y que si hubiera tenido dieciocho años y el pelo corto, me habría lanzado sobre él diciéndole: «¿Hacemos el amor?». Pero tenía once años más y mis cabellos habían crecido.

Me fui a nuestro cuarto y me tumbé en la cama. Cerré los ojos sin conciliar el sueño. Philippe Toussaint apareció y se deslizó en la cama en mitad de la noche. Farfulló: «Vaya, ya has vuelto». Pensé: «Afortunadamente, ¿si no quién habría bajado la barrera del tren de las 22:40?». Fingí estar dormida y no escucharle. Sentí que me olisqueaba, que buscaba el olor de otro en mis cabellos. El único olor que debió de encontrar fue el del perfume sintético de los asientos del Fiat Panda. Casi enseguida empezó a roncar.

Pensé en una historia sobre semillas que Sasha me había contado. Había intentado plantar melones en su huerto, pero jamás habían brotado. Había insistido dos años seguidos, imposible, los melones se negaban a salir. Al año siguiente, había arrojado el resto de las pepitas de los melones a los pájaros. Más lejos, por detrás del huerto, allí donde se amontonaban tiestos, rastrillos, regaderas y cubos, alguno de los pájaros, aturdido o travieso, había debido de atrapar una de aquellas pepitas con su pico y la había dejado caer en medio de una de las veredas del jardín. Unos meses más tarde, había brotado una bella planta y Sasha no la había arrancado, simplemente la cercó. Esta había dado dos bonitos melones, bien grandes y azucarados. Y cada año había seguido dando uno, dos, tres, cuatro, cinco. Sasha me había dicho: «Ya ves, son melones que vienen del cielo, así es la naturaleza, es ella la que decide».

Me quedé dormida con esas palabras.

Soñé con un recuerdo. Llevaba a Léonine al colegio. Era el día del comienzo de las clases de primer grado. Estábamos recorriendo los pasillos. Su mano en la mía. Luego ella se había soltado porque ahora «ya era mayor».

Me desperté gritando:

—¡La conozco! ¡La he visto antes!

Philippe Toussaint encendió la lámpara de la mesilla.

—¿Qué? ¿Qué es lo que pasa?

Se frotó los ojos y me miró como si estuviera poseída.

—¡La conozco! Trabajaba en el colegio. No en la clase de Léonine, sino en la de al lado.

—¿De quién hablas?

—La he visto. Después del cementerio, me he pasado por casa de Geneviève Magnan.

Philippe Toussaint pareció descomponerse.

—¿Cómo?

Bajé los ojos.

—Necesito entender. Encontrar a la gente que estaba en el castillo de Notre-Dame-des-Prés esa noche.

Él se levantó, rodeó la cama, me cogió por el cuello, me faltó el aliento cuando me levantó en el aire y empezó a gritar:

—¡Estás empezando a tocarme las narices! ¡Si esto continúa, haré que te encierren! ¿Me oyes? Y te prevengo, ¡ya no vas a volver más allí! ¿Me oyes? ¡No vas a volver a poner un pie allí!

Con los años, él me había dejado caer en una soledad sin fondo, un pozo negro. Yo habría podido ser otra persona, hacerme reemplazar, contratar a una interina para que bajara y subiera la barrera, hiciera la compra, la comida y la cena, lavara su ropa y durmiera a su lado en el lado izquierdo de la cama, que él no lo habría notado, no lo habría visto.

Nunca me había zarandeado ni amenazado. Al hacerlo, me devolvió a mí. Volví a ser yo.

*

Al día siguiente por la mañana, me pasé por casa de Stéphanie para devolverle las llaves del Panda. Los lunes, el supermercado estaba cerrado. Ella vivía sola en la calle Mayor, en el primer piso de un edificio de apartamentos. Me hizo entrar y me sirvió un café en un tazón. Llevaba puesta una camiseta larga con la cara de Claudia Schiffer impresa y me dijo: «Los lunes en casa es día de limpieza». Me hizo gracia ver su cabeza sobresaliendo por encima de la de la famosa modelo, sin embargo fue su cabeza la que me emocionó hasta las lágrimas, su cara redonda, sus mejillas rojas, su cabello rubio estopa.

—Te he llenado el depósito.

—Ah bueno, gracias.

—Parece que va a hacer buen tiempo.

—Ah bueno, sí.

—Está bueno tu café... Mi marido ya no quiere que vaya al cementerio de Brancion.

—Ah bueno ya, aun así, bueno. Sin embargo ibas allí para ver a tu niña, eh.

—Sí, lo sé. En todo caso, muchas gracias por todo.

—Ah bueno, no es nada, eh.

—Sí, Stéphanie, lo es todo.

La estreché entre mis brazos. Ella no se atrevió a moverse. Como si nunca nadie hubiese tenido con ella la menor demostración de afecto. Sus ojos y su boca se redondearon todavía más que de costumbre hasta convertirse en tres platillos volantes. Stéphanie seguiría siendo siempre un enigma, la extraterrestre del supermercado. La dejé con los brazos colgando en medio del salón.

A continuación, volví a recorrer la calle Mayor y me dirigí hacia la escuela de primaria. Como en la canción «Al lado de la casa de Swann», rehíce el camino a la inversa. Aquel que tomaba cada mañana con Léo. En su cartera, la fiambrera ocupaba más espacio que sus libros y sus cuadernos. Yo tenía esa obsesión por prepararle refrigerios pantagruélicos para que no le faltara de nada. Porque aún tenía ese vacío de las familias de acogida. Cuando salíamos de excursión en el autobús del colegio, los otros llevaban patatas fritas, barritas de chocolate, bocadillos, caramelos y bebidas con burbujas en sus mochilas. A mí no me faltaba de nada, pero no había ninguna fantasía en mi bolsita de plástico. «Las niñas del hospicio se contentan con poco.» No era el hecho de tener menos lo que me pesaba, era el no poder compartir mi frugal comida. El tener lo justo. Quería darle a Léonine la oportunidad de compartir con los demás.

No fueron los niños los que me perturbaron cuando entré en el patio, sino los olores, los de la cantina —un edificio anexo al colegio—, y los de los pasillos abarrotados. Era la hora de comer. Yo siempre iba a buscar a Léonine a la hora de comer. Y ella me decía a menudo: «Has visto, no huele muy bien en la cantina, mamá, me alegro de poder volver a casa».

En la escala del dolor, si es que esa estúpida escala existe, penetrar en el colegio de Léonine resultó aún más difícil que entrar en el cementerio. En Brancion, mi hija estaba muerta entre los muertos. En el recinto de su colegio, estaba muerta entre los vivos.

Los alumnos que habían sido compañeros de Léonine ya no estaban allí. Acababan de entrar en el instituto. No habría soportado cruzarme con ellos, reconocerles sin reconocerles realmente. Las mismas siluetas pero con la opción «vida» incorporada. Con piernas de saltamontes, trazos menos regordetes, aparatos dentales en la boca, pies enfundados en zapatillas deportivas de gigante.

Recorrí los pasillos con los bolsillos vacíos. Pensé que Léonine ya no habría querido que la cogiera de la mano para entrar en su clase. Una madre me había dicho que una vez que iban al instituto, se les perdía un poco cada año. Sí, y cuando se marchaban a una colonia de vacaciones, se les podía perder del todo.

Léonine llamaba a su maestra de primaria «señorita Claire». Cuando la dulce Claire Berthier, inclinada sobre sus cuadernos, levantó la cabeza y me vio entrar en su clase palideció. No nos habíamos vuelto a ver desde la desaparición de mi hija. Mi presencia la incomodó, y si hubiera podido esconderse en alguna ratonera, lo habría hecho.

La muerte de un niño estorba a los mayores, a los adultos, a los otros, a los vecinos, a los tenderos. Todos bajan los ojos, te evitan, cambian de acera. Cuando un niño muere, para muchos, también los padres mueren con él.

Intercambiamos un saludo cortés. No le di ocasión de hablar. Saqué inmediatamente la fotografía de Geneviève Magnan, la del retrato con el ridículo sombrerito.

—¿La conoce?

Sorprendida por mi pregunta, la institutriz arqueó las cejas y miró la foto respondiendo que la imagen no le decía nada. Yo insistí:

—Creo que ella trabajaba aquí.

—¿Aquí? ¿Quiere decir en el colegio?

—Sí, en la clase vecina.

Claire Berthier posó sus bonitos ojos verdes en la fotografía y examinó el rostro de Geneviève Magnan más detenidamente.

—Ah... Creo que ya me acuerdo, ayudaba en la clase de la señora Piolet, con los grupos de jardín de infancia... Llegó en mitad de curso. No se quedó demasiado tiempo por aquí.

—Gracias.

—¿Por qué me muestra esa foto? ¿Está buscando a esa señora?

—No, no, ya sé dónde vive.

Claire me sonrió como se sonríe a una loca, a una desequilibrada, a una viuda, a una huérfana, a una alcohólica, a una inculta, a una madre que ha perdido a su hija.

—Adiós, y gracias.

59

*Solo cuando el árbol cae
apreciamos su tamaño*

He guardado el diario de Irène Fayolle en el cajón de mi mesilla de noche. Leo al azar los pasajes que se refieren a mí, nunca en orden cronológico. Irène pasó episódicamente por mi cementerio del 2009 al 2015 para recogerse ante la tumba de Gabriel. Durante esos años fue anotando comentarios sobre meteorología, Gabriel, las tumbas de al lado, los tiestos con flores y sobre mí.

Julien ha deslizado unos papeles de colores en las páginas en las que su madre habla de la «señora del cementerio» en su diario. Como flores posadas sobre las líneas en las que habla de mí. Aquello me ha recordado inmediatamente la *Carta de una desconocida* de Stefan Zweig.

3 de enero de 2010
Hoy me he fijado en que la señora del cementerio había llorado...

6 de octubre de 2009
Al abandonar el cementerio, me he cruzado con la señora que se ocupa de él, estaba sonriendo, iba acompañada de un sepulturero, de un perro y dos gatos...

6 de julio de 2013
La señora del cementerio limpia a menudo las tumbas, aunque no es su obligación...

28 de septiembre de 2015
Me he cruzado con la señora del cementerio, me ha sonreído pero parecía estar pensando en otra cosa...

7 de abril de 2011
Acabo de saber que el marido de la señora del cementerio ha desaparecido...

3 de septiembre de 2012
La casa de la señora del cementerio estaba cerrada con llave y las contraventanas, echadas. Le he preguntado a un sepulturero la razón, y me ha dicho que el día de Navidad y el 3 de septiembre, la guardesa no quiere ver a nadie. Son los únicos días del año, además de las vacaciones de verano, en que tiene a alguien para reemplazarla...

7 de junio de 2014
Al parecer la señora del cementerio consigna los discursos que se hacen a los difuntos en unos cuadernos...

10 de agosto de 2013
Al comprar unas flores, he sabido que la señora del cementerio se había marchado de vacaciones a Marsella. Tal vez me la haya cruzado...

Cuando me salgo de las frases que me conciernen, cuando abro el diario por lugares donde no hay marcapáginas de colores deslizados por Julián, tengo la sensación de entrar en la habitación de Irène y de husmear bajo su colchón. Como su hijo cuando se puso a indagar sobre Philippe Toussaint. Yo, en cambio, es a Gabriel Prudent al que busco cuando salgo de las marcas.

Hay algunas palabras que no entiendo, Irène escribía tan mal como los médicos el nombre de las medicinas que te prescriben. Trazaba unas minúsculas patas de mosca con su bolígrafo.

Después de su noche de amor en la habitación azul, Gabriel Prudent e Irène Fayolle no salieron juntos del hotel.

Debían dejar la habitación a mediodía. Gabriel ha llamado a recepción para decir que se quedaría veinticuatro horas más. Ha acariciado a Irène con la yema de sus dedos murmurando entre dos caladas:

—Tengo que desintoxicarme de todo este alcohol, y, sobre todo, tengo que desintoxicarme de usted antes de salir de aquí.

Ella se ha tomado a mal el comentario. Como si le hubiese dicho: «Necesito librarme de usted antes de salir de aquí».

Se ha levantado, se ha dado una ducha y se ha vestido. Desde el día en que se casó, nunca ha dormido fuera de casa. Cuando sale del cuarto de baño, Gabriel se ha quedado dormido. En el cenicero, una colilla mal aplastada desprende un humo sucio.

Se dirige al minibar para buscar una botella de agua. Gabriel ha abierto los ojos y la ha contemplado bebiendo de la botella. Ella ya llevaba puesto el abrigo.

—Quédese un poco más.

Ella se ha llevado el reverso de la mano a la boca para secarse. A él le ha encantado ese gesto. Su piel, su mirada, sus cabellos recogidos con una goma negra.

—Llevo fuera desde ayer por la mañana. Se supone que debía entregar las flores en Aix y regresar rápidamente... Estoy segura de que mi marido ha debido de denunciar mi desaparición.

—¿Y no le tienta la idea de desaparecer?

—No.

—Véngase a vivir conmigo.

—Estoy casada y tengo un hijo.

—Divórciese y traiga a su hijo con usted. Me llevo muy bien con los niños.

—Uno no se divorcia así como así, con un golpe de varita mágica. Con usted parece que todo es muy sencillo.

—Eso es porque todo es sencillo.

—Yo no quiero ir al entierro de mi marido. Usted abandonó a su mujer y ella está muerta.

—Se está poniendo muy desagradable.

Ella ha rebuscado en su bolso. Ha comprobado que las llaves del coche estaban dentro.

—No, realista. Uno no abandona a la gente así como así. Si para usted es fácil dejarlo todo y reconstruir su vida en otra parte, sin preocuparse de los demás, de su tristeza, pues bien... mejor para usted.

—Cada uno vive su vida.

—No. La vida de los demás también cuenta.

—Lo sé, me paso la mía defendiéndola en los tribunales.

—Es la vida de los otros la que defiende. La de esa gente a la que no conoce. No la suya, ni tampoco la de los suyos. Eso es muy... fácil.

—Ya hemos llegado a los reproches. Después de una sola noche de amor. Tal vez estemos yendo demasiado rápido.

—Solo la verdad hiere.

Él eleva la voz:

—¡Detesto la verdad! ¡La verdad no existe! Es como Dios... ¡Una invención de los hombres!

Ella se ha encogido de hombros, con aspecto de querer decir lo que finalmente ha dicho:

—Eso no me sorprende.

Él la ha contemplado con tristeza.

—Tan pronto... Y ya no le sorprendo.

Ella ha asentido. Le ha mostrado una leve sonrisa y se ha marchado dando un portazo, sin decir adiós.

Ha bajado las escaleras, los tres pisos, y ha buscado su utilitario. No recordaba dónde lo había aparcado la tarde anterior. Al buscarlo por las calles adyacentes al hotel, frente a los escaparates con las últimas rebajas de invierno todavía anunciadas, ha deseado volver a subir a la habitación, arrojarse en sus brazos. En el momento en que iba a deshacer el camino, ha visto su coche aparcado al fondo de un callejón, subido a la acera, estacionado de cualquier manera.

Al fondo de un callejón. De cualquier manera. Había sido una estupidez. Tenía que volver, regresar con Paul y Julien.

En su utilitario, aún flotaba el olor a tabaco. Ha abierto las ventanillas del todo a pesar del invierno y ha conducido hasta Marsella. No ha pasado por su rosaleda. Ha ido directamente a su casa.

Paul la esperaba. Cuando ha abierto la puerta, él prácticamente ha gritado: «¿Eres tú?». Estaba loco de inquietud pero no había denunciado su desaparición. Sabía que su mujer podría desaparecer en cualquier momento. Siempre lo había sabido. Demasiado bella, demasiado silenciosa, demasiado secreta.

Ella le ha pedido perdón. Le ha explicado que había tenido un encuentro inesperado en el cementerio, un viudo abandonado por su familia, resumiendo, una historia increíble, y ella había tenido que ocuparse de todo.

—¿Cómo que de todo?

—De todo.

Paul nunca le hacía preguntas. Para él las preguntas pertenecían al pasado. Paul vivía en el presente.

—La próxima vez, llámame.

—¿Has comido?

—No.

—¿Dónde está Julien?

—En el colegio.

—¿Tienes hambre?

—Sí.

—Voy a hacer pasta.

—De acuerdo.

Ella ha sonreído, se ha dirigido a la cocina, ha sacado una cacerola que ha llenado de agua y la ha puesto a calentar, añadiendo un poco de sal y hierbas. Se ha acordado de la pasta que había comido la víspera con Gabriel, en cómo habían hecho el amor.

Paul ha entrado en la cocina, se ha pegado a su espalda y le ha besado en la nuca.

Ella ha cerrado los ojos.

60

Un recuerdo no muere nunca,
simplemente se adormece

Junio de 1996, Geneviève Magnan

Las parisinas llegaron en un minibús con sus maletas, sus
coletas, sus trenzas, sus vestidos de flores, las bolsas de vomitar,
sus gritos de alegría, sus cacareos, sus gorjeos. Tenían entre seis
y nueve años. Había algunas a las que ya conocía, las había visto
el año anterior. Unas niñatas. Cuatro vinieron en coche, un
poco más tarde. Dos mocosas de Calais, y otras dos de Nancy.

Nunca me han gustado las modositas, me recuerdan a mis
hermanas. No las aguantaba. Por suerte, yo solo he tenido hijos,
y robustos. Los niños no chillan, se zurran, pero no chillan.

Nunca he sido buena en matemáticas. Ni en las otras mate-
rias tampoco. Pero sé lo que es el índice de probabilidades, mi
asquerosa vida me lo ha enseñado a la perfección, de tal modo
que se te queda grabado en la mollera. Cuanto mayor es el número, más posibilidades tienes de que lo que te pase también sea
algo grande. Pero ahí, el número, era minúsculo. Un pueblucho
marginado con apenas trescientas almas en el que había tenido
que hacer una sustitución durante dos años.

Cuando la vi bajar del coche, toda paliducha, pensé de primeras en un cierto parecido, pero no en el índice de probabilidades. Me dije: «Mujer, estás como una chota. Ves *el mal* por todas partes».

Regresé a la cocina para hacer unas crepes a toda la chiquillería. Volví a encontrármelas en el refectorio alrededor de las jarras de agua y de los frascos de jarabe de granadina, cuando les serví un montón de crepes con azúcar, que ellas devoraron.

Cuando la directora pasó lista y la pequeña respondió: «Presente», casi me desmayé al oír su nombre. Un nombre de fiesta de difuntos.

Una de las monitoras me dio un vaso de agua fresca y me preguntó: «Geneviève, ¿se siente mal a causa del calor?». A lo que yo respondí: «Debe de ser eso».

En ese momento comprendí que el diablo existía. Siempre he sabido que Dios era una invención para tontos, pero no el diablo. Ese día casi me habría quitado el sombrero, un sombrero que no he tenido nunca. En nuestra casa, casi nunca hemos llevado sombrero.

«Los sombreros están hechos para los burgueses», decía mi madre entre dos sopapos.

La niña se parecía a su padre como dos gotas de agua. La contemplé devorar sus crepes y pensé en la última vez, en el sabor a sangre en mi boca. Hacía ya tres años que no le había visto, pero pensaba en él todo el tiempo. A veces, por la noche, me despertaba bañada en sudor, soñaba con su ausencia, y también con esas ganas de vengarme, de ponerle la piel como él había puesto la mía.

Después de comer, las chiquillas salieron a estirar las piernas. Yo quité las mesas, hacía bueno, abrí las ventanas. La vi jugar, correr con las otras dando gritos de alegría. Me dije que no podría aguantar toda la semana. Siete días viéndole a través de ella, en el servicio de la mañana, del mediodía y de la noche. Tenía que declararme enferma. Pero necesitaba ese curro. El empleo del castillo me permitía vivir todo el año. No podía largarme en plena temporada. La directora nos lo había advertido a todos: en julio y en agosto no se tolerará ninguna ausencia a menos que alguien se esté muriendo. Una mala pécora, esa tía, con sus aires de mosquita muerta.

Pensé en ponerle la zancadilla a la niña para que se partiera una pierna por las escaleras y que la enviaran con su padre rápidamente. Visto y no visto, devuelta al remitente. Con una nota prendida en su vestido: «Con mis peores recuerdos».

Preparé la cena. Una ensalada de tomates, pescado empanado, arroz pilaf y natillas de caramelo. Puse la mesa, veintinueve cubiertos, Fontanel me echó una mano.

—No pareces la de siempre, mi gorda.

Le pedí que cerrara la boca. Eso le hizo reír.

Se acodó en la ventana para controlar a las dos monitoras mientras las mocosas jugaban a un, dos, tres, al escondite inglés.

Un, dos, tres, al escondite inglés...

61

Si el cielo no estuviera tan lejos,
sabemos que hoy estarías con nosotros

Cuando nos mudamos al cementerio en agosto de 1997, Sasha ya había abandonado la casa. Como de costumbre, la puerta estaba abierta. Nos había dejado una nota y las llaves en la mesa. En ella nos daba la bienvenida y nos explicaba dónde se encontraba el termo de agua caliente, el contador eléctrico, la llave del agua, las bombillas y los fusibles de recambio.

Los botes de té habían desaparecido. La casa estaba limpia. Sin él parecía triste, había perdido su alma. Como una chica abandonada por su amor de juventud. Descubrí el primer piso, la habitación vacía.

El huerto había sido regado la víspera.

El jefe de los servicios técnicos de la zona vino a visitarnos por la tarde para comprobar que estábamos bien instalados.

Al principio, la gente se acercaba a nuestra casa para que les curásemos sus tendinitis o sus dolores crónicos, no sabían que Sasha se había marchado. No se había despedido de nadie.

*

Las campanas de la iglesia suenan. Nunca hay un entierro en domingo, es tan solo la misa que llama a los vivos al orden.

Generalmente, el domingo al mediodía es Elvis quien viene a comer conmigo. Me trae unos buñuelos de vainilla y yo cocino unos macarrones con champiñones, a los que añado un poco de perejil fresco. Una delicia. Dependiendo de la estación, guiso lo que obtengo del huerto y comemos tomates, rábanos o una ensalada de judías verdes.

Elvis habla poco, pero eso no me incomoda, con él no vale la pena entablar conversación. Elvis es como yo, no tiene padres. Vivió en un hogar de acogida de Mâcon hasta que cumplió doce años, y luego fue empleado como peón de granja en Brancion-en-Chalon. La granja, situada a la entrada del pueblo, actualmente es una ruina.

Todos los miembros de esa familia están muertos y enterrados en mi cementerio desde hace mucho tiempo. Elvis no pasa nunca cerca de su sepultura. Tiene miedo del padre, Emilien Fourrier (1909-1983), un bruto que golpeaba todo lo que se movía. Alrededor de su tumba, los caminos no han sido rastrillados. Él me ha dicho siempre que no quiere ser enterrado con ellos. Me ha hecho prometer que me aseguraría de ello. Pero para eso es preciso que me muera después de él. Así que le he hecho firmar un contrato de exequias con los hermanos Lucchini para que tenga su propia concesión, solo para él, con la foto de Elvis Presley enmarcada encima y las palabras *Always in my mind* grabadas en letras de oro. Por mucho que Elvis tenga aspecto de niño, como a menudo les sucede a los chicos que no han conocido las caricias de una madre, muy pronto le llegará la jubilación.

Somos Nono y yo quien le llevamos las cuentas y rellenamos su papeleo. Su verdadero nombre es Éric Delpierre, pero nunca he oído a nadie llamarlo así. Creo que todos los habitantes de Brancion ignoran su verdadera identidad. Lleva años usando su nombre artístico. Se enamoró de Elvis Presley cuando tenía ocho años. Hay quienes entran en la religión, él entró en Elvis, o bien dejó que Elvis entrara en él. Sus canciones le atravesaron y se quedaron en su corazón, como oraciones. El padre Cédric recita el Padre Nuestro y Elvis el «Love me tender». Nunca le he conocido una pareja, Nono tampoco.

Al buscar unas hojas de laurel secas en mi armario de especias, me he topado con una carta de Sasha, deslizada entre el aceite de oliva y el vinagre balsámico. Esparcí las cartas de Sasha por todos los rincones de la casa para olvidarlas y poder encontrármelas al azar. Esta está fechada en marzo de 1997.

Querida Violette,

Mi jardín se ha vuelto más triste que mi cementerio. Los días se suceden y se parecen a pequeños entierros.

¿Cómo hacer para volver a verte? ¿Quieres que organice tu secuestro ahí donde estás, al lado de los trenes?

Dos domingos al mes tampoco era para tanto. Nada del otro mundo.

Pero ¿por qué le obedeces? ¿No sabes que a veces hay que ser insumiso? Y además, ¿quién va a ocuparse ahora de mis nuevas plantas de tomate?

Ayer, la señora Gordon apareció para que le curara su herpes. Se marchó con una sonrisa. Cuando me preguntó: «¿Cómo podría agradecérselo?», no pude evitar responder: «Vaya a traerme a Violette».

Estoy plantando mis semillas de zanahoria. He sembrado los granos en tazas con tierra. He instalado las semillas en mi salón, al lado de los botes de té, justo detrás de los cristales. Así cuando luzca el sol, dará directamente sobre ellas. Sentir el calor las ayuda a brotar bien. Nada es mejor que el calor. Lo ideal sería ponerlas delante de una chimenea, pero mi pequeña casa no dispone de una. Es por esa razón por la que Papá Noel no pasa nunca por mi casa. Más tarde, cuando hayan brotado, las colocaré bajo la cristalera. Las cebollas, chalotas y judías se pueden plantar directamente en la tierra. Pero no las zanahorias. No olvides nunca los santos del hielo los días 11, 12 y 13 de mayo de cada año. Es ahí cuando todo se decide, es ahí cuando hay que replantar. En teoría. Si quie-

res proteger tus nuevos brotes, ponles unos tiestos encima du-
rante la noche o una fina lámina de plástico.

Vuelve pronto. No hagas como Papá Noel.

Con todo mi cariño,
SASHA

Elvis llama a la puerta y entra con sus buñuelos de vainilla envueltos en papel blanco. Doblo la carta de Sasha y la vuelvo a poner en su lugar, para olvidarla y volver a encontrármela, en otra ocasión, por casualidad.

—¿Va todo bien, Elvis?

—Violette, hay alguien que te busca. Ha dicho: «Busco a la mujer de Philippe Toussaint».

Se me hiela la sangre. Una sombra sigue a Elvis. Ella entra. Me mira fijamente sin decir palabra. Inmediatamente recorre el interior de la casa con la mirada y luego se posa en mí. Advierto que ha llorado mucho, tengo la costumbre de reconocer a la gente que ha estado llorando mucho, incluso si se remonta a varios días atrás.

Elvis llama a Éliane con unas palmadas en sus muslos y se la lleva al exterior, como si quisiera protegerla. La perra le sigue alegremente. Está acostumbrada a salir de paseo con él.

Ya solo quedamos ella y yo en la casa.

—¿Sabe usted quién soy?

—Sí. Françoise Pelletier.

—¿Sabe por qué estoy aquí?

—No.

Inspira hondo para contener sus lágrimas.

—¿Vio usted a Philippe ese día?

—Sí.

Ella encaja el golpe.

—¿Qué vino él a hacer aquí?

—Vino a entregarme una carta.

No parece encontrarse bien, ha mudado de color, unas gotas de sudor perlan su frente. No se mueve ni un ápice, sin embargo veo pasar huracanes en su mirada azul noche. Sus manos están crispadas. Sus uñas, clavadas en la piel.

—Siéntese.

Ella esboza una sonrisa de agradecimiento y se acerca una silla. Le sirvo un gran vaso de agua.

—¿Qué carta?

—Yo le había enviado una demanda de divorcio a su casa, a Bron.

Mi respuesta parece aliviarla.

—Él no quería saber nada de usted.

—Ni yo tampoco de él.

—Decía que casi se había vuelto loco por su culpa. Detestaba este lugar, este cementerio.

—...

—¿Por qué se quedó usted aquí cuando él se marchó? ¿Por qué no se mudó a otra parte? ¿No rehízo su vida?

—...

—Es usted una mujer muy guapa.

—...

Françoise Pelletier se bebe su vaso de agua de un trago. No para de temblar. La muerte del otro ralentiza los gestos de aquel o aquella que se queda. Cada uno de sus gestos parece estar poseído por la lentitud. Vuelvo a llenarle el vaso. Ella me sonríe a duras penas.

—La primera vez que vi a Philippe fue en Charleville-Mézières en 1970, el día de su primera comunión. Tenía doce años y yo diecinueve. Llevaba una túnica y una cruz de madera alrededor del cuello. Nunca vi a nadie lucir tan mal una prenda. Recuerdo haberme dicho: «Nadie creería a ese chiquillo disfrazado de niño del coro». Uno de esos que se beben el vino de misa y fuman pitillos a escondidas. Yo acababa de prometerme con Luc Pelletier, el hermano de Chantal Toussaint, la madre de Philippe. Luc había insistido en que asistiésemos a la ceremonia esa mañana y comiéramos con ellos. Él no se entendía en absoluto con su hermana y con su cuñado, decía de ellos que eran unos «palo de escoba», pero adoraba a su sobrino. Pasamos un día bastante aburrido. Esperamos a que Philippe abriera sus regalos y a las tres de la tarde ya nos habíamos marchado. La madre de Philippe me estuvo mirando de reojo todo el tiempo, daba la impresión de que le sacaba de quicio que su hermano se hubiese liado con una chica tan joven. Yo tenía treinta años menos que Luc.

»Ese mismo año Luc y yo nos casamos en Lyon. Philippe y sus padres vinieron a nuestra boda cargados de resentimientos. Philippe se emborrachó al beberse los restos que quedaban en las copas de los adultos. Estaba tan ebrio que cuando se abrió el baile, me besó en la boca gritando: "Te adoro tiíta". Hizo reír a todos los invitados. Se pasó el resto de la velada vomitando en los baños mientras su madre vigilaba la puerta y decía: "El pobre pequeño, hace una semana que arrastra una indigestión". Ella siempre le defendía, a cualquier precio. Philippe me divertía mucho, adoraba su bella carita.

»Después de nuestra boda, Luc y yo abrimos un taller mecánico en Bron. Al principio hacíamos reparaciones básicas, cambios de aceite, mantenimiento, pintura, y después nos convertimos en concesionario. Los negocios fueron siempre muy fructuosos. Trabajamos duro pero nunca lo pasamos mal. Nunca. Pasaron dos años y Luc invitó al "pequeño Philippe" como él lo llamaba a venir a nuestra casa durante las vacaciones de verano. Vivíamos en una casa de campo situada a unos veinte minutos de nuestro taller. Philippe celebró sus catorce años con nosotros, y como regalo, Luc le regaló una moto, una de 50 centímetros cúbicos. Philippe lloró de alegría. En ese momento, Luc y su hermana tuvieron una pelea. Chantal insultó a su hermano por teléfono, llamándolo con todos los nombres posibles, diciéndole que con qué derecho se permitía regalar una moto a su hijo, que era demasiado peligroso, que si pretendía que Philippe se matara, él, un inútil que nunca había podido tener hijos. Lo cual era verdad. Nunca los tuvo. Ni con su primera mujer ni conmigo.

»Ese día, Chantal tocó su fibra sensible. Luc no volvió a hablar nunca con su hermana, pero a pesar de la desaprobación de sus padres, Philippe siguió viniendo a nuestra casa cada verano. Y luego nunca quería marcharse. Decía que quería vivir con nosotros todo el año. Nos suplicaba que nos quedáramos con él, pero Luc le explicaba que eso no era posible, que si lo hacía, sería su sentencia de muerte, que su hermana le mataría. Era un chico amable, desordenado, pero amable. A Luc le encantaba verle, había volcado todo su afecto en su sobrino. Durante mucho tiempo Philippe fue como el hijo que nunca tuvo. Yo me llevaba bien con él. Le hablaba como a un niño, y él me lo reprochaba a menudo, me decía: "No soy un niño".

»El verano de sus diecisiete años se vino con nosotros de vacaciones a Biot, cerca de Cannes. Habíamos alquilado una villa con vistas al mar. Al mar al que íbamos cada día. Nos marchábamos por la mañana, comíamos en un chiringuito y regresábamos por la tarde. Philippe salía con chicas, una diferente cada día. A veces alguna de ellas se nos unía en la playa durante el día. Él las besaba debajo de su toalla, yo le encontraba de una madurez sorprendente y de una indolencia desconcertante. Siempre con ese aire de que todo le daba igual. Se iba a bailar cada noche y regresaba muy tarde. Antes de marcharse, monopolizaba el cuarto de baño y dejaba por todas partes sus frascos de perfume. Utilizaba la maquinilla de afeitar de su tío, siempre quedaba espuma en el borde del lavabo y no cerraba nunca el tubo de pasta de dientes, abandonando las toallas del baño tiradas por el suelo. Todo aquello disgustaba a Luc. Le disgustaba pero también le divertía. Y yo recogía y limpiaba la ropa del chico que Luc y yo nunca podríamos tener. Nos gustaba recibir a Philippe, nos aportaba juventud, inconsciencia. Philippe y yo solo nos llevábamos siete años de diferencia. Eso durante los primeros veinte años se nota, vives en dos planetas diferentes, pero con el tiempo, esa diferencia se estanca, los planetas se acercan: te gustan las mismas películas, las mismas series, la misma música. Terminas por reírte de las mismas cosas.

»Durante esa estancia en Biot, tuve un lío con un barman, nada demasiado original ni peligroso. Luc y yo nos amábamos. Nos hemos querido siempre hasta la locura. Luc me decía a menudo: "Yo soy un viejo gilipollas, si quieres divertirte con hombres más jóvenes, adelante, solo te pido que yo no me entere. Y, sobre todo, que no te enamores, eso no lo soportaría". Viéndolo en perspectiva, estoy segura, no me cabe duda, de que al empujarme un poco en brazos de otros hombres, él esperaba que yo me quedase embarazada. Era algo inconsciente, claro está, pero creo que durante mucho tiempo esperó qué yo regresara algún día con un bombo en la tripa. Un pequeño al que él habría dado su apellido. En resumen, durante esas vacaciones de verano, hicimos una fiesta en la villa, debíamos de ser una veintena de personas, habíamos bebido bastante y Philippe me sorprendió con mi amante en la piscina. Nunca olvidaré la mirada que posó sobre mí. En sus ojos pude distinguir una mezcla de estupor y de gozo, una especie de satisfacción. Tuve la sensación de que esa noche él me vio como una mujer por primera vez. Una mujer, y por tanto una presa. Philippe era un depredador temible. De una belleza que condenaría a un santo. No creo que le esté descubriendo nada...

»Por supuesto no le dijo nada a Luc, ni siquiera se me enfrentó, pero cuando me cruzaba con él en la villa me mostraba una sonrisa sobreentendida. Una sonrisa que significaba: "Somos cómplices". Odiaba aquel gesto. Me daban ganas de abofetearlo todo el día. Se volvió de una suficiencia insoportable. Nosotros, que antes reíamos juntos, cesamos de reír de la noche a la mañana. Yo empecé a no poder soportar su presencia, el olor de su perfume, el desorden que dejaba por todas partes, el ruido que hacía cuando regresaba a las cinco de la madrugada. Si yo le mandaba a paseo, Luc me decía: "Sé más amable con el pequeño, ya tiene suficiente con una madre que le come la cabeza". En la mesa, en cuanto Luc le daba la espalda, Philippe me miraba sonriendo sutilmente. Yo bajaba los ojos, pero podía sentir sobre mí su ardiente mirada de arrogancia.

»La última noche regresó más pronto que de costumbre y sin chica. Yo estaba en la terraza, sola, tendida en una tumbona, donde me había quedado dormida. Él posó sus labios en los míos, yo me desperté y le di un tortazo, le dije: "Escúchame bien, mocoso, si vuelves a hacerlo no pondrás nunca más los pies en nuestra casa". Se marchó a acostarse sin decir nada. Al día siguiente dejamos la villa. Le acompañamos hasta la estación. Él tomó el tren para Charleville-Mézières. En el andén nos besó y nos estrechó, a Luc y a mí, a cada uno con un brazo. Yo no tenía ganas de efusiones pero no me quedó alternativa. Luc no llevaba bien que yo no soportara a su sobrino. Eso le hacía muy infeliz. Yo estaba constreñida. Philippe nos dio las gracias cien veces. Mientras nos abrazaba, deslizó una mano a lo largo de mi espalda acariciándome las nalgas y sosteniéndome firmemente contra su muslo. No pude reaccionar, Luc estaba contra nosotros. El gesto de Philippe me dejó helada. Me dije que tenía una cara dura increíble y que esos eran los gestos de un hombre muy seguro de sí mismo. Cuando por fin nos soltó, se despidió con un "adiós tita, adiós tito". Se subió al tren echándose la bolsa de viaje al hombro, y nos hizo una señal con la mano con esa sonrisa angelical. Y mientras que mis ojos le fusilaban, él sonreía, como si dijera: "Ya te tengo".

»Regresamos a Bron y retomamos el trabajo. La primavera siguiente, Philippe nos telefoneó para decirnos que no vendría con nosotros ese próximo verano, que pensaba celebrar sus dieciocho años en España con unos amigos. Debo reconocer que aquello me alivió. No tendría que cruzarme con él ni evitar sus miradas y gestos fuera de lugar. Luc se sintió muy decepcionado, pero al colgar me dijo: "Es lógico, está en la edad". Volvimos a Biot, pasamos un mes con los amigos que habíamos conocido allí, pero Luc echaba en falta la presencia de Philippe. A menudo me decía: "La casa está demasiado ordenada y hay poco ruido". No era exactamente Philippe al que echaba en falta, incluso si estaba muy encariñado con él, sino tener un hijo nuestro. Recuerdo que al volver de las vacaciones, en el camino de regreso, yo le propuse adoptar un niño. Él respondió que no. Sin duda porque había meditado mucho sobre ello. Simplemente me dijo que estábamos bien los dos solos, muy bien.

»El siguiente enero, la madre de Luc y Chantal falleció. Asistimos al entierro, y a pesar de las circunstancias Luc y su hermana no se dirigieron la palabra. Philippe estaba ahí. No le habíamos visto desde hacía un año y medio. Había cambiado mucho. Luc lo estrechó un buen rato entre sus brazos diciéndole que ahora ya le sacaba una cabeza. Philippe fingió no verme durante toda la ceremonia. Justo antes de subirme al coche, mientras Luc terminaba de saludar a la familia, me acorraló contra la puerta delantera con su metro ochenta y ocho de estatura y me dijo: "Vaya, tita, estabas aquí, no te he visto". Y me besó en la boca sin que yo tuviera tiempo de reaccionar, y luego me susurró: "Hasta el verano que viene".

»Entonces llegó el verano. El verano de sus veinte años. Antes de que pusiera un pie en su habitación de la villa, le agarré de las solapas. Él entornó los ojos, burlón. Pensé que aquello debía de ser divertido de ver. Yo, que mido un metro sesenta de puntillas, y él, inmenso, pegado contra una pared del pasillo, mis pequeñas manos temblorosas agarrándole con todas sus fuerzas. "Te lo advierto —le dije—, si quieres pasar unas buenas vacaciones, déjate de numeritos. No te me acerques, no me mires, no hagas la más mínima alusión y todo irá bien." Él me respondió irónico: "De acuerdo, tita, prometido, me portaré bien".

»A partir de ese instante hizo como si yo no existiera. Se mantuvo educado, buenos días, buenas noches, gracias, hasta luego, pero nuestros intercambios se limitaban a esas cuatro fórmulas de cortesía. Íbamos juntos a la playa por la mañana, él en el asiento trasero, y nosotros dos delante. Él salía siempre tarde, dejando sus cosas tiradas por todas partes. Las chicas quedaban con él por la noche o bien venían por la tarde a su toalla de la playa, y él a veces se llevaba a alguna para abalanzarse sobre ella detrás de una roca, era un ir y venir permanente de pechos. Y eso ocurría por todas partes donde poníamos un pie. La situación hacía reír a Luc. Philippe era tan guapo con su cara de ángel, sus rizos rubios y su tez bronceada. Tenía cuerpo de hombre, fino y musculado, y en la playa a todas las chicas se le iban los ojos tras él, y también a las mujeres, incluso los hombres lo envidiaban. Eso le proporcionaba una gran seguridad, sentir todas esas miradas vueltas hacia él. A veces Luc me susurraba al oído: "Mi hermana tuvo que engañar al padre Toussaint, no es posible que esos dos seres horrendos hayan creado a un chico tan guapo". Eso me hacía reír. Luc siempre me hacía reír. Yo tenía realmente una vida muy buena con él. Estaba muy mimada, colmada de amor. Éramos los mejores amigos del mundo, nunca habría podido soportar una separación. Él era un amigo, un padre, un hermano. En nuestro lecho no pasaban grandes cosas, pero yo me resarcía en otra parte, de vez en cuando.

»Ya sé lo que está pensando: "¿Cuándo consiguió Philippe tenerla?".

Se hace un largo silencio antes de que Françoise retome su monólogo. Aparta una mancha imaginaria de su pantalón vaquero con el dorso de la mano. El tiempo se ha detenido. Estamos solas, cara a cara. Es como si Philippe hubiera cambiado de perfume. Como si Françoise hubiera hecho entrar a un desconocido en mi cocina.

—La noche de sus veinte años, Luc y yo organizamos una fiesta para Philippe en la villa. Sus jóvenes amigos vinieron. Había música, alcohol y un bufet dispuesto al borde de la pequeña piscina. Hacía calor, todos bailábamos juntos, no sé lo que me pasó pero empecé a tontear con un amigo de Philippe, uno llamado Roland, un joven atolondrado con el que Philippe pasaba sus días. Nos habíamos apartado un poco para besuquearnos. Pero acabamos uniéndonos a los demás en el momento en que sacaron la tarta de cumpleaños y los regalos. Cuando reaparecimos, Philippe me fusiló con la mirada. Creí que iba a montarme una escena. Sopló las veinte velas, con los ojos llenos de rabia. En ese mismo momento, Luc trajo el regalo que había hecho envolver con un lazo rojo para su sobrino: una Honda CB100 gris, con un cheque de mil francos en un sobre prendido en el casco integral. Hubo abrazos, copas de champán alzadas al cielo, gritos de alegría y de estupor. Vi que Philippe fingía relajarse, sonreír a todo el mundo, pavonearse como era su costumbre, pero sus mandíbulas no se aflojaban. Parecía terriblemente contrariado. Cuando volvió a sonar la música, y todos empezaron a bailar, Roland se acercó para pegarse contra mí, y entonces Philippe le agarró por el hombro y le dijo algo al oído, a lo que Roland respondió: «¿Lo dices en serio, tío?», y entonces empezaron los golpes. Luc, que ya se había acostado, se levantó al oír el jaleo, y echó a Roland de casa propinándole puntapiés en el culo. Cuando se trataba de su sobrino, Luc reaccionaba como su hermana: nada era culpa del chico. Le preguntó a Philippe qué había sucedido, a lo que Philippe respondió, ya bastante achispado: «Roland estaba cazando en mi territorio... ¡Mi territorio es mi territorio!».

»La fiesta continuó como si nada hubiese sucedido. Esa noche no pude dormir. Philippe había desvestido y acorralado a una de sus amigas contra el borde de la ventana de nuestra habitación. Podía adivinar sus siluetas agitándose en todos los sentidos. Escuché a la chica gemir y a Philippe decirle todo tipo de comentarios lascivos, que evidentemente me estaban destinados. Hablaba en voz alta para que pudiera escucharlo, aunque no tanto como para despertar a Luc. Sabía que su tío tomaba somníferos para dormir. Y sabía también que yo estaba allí, muy cerca, con los ojos bien abiertos, la cabeza posada sobre la almohada, y que lo estaba oyendo todo. Se vengaba de mí. Los siguientes días apenas le vimos. Se marchaba en la moto por la mañana y no regresaba hasta la noche. Incluso durante el día no se reunía con nosotros en la playa. Su toalla permanecía seca y vacía. A veces yo me adormilaba y soñaba que él estaba de pie, cerca de mí, que se tendía todo lo largo contra mi espalda. Me despertaba empapada en sudor.

»Unos diez días después de su cumpleaños, volvió a aparecer en la playa. Yo había salido a nadar lejos de la orilla. Le vi acercarse a Luc, era solo un punto. Su cabello rubio y su presencia. Le dio un beso cariñoso y se sentó a su lado. Luc acabó señalándome con el dedo. Philippe vio dónde estaba y se desvistió. Entró en el agua para unirse a mí. Vino hasta donde yo estaba nadando a crol. No podía huir. Estaba atrapada, como una rata. Mientras se acercaba, empecé a sentir pánico, no podía nadar, solo mantenerme a flote. No sé por qué, pero me dije que se estaba acercando para ahogarme, para hacerme daño. Tenía tanto miedo que empecé a sollozar. Empecé a gritar. Pero desde donde estaba nadie me oía. Había superado las boyas de demarcación. En pocos minutos, llegó a mi altura. Inmediatamente advirtió que no me encontraba bien. Yo continuaba pidiendo socorro sin mirarle. Quiso ayudarme, pero yo le golpeé gritando: "¡No me toques!". Tragué un montón de agua. Él me alzó a la fuerza echándome sobre su espalda y me llevó como pudo hasta una boya flotante. Mientras nadaba, yo le daba golpes y él me los devolvía para que me calmara. Al final conseguimos llegar. Yo me aferré a la boya. Él también estaba agotado. Cuando recuperamos el aliento, él dijo: "¡Ahora tienes que calmarte! ¡Respira y vuélvete hacia la playa!". Yo grité: "¡No me toques!". Él replicó: "¡O sea que yo no puedo tocarte, pero todos mis amigos pueden hacerlo!, ¿no es eso?". "¡Tú eres mi sobrino!" "No, soy el sobrino de Luc." "¡Tú no eres más que un niño mimado!" "¡Yo te quiero!" "¡Deja de decir eso inmediatamente!" "¡No, no me callaré nunca!" Empecé a tener frío, a tiritar. Contemplé la playa, parecía estar muy lejos. Vi a Luc. Sentí ganas de fundirme en sus brazos pesados, protectores, tranquilizadores. Le pedí a Philippe que me llevara hasta la orilla. Volvió a subirme a su espalda, y pasé mis manos alrededor de su cuello, él empezó a nadar a braza, y yo me dejé llevar. Sentía sus músculos bajo mi cuerpo, pero no experimenté nada más que miedo y aversión.

»No volví a ver a Philippe durante los dos veranos siguientes. Luc y yo nos fuimos a Marruecos. Él nos telefoneaba de vez en cuando para darnos noticias suyas. Vino a vernos en mayo, casi tres años después del episodio de la playa. El año de su veintitrés aniversario. Vino con la moto Honda que Luc le había regalado, y una novia sentada detrás. Cuando se quitó el casco, y vi su rostro, su sonrisa, su mirada, recordaré hasta mi muerte haber pensado: "Le amo". Ese día hacía buen tiempo. Cenamos los cuatro en el jardín. Nos quedamos mucho tiempo hablando de todo y de nada. La amiga, de la que he olvidado su nombre, era muy joven. Se la veía bastante intimidada. Luc se mostró encantado de estar con su sobrino. Philippe había dejado los estudios hacía tiempo y pasaba de un trabajo a otro. Mi corazón dio un respingo cuando Luc le propuso contratarle en el taller. Le dijo que le formaría y que si todo iba bien, le contrataría. Yo no había creído nunca en Dios. Nunca había asistido a clases de catecismo y raramente había puesto un pie en una iglesia, pero esa noche, recé: "Dios mío, haz que Philippe no trabaje nunca con nosotros". Inmediatamente sentí la mirada de Philippe sobre mí. Le respondió a su tío: "Déjame hablarlo con mi padre, no me gustaría que pusiera pegas". Nos fuimos a acostar. Esa noche no pude dormir. Al día siguiente, era fiesta. Philippe y su amiga se levantaron tarde. Estuvimos pasando el tiempo hasta la hora de comer. Por la tarde, Luc se echó una siesta y yo me quedé viendo la televisión con la amiga de Philippe mientras él salía a dar una vuelta en moto.

»Desde que llegaron, yo había hecho todo lo posible para no verme a solas con él. Y así llegamos a la hora del cóctel. Descendí a la bodega para coger una botella de champán, y advertí su perfume en mi espalda. No perdió el tiempo. Me dijo: "No voy a trabajar en vuestro taller, pero esta noche, a las doce, sal al jardín, siéntate en el muro y espera". Antes de que pudiera abrir la boca, me interrumpió: "No te tocaré". Y rápidamente se marchó. Cogí la botella y me reuní con Luc y con la chica, que me esperaban en la mesa. Philippe llegó cinco minutos después, como si viniera de la calle. Me pregunté qué querría de mí.

»Al fondo del jardín había una caseta de madera y detrás un viejo muro. Un muro en el cual Philippe se divertía con un monopatín cuando era adolescente. De hecho, Luc lo llamaba "el muro de Philippe": "Deberíamos poner jardineras en el muro de Philippe", "Habría que pintar el muro de Philippe", "He visto un bonito gato de angora el otro día en el muro de Philippe...".

»La velada transcurrió como en una nube, yo bebí mucho. A las once, todo el mundo se levantó para acostarse. Philippe me contempló, y luego se dirigió a Luc: "Tío, no creo que pueda trabajar contigo, he hablado hoy con mis padres, y me han montado una escena". Luc comentó: "No pasa nada, hijo".

»Yo había abierto un libro en la cama, Luc se quedó dormido contra mí. A medida que la hora avanzaba, más se angustiaba mi

corazón. No había ningún ruido en la casa. A las doce menos cinco me puse algo de abrigo y fui a sentarme sobre el muro. Estaba
sumida en una oscuridad completa. El jardín daba a la parte trasera de la casa y no estaba iluminado por ninguna farola. Recuerdo
haberme sobresaltado al menor ruido. Y además tenía miedo de
que Luc se despertara y me buscara por todas partes. No sé cuánto tiempo pasé así, sentada, sin moverme. Estaba paralizada por el
pavor. No sucedía nada. Solo había silencio a mi alrededor. Pero
no me atrevía a moverme, y pensaba: "Si me muevo, Philippe
cambiará de opinión y vendrá a trabajar con nosotros". Si ese hubiera sido el caso, yo me habría marchado. Me habría divorciado
sin decirle nada a Luc. Saber que su sobrino adorado *me deseaba*
le habría matado. Saber que *yo le amaba* le habría matado.

»Philippe y su amiga llegaron por fin. Él le dijo: "No digas
nada, déjate hacer". Philippe la llevaba cogida de la mano, ella
caminaba a ciegas, tenía los ojos vendados. En la otra mano, él
sostenía una linterna que enfocó en mi dirección. Me iluminó.
Mis ojos se deslumbraron. Ahora tan solo podía distinguir sus
siluetas. Dejó a la chica con la espalda apoyada contra un árbol,
mientras me miraba de frente. Colocó la linterna a sus pies,
siempre apuntando en mi dirección. Yo me sentía como atrapada bajo los faros de un coche. Dijo: "Quiero ver tu rostro". La
chica creyó que se lo decía a ella. Él le dio un montón de instrucciones y ella las ejecutó ante mis ojos, sin saber que yo estaba
ahí, tan cerca. "Como está prohibido, quiero al menos besar tu
rostro." Hizo el amor a la chica. Yo no le veía, estaba cegada,
pero sentía su mirada clavada en mí. En un momento dado, dijo:
"Ven, ven, ven". Hasta que yo me levanté y me acerqué a ellos.
Ella seguía dándome la espalda, con Philippe pegado a ella, frente a ella, frente a mí. Yo estaba tan cerca que podía notar el olor
de sus cuerpos. "Sí, eso es, observa cómo te amo." Sus ojos clavados en los míos, nunca lo olvidaré. Ni tampoco su sonrisa
desdichada. Cómo la agarraba, sus embestidas, sus ojos en los
míos, su gozo, su victoria sobre mí.

»Regresé a mi habitación, toda temblorosa, y me dormí contra Luc. Esa noche soñé con Philippe. Y también las noches si-

guientes. Por la mañana, Philippe y la chica regresaron a su casa. No les vi marchar. Pretexté un dolor de cabeza para quedarme en la cama. Cuando oí su moto arrancar y el ruido del motor desaparecer, me levanté prometiéndome no volver a verle nunca más. Pero pensaba en él. A menudo. El verano siguiente me las arreglé para que Luc y yo nos marcháramos a las Seychelles, como dos enamorados, diciéndole que me apetecía revivir la luna de miel con él.

»Volví a ver a Philippe el verano de sus veinticinco años. Desembarcó en nuestra villa sin avisar. Luc estaba al corriente, querían darme una sorpresa. Fingí estar encantada, pero tenía ganas de vomitar, demasiadas emociones, aversión, atracción. Esa misma noche, hizo el amor a una chica bajo mis ventanas murmurando: "Ven, ven, ven, mira cómo te amo". Aquello duró un mes. Yo me pasaba el día evitándole. Cuando me lo cruzaba en el desayuno, él me decía, con tono falsamente ligero: "Buenos días, tita, ¿has dormido bien?". Pero ya no sonreía. Parecía desgraciado. Algo había cambiado. Sin embargo, cada noche repetía la escena con una chica diferente. Yo tampoco sonreía. También era desgraciada. Había conseguido contaminarme de ese amor malsano. Yo estaba más enferma de él que enamorada.

»El último día de vacaciones, fui yo quien le acompañó a la estación. Le dije que no quería volver a verle nunca. Él respondió: "Ven, marchémonos juntos. Siento que contigo todo es posible, contigo tengo valor. Si te niegas, me convertiré en un pobre tipo, un inútil". Me partió el corazón. Le hice comprender lo más suavemente que pude que nunca abandonaría a Luc. Nunca. Me preguntó si podía besarme por última vez, le dije que no... Si le hubiera dejado besarme, habría tenido que irme con él.

»El 30 de agosto de 1983, cuando su tren desapareció, supe que no volvería a verle. Lo presentí. En todo caso, no en esta vida. Como usted sabe, hay muchas vidas dentro de una vida.

»Perdimos de vista a Philippe. Al principio, continuó llamando por teléfono y luego, poco a poco, con los años, ya ni eso. Luc creyó que habría acabado claudicando ante sus padres. Que se había puesto de su lado. Nosotros retomamos nuestras costumbres, nuestra vida. Una vida tranquila y serena. Un año después, supimos que Philippe había conocido a alguien, a usted, y que había tenido una hija y se había casado. Que se había mudado. Pero nunca nos llamó para decírnoslo. Yo sabía que era por mi culpa. Pero Luc sufrió mucho por no tener noticias suyas.

»Creo que le habría encantado conocerla, conocer a su... Tal vez las cosas habrían sido diferentes. Más fáciles. Y luego sucedió la tragedia. Nos enteramos casi por casualidad. La colonia de vacaciones. Espantoso. Luc quiso ver a Philippe. Telefoneó a su hermana para que nos diera la dirección de vuestra casa, pero ella le colgó en las narices. Así que no insistió. Lo achacó a su pena. Luc me dijo: "Y además, ¿qué podríamos decirle? Pobre Philippe".

»En octubre de 1996, Luc murió en mis brazos víctima de un ataque al corazón. Sin embargo, era un día muy hermoso. Habíamos estado riéndonos juntos en el desayuno. Al final de la mañana, dejó de respirar. Grité para que abriera los ojos, grité para que su corazón continuara latiendo, pero no sirvió de nada. Luc ya no me oía. Me sentí culpable. Durante mucho tiempo me dije que era a causa de Philippe. De ese absurdo amor oculto. Que no tenía nada de absurdo.

»Hice que lo enterraran en la más estricta intimidad. No avisé a los padres de Philippe. ¿Por qué hacerlo? Luc no habría soportado verlos en su entierro. Habría sido capaz de resucitar cinco minutos para soltarles un puñetazo y pedirles que se marcharan. Tampoco avisé a Philippe. ¿De qué serviría? Había decidido conservar el taller, pero cediendo la gestión, y me marché muchos meses lejos de Bron. Necesitaba reflexionar, "hacer mi duelo", como suele decirse.

»Alejarme no me ayudó. Todo lo contrario. Yo también rocé la muerte. Caí en una depresión. Y acabé en un hospital psiquiátrico sometida a una fuerte medicación. Ni siquiera sabía contar hasta diez. La muerte de Luc estuvo a punto de costarme la vida a mí también. Al perder a mi hombre, había perdido todas mis referencias. Lo había conocido siendo muy joven. Cuando logré salir a flote, decidí ocuparme yo misma de los negocios. Ese taller había sido nuestra vida, sobre todo la mía. Vendí nuestra casa de campo para comprar una en el centro de la ciudad, a cinco minutos del taller. El día de la venta, cuando entregué las llaves a los nuevos propietarios, un mirlo se posó en el muro de Philippe, cantando a voz en grito.

»En 1998, estaba en el taller calculando un presupuesto para un vehículo de un cliente cuando le vi entrar. Me encontraba en mi oficina, y le vi llegar en moto a través del ventanal. Aún no se había quitado el casco y ya sabía que era él. No le había visto en quince años. Su cuerpo había cambiado, pero su presencia seguía intacta. Pensé que iba a desmayarme. Al igual que con mi hombre, creí que mi corazón se pararía. No imaginaba que volvería a verle algún día. Ya raramente pensaba en él. Formaba parte de mis noches. Lo veía a menudo en mis sueños, pero durante el día, apenas pensaba en él. Ahora pertenecía a mis recuerdos. Desde el momento en que se quitó el casco, empezó a pertenecer al presente. Mal aspecto. Mala cara. Toda una conmoción. Yo había dejado a un muchacho de veinticinco años en el andén de una estación y ahora descubría a un hombre sombrío. Lo encontré extremadamente guapo. Ojeroso pero guapo. Sentí ganas de correr a sus brazos, como en las películas de Lelouch. Me acordé de sus últimas palabras: "Ven, marchémonos juntos. Siento que contigo todo es posible, contigo tengo valor. Si te niegas, me convertiré en un pobre tipo, un inútil".

»Avancé hacia él. ¿Y yo? Yo también había cambiado. Iba a cumplir cuarenta y siete años. Estaba demacrada. Mi piel había acusado el golpe. Había bebido mucho y había fumado mucho. Creo que a él ya nada le importaba, cuando me vio se arrojó en mis brazos. "Cayó en mis brazos" sería más exacto. Empezó a llorar. Durante mucho tiempo. En medio del taller. Lo llevé a mi casa. A nuestra casa. Y él me lo contó todo.

*

Françoise Pelletier se fue hace una hora. Su voz aún resuena entre mis paredes. Creí que había venido para herirme cuando en realidad me ha hecho el regalo de la verdad.

62

Ya no sueño, ya no fumo, ni siquiera tengo historia,
sin ti estoy sucio, sin ti soy feo,
soy como un huérfano en un hospicio

Gabriel Prudent aplastó la colilla de su cigarrillo y entró en la rosaleda cinco minutos antes de que cerraran. Irène Fayolle ya había apagado las luces de la tienda y el acceso a los jardines estaba cerrado. Había bajado las pesadas rejas metálicas y se encontraba en el almacén cuando le vio delante del mostrador. Él esperaba como un cliente abandonado, que hubiese quedado rezagado.

Ambos se vieron a la vez, ella bajo la luz blanca de una lámpara halógena, él apenas iluminado por un neón rojo que colgaba por encima de la puerta de entrada.

«Ella sigue igual de bella. ¿Qué hace él aquí? Espero que sea una grata sorpresa. ¿Habrá venido a decirme alguna cosa? Ella no ha cambiado. Él no ha cambiado. ¿Cuánto tiempo ha pasado? Tres años. La última vez, hubo esa riña. Él parece perdido. Me marché sin despedirme. Espero que no me odie. No, si no no estaría aquí. ¿Seguirá ella con su marido? ¿Habrá él rehecho su vida? Parece que ella ha cambiado el color de su cabello, está más claro. Siempre con su viejo abrigo azul marino. Siempre toda de beige. Él parecía más joven por televisión, la última vez.

¿Qué habrá hecho ella en todo este tiempo? ¿Qué habrá visto, defendido, conocido, comido, vivido él? Los años. El agua que corre bajo los puentes. ¿Querrá ella tomarse una copa conmigo? ¿Por qué ha venido tan tarde? ¿Se acordará ella de mí? Él no me ha olvidado. Qué bien que ella esté aquí. Ha habido suerte, normalmente los jueves por la noche Paul viene a buscarme. Podría marcharme sin decir nada. ¿Acaso él pretende besarme? ¿Tendrá ella tiempo para mí? Hoy es la reunión de padres y profesores. Tal vez tendría que haberla seguido por la calle. ¿Acaso él me ha seguido? Fingir que me la cruzaba por la acera por casualidad. Paul y Julien me esperan delante del colegio a las siete y media. La profesora de literatura quiere hablar con nosotros. El primer paso, me gustaría que ella diera el primer paso. Esa es una canción. Y vivir cada uno por su lado. ¿Es que vamos a ir a un hotel? ¿Acaso pretende hacerme beber como la última vez? Ella seguramente tiene cosas que decirme. Y también está el profesor de inglés. Tengo que darle su regalo. No puedo marcharme sin darle su regalo. ¿Qué estoy haciendo aquí? Su piel, el hotel. Su aliento. Él ya no fuma. Imposible, no dejará nunca de fumar. A lo mejor es que aquí no se atreve. Sus manos...»

DIARIO DE IRÈNE FAYOLLE

2 de junio de 1987

He salido del almacén, Gabriel me ha seguido sonriendo tímidamente, él, el gran abogado, el que tenía tanto carisma, el verbo fácil, no sabía de qué hablar, como un niño pequeño. El que defendía a criminales e inocentes, no ha podido decir nada para defender nuestro amor.

De pronto estábamos en la calle. Gabriel aún no me había dado mi regalo y no nos habíamos dicho una sola palabra. He cerrado la tienda con llave y hemos caminado hasta mi coche. Como tres años antes, se ha sentado a mi lado, ha apoyado su nuca contra el reposacabezas y yo he conducido sin rumbo fijo. Ya no tenía ganas de pararme, de aparcar. No quería que él se

bajara de mi coche. Me he encontrado conduciendo por la auto-
pista, he tomado la dirección de Toulon, y luego he bordeado la
costa hasta Cap d'Antibes. Eran las diez de la noche cuando, con
el depósito de gasolina casi vacío, he aparcado al borde del mar,
al lado del hotel Bahía dorada. Nos hemos acercado para leer los
paneles donde se indicaban los precios de las habitaciones y los
menús del restaurante. Una mujer rubia nos ha recibido con una
bonita sonrisa. Gabriel ha preguntado si no era demasiado tarde
para cenar.

Era la primera vez que escuchaba el sonido de su voz desde
que entró en la rosaleda. En el coche, no había pronunciado pa-
labra. Simplemente había buscado música en la radio.

La mujer de recepción nos ha explicado que fuera de tempo-
rada, el restaurante estaba cerrado entre semana. Pero podía su-
birnos dos ensaladas y dos sándwiches club a la habitación.

Nosotros no habíamos pedido habitación.

Sin esperar respuesta, nos ha tendido una llave, la de la habi-
tación 7, y nos ha preguntado si preferíamos vino blanco, tinto o
rosado para acompañar nuestra cena. Yo he mirado a Gabriel: el
alcohol era él quien lo elegía.

Después, la mujer de recepción nos ha preguntado cuántas
noches íbamos a quedarnos, y ahí, he sido yo la que he respondi-
do: «Aún no lo sabemos». Ella nos ha acompañado hasta la habi-
tación 7 para mostrarnos el funcionamiento de las luces y de la
televisión.

En la escalera, Gabriel me ha susurrado al oído: «Debemos
tener aspecto de enamorados puesto que nos ha ofrecido una ha-
bitación».

La habitación 7 era amarillo pálido. Tenía los colores del sur
de Francia. Antes de marcharse, la señora de recepción ha abier-
to el ventanal que daba a la terraza, el mar estaba negro y el
viento era suave. Gabriel ha dejado su abrigo azul marino en el
respaldo de una silla y ha sacado algo que me ha tendido. Un
pequeño objeto envuelto en papel de regalo.

—He venido para dárselo, no podía imaginar que al entrar
en su rosaleda, acabaríamos aquí, en este hotel.

—¿Se arrepiente?

—Jamás en la vida.

He desenvuelto el papel de regalo y descubierto una bola de nieve. La he agitado varias veces.

La señora de recepción ha llamado a la puerta y ha empujado un carrito que ha abandonado en el centro de la habitación. Se ha excusado y ha desaparecido tan rápido como ha entrado.

Gabriel ha tomado mi rostro entre sus manos y me ha besado.

«Jamás en la vida» son las últimas palabras que ha pronunciado esa noche. No tocamos ni la comida ni el vino.

Por la mañana, he llamado a Paul y le he dicho que no volvería inmediatamente y luego he colgado. Después he avisado a mi empleada, le he pedido que se ocupara sola de la rosaleda durante algunos días. Con un poco de miedo, ha respondido: «¿Debo administrar también la caja?». Le he respondido que sí y he colgado sin despedirme.

Había pensado no volver jamás. Desaparecer de una vez para siempre. No tener que enfrentarme ya a nada, sobre todo a la mirada de Paul. Huir cobardemente. Recuperar a Julien, sí, pero mucho más tarde, cuando fuera mayor, cuando entendiera.

Ni Gabriel ni yo teníamos ropa de recambio. Al día siguiente, fuimos a una tienda para comprar algunas prendas. Él se negó a que yo eligiera el beige y me regaló coloridos vestidos, con detalles dorados por todas partes. Y también sandalias. Siempre he tenido pavor a las sandalias. A mostrar mis dedos.

Durante unos días, me he sentido disfrazada. Otra persona con otras ropas. Aquellas de otra mujer.

Me he preguntado durante mucho tiempo si estaba disfrazada o si simplemente era yo a la que había vuelto a encontrar, descubierta por primera vez.

Una semana después de nuestra llegada a Cap d'Antibes, Gabriel ha tenido que volver al tribunal de Lyon para defender a un hombre acusado de homicidio. Gabriel estaba convencido de su inocencia. Me ha suplicado que le acompañara. He pensado: «Uno quizá puede abandonar las rosas y a su familia, pero no a un hombre acusado de asesinato».

Hemos regresado a Marsella para recuperar el coche de Gabriel, que estaba aparcado a pocas calles de mi rosaleda. Dejaría mi utilitario y las llaves escondidas bajo la rueda delantera izquierda como hacía a menudo, y juntos viajaríamos hasta Lyon.

Cuando he visto el coche de Gabriel, un deportivo descapotable rojo, he pensado que no conocía a ese hombre. Que no sabía nada de él. Acababa de pasar los días más hermosos de mi vida, pero ¿y después?

No sé por qué pero aquello me recordó a los amores estivales. Al guapo desconocido de la playa del que te enamoras perdidamente y al que luego encuentras en pleno septiembre en una calle gris en París, enfundado en su ropa, y de pronto ha perdido todo el encanto del verano.

He pensado en Paul. En Paul, que lo sabía todo. En su dulzura, su belleza, su delicadeza, su amor, su timidez, en nuestro hijo.

En ese preciso instante, he visto a Paul al volante de su coche. Debía de venir de la rosaleda. Debía, estar buscándome por todas partes. Estaba muy pálido, perdido en sus pensamientos. No me ha visto. Me habría gustado que su mirada se cruzara con la mía. Al no verme, me había dejado elegir. Volver con él o subirme al coche de Gabriel. Me he visto reflejada en el escaparate de una tienda. Con mi vestido verde y dorado. He visto a otra mujer.

Le he dicho a Gabriel, que ya estaba al volante de su descapotable: «Espera un momento». He caminado hasta mi rosaleda, he pasado por delante, no había nadie. Mi empleada debía de estar en los jardines de atrás.

He echado a correr como si me estuvieran persiguiendo. Nunca había corrido tan rápido. He entrado en el primer hotel que he encontrado y me he encerrado en una habitación para llorar tranquilamente.

Al día siguiente, he retomado el trabajo en la rosaleda, he

vuelto a enfundarme mis ropas beige, he colocado la bola de nieve en el mostrador y he regresado a mi casa.

Mi empleada me ha contado que un abogado muy conocido había venido el día anterior y que me había buscado por todas partes como un loco. Que no era tan atractivo como se veía por televisión, sino más pequeño.

Una semana después, los periódicos anunciaron que el abogado Gabriel Prudent había conseguido que absolvieran al hombre de Lyon.

63

La ausencia de un padre refuerza el recuerdo de su presencia

Según Geneviève Magnan, una sola cosa le había llamado la atención durante el juicio, hasta obsesionarla: el descaro de Fontanel. Su traje, sus gestos, su actitud. De todas las personas que fueron a testificar, solo se acordaba de él.

Alain Fontanel había sido llamado el último por el fiscal. Después del personal implicado, los bomberos, los expertos y el cocinero. Cuando Fontanel respondió con voz firme a las preguntas del juez, Philippe Toussaint advirtió cómo Geneviève Magnan bajaba los ojos. Desde que descubrió su presencia en los pasillos del tribunal el primer día del juicio, y supo que ella estaba en Notre-Dame-des-Prés esa noche, se había dicho inmediatamente: «Es ella la que prendió fuego a la habitación, la que se ha vengado».

Sin embargo, no fue hasta que Fontanel habló cuando Philippe Toussaint experimentó un hondo malestar. Se había dicho que no podía ser el único que experimentara ese vértigo frente a la mentira. Había escrutado a los otros padres, para comprobar si Fontanel les causaba el mismo efecto que a él, pero nada. Los otros padres estaban muertos. Como Violette, todos muertos. Como la directora en el estrado de los acusados que, con la mirada vacía, había escuchado a Fontanel sin escucharlo.

Una vez más, Philippe Toussaint se dijo: «Yo soy el único que estoy vivo». Se había sentido culpable. La muerte de Léonine no le había aniquilado como a los demás. Como si Violette hubiese cargado con todo el peso de la pareja. Como si ella no hubiese compartido su tristeza. Pero en el fondo sabía que había sido la rabia la que le había hecho levantarse y le había mantenido por encima del caos. Una rabia sorda, pesada, violenta, negra, de la que no había hablado nunca a nadie porque Françoise ya no estaba ahí. El odio de sus padres, el odio de su madre, el odio de esa gente que no había reaccionado cuando el fuego...

No había sido un buen padre. Más bien, un padre ausente, un padre distante, un padre fingido. Era demasiado egoísta, demasiado egocéntrico para dispensar amor. Había decidido que únicamente se interesaría por su moto y las mujeres. Todas esas mujeres que esperaban a ser consumidas como fruta madura en un puesto callejero. Con los años, se había servido tantas veces de las casas de las vecinas que un compañero le había propuesto *la dirección*, un lugar donde divertirse en común. Donde las mujeres no se enamoraban, no perdían la cabeza, no hacían pucheros y acudían a buscar lo mismo que los tíos.

Por fin se dictó sentencia: dos años de prisión para la directora. Y las indemnizaciones, muchas indemnizaciones. Que él se quedaría para sí. Una costumbre que la asquerosa de su madre le había enseñado: «Quédatelo todo para ti, la otra está ahí para quitarte todo tu dinero».

Cuando salió del tribunal, sus padres le esperaban en el exterior, más rígidos que la justicia que acababa de presenciar. Le habían dado ganas de escapar, de salir por una puerta lateral para no enfrentarse a su mirada. Ya no les soportaba, sobre todo desde la muerte de Léonine. Su madre, que acusaba a Violette de todos los males, no había podido culparla de la tragedia. Lo había intentado todo, pero al fin y al cabo fue ella la que insistió en que Léonine se fuera de vacaciones a ese lugar maldito. Se fue a comer con ellos, con gesto resignado y hombros encorvados.

No había podido tragar nada, ni decir nada. En el revés de la cuenta, había garabateado, con el bolígrafo con el que su padre había rellenado el cheque: «Édith Croquevieille, directora; Swan Letellier, cocinero; Geneviève Magnan, encargada de la limpieza; Éloïse Petit y Lucie Lindon, monitoras; Alain Fontanel, encargado de mantenimiento».

Había vuelto a su casa, llevando como único equipaje en su moto el testimonio de Fontanel: «Yo dormía en el primer piso. Me despertaron los gritos de Swan Letellier. Las mujeres ya habían empezado a evacuar a las otras niñas. La habitación del piso de abajo estaba en llamas, fue imposible entrar, eso habría sido aún peor».

Violette no había reaccionado cuando le anunció las sentencia. Había dicho: «De acuerdo», y había salido a bajar la barrera. En ese momento, había pensado en Françoise, en los veranos en Biot. Pensaba en ella a menudo, regresando a las vacaciones y a sus recuerdos cuando el presente le deprimía demasiado. Luego había tomado los mandos de su Nintendo y había jugado hasta atontarse, chillar, ponerse nervioso cuando Mario fallaba algún obstáculo, o pasaba alguna prueba torpemente. Cuando por fin apagó la televisión, Violette dormía desde hacía mucho rato en su habitación. No se unió a ella. Se había montado en su moto para conducir hasta *la dirección*, y tirarse a las mujeres que esperaban lo mismo que él, sexo triste, gozo, un cubículo. Pero las palabras de Fontanel no le abandonaban: «Yo dormía en el primer piso. Me despertaron los gritos de Swan Letellier. Las mujeres ya habían empezado a evacuar a las otras niñas. La habitación del piso de abajo estaba en llamas, imposible entrar, eso habría sido aún peor».

¿Qué es lo que habría sido aún peor?

La muerte de Léonine había hecho que se le cayera el ombligo. Ese ombligo que su madre le había hecho contemplar a toda costa: «No pensar en los demás, pensar en ti».

A veces le decía a Violette: «Vamos a hacer otro bebé». Ella respondía que sí para librarse de él. Librarse de aquel que le había abandonado desde hacía años, de aquel que la engañaba, no con todas las mujeres que le rodeaban sino con Françoise, la única a la que había amado. No se había casado con Violette para que ella fuera feliz, se había casado para librarse de su madre que no hacía más que hostigarle.

Había sentido una inmensa pena por Violette cuando ella perdió a su hija. Había sufrido más por la pena de su mujer que por la pérdida de su hija. Había sufrido por no haber podido hacer nada por ella. Por no tener nada de lo que ocuparse. Por su silencio, por no haber conseguido nunca hablar de otra cosa que no fuera de una marca de champú o de un programa de televisión. Por no haber sabido decirle a su mujer: «¿Cómo te sientes?». Y por todo ello también se había sentido culpable. Él no había aprendido a sufrir. En el fondo, no había aprendido nada. Ni a amar, ni a trabajar, ni a dar. Un completo inútil.

Se había vuelto loco por Violette la primera vez que la vio detrás de la barra de la sala de fiestas. Se había sentido atraído por todo ese azúcar del que ella parecía estar espolvoreada. Como una piruleta coloreada en un carrito de feria. Aquello no tenía nada que ver con lo que sentía y sentiría siempre por Françoise, pero tuvo ganas de esa chica. De su voz, su piel, su sonrisa, su peso pluma. Su aspecto a lo chico, su fragilidad, su forma de entregarse sin reservas. Por eso le había hecho tan rápido un bebé, quería conservarla para él, para él solo. Como cuando uno se regala un pastel que no quiere compartir con nadie. Que se devora en un rincón a escondidas de todo el mundo. Y su madre le había pillado con las manos en la masa, a él, el pequeño rey, con el jersey lleno de crema. Y, además, con un bombo en el vientre de ella.

En agosto de 1996, es decir, nueve meses después de que el juez enviara a Édith Croquevieille a prisión, Violette se marchó diez días a Marsella a la cabaña de Célia. Él ya no soportaba la situación, y sentía que aquello era recíproco. Le había dicho que durante ese tiempo se marcharía en la moto con sus amigos de Charleville, sus amigos de antaño. Pero él amigos ya no tenía. Ni de antes ni de ahora.

Se había marchado a Chalon-sur-Saône, solo. Alain Fontanel trabajaba en un hospital de allí. El hospital Santa Teresa, construido en 1979, donde se ocupaba del mantenimiento eléctrico, de la fontanería y de renovar la pintura con otros dos colegas después de haber perdido su trabajo en Notre-Dame-des-Prés. Philippe Toussaint ignoraba cómo haría para abordarle. ¿Tendría que hablar con él suavemente o bien darle una paliza hasta que cantara? Fontanel tenía casi veinte años más que él, no sería difícil neutralizarle, retorcerle el brazo. No había pensado nada, salvo verse a solas con él. Hacerle las preguntas que nadie se había atrevido a formular durante el juicio.

Philippe Toussaint entró en el recinto del hospital, y pidió hablar con Alain Fontanel en el mostrador de recepción, donde le preguntaron: «¿Conoce usted el número de habitación?». Philippe Toussaint había farfullado: «No, trabaja aquí».

—¿Es un enfermero? ¿Interno?

—No, está en mantenimiento.

—Voy a informarme.

Mientras la recepcionista descolgaba el teléfono, Philippe Toussaint divisó a Fontanel entrando en la cafetería situada en la planta baja, a unos cincuenta metros de donde estaba. Vestía un mono de trabajo. Sintió el mismo malestar que en el tribunal, no era capaz de clasificar a ese tipo. Sin pensarlo dos veces, caminó rápidamente hasta llegar a él. Y se mantuvo a su espalda. Fontanel llevaba una bandeja en la mano y hacía cola en el autoservicio. Philippe Toussaint se colocó detrás, tomó también una bandeja y pidió el plato del día. Fontanel se dirigió hacia una ventana, solo. Philippe Toussaint se unió a él y se sentó enfrente sin pedirle permiso.

—¿Nos conocemos?

—No hemos hablado nunca pero nos conocemos.

—¿Puedo ayudarle en algo?

—Seguro.

El otro había empezado a cortar su carne como si nada.

—No dejo de pensar en usted.

—Normalmente causo ese efecto en las mujeres.

Philippe Toussaint se había mordido violentamente el carrillo para mantener la calma y no precipitarse.

—Verá, creo que usted no contó todo en el juicio... Su testimonio no deja de dar vueltas en mi cabeza, como una bestia enjaulada.

Fontanel no mostró ninguna sorpresa. Contempló a Philippe Toussaint durante un minuto, sin duda para tratar de recordarlo durante el transcurso del juicio, de situarlo, y luego rebañó el plato con un gran trozo de pan.

—¿Cree usted que voy a añadir algo más, así como así, por su cara bonita?

—Sí.

—¿Y por qué iba a hacerlo?

—Porque podría ser mucho menos amable.

—Puede matarme si quiere, no tengo nada que perder. Incluso le diría que me conviene. Nunca me ha gustado mi trabajo, no quiero a mi mujer y no quiero a mis hijos.

Philippe Toussaint había apretado sus puños con tanta fuerza que sus manos se habían quedado blancas.

—Me importa un bledo su vida, solo quiero saber lo que vio esa noche... Usted miente tanto como respira.

—La Magnan, ¿conoce usted a la Magnan? Es mi mujer.

—...

—En el juicio, se meaba encima cada vez que posaba los ojos en usted.

En el momento en que Fontanel había pronunciado su nombre, él había recordado a Geneviève Magnan por los pasillos del colegio, los ojos legañosos, corriendo detrás de él como una perra en celo. Había vuelto a verse follándosela en el mismo lugar, los pies hundidos en el barro, bajo los faros de su moto. Eso le había dado náuseas. Fontanel, el olor de la comida y del hospital mezclándose... ¿Acaso ella había prendido fuego a la habitación para vengarse? Esa pregunta le torturaba.

—Qué es lo que sucedió, en nombre de Dios...

—Fue un accidente. Nada más ni nada menos. Un maldito accidente. No siga buscando, no encontrará nada, se lo aseguro.

Philippe Toussaint se había abalanzado por encima de la mesa, le había agarrado y le había golpeado como si se hubiera vuelto loco. En el rostro, en el vientre, soltándole puñetazos por todas partes, al azar. Había tenido la sensación de sacudir a un colchón abandonado en un rincón de la calle. Lo había golpeado ignorando los gritos a su alrededor. Fontanel no se había defendido. Se había dejado hacer. Alguien había agarrado a Philippe por los brazos, para impedir que continuara. Había tratado de inmovilizarle, de tirarle al suelo, pero él se había resistido, con una fuerza sobrehumana, y había salido corriendo. Los puños ardientes y ensangrentados por la fuerza de los golpes.

Como ya esperaba, Fontanel no había dicho nada, no presentó ninguna denuncia por los golpes y heridas. Había declarado ignorar la identidad de su agresor.

64

Duerme, papá, duerme, pero que nuestras risas infantiles lleguen hasta donde estás en lo más profundo del firmamento

Cementerio de Bron, 2 de junio de 2017, cielo azul, veinticinco grados, tres de la tarde. Entierro de Philippe Toussaint (1958-2017). Féretro de castaño. Tumba en mármol gris. Ninguna cruz.

Tres coronas —«Unas bellas flores por los bellos recuerdos que no se marchitarán jamás»—, unos lirios blancos —«Recibe estas flores como testimonio de mi honda simpatía.»

Cintas con mensajes de condolencia en las cuales se podía leer: «A mi compañero», «A nuestro colega de trabajo», «A nuestro amigo». En una placa funeraria, al lado de una moto dorada: «Desaparecido pero nunca olvidado».

Una veintena de personas está presente alrededor de la tumba. Gente de la otra vida de Philippe Toussaint.

Como su legítima esposa, he dado autorización a Françoise Pelletier para inhumar a Philippe Toussaint en la sepultura de Luc Pelletier, y que así se encuentre con ese tío del cual yo ignoraba su existencia. Al igual que ignoraba toda una parte de la vida de Philippe Toussaint.

Espero a que todo el mundo se marche para acercarme a la tumba, y deposito una placa de parte de Léonine: «A mi padre».

65

Solo unas pocas palabras para decirte que te amamos. Solo unas palabras para pedirte que nos ayudes a superar las duras pruebas de aquí abajo

Agosto de 1996, Geneviève Magnan

Le esperé mucho tiempo. Sabía que terminaría por llegar. Lo sabía mucho antes de ver la cara de Fontanel toda desfigurada cuando volvió a casa. Caminaba con muletas. El rostro rojo y azul, dos dientes rotos.

«¿Qué te has hecho ahora?», pregunté. Pensaba que habría bebido más de la cuenta, que se había pegado con otros borrachos. Él siempre había llevado la violencia en la sangre, la rabia. Y también me había llenado de moratones las noches de borrachera.

Pero me respondió: «Ve a hacerle la pregunta al tipo que te follaba a mis espaldas».

Esa frase me hizo aún más daño que sus golpes o los de mi madre. Sus palizas no eran nada comparadas con esa frase. Auténticas puñaladas en las entrañas.

Él era quien estaba desfigurado, quien cojeaba, pero era yo la que recibía la paliza, hasta no poder moverme. Totalmente petrificada. Aterrorizada.

Pensé en el cerdo al que habían sacrificado la semana anterior en casa del vecino. En lo asustado que estaba, en cómo temblaba, cómo había chillado. De miedo y de dolor. El horror. Los hombres que se ensañaban, sus risas. Después, nosotras las mujeres habíamos sido requeridas para hacer las morcillas. El olor de la muerte. Ese día me dieron ganas de ahorcarme. No era la primera vez que sentía esas ganas de «acabar» como suelen decir los ricos. No, no era la primera vez. Pero, en esta ocasión, me duró más tiempo. Mucho más tiempo que de costumbre. Incluso saqué dinero para comprar la cuerda en Bricorama. Luego aparté la idea pensando en los niños. De cuatro y nueve años. ¿Qué harían ellos solos con Fontanel?

Sabía que algún día él vendría a hacerme preguntas cuando vi su mirada posarse sobre mí en los pasillos del tribunal.

Alguien ha llamado a la puerta, creí que sería el cartero, esperaba un paquete de La Redoute. Pero no era el cartero, era él, estaba tras la puerta. Sus ojos parecían cansados. Pude ver su tristeza. Pude ver su belleza. Y luego el desprecio. Me miró como si yo fuera un montón de mierda.

Quise cerrar la puerta pero él le asestó una patada, con violencia. Parecía un loco. Pensé en llamar a la poli, pero ¿qué podría decirle a la poli? ¿Que desde aquella noche tenía miedo? Él no me tocó, le daba demasiado asco. Podía sentir su odio y horror a un tiempo. Solo pude decir una cosa: «Fue un accidente, yo no hice nada a propósito, nunca les habría hecho daño a unas niñas».

Él me contempló de arriba abajo, y entonces hizo algo que no me esperaba. Se sentó en la mesa de mi cocina, apoyó su cabeza en los brazos y empezó a llorar. Sollozaba como un niño que hubiese perdido a su madre entre la multitud.

—¿Quiere saber lo que sucedió?

Me dijo que no.

—Le juro que fue un accidente.

Estaba a un metro de mí. Me dieron ganas de tocarle, de desnudarle, de desnudarme, de que me tomara, de que me hiciese gemir como antes, contra la roca. Nunca nadie se había detestado tanto como yo me detesté en ese momento.

Él seguía allí, desesperado, perdido en mi cocina, que no había limpiado desde hacía siglos. Desde que estoy en paro, todo me da igual. Yo, que soy responsable. Yo, la culpable.

Se levantó y salió sin mirarme. Tras su marcha, ocupé su sitio. Aún quedaba su perfume.

Después del colegio, dejaré a los niños en casa de mi hermana. Ella, mi hermana, es mucho más cariñosa que yo. Les diré que se porten bien. Que no molesten. Tomaré el dinero de la última vez. Al volver, compraré una cuerda en Bricorama.

66

La muerte de una madre es la primera
pena que lloramos sin ella

—¿Quiere probarlos?

—Con mucho gusto.

Arranco algunos tomates cherry y se los doy a probar al señor Rouault.

—Deliciosos. ¿Piensa quedarse aquí?

—¿Adónde quiere que vaya?

—Con el dinero de su herencia, podría dejar de trabajar.

—Ah no, no. A mí me gusta mi casa, me gusta mi cementerio, me gusta mi trabajo, me gustan mis amigos. Y además
¿quién se ocuparía de mis animales?

—Pero bueno, de todas formas, cómprese una casita, algo,
en alguna parte.

—Oh, no. Entonces estaría obligada a ir allí. Ya sabe, las se-
gundas residencias te impiden hacer otros viajes, esos que se deciden en el último momento. Y por otra parte, ¿me imagina realmente en una segunda residencia?

—¿Qué piensa hacer con todo ese dinero, si no es indiscre-
ción?

—¿Cuánto es cien dividido entre tres?

—33,33333 hasta el infinito.

—Pues bien, donaré ese 33,33333 por ciento y el infinito a comedores sociales, a Amnistía Internacional y a la fundación Bardot. Eso me permitirá salvar un poco al mundo desde mi pequeño cementerio. Venga, señor notario, vamos a beber una copa.

Él agarra su bastón y me sigue sonriendo. Nos sentamos bajo el cenador para degustar un maravilloso sauterne fresco. El señor Rouault se despoja de la chaqueta del traje y estira las piernas hundiendo los dedos en los cacahuetes salados.

—Observe qué día tan bueno hace hoy, cada día me embriaga la belleza del mundo. Por supuesto, también está la muerte, la pena, el mal tiempo, el Día de Todos los Santos, pero la vida sigue su curso. Siempre hay un mañana en el que la luz es hermosa, en que la hierba brota sobre la tierra quemada.

—Tendría que enviarle a todos esos hermanos que se insultan en mi despacho, a su lado podrían recibir un curso de sabiduría.

—Yo creo que la herencia no tendría que existir. Creo que deberíamos dar todo en vida a la gente que amamos. Su tiempo y su dinero. Las herencias las inventó el diablo para que las familias se desgarraran. Solo creo en la donación en vida, no en las promesas de la muerte.

—¿Sabía que su marido era rico?

—Mi marido no era rico. Estaba demasiado solo y era demasiado desgraciado. Por suerte, al final de su vida, vivió con la persona adecuada.

—¿Qué edad tiene usted, querida Violette?

—No lo sé. Desde julio de 1993 ya no celebro mis cumpleaños.

—Podría rehacer su vida.

—Mi vida está bien como está.

67

*En las arenas movedizas por las que se desliza
la vida, crece una dulce flor que mi corazón
ha elegido*

En agosto de 1996, un año antes de instalarme en el cementerio, dejé la cabaña de Sormiou un poco antes que de costumbre. Tomé un tren hasta Mâcon y luego un autobús que se paraba en Brancion-en-Chalon en su trayecto a Tournus. Mi autobús pasaba por delante de La Clayette, y vi el castillo de Notre-Dame-des-Prés, a lo lejos, a través de la ventanilla, por primera vez. Pocos minutos después, mi autobús se detuvo frente al ayuntamiento de Brancion-en-Chalon, y cuando descendí, temblaba de la cabeza a los pies. Mis piernas apenas podían llevarme hasta el cementerio. En cada paso, volvía a recordar el castillo, las ventanas, sus muros blancos. Había entrevisto el lago, por detrás, brillante como un mar de zafiros. Hacía mucho calor.

La puerta de la casa de Sasha del lado del cementerio estaba entreabierta, pero no entré. Me dirigí directamente a la tumba de Léonine, evocando los muros del castillo. Delante de la estela donde estaba grabado el nombre de mi hija y el de sus amigas, me culpé por primera vez por no haber asistido al entierro, por haberla dejado partir sola, por no haber depositado ni siquiera un simple guijarro blanco en su sepultura. Sin embargo, una vez más, ese día supe que Léonine estaba mucho más presente en el Mediterráneo del que yo acababa de regresar y en las flores del jardín de Sasha que bajo esa sepultura. Caminé hasta la casa del guarda con el alma partida.

Él no sabía que yo estaba ahí, pues no le había avisado. Hacía más de dos meses que no le veía. Desde que Philippe Toussaint me lo prohibió. La casa estaba ordenada. La puerta que daba a su jardín y al huerto, abierta de par en par. No le llamé. Salí al jardín y le vi, recostado en un banco, echando una siesta, con el sombrero de paja inclinado sobre su rostro. Me acerqué despacito, él se levantó de inmediato y me estrechó en sus brazos.

—No hay nada más bonito que el cielo a través de un sombrero de paja. Me gusta contemplarlo a través de los agujeros sin que el sol me moleste. Mi gorrión, qué magnífica sorpresa... ¿Vas a quedarte a pasar el día?

—Algo más.

—¡Es maravilloso! ¿Has comido?

—No tengo hambre.

—Voy a hacerte pasta.

—Pero si no tengo hambre.

—Con mantequilla y gruyere rayado, venga ven, ¡tenemos mucho trabajo! ¿Has visto cómo ha crecido todo? ¡Ha sido un gran año para el jardín! ¡Un gran año!

En ese momento, cuando le vi agitarse y sonreír, sentí algo cálido en el vientre, una especie de felicidad. No algo fingido, ni tampoco una de esas crisis vitales que duran apenas unos segundos, sino una plenitud, una sonrisa en los labios que no había sido barrida inmediatamente, ganas de vivir, sencillamente. Ya no estaba teledirigida sino habitada.

Me habría gustado guardar el verano y ese instante, el jardín y a Sasha para siempre.

Me quedé cuatro días con él. Comenzamos por recolectar los tomates maduros para hacer conservas. Primero, esterilizamos los tarros en una tina llena de agua que Sasha hizo hervir en una hoguera. A continuación, cortamos los tomates y retiramos las pepitas antes de meterlos en el interior con hojas de albahaca recién cogidas. Sasha me enseñó la importancia de usar juntas de goma nuevas para cerrar herméticamente los tarros. Los hicimos hervir durante quince minutos.

—Así, podremos conservar los tarros al menos cuatro años. Pero verás, toda la gente que reposa en este cementerio, ha dejado cosas guardadas, ¿y de qué les ha servido? Nosotros dos no vamos a esperar, y esta noche, vamos a abrir uno.

Hicimos lo mismo con las judías. Les quitamos las hebras y las pusimos en los tarros añadiendo un vaso de agua salada y luego los cerramos y los dejamos que hirvieran al fuego.

—Este año mis judías han salido en una noche, hace exactamente dos días, debieron de presentir tu llegada... No subestimes nunca el poder de adivinación de tu jardín.

El segundo día se celebró un entierro. Sasha me rogó que le acompañara. Yo no tenía nada que hacer, simplemente quedarme cerca de él. Era la primera vez que asistía a un entierro. Vi los rostros, la pena, la palidez, los bonitos trajes oscuros. Vi las manos agarrarse, a la gente cogerse del brazo, con la cabeza gacha. Aún recuerdo el discurso que pronunció el hijo del difunto, con la voz llena de lágrimas:

—Papá, como dijo André Malraux, la más bella de las sepulturas es la memoria de los hombres. Tú amabas la vida, a las mujeres, el buen vino y a Mozart. Cada vez que abra una buena botella o que me cruce con una bella mujer, cada vez que deguste un gran vino en compañía de una bella mujer, sabré que tú no andas lejos. Cada vez que las viñas cambien de color, que pasen del verde al rojo, que el cielo, en ciertas horas, se ilumine con una luz suave, sabré que no andas lejos. Cuando escuche un concierto de clarinete, sabré que estás ahí. Descansa en paz, papá, nosotros nos ocuparemos de todo.

Cuando todo el mundo se marchó y regresamos a la casa, le pregunté a Sasha si se le había ocurrido conservar las oraciones fúnebres que escuchaba, si no las consignaba en alguna parte.

—¿De qué serviría?

—Me encantaría saber lo que se dijo el día del entierro de Léonine.

—No guardo nada. Las legumbres no crecen de un año para otro. Cada año, hay que volver a empezar. A excepción de los tomates cherry: esos crecen solos, un poco en desorden, sin importar dónde.

—¿Por qué me cuenta todo esto?

—La vida es como una carrera de relevos, Violette. Tú se la entregas a alguien que la recibe y que a su vez se la pasa a otro. Yo te la daré algún día, y un día tú la pasarás.

—Pero yo estoy sola en el mundo.

—No, yo estoy aquí, y habrá alguien más después de mí. Si quieres saber lo que se dijo el día del entierro de Léonine, escríbelo tú misma, escríbelo inmediatamente, antes de acostarte.

El tercer día, leí su oración fúnebre a Léonine.

Encontré a Sasha en una de las avenidas del cementerio. Caminamos a lo largo de las tumbas, y él me habló de los muertos, de aquellos que llevaban allí mucho tiempo, y de otros, los que acababan de mudarse.

—¿Ha tenido hijos, Sasha?

—Cuando era joven quise hacer como todo el mundo, y me casé. Ya ves qué idiotez, una idea estúpida: hacer como todo el mundo. Las buenas maneras, las falsas apariencias y las ideas recibidas son como asesinas. Mi mujer se llamaba Verena, era muy hermosa, tenía una voz dulce como la tuya. De hecho, tú me la recuerdas un poco. Como el joven estúpido y pretencioso que era, creí que su belleza me haría empalmarme. El día de la boda, cuando la vi con su encaje blanco, tímida y ruborizada, cuando levanté el velo que cubría su bello rostro, supe que estaba mintiendo a todo el mundo, empezando por mí mismo. Deposité un beso frío en su boca mientras que los invitados nos aplaudían y la única cosa que me interesaba eran los músculos de los hombres bajo sus camisas. Me emborraché antes de abrir el baile. La noche de bodas fue una pesadilla. Puse toda mi buena voluntad, pensé en el hermano de mi mujer, un moreno de grandes ojos negros. Pero no funcionó, no conseguí hacerle el amor. Verena lo achacó a la emoción y a la borrachera. Con el transcurso de las semanas, y las noches pasadas uno al lado del otro, terminé por consumar. Conseguí que perdiera su virginidad. No puedo ni explicarte lo infeliz que eso me hizo, ver sus ojos enamorados y llenos de ternura mientras que yo había conseguido tocarla gracias a mi repugnante imaginación. Las noches se sucedían, mientras todos los hombres de mi pueblo pasaban por mi mente, los toqué a todos a través de ella.

»Entonces nos mudamos. Segunda estupidez, no porque cambies de dirección cambia tu deseo. Este se pega al equipaje. Al contrario que los pájaros migratorios y las malas hierbas, no tiene capacidad de adaptarse a todos los climas. Cambié de ventanas y de felpudo, pero continué mirando a los hombres. Engañé muchas veces a mi mujer en los aseos públicos. Qué vergüenza... A fuerza de fingir, acabé poniéndome enfermo. No tenía que fingir mi amor por Verena, la amaba sinceramente. La devoraba con la mirada, pero solo con la mirada. Me gustaban sus gestos, su piel, sus movimientos, pero contemplaba el hermoso mechón castaño que caía sobre su rostro como una señal de prohibido que me estuviera destinada. Acabé por desarrollar un cáncer en la sangre. Mis glóbulos blancos empezaron a comerse a los glóbulos rojos. Esos glóbulos blancos los visualizaba como mujeres vestidas de novia que se multiplicaban en mis venas, la infamia que me devoraba. Tal vez te resulte curioso, pero mis estancias en el hospital me aliviaron. Me eximieron de esa obligación de «honrar» a Verena en nuestra cama. «De deshonrarla», sería más exacto. Bajo las sábanas, yo continuaba cerrando los ojos y acariciando su cuerpo pensando en otro, sin importar quién, incluso en los presentadores de la televisión.

»Verena se quedó embarazada. Yo vi la luz en ese embarazo, como la única respuesta positiva a tres sombríos años después de nuestra unión. Vi cómo su vientre se redondeaba, y empecé a practicar la jardinería. Me convertí en un hombre casi feliz. So-

ñaba con ese niño. Y nació. Un hijo al que pusimos de nombre
Émile. Verena me miraba menos, me deseaba menos, estaba totalmente consagrada a su hijo y yo me sentía cada vez mejor.
Tenía amantes, una mujer dulce, madre de mi hijo, nadaba prácticamente en la felicidad, una felicidad contaminada, pero felicidad al fin y al cabo. Soy un padre formidable, ¿sabes? Y luego, es
muy práctico tener un niño cuando uno no quiere tocar a su
mujer. Ella está cansada, vulnerable, tiene a menudo dolor de
cabeza, le escucha llorar por la noche, demasiado calor, demasiado frío, los dientes que salen, una pesadilla, una otitis. Me
había vuelto a acostar una sola vez con Verena, una Nochevieja
en que celebramos la llegada de un nuevo año en la que yo no
paré de beber, y eso fue suficiente para que ella volviera a quedarse embarazada. Tres años después del nacimiento de Émile,
nació Ninon. Una niña adorable.

»Le había hecho dos hijos a Verena. Dos hijos. Había dado
vida, la verdadera, por dos veces. Ya ves como Dios se ríe de
todo, incluso de los maricas.

—¿Y qué edad tienen ahora?

—La misma que la de mi mujer.

—No lo entiendo.

—No tienen edad. Murieron en 1976 en un accidente de coche. En la autopista del Sol. Yo pensaba coger un tren tres días
después y reunirme con ellos en la casa que habíamos alquilado
al borde del mar. ¿Y sabes por qué?

—¿Por qué qué?

—¿Por qué iba a reunirme con ellos tres días después?

—...

—Le había dicho a Verena que tenía trabajo atrasado. En
1976, yo era ingeniero. La verdad es que había organizado tres
días libres para acostarme con un colega de trabajo. Cuando me
enteré de su muerte, me volví loco. Tuvieron que internarme,
mucho tiempo. Fue allí, entre las paredes blancas, cuando aprendí a curar a los otros con mis manos. Ya ves, mi Violette, tú y yo
hemos tenido nuestra cuota de miseria, y sin embargo aquí estamos. Nosotros dos nos parecemos a todas las novelas de Victor

Hugo reunidas. Una antología de grandes desgracias, de pequeñas alegrías y esperanzas.

—¿Y dónde están enterrados?

—Cerca de Valence, en la cripta familiar de Verena.

—¿Y cómo hizo para terminar aquí, en este cementerio?

—Tras mi salida del sanatorio, yo era un caso de caridad. El
alcalde de aquí me conocía desde siempre, y me contrató como
peón en el servicio de limpieza. Ese tipo con mono de trabajo
que habla solo pasando la escoba al lado de las papeleras municipales era yo. Cuando por fin logré salir del hoyo, solicité el
puesto de guarda del cementerio, que estaba vacante. Mi lugar se
hallaba al lado de los muertos. Los muertos de los otros.

Sasha ha tomado mi brazo. Nos hemos cruzado con un
hombre y una mujer que le han preguntado dónde se encontraba una tumba. Mientras daba las indicaciones sobre la dirección que debían tomar, las avenidas que recorrer, le he observado. A medida que me hablaba de su familia desaparecida, se ha
ido encorvando poco a poco. He pensado que éramos dos su-
pervivientes que aún se mantenían en pie. Dos náufragos a los
que un océano de desgracias no había conseguido ahogar del
todo.

Después de que el hombre y la mujer le dieran las gracias,
he deslizado mi mano en la suya y hemos continuado caminando.

—Al principio el alcalde tuvo sus dudas. Pero los míos estaban muertos desde hacía mucho tiempo, aquello había prescri-
to. No seré yo quien te explique que entre la muerte y el tiempo
hay siempre una caducidad... Mira, hace un día magnífico. Hoy
te voy a enseñar el arte de hacer injertos de rosal. ¿Sabes lo que
es la lignificación?

—No.

—Es cuando una rama toma la consistencia de madera. Suele
suceder a partir del mes de agosto, cuando unas manchas marrones aparecen en el tallo verde. Las mismas manchas que ves en
mis manos. Son signos de vejez. Se les llama «ramas agostadas».
Pues bien, imagina que con esas viejas ramas puedes hacer nue-

vos brotes. ¿No es increíble? ¿Qué te apetecería cenar esta noche? ¿Qué te parece unos aguacates con limón? Son buenos para tu salud, están llenos de vitaminas y ácidos grasos.

El cuarto día me llevó hasta la estación de Mâcon en su viejo Peugeot. Había deslizado dos tarros de tomates y de judías en mi maleta. Esta era tan pesada que me costó arrastrarla hasta Malgrange.

En el camino de vuelta, entre el cementerio y el aparcamiento de la estación, me dijo que quería jubilarse. Que estaba cansado, que ya era hora de que le pasara el testigo a alguien y que ese alguien no podía ser nadie más que yo.

68

De su amor más azul que el cielo a su alrededor

No enterrarás tu vida de adolescente.

No celebrarás tu despedida de soltera.

No bailarás canciones lentas.

No tendrás bolso ni reglas dolorosas.

No llevarás aparato dental.

No te veré crecer, engordar, sufrir, divorciarte, hacer dieta, dar a luz, amamantar, amar.

No tendrás acné ni un dispositivo intrauterino.

No te escucharé mentir. No tendré que cubrirte ni defenderte.

No me quitarás dinero suelto del monedero. No te abriré una cartilla de ahorros para asegurar tu futuro.

No tomarás la píldora.

No veré aparecer tus manchas y tus arrugas, tu celulitis y tus estrías.

No notaré olor a tabaco en tu ropa, no te veré fumar, y luego dejar de fumar.

No te veré nunca borracha ni colocada.

No repasarás tu examen de literatura delante de la televisión viendo Roland Garros, no te enamorarás de Madame Bovary, «esa pobre chica», ni de Marguerite Duras, ni de tus profesores.

No tendrás un escúter ni ninguna pena de amor.

No darás besos con lengua, no gozarás.

No celebraremos el final de tu bachillerato.

No brindaremos nunca juntas.

No usarás desodorante, ni tendrás apendicitis.

No tendré miedo porque te vayas en coche con cualquiera. Eso, ya lo has hecho.

No tendrás dolor de muelas.

No tendremos que ir a urgencias en plena noche.

No te apuntarás al paro.

No tendrás cuenta bancaria, ni carné de estudiante, ni carné joven, ni número de la Seguridad Social, ni tarjetas de puntos.

No conoceré nunca tus gustos, tus preferencias. De ropa, de literatura, de música, de perfumes.

No te veré poner mala cara, dar portazos, escaparte a escondidas, esperar a alguien, tomar un avión.

No te marcharás jamás. No cambiarás nunca de dirección.

No sabré nunca si te muerdes las uñas, si te las pintas, si utilizas sombra de ojos o rímel.

Ni si se te dan bien los idiomas.

No cambiarás nunca de color de pelo.

En tu corazón, conservarás a Alexandre, tu amor de primaria.

No te casarás con nadie.

Serás siempre Léonine Toussaint. Señorita Léonine Toussaint.

No te gustará otra cosa que las torrijas, las tortillas, las patatas fritas, los macarrones, las crepes, el pescado empanado, las islas flotantes y el chantillí.

Crecerás de otra manera, en el amor que yo te tendré siempre. Crecerás en otra parte, en los murmullos del mundo, en el Mediterráneo, en el jardín de Sasha, en el vuelo de un pájaro, en el alba del día, en la caída de la noche, a través de una chica con la que me cruzaré al azar, en el follaje de un árbol, en la plegaria de una mujer, en las lágrimas de un hombre, en la luz de una vela, tu renacerás más tarde, un día, bajo la forma de una flor o de un niño pequeño, con otra madre, estarás por todas partes donde mis ojos se posen. Allí donde mi corazón resida, el tuyo continuará latiendo.

69

Nada podrá marchitarla, nada podrá ajarla,
esa encantadora flor se llama recuerdo

—Buenos días, señora.

—Buenos días, jovencito.

Un adorable chiquillo sorbe su pajita para aprovechar las últimas gotas de su zumo de manzana del fondo de una lata. Está sentado en la mesa de mi cocina, solo.

—¿Dónde están tus padres?

Me muestra el cementerio con un signo de cabeza.

—Mi padre me ha dicho que le espere aquí porque llueve.

—¿Cómo te llamas?

—Nathan.

—¿Quieres un trozo de bizcocho de chocolate, Nathan?

Él abre mucho sus ojos golosos.

—Sí, gracias. ¿Es esta tu casa?

—Sí.

—¿Trabajas aquí?

—Sí.

Parpadea ligeramente. Tiene unas largas pestañas negras.

—¿Y también duermes aquí?

—Sí.

Me mira como si yo fuera su dibujo animado preferido.

—¿Y no tienes miedo por la noche?

—No, ¿por qué iba a tener miedo?

—A causa de los zombis.

—¿Qué es un zombi?

Traga un enorme trozo de bizcocho de chocolate.

—Los muertos vivientes que dan mucho miedo. He visto una película, y era de terror.

—¿No eres un poco joven para ver ese tipo de películas?

—Fue en casa de Antoine, en su ordenador, no la vimos entera, teníamos demasiado miedo. Pero de todas formas ya tengo siete años.

—Ah claro, de todas formas.

—¿Tú has visto ya algún zombi?

—No, nunca.

Parece estar terriblemente decepcionado. Hace una mueca deliciosa. Tutti Frutti entra por la gatera. Su pelaje está mojado. Se reúne con Éliane en su cesta y busca su calor. La perra abre un ojo y vuelve a dormirse rápidamente. Nathan abandona su silla para ir a acariciarles. Se remanga el pantalón con dos manos y estira las mangas de su jersey. Lleva unas zapatillas deportivas cuyas suelas se iluminan a cada paso. Eso me recuerda las imágenes del videoclip de «Billie Jean» de Michael Jackson.

—¿Es tuyo el gato?

—Sí.

—¿Cómo se llama?

—Tutti Frutti.

Se echa a reír. Tiene chocolate entre los dientes.

—Es un nombre muy gracioso.

Julien Seul llama a la puerta del lado del cementerio y entra. Él también está tan empapado como el gato.

—Buenos días.

Lanza una mirada en dirección al niño y me sonríe tiernamente. Noto que le gustaría acercarse a mí, tocarme, pero no se mueve. Se contenta con hacerlo con la vista. Siento cómo me desnuda. Cómo me quita el invierno para ver el verano.

—¿Todo bien, mi amor?

Me quedo paralizada.

—Papá, ¿sabes cómo se llama el gato?

Nathan es el hijo de Julien. Mi corazón se embala como un mustang al galope, como si acabara de subir y bajar muchas veces las escaleras corriendo.

Julien le responde rápidamente:

—Tutti Frutti.

—¿Cómo lo sabes?

—Lo conozco. No es la primera vez que vengo aquí. Nathan, ¿has saludado a Violette?

Nathan se me queda mirando.

—¿Te llamas Violette?

—Sí.

—¡Aquí todos tenéis unos nombres muy graciosos!

Vuelve a la mesa, se sienta y termina su bizcocho. Su padre le observa sonriendo.

—Tenemos que irnos, cariño.

Me siento a mi vez terriblemente decepcionada. Como cuando Nathan ha sabido que no había visto ningún zombi.

—¿No os podéis quedar un poco más?

—Nos esperan en Auvernia. Una prima mía se casa esta tarde.

Me mira fijamente y luego se dirige a su hijo:

—Mi amor, ve a esperarme en el coche, está abierto.

—¡Pero llueve como una vaca que mea!

Nos quedamos tan sorprendidos por la respuesta del niño que nos echamos a reír a la vez.

—El primero que llegue al coche tendrá derecho a poner la música que quiera.

Nathan se acerca rápidamente a besarme en la mejilla.

—Si ves algún zombi, llama a mi padre, es policía.

Sale corriendo por el lado del cementerio para dirigirse al aparcamiento.

—Es absolutamente adorable.

—Lo ha sacado de su madre... ¿Ha podido leer el diario de la mía?

—Aún no lo he terminado. ¿Quiere llevarse un café para el camino?

Hace un gesto de negación con la cabeza.

—Para el camino, preferiría llevarla a usted.

Esta vez se acerca a mí y me estrecha entre sus brazos. Noto cómo respira mi cuello. Cierro los ojos. Cuando vuelvo a abrirlos ya está delante de la puerta. Ha mojado mi ropa.

—Violette, no me gustaría nada que algún día vinieran a depositar sus cenizas en mi tumba. En realidad, eso no importa. Lo que quiero es vivir con usted ahora, inmediatamente. Mientras aún podamos contemplar juntos el cielo... Incluso cuando llueva como hoy.

—¿Vivir conmigo?

—Quiero que esa historia... ese reencuentro entre mi madre y ese hombre, sirva para eso, para nosotros, en realidad.

—Pero yo no soy apta.

—¿Apta?

—Sí, apta.

—Pero no le estoy hablando del servicio militar.

—Soy una inadaptada, alguien roto. Para mí el amor es imposible. Soy inviable. Más muerta que los fantasmas que recorren mi cementerio. ¿Aún no lo ha entendido? Es imposible.

—A lo imposible nadie está obligado.

—Sí.

Él me sonríe tristemente.

—Lástima.

Cierra la puerta tras él y vuelve a entrar sin llamar dos minutos después.

—La llevamos con nosotros.

—...

—A la boda. Está a dos horas de camino.

—Pero yo...

—Le doy diez minutos para prepararse.

—Pero yo no p...

—Acabo de telefonear a Nono, vendrá en cinco minutos para reemplazarla.

70

Un día vendremos a sentarnos
cerca de ti en la casa de Dios

Agosto de 1996

Philippe salió de casa de Geneviève Magnan sintiéndose más desgraciado que las piedras —una extraña expresión que su tío Luc empleaba a menudo—. Había conducido hasta el cementerio. Ese día había un entierro. La gente estaba reagrupada bajo el calor, en pequeños racimos, lejos de la tumba de Léonine. No había traído flores. Nunca las había llevado. Generalmente era su madre la que se ocupaba de eso.

Era la primera vez que iba a verla sola. Acudía dos veces al año, siempre con sus padres.

Su padre y su madre aparcaban delante de la barrera, y no entraban nunca en la casa por miedo a cruzarse con Violette, a enfrentarse a su desesperación. Él, como un buen hijo, se sentaba en el asiento trasero como cuando era niño y se iban de vacaciones, y el asiento le parecía inmenso y al final del viaje estaba el mar.

Philippe se había dicho siempre que era hijo único porque sus padres no habían hecho el amor nada más que una vez, y por accidente. Philippe se había dicho siempre que él era un accidente.

Su padre, encorvado por la pena y los años de vida en común con su mujer, conducía mal. Frenaba, sin venir a cuento, aceleraba sin que fuera necesario. Circulaba por la izquierda y luego demasiado pegado a la derecha. Adelantaba cuando no se podía, en vez de hacerlo en los tramos rectos. Se perdía muy a menudo. Parecía ignorar los letreros indicadores.

A Philippe la ruta entre la barrera y el cementerio se le hacía interminable. La primera vez que la habían hecho, había podido percibir el olor a quemado cuando aún estaban a varios kilómetros del castillo. El aire apestaba como después de un gran incendio.

Primero se habían detenido ante las verjas del castillo para aparcar. No se habían atrevido a entrar inmediatamente y los tres permanecieron postrados, así, en el coche. Después, habían caminado doscientos metros hasta el imponente edificio, ennegrecido y destruido en su ala izquierda. Allí había bomberos, policías, padres aturdidos, aquellos que no tenían más remedio que estar allí. Una gran confusión en medio del horror. Demasiado silencio, gestos atontados, como petrificados. Cada cosa a cámara lenta. No realmente viva, sino vista de lejos, como envuelta en algodón, en guata. Como cuando el cuerpo y el espíritu se separan para no rendirse, porque la reciprocidad es una carga demasiado pesada de llevar. El peso del dolor.

Philippe no había podido acercarse a la habitación 1. Todo el perímetro había sido acordonado —una frase de serie americana en la Borgoña y en la vida real—. Cintas de plástico rojo para delimitar el horror. Los expertos escrutaban el suelo y las paredes, tomaban fotografías. Estudiaban la evolución del fuego, rescribían la historia al explorar puntos concretos, pruebas, indicios, marcas. Era necesario hacer un informe preciso para el Procurador, uno no bromea con la muerte de cuatro niñas. Había que castigar y condenar.

Había escuchado un montón de «Lo siento mucho, estamos consternados, nuestras más sinceras condolencias, no han sufrido». No había podido ver al personal del castillo, o quizá sí, pero lo había olvidado. Las otras niñas, las afortunadas, las salvadas, ya se habían marchado. Las habían evacuado de urgencia.

No había tenido que identificar el cuerpo de Léonine, puesto que no quedaba nada. No había tenido que elegir el ataúd ni los textos para la ceremonia, porque sus padres ya se habían ocupado. De modo que no tenía nada que escoger. Había pensado: «No he comprado nunca un par de zapatos, un vestido, una horquilla, unos calcetines para mi hija. Es Violette quien lo hacía, a quien le gustaba hacerlo». Pero para elegir el féretro, Violette no estaría allí. Violette ya no estaría más allí. Así que no tenía que ocuparse de nadie.

Por la tarde, ya en el hotel, la había telefoneado. Fue la marsellesa la que respondió. Así era como llamaba a Célia. Recordó entonces que le había pedido que fuera. Violette dormía. El médico se había pasado varias veces para administrarle un calmante.

El entierro se había celebrado el 18 de julio de 1993.

Los demás se daban la mano, se cogían del brazo, se sostenían. Él no había tocado ni hablado con nadie. Su madre había intentado acercársele, pero él se había apartado como cuando tenía catorce años y ella pretendía besarle.

Los otros habían llorado, gritado. Los otros se habían desplomado. Habían tenido que sostener a las mujeres que se doblaban como rosas los días de viento. Durante el entierro, se habría dicho que toda la concurrencia estaba ebria, nadie se tenía en pie. Él sí se había mantenido erguido, sin lágrimas.

Y luego, en medio de esa inmensa multitud congregada alrededor de la tumba, la había visto. Toda vestida de negro. Muy pálida. Los ojos perdidos en el vacío. ¿Qué hacía Geneviève Magnan ahí? La había evitado. No tenía ánimo para nadie. Habría tenido ánimo para Françoise. Habría tenido ánimo para Violette y Léonine. Y se había terminado.

La única frase que le había rondado mil veces durante esos cuatro días en la Borgoña había sido: «Ni siquiera he sabido proteger a mi hija».

Después, los demás se marcharían de vacaciones. Después,

los demás se quedarían ahí, en ese desdichado cementerio. Y él regresaría en el coche de sus padres, en ese asiento inmenso, y al final del viaje, no estaría el mar, sino Violette y su tristeza inconmensurable.

Una habitación vacía. Una habitación rosa de la que él había siempre desertado. De la que salían las risas y las palabras que Violette leía cada noche.

Tres años después de la tragedia, ahí solo delante de la tumba de su hija, no había dicho nada. No había pronunciado una palabra, ni una oración por ella. No obstante, conocía muchas oraciones. Había asistido a las clases de catecismo y había hecho la primera comunión. Ese día había visto a Françoise por primera vez del brazo de su tío. El día en el que había recitado en voz baja con el hermano mayor de uno de sus compañeros, mientras bebía a sorbos el vino de misa:

Padre Nuestro que estás en el suelo
empalado sea tu nombre, saca de nosotros tu reino
hágase tu voluntad así en las liendres como en los peines
danos hoy nuestro vino barato
perdona nuestros gastos como también nosotros
[perdonamos a los que nos dan asco
y no nos sometas a la penetración mas líbranos de que nos
[pillen. Mamen.

Se habían reído hasta que se les saltaron las lágrimas, sobre todo cuando se enfundaron la túnica por encima de sus camisetas y pantalones vaqueros. Cómo se habían burlado unos de otros:

—¡Pareces un cura!

—¡Y tú una tía!

Y entonces había visto a Françoise. Y ya no se fijó en nada más.

Parecía la hija de su tío. Parecía una hermana mayor. Parecía una madre ideal. Parecía la perfección. Parecía un gran amor. Parecía su gran amor.

Le habían dado ganas de volver a verla y, a fuerza de verla cada año, había tenido aún más ganas de seguir viéndola.

Tres años después de la tragedia, ante la tumba de su hija, había pensado que no regresaría más a Brancion-en-Chalon puesto que ninguna palabra salía de su boca. Puesto que era incapaz de hablar a Léonine. Le habían dado ganas de tomar su moto y de ir a ver a Françoise, de arrojarse en sus brazos. Pero los años habían pasado y debía olvidarla.

Debía regresar con Violette, echarse a sus pies y suplicarle, pedirle perdón. Seducirla como la había seducido al principio. Antes de la barrera y los trenes. Tratar de ocuparse de ella, de hacerla reír. Hacerle otro hijo. Después de todo, ella era todavía muy joven, Violette. Asegurarle que descubrirían lo que realmente había sucedido aquella noche en el castillo, confesarle que le había partido la cara a Fontanel y se había tirado a la Magnan en otros tiempos. Confesarle que era un ser despreciable pero que descubriría la verdad. Sí, volver a hacerle un hijo y ocuparse de él. Tal vez tendrían un niño, un chico pequeño, su sueño. Y mantenerse a raya. No volver a acostarse con todas las que se cruzaban en su camino. Tal vez mudarse a otra parte. Cambiar de vida con Violette. Era posible cambiar de vida, lo había visto por televisión.

Pero primero debía volver a ver a la Magnan. «Yo nunca habría hecho daño a unas niñas.» ¿Por qué habría dicho eso? Tenía que regresar para hacerle confesar todo, ella había querido contárselo, pero él se había negado. No estaba preparado.

Había contemplado la tumba de Léonine una última vez, pero definitivamente no había sido capaz de abrir la boca, como cuando ella estaba viva y él no le decía gran cosa. O no respondía nunca a sus preguntas. «Papá, ¿por qué está iluminada la luna?»

Al dejar la tumba de Léonine y caminar hacia la salida con paso rápido, les había visto. Violette y el viejo en la avenida. Violette le llevaba cogido del brazo. Philippe había visto la mentira. Había podido escuchar a su madre decirle: «No confíes en nadie, piensa solo en ti, en ti».

Él la creía en Marsella, en la cabaña de Célia. La creía de peregrinaje. Y en cambio estaba allí, con otro hombre. Y sonreía. Philippe no la había visto sonreír ni una sola vez desde la muerte de Léonine.

Durante seis meses, Violette había venido un domingo de cada dos a ese cementerio. De modo que era eso. Ella tomaba prestado el coche rojo de la tontaina del supermercado para hacer creer a Philippe que iba a la tumba de Léonine. Había ocultado bien su juego. ¿Tendría un amante? ¿Ese viejo? ¿Cómo le habría conocido? ¿Dónde? Un amante, Violette, imposible.

Se había ocultado detrás de una gran cruz de piedra y les había observado un momento. Habían caminado cogidos del brazo hasta la casa situada a la entrada del cementerio. El viejo había vuelto a salir hacia las siete para cerrar las verjas. Así que era eso, era el guarda de ese lugar maldito. Su mujer se acostaba con el guarda del cementerio donde estaba enterrada su hija. Philippe se había escuchado reír, una risa maligna, sintiendo unas violentas ganas de matar, de golpear, de masacrar.

Violette se había quedado en el interior. La había visto a través de una ventana poner la mesa para dos, como hacía en su casa, un delantal anudado a la cintura. Aquello le había hecho tanto daño que se había mordido los dedos hasta hacerse sangre. Como en las películas del Oeste que veía de niño cuando el vaquero apretaba un trozo de madera entre los dientes mientras le extraían una bala del vientre. Violette tenía una doble vida y él no se había dado cuenta de nada.

Se había hecho de noche. El viejo y Violette habían apagado las luces, cerrado las contraventanas, y ella se había quedado dentro. Había dormido allí, no había ninguna duda.

Dos meses antes, él había prohibido a Violette regresar a la Borgoña. Cuando ella le había hablado de la Magnan, y había contado que había ido a verla, él había tenido miedo. Miedo de ser pillado. Miedo de que Violette descubriera que ella había sido amante de su marido, la misma mujer que limpiaba la cocina del castillo.

Pero ahora la historia era muy diferente, ella tenía un amante. Y era por ese motivo por el que parecía más ligera las vísperas de su marcha. Un domingo de cada dos. Ella se había atrevido a decirle: «Iré al cementerio un domingo de cada dos». Él no había visto nada, y ahora comprendía por qué su mujer parecía ir mejorando de semana en semana.

Había tenido que trepar por una tapia para salir, se le había hecho tarde. Había dado una patada a la puerta del lado de la calle y había vuelto a subirse en su moto huyendo de allí como un loco.

Debían de ser alrededor de las diez de la noche cuando se encontró frente a la casa donde vivía la Magnan. Había policías en el interior, su furgón estaba aparcado en la calle delante de la vivienda. Algunas vecinas en bata hablaban bajo las farolas. Se dijo que Fontanel debía de haberla sacudido muy fuerte.

Philippe había dado media vuelta y había regresado al este sin parar. Al llegar, se había encaminado directamente a *la dirección*, allí donde se ofrecían los cuerpos.

71

*Por la ventana abierta, contemplamos juntos
la vida, el amor, la alegría. Escuchamos el viento*

DIARIO DE IRÈNE FAYOLLE

22 de octubre de 1992

*Ayer por la noche escuché la voz de Gabriel en las noticias de
la televisión. Le escuché hablar de «defender a una mujer que
me ha abandonado». Claro está que no dijo eso, pero mi espíritu
deformó sus palabras.*

*Paul me ayudaba a preparar la cena en la cocina, la televisión
estaba encendida en la habitación de al lado. Me quedé tan sorprendida al reconocer el tono de su voz, el mismo de mis mejores
recuerdos, que se me cayó la cacerola de agua hirviendo que llevaba entre las manos. Esta se estampó contra las baldosas salpi-
cando mis tobillos. Se armó un follón increíble, Paul entró en
pánico. Creyó que temblaba a causa de mis quemaduras.*

*Me llevó hasta el salón y me hizo sentar en el sofá delante
de la televisión, delante de Gabriel. Él estaba ahí, en el interior de
ese rectángulo que no veo jamás. Mientras que Paul ponía los
cinco sentidos en aplicar unas gasas humedecidas en agua a mi
piel quemada, vi las imágenes de Gabriel en el interior de un
tribunal. Un periodista comentó que el abogado había estado*

litigando en Marsella durante esa semana. Que había consegui-
do que absolvieran a tres de los cinco hombres acusados de ser
cómplices de evasión. El proceso se había terminado la víspera.

Gabriel estaba en Marsella, muy cerca de mi vida, y yo no lo
sabía. De todas formas, ¿qué habría podido hacer? ¿Habría que-
rido verle? ¿Para decirle qué? «Hace cinco años, salí corriendo
por la calle porque no quería abandonar a mi familia. Hace cinco
años, tenía miedo de usted, miedo de mí. Pero ¿sabe que no he
dejado nunca de pensar en usted?»

Julien ha salido de su habitación y le ha dicho a su padre que
había que llevarme al hospital. Yo me he negado. Mientras mi
marido y mi hijo lo discutían, antes de encontrar una pomada
para quemaduras en el armario de las medicinas, yo he contem-
plado a Gabriel agitar sus bellas manos delante de los periodis-
tas. He visto la pasión que ponía en defender a los otros con su
larga toga negra. He querido que saliera de la pantalla, conver-
tirme en Mia Farrow en la película de Woody Allen, La rosa púr-
pura del Cairo.

¿Y yo? ¿Me habría defendido él? ¿Habría encontrado cir-
cunstancias atenuantes para mí el día en que le planté?

¿Cuánto tiempo me había esperado al volante de su coche?
¿Cuándo había terminado por arrancar? ¿En qué momento ha-
bía comprendido que yo no volvería?

Las lágrimas han empezado a resbalar por mis mejillas. Res-
balaban contra mi voluntad.

Paul ha apagado la televisión.

Yo me he desmoronado delante de la pantalla negra.

Mi hijo y mi marido han pensado que era a causa del dolor.
Han llamado al médico de familia, que ha inspeccionado mis
quemaduras y ha declarado que eran superficiales.

No he dormido en toda la noche.

Al volver a ver a Gabriel y escuchar de nuevo su voz me he
dado cuenta de lo mucho que lo había echado de menos.

*

A la mañana siguiente, Irène buscó el número de teléfono del despacho de Gabriel. Este aún se encontraba situado en el departamento de Saône-et-Loire en Mâcon. Ha pedido una cita con él y le han respondido que tenía una lista de espera de varios meses, que la agenda del abogado Prudent estaba muy cargada, y que sería mucho más rápido si escogía a uno de sus dos asociados. Irène ha contestado que tenía tiempo, que esperaría al señor Prudent. Ha dado su nombre y su número de teléfono, pero no el de casa sino el de la rosaleda. Le han preguntado de qué asunto se trataba, ella se ha quedado en blanco y después ha respondido: «Un asunto del que el abogado Prudent está informado». Le han dado una fecha, tendría que esperar tres meses.

Dos días después, Gabriel la telefoneó a la rosaleda. Esa mañana Irène estaba subiendo las rejas cuando escuchó el timbre del teléfono. Pensó en algún encargo de flores, y corrió a responder, sin aliento. Ya tenía en la mano su hoja de pedidos y un bolígrafo cuyo capuchón estaba mordisqueado por su empleada. Él dijo: «Soy yo». Y ella contestó: «Buenos días».

—¿Has llamado a mi despacho?

—Sí.

—Tengo un pleito toda la semana en Sedán. ¿Quieres venir?

—Sí.

—Hasta luego.

Y colgó.

En la hoja de pedidos, Irène ha garabateado: «Sedán» en la casilla de «Mensaje del remitente».

Mil doscientos kilómetros que recorrer. Tendría que atravesar toda Francia. Trazar una larga línea recta.

Dejó Marsella hacia las diez de la mañana, tomó distintos trenes y sus enlaces. En la estación de Lyon-Perrache se ha empolvado la nariz y se ha aplicado un poco de brillo en los labios, observándose en el espejo de los aseos. Estaban en el mes de abril, y llevaba un impermeable beige. Eso la ha hecho sonreír. Se ha recogido el cabello rubio con una goma negra. Ha comprado un sándwich de pan de molde, un cepillo de dientes y dentífrico con sabor a limón.

Ha llegado a Sedán hacia las nueve de la noche. Se ha subido a un taxi y le ha pedido al chofer que la dejara delante del tribunal. Sabía que encontraría a Gabriel en el café o el restaurante más cercano. Irène sabía que Gabriel no era un hombre al que le gustara regresar directamente a su hotel. Trabajaba sus casos en la esquina de una mesa. Entre un vaso de cerveza y una fuente de patatas fritas. Entre un vaso de vino y el plato del día. Gabriel necesitaba sentir la vida a su alrededor. Detestaba el silencio de las habitaciones de hotel, las colchas, las cortinas, la tele que se enciende para tener compañía.

Lo ha distinguido a través de una ventana, sentado en una mesa con otros tres hombres. Gabriel hablaba y fumaba al mismo tiempo. El mantel estaba manchado y todos llevaban el cuello de sus camisas desabrochado. Sus corbatas colgaban de los reposabrazos de las sillas.

Cuando la ha visto entrar, Gabriel ha levantado una mano y la ha llamado:

—¡Irène! ¡Ven a sentarte con nosotros!

Se lo ha dicho como si ella pasara casualmente por allí de regreso a su casa.

Irène ha saludado a los otros tres hombres.

—Te presento a mis tres colegas, Laurent, Jean-Yves y David. Señores, les presento a Irène, la mujer de mi vida.

Los hombres han sonreído. Como si Gabriel bromeara. Como si Gabriel no pudiese decir ese tipo de cosas más que en tono de broma. Como si hubiera muchas mujeres «de su vida» en su vida.

—Siéntate. ¿Tienes hambre? Pues claro, hay que comer. ¡Señora Audrey, tráiganos la carta, por favor! ¿Qué quieres beber? ¿Un té? ¡Pero no, en Sedán no se bebe té! ¡Señora Audrey, sírvanos otra botella igual, por favor! Un Volnay 2007, ya verás... Vas a beber una maravilla. Ven a sentarte a mi lado.

Uno de los colegas de Gabriel se ha levantado para dejarle sitio. Gabriel ha tomado la mano de Irène y la ha besado cerrando los ojos. Irène ha advertido que él llevaba una alianza. Un anillo en oro blanco.

—Me alegra que estés aquí.

Irène ha pedido un pescado y ha escuchado la conversación, de fondo. Tenía la sensación de ser una admiradora capaz de atravesar el país para pasar la tarde con una estrella de rock que no tiene prisa por encontrarse a solas con ella porque ya da por hecho lo que sucederá. La noche de amor garantizada después del concierto.

Le han dado ganas de desaparecer. Se ha arrepentido. Ha empezado a pensar en cómo levantarse, encontrar una salida de emergencia, una puerta trasera para correr hasta la estación y regresar a casa, deslizarse en las sábanas limpias que ella misma lavaba con jabón perfumado con aloe vera. Ha pedido discretamente un té verde a la camarera. De vez en cuando, Gabriel regresaba a ella, le preguntaba si todo iba bien, si no tenía frío, sed, hambre.

Gabriel y los otros hombres por fin se levantaron de la mesa al mismo tiempo. Gabriel se ha acercado a pagar la cuenta en la barra. Irène ha seguido el movimiento en silencio.

Fuera había empezado a llover. O quizá llovía desde hacía mucho tiempo e Irène no había prestado atención. Se sentía cada vez más incómoda. Ha pensado que se había marchado sin coger sus cosas. Solamente su bolso, algunos billetes y una chequera. Ha pensado que estaba loca y que todo aquello no era propio de ella, normalmente tan responsable. Se ha encontrado patética, una admiradora de pacotilla.

Gabriel ha pedido prestado un paraguas en el restaurante y ha dicho que lo devolvería al día siguiente. Ha cogido a Irène del brazo y ha acoplado el paso al de los otros tres hombres. Han caminado en la misma dirección. Gabriel ha apretado su brazo con fuerza.

En el vestíbulo del Hotel de las Ardenas, todos han recuperado su llave en recepción y han cogido el ascensor. Dos de ellos se han bajado en el segundo piso. «Buenas noches, compañeros, hasta mañana.» El tercer hombre lo ha hecho en el cuarto. «Buenas noches, David, hasta mañana.»

—¿A las siete y media en el comedor de desayunos?

—Ok.

Entre el cuarto y el sexto piso se han encontrado a solas, cara a cara. Gabriel no ha apartado su mirada de ella.

La puerta del ascensor se ha abierto a un pasillo en sombras. Han caminado hasta la habitación 61. Irene ha notado el olor a tabaco en cuanto han entrado por la puerta. Las paredes naranjas eran una imitación de los estucos marroquíes.

Él la ha precedido diciendo: «Perdón», y ha empezado a iluminar cada rincón de la habitación, para luego desaparecer en el cuarto de baño.

Irène no ha sabido qué hacer con su impermeable ni con su cuerpo. Ha permanecido inmóvil en la entrada de la habitación, como una estatua de mármol, un maniquí en un escaparate. Entonces ha advertido la maleta entreabierta de Gabriel, sus camisas impecables, sus jerséis, sus pares de calcetines. Se ha preguntado quién habría planchado sus cuellos, o doblado su ropa interior.

Gabriel ha salido del cuarto de baño sonriendo.

—Pasa, desvístete.

Irène ha debido de poner una cara rara porque él se ha echado a reír.

—No del todo. Quítate el impermeable.

—...

—Te encuentro muy silenciosa.

—¿Por qué me ha pedido que viniera?

—Porque me apetecía. Quería verte. Siempre tengo ganas de verte.

—Y esa alianza, ¿qué significa?

Él se ha sentado en la cama. Ella se ha quitado el impermeable.

—Me pidieron en matrimonio y no pude decir no. Es duro decir no a una mujer que te pide matrimonio. Y además es muy inconveniente. ¿Y tú? ¿Sigues casada?

—Sí.

—Así estamos igualados. Empatados.

—...

—Sueño a menudo contigo.

—Yo también.

—Te echo de menos. Acércate.

Irène se ha sentado cerca de él, pero no pegada, ha dejado un espacio entre ellos, una línea transversal.

—¿Ha engañado ya a su mujer?

—Contigo no sería engañarla, sería traicionarla.

—¿Por qué se ha vuelto a casar?

—Ya te lo he dicho, mi mujer me lo pidió.

—¿La quiere?

—¿Por qué me haces esa pregunta? ¿Dejarías tú a tu marido por mí? No tengo por qué responder. Eres una mujer contenida, Irène, reprimida. Desnúdate. Completamente. Quiero contemplarte.

—Apague la luz.

—No, quiero verte. Nada de pudores entre nosotros.

—¿Cree que sus tres amigos me han tomado por su puta?

—No son mis amigos, son colegas. Desnúdate.

—Entonces desnúdate tú al mismo tiempo que yo.

—De acuerdo.

72

Oh Jesús, que mi alegría permanezca.
Que el inventor de los pájaros haga de mí un héroe

Sigue lloviendo. Los limpiaparabrisas barren nuestros rostros.

En el asiento trasero, Nathan se ha quedado dormido. Me doy la vuelta constantemente para mirarlo. Hace mucho tiempo que no contemplo a un niño dormir. De vez en cuando, escuchamos canciones en la radio, y luego estas se pierden en las curvas. Julien y yo hablamos de Irène y de Gabriel, entre dos estribillos.

—Después del episodio de Sedán, se vieron a menudo.

—¿Y cómo le sienta saber todas esas cosas de su madre?

—¿Francamente? Tengo la impresión de haber leído la historia de una extraña. De hecho, quiero que se quede su diario, no deseo recuperarlo. Puede guardarlo entre sus registros.

—Pero yo...

—Insisto. Quédeselo.

—¿Lo ha leído del todo?

—Sí, muchas veces. Sobre todo los pasajes en los que habla de usted. ¿Por qué no me dijo que se conocían?

—En realidad no nos conocíamos.

—Tiene una forma increíble de deformar las cosas, Violette,

de jugar con las palabras... Siempre he tenido ganas de hacer que lo contara todo. Es usted peor que mis detenidos... Francamente, no me gustaría arrestarla... Me volvería loco durante su interrogatorio.

Me echo a reír.

—Me recuerda usted a un amigo.

—¿Un amigo?

—Se llamaba Sasha. Él me salvó la vida... Al hacerme reír, como usted.

—Me lo tomaré como un cumplido.

—Lo es. ¿Adónde vamos?

—A Pardons.

—...

—Es el nombre de una calle de la Bourboule. Allí nació mi padre. Y aún vive allí una parte de la familia... Y a veces incluso les da por casarse.

—Van a preguntarse quién soy.

—Les diré que es usted mi mujer.

—Está usted loco.

—No tanto.

—¿Qué les vamos a regalar a los jóvenes contrayentes?

—De hecho, no son tan jóvenes. Han vivido mucho antes de conocerse. Mi prima tiene sesenta y un años y su futuro esposo algo más de cincuenta.

»Hay una estación de servicio a una veintena de kilómetros, les buscaremos unos regalos simpáticos. Y además, Nathan tiene que cambiarse.

—Yo ya estoy cambiada.

—Usted siempre está cambiada. Usted vive cambiada... Usted siempre va vestida para asistir a una ceremonia, ya sea una boda o un entierro.

Me echo a reír por segunda vez.

—¿Y usted? ¿Usted no se cambia?

—No, yo nunca. Llevo vaqueros y jersey en invierno, y vaqueros y camiseta en verano.

Me mira y me sonríe.

—¿De verdad va a comprar los regalos de boda en una estación de servicio?

—De verdad.

Mientras Julien llena el depósito, yo acompaño a Nathan a la tienda de la gasolinera. Le agarro de la mano. Una antigua costumbre. Esos gestos que no se olvidan nunca, que forman parte de nosotros sin que nos demos cuenta. Como el color de un cabello, un olor familiar, un parecido. Hace mucho tiempo que no agarraba la mano de un niño. Estoy conmovida por sentir sus pequeños dedos estrechar los míos. Él tararea una canción que no conozco.

Cuando penetro en el interior de la tienda, me siento ligera. Nathan entorna los ojos al ver la multitud de barras de chocolate y caramelos delante de las cajas.

Me paro delante de la puerta que da al aseo de hombres.

—No puedo entrar, te espero aquí.

—De acuerdo.

Nathan se marcha para encerrarse con la bolsa que contiene sus cosas. Sale cinco minutos después luciendo orgulloso su traje de tres piezas en lino gris claro sobre una camiseta blanca.

—Estás muy guapo, Nathan.

—¿Tienes gel?

—¿Gel?

—Para mi pelo.

—Voy a ver si lo venden aquí.

Mientras buscamos el gel entre las numerosas estanterías, Julien compra dos novelas, un libro de recetas, una caja de galletas, un barómetro, unos manteles individuales de todos los colores, un mapa de Francia, tres DVD con las mejores bandas sonoras de películas, un mapamundi, unos caramelos de anís, un chubasquero para hombre, un sombrero de paja de mujer y un peluche. Le pide al cajero que lo envuelva todo en papel de regalo. El cajero no tiene papel. Añade sonriendo que no están en las Galerías Lafayette sino en la A-89. Julien encuentra un enorme capazo de tela con el logo impreso de WWF en donde mete todo. Nathan le pide que compre pegatinas de colores que pegará en la bolsa para colorear al panda, dibujar bambús y un cielo alrededor. Julien le responde: «Una idea genial, muchacho».

Tengo la sensación de ser otra mujer, de haber cambiado de vida. De estar en la de alguien distinto. Como Irène cuando cambió su beige por ropa colorida y sandalias en Cap d'Antibes.

Nathan y yo encontramos por fin el último bote de gel para el cabello «fijación acero», encajonado entre dos maquinillas de afeitar, tres cepillos de dientes y un paquete de toallitas refrescantes. Proferimos un grito de victoria. Yo me echo a reír por tercera vez.

Nathan, exultante, se va a peinar a los aseos, y vuelve a salir con los cabellos hirsutos. Ha debido de echarse el bote entero en la cabeza. Julien observa a su hijo con expresión dubitativa pero no dice nada.

—¿Estoy guapo?

Julien y yo asentimos al mismo tiempo.

73

*Ningún expreso me llevará hacia la felicidad,
ningún cacharro atracará, ningún Concorde
tendrá tu envergadura, ningún navío llegará,
sino tú*

Septiembre de 1996

Desde siempre los días de Philippe se habían articulado del siguiente modo: levantarse hacia las nueve. Desayuno preparado por Violette. Café claro, pan tostado, mantequilla suave, mermelada de cerezas sin tropezones. Ducha y afeitado. Moto hasta la una de la tarde. Tomar caminos rurales, rozar la muerte cada día acelerando allí donde sabía que no había ni policías ni radares. Comer con Violette.

Jugar a Mortal Kombat, su videojuego, en la Mega Drive hasta las cuatro o las cinco. Vuelta en moto hasta las siete. Cenar con Violette. Después, salir andando por la calle Mayor con el pretexto de necesitar caminar, para encontrarse con alguna amante o participar en alguna velada libertina organizada en *la dirección*. En ese caso, se iba en la moto y no regresaba antes de la una o las dos de la madrugada. Si no le apetecía hacer nada a causa del clima lluvioso o de una laxitud que le aplanaba, veía la televisión. Violette se quedaba cerca de él, leyendo o viendo la película que él había elegido.

Desde que la había sorprendido con el guarda del cementerio quince días antes, Philippe ya no veía a Violette de la misma manera y la observaba por el rabillo del ojo. Se preguntaba si estaría pensando en aquel viejo, si le telefoneaba durante sus ausencias, si le escribía.

Desde hacía una semana, cuando Philippe regresaba a casa, apretaba el botón «rellamada» del teléfono, pero se encontraba sistemáticamente con la desagradable voz de su madre que le había llamado la víspera o la antevíspera y colgaba de golpe.

Un día de cada dos, él tenía que telefonearla. Era un ritual. Y las palabras eran siempre las mismas: «¿Qué tal va todo, mi niño? ¿Comes bien? ¿Duermes lo suficiente? ¿Y tu salud? Sé prudente en la carretera. No te estropees los ojos con tus videojuegos. ¿Y tu mujer? ¿Qué tal el trabajo? ¿La casa está limpia? ¿Lava las sábanas todas las semanas? Estoy controlando tus cuentas. No te preocupes, no te falta de nada. Tu padre ha hecho un giro a tu seguro de vida la semana pasada. Yo tengo mis achaques que se repiten. En cualquier caso, nunca hemos tenido suerte, ah no, no realmente. La gente es tan decepcionante. Desconfía. Tu padre cada vez es menos valiente. Por suerte yo estoy aquí para velar por vosotros. Hasta pronto, mi niño». Cada vez que colgaba, Philippe se sentía fatal. Su madre era como una cuchilla de afeitar que le irritaba cada vez más. A veces se preguntaba si ella tendría noticias de su hermano, Luc. Echaba de menos a su tío. Y la ausencia de Françoise le aniquilaba. Pero su madre le respondía, molesta o entristecida dependiendo de si quería hacerle sentir culpable: «No me hables de esa gente, por favor». Su madre incluía a Françoise y a Luc en la misma bolsa de basura.

Aparte de esas conversaciones que le irritaban sobremanera, Philippe tenía, aparentemente, una mecánica de vida perfectamente engrasada. Había continuado siendo el mismo al que Françoise acompañó por última vez a la estación de Antibes en 1983: un niño caprichoso. Un niño infeliz.

Pero dos noticias, con cinco minutos de intervalo, lograron detener sus días encadenados. La primera llegó por correo.

Mientras masticaba una de sus tostadas calientes y crujientes tal y como a él le gustaban, Violette le anunció que la barrera iba a ser automatizada en mayo de 1997. Tenían ocho meses para encontrar un nuevo trabajo. Ella depositó en la mesa el correo recién llegado, entre el tarro de mermelada y la mantequilla fundida, y se marchó a bajar la barrera del tren de las 9:07.

«Voy a perder a Violette.» Fue la primera cosa en la que pensó Philippe cuando leyó la misiva. A partir de ahora ya nada la retendría a su lado. Su techo y su trabajo todavía les mantenían unidos, no sabía bien por qué, ligándoles con un hilo tan fino que era casi invisible. Salvo la habitación de Léonine, cuya puerta estaba siempre cerrada, ya no les quedaba nada en común. Al perder la barrera, ella se marcharía para siempre con el viejo del cementerio.

Distinguió a una mujer hablando con Violette a través de la ventana de la cocina. No la reconoció inmediatamente. En un primer momento pensó que se trataba de una de sus amantes que había venido dispuesta a armársela, pero la idea no llegó a concretarse, las mujeres que él frecuentaba no eran del tipo celoso. Él no asumía ningún riesgo. Se ensuciaba y ensuciaba a Violette, pero no asumía ningún riesgo.

Sin embargo vio cómo Violette palidecía a medida que esa mujer le hablaba.

Salió rápidamente y se encontró cara a cara con la maestra de Léonine. ¿Cómo se llamaba?

—Buenos días, señor Toussaint.

—Buenos días.

Ella también estaba pálida y parecía conmocionada. Dio media vuelta y se marchó con paso rápido.

El tren de las 9:07 pasó. Philippe vio algunos rostros en las ventanas de los compartimentos y se acordó de Léonine cuando solía saludarles. Guiada por un automatismo silencioso, Violette volvió a subir la barrera y le dijo a Philippe:

—Geneviève Magnan se ha suicidado.

Philippe se acordó de la última vez que pasó por delante de casa de la Magnan quince días antes. Del furgón de la policía, las mujeres en bata bajo las farolas. Sin duda debió de suicidarse después de verle. Había llorado delante de ella. «Nunca habría hecho daño a esas niñas.» ¿Sería el peso de la culpabilidad lo que le había empujado a la muerte?

Violette añadió:

—Por favor, haz lo que puedas para que no sea enterrada en el mismo cementerio que Léonine.

Philippe lo prometió. Estaba decidido a desenterrarla con sus propias manos si era necesario, le aseguró a Violette.

Violette repitió varias veces:

—No quiero que ella ensucie la tierra de mi cementerio.

Esa mañana Philippe no se duchó. Después de lavarse los dientes a toda prisa, se subió en su moto y se marchó. Atrás dejaba a una Violette enloquecida, plantada delante de una barrera que no tendría que bajar hasta dentro de dos horas.

74

Verás mi bolígrafo cargado de sol,
nevar sobre el papel, el arcángel del despertar

> *Por qué el tiempo que pasa*
> *nos mira y luego nos desgaja*
> *Por qué no te quedas conmigo*
> *Por qué te vas*
> *Por qué la vida y los barcos*
> *que navegan en el agua tienen alas...*

La sala de fiestas está vacía. Solo dos camareras están terminando de recoger las mesas, una retira los manteles de papel, y la otra barre los confetis blancos.

Julien y yo bailamos solos en una pista improvisada. Las últimas luces de la bola de espejos proyectan minúsculas estrellas en nuestras ropas arrugadas.

Todo el mundo se ha marchado, incluso los recién casados, incluso Nathan, que duerme en casa de su primo. Solo la voz de Raphaël resuena en los altavoces. Es la última canción. Después el DJ, un tío político de Julien ligeramente barrigudo, recogerá sus bártulos.

Me gustaría alargar el día que acabo de pasar. Estirarlo. Como cuando estábamos en Sormiou y la noche había caído desde hacía mucho tiempo y no éramos capaces de volver a entrar en la cabaña. Cuando los dedos de nuestros pies no sabían abandonar el chapoteo al borde del mar.

Después ya nunca volví a reírme tanto. Después ya nunca. Nunca me había reído tanto como aquel día. Reía con Léonine, pero uno no se ríe con su hija como se ríe con los demás. Son risas que vienen de otra parte, de más allá. Las risas, las lágrimas, el miedo, la alegría, anidan en lugares diferentes en el interior de nuestro cuerpo.

Y otro día que se va
en esta pequeña vida, no hay que morir de aburrimiento...

La canción ha terminado. Desde su micrófono, el DJ nos desea una buena velada. Julien grita: «¡Buenas noches, Dédé!».

Nunca había asistido a una boda aparte de la mía. Si son todas así de divertidas y alegres, quiero cambiar mis costumbres.

Mientras me pongo el abrigo, Julien desaparece en las cocinas y sale con una botella de champán y dos copas de plástico.

—¿No cree que ya hemos bebido bastante?

—No.

En el exterior, el aire es suave. Caminamos uno al lado del otro, Julien agarrándome del brazo.

—¿Adónde vamos?

—Son las tres de la mañana, ¿adónde quiere que vayamos? Me encantaría llevarla a mi casa, pero está a unos quinientos kilómetros de aquí, así que regresaremos al hotel.

—Pero yo no tengo intención de pasar la noche con usted.

—Ah, eso está muy, muy mal, porque yo sí. Y esta vez, no se escapará.

—¿Va usted a encerrarme?

—Sí, hasta el fin de sus días. No olvide que soy policía, poseo todos los poderes.

—Julien, ya sabe que soy una inadaptada para el amor.

—Usted chochea, Violette. Me agota.

Y entonces vuelve a producirse. Son como dulces burbujas de locura, burbujas de alegría que remontan hasta mi garganta, acarician mi boca, sacuden mi vientre de alegría y me hacen estallar en una carcajada. Ignoraba la existencia de ese sonido, de esa nota en lo más profundo de mi interior. Me siento como un instrumento de música que poseyera una tecla más. Un defecto de fabricación saludable.

¿Acaso es eso, la juventud? ¿Es posible estar conociéndola cuando se está cerca de los cincuenta años? Yo que nunca la he tenido, ¿la habré conservado como algo precioso sin saberlo? ¿Acaso no me ha abandonado nunca? ¿Acaso va a aparecer ahora, un sábado? ¿En una boda en la Auvernia? ¿En una familia que no es la mía? ¿Al lado de un hombre que no es el mío?

Llegamos ante el hotel, cuya puerta está cerrada a cal y canto. Julien se descompone.

—Violette, tiene ante usted al rey de los idiotas. Ayer hablé por teléfono con la recepcionista, que me pidió que pasara a buscar las llaves y los códigos de acceso cuando llegara por la tarde... Lo he olvidado.

Se ha vuelto a repetir. No puedo detenerlo. Me río con tantas ganas que mis ataques de risa parecen hacerse eco mutuamente, como si mi sonido estuviera a todo volumen. Es tan agradable que acabo con los músculos de la tripa doloridos. Mi respiración se entrecorta y cuanto más trato de recuperarla, más me río.

Julien me observa, divertido. Intento decirle: «Le va a costar encerrarme hasta el fin de mis días», pero las palabras se niegan a salir, mis risas hacen de barrera con todo. Siento cómo brotan unas gruesas lágrimas que Julien seca con sus pulgares riendo cada vez más fuerte.

Caminamos hasta su coche. Formamos una extraña pareja, yo doblada en dos y él, con la botella de champán en la mano, tratando a duras penas de hacerme avanzar, con una copa de plástico en cada uno de los bolsillos del pantalón.

Nos instalamos el uno al lado del otro en la parte trasera del coche y Julien hace callar mis risas con besos. Una alegría silenciosa arraiga en mi fuero interno.

Tengo la sensación de que Sasha no está lejos. Que acaba de darle instrucciones a Julien para que trasplante esquejes de mí misma en cada uno de mis órganos vitales.

75

Soy un paseante, estoy aquejado
del síndrome de la otra orilla

Hoy han enterrado a Pierre Georges (1934-2017). Su nieta
había pintado el ataúd. Unos dibujos de una ingenuidad conmo-
vedora. Se había pasado tres días dibujando un campo y un cielo
azul sobre la madera lisa. Sin duda pensando que su abuelo se
pasearía por él en el más allá.

Pierre se llamaba Elie Barouh, como el cantante, pero antes
de la guerra, sus padres, enterrados ambos en Brancion, decidieron cambiar su nombre y apellido. Una mujer rabina ha venido
de París para rendirle un último homenaje. Es la tercera mujer
rabina de Francia. Ha cantado sus plegarias y ha sido muy hermoso. Ha recitado el *kadish* cuando el ataúd ha descendido a la
sepultura familiar en la que reposan desde hace decenios los padres de Pierre. A continuación, cada uno ha arrojado un poco de
arena sobre el féretro. Además del campo y del cielo azul, al
lanzar arena blanca, la familia y los amigos de Pierre le han pro-
porcionado también la orilla del mar.

Como no ha sido su Dios el que ha sido convocado, el padre
Cédric se ha quedado en mi cocina durante la ceremonia.

Como suele decirse, un hombre tiene la familia que merece.
Al ver alrededor de la tumba de Pierre a sus hijos y sus nietos,

todos unidos alrededor para despedirlo, he pensado que Pierre debía de ser una gran persona.

Después, se había organizado una copa en el pequeño salón de actos del ayuntamiento. La familia y los amigos de Pierre se han reunido para cantarle canciones. Las puertas estaban abiertas y desde mi casa he podido escuchar las voces y la música.

La mujer rabina, de nombre Delphine, ha venido a tomar un café a mi casa. Cédric todavía seguía allí. El hombre de iglesia y la mujer de la sinagoga resultaban de lo más atractivos de ver juntos, en mi cocina. Han compartido su fe, sus risas y su juventud. He pensado que a Sasha eso le habría encantado.

Como hacía buen tiempo, he salido a trabajar en el jardín. Delphine y Cédric se han instalado en mi cenador y se han quedado más de dos horas hablando y riéndose.

Delphine parecía fascinada por la belleza de mis plantas y de mis árboles frutales. Cédric le ha dado una vuelta como si fuera el orgulloso propietario. Como si fuera su Dios, cuya casa se encuentra muy cerca, el que hubiese provocado todos esos pequeños milagros.

Mientras plantaba mis berenjenas, he escuchado una de las canciones que la familia y los amigos de Pierre Georges cantaban en la plaza del ayuntamiento. Habían dejado el salón de actos para instalarse bajo los árboles.

Incluso Delphine y Cédric se han callado para escuchar.

No, ya no siento ganas de vanagloriarme de mí mismo
de buscar ardientemente el eco de mi te amo
no, ya no tengo corazón para destrozar mi corazón
parodiando juegos que conozco de memoria...
Tú que hoy me ofreces el más bello de los espectáculos
con tanta belleza, podrías ser un obstáculo...
Pero ya no veo nada de todo su bello misterio
tengo miedo que no sea nada que tema o espere
pues a pesar de todo el sueño de mi alma encerrada
nunca más tendré el valor de amar...

Inclinada sobre mi tierra, me he preguntado si era por Pierre o por mí por quien cantaban.

Hacia las seis y media, todo el mundo se ha montado en sus coches de vuelta a París. Una vez más, he escuchado ese ruido que tanto detesto, el de las puertas de los coches que se cierran.

Mis tres hombres han cenado conmigo en el jardín. Les he preparado una ensalada improvisada, unas patatas salteadas y unos huevos al plato. Hemos disfrutado mucho. Los gatos se han unido a nosotros como para escuchar nuestras conversaciones deshilvanadas, triviales pero felices. Nono ha repetido durante toda la cena: «¿No se está bien aquí, en casa de nuestra Violette?». Y nosotros, a coro, le hemos respondido: «Muy bien». Y Elvis ha añadido: «Donte live mi nao».

Se han marchado hacia las nueve y media. Los días son más largos en este mes de junio. Me he quedado sentada en un banco del jardín para escuchar el silencio. Escuchar todo ese ruido que Léonine no hará nunca, excepto una pequeña melodía de amor en mi corazón, de la que solo yo conozco la música.

He pensado en Nathan en el asiento trasero. En nuestro regreso los tres en el coche el domingo por la mañana. En la resaca de Julien y mía, tan contundente como un tronco de madera, en esa emoción surgida a lo largo de ese tronco, como un pequeño brote que asoma, una hoja mínima que apenas sobresale de la tierra, dos o tres minúsculas raíces que parecen hilos, tan fáciles de arrancar. Un principio de amor infantil que desarraigar. Tres pequeños tirones y luego desaparecen.

En el cabello de Nathan, el gel había formado unas placas blancas. Un poco como la nieve. Julien le ha dicho que en cuanto llegue a Marsella, va a tener que lavarse el pelo varias veces antes de volver con su madre. Nathan ha puesto una mueca de disgusto y ha buscado mi mirada para que acudiera en su ayuda.

Me han dejado delante de mi casa, delante de la puerta del lado de la calle. Tenían que continuar pero Nathan ha querido ver a los animales. Florence y My Way han venido a frotarse contra sus pequeñas piernas. Nathan los ha acariciado durante un buen rato. Y me ha dicho:

—¿Cuántos gatos tienes en verdad?

—Ahora mismo, once.

He recitado sus nombres, como si fuera un poema de Prévert.

Él se ha reído a carcajadas. Hemos llenado los cuencos de pienso, arrojado las bolitas viejas a los pájaros. Les hemos puesto un poco de agua fresca. Durante ese tiempo, Julien se ha acercado a la tumba de Gabriel para ver la urna de su madre.

Cuando ha regresado, Nathan le ha pedido quedarse un poco más. Y yo he tenido ganas de suplicar a su padre que se quedara mucho más. Pero no he dicho nada.

Han tomado la merienda en mi jardín y se han marchado. Les he acompañado. Antes de subirse al coche, Julien ha tratado de besarme en la boca, pero yo he retrocedido. No quería que me besara delante de Nathan.

Nathan ha querido montarse delante, y su padre le ha dicho: «No, cuando tengas diez años». Nathan ha protestado y luego ha depositado un beso en mi mejilla. «Hasta pronto, Violette.»

Me han entrado unas ganas terribles de llorar. Al cerrarse, las puertas de su coche han hecho más ruido que las otras. Sin embargo, he hecho como si me diera igual que se marcharan. Como si estuviera aliviada. Como si tuviera miles de cosas que hacer.

Después de haber pensado en todo eso sentada en mi banco, vuelvo a entrar en casa y cierro las dos puertas, la de la calle y la del cementerio. Éliane me sigue hasta mi habitación y se tiende todo lo larga que es a los pies de la cama. He abierto las ventanas para que la dulzura de la tarde penetrara en el interior. Me he aplicado mi crema hidratante de rosas, he abierto el cajón de la mesilla de noche y me he vuelto a sumergir en el diario de Irène.

Antes de recorrer las páginas escritas, me he dicho que ella tuvo que conocer a su nieto algunos años. Me pregunto qué clase de abuela sería. Cómo recibió el nacimiento de Nathan. Calculo que debió de nacer un año después de la muerte de Gabriel.

El amor de Irène y Gabriel me recuerda al juego del ahorcado, donde hay que adivinar una palabra. Yo aún no he encontrado aquella que les define.

Al penetrar en mi casa, Julien ha entrado con su madre y Gabriel.

¿Cómo terminarán nuestros reencuentros?

76

La familia no se destruye, se transforma.
Una parte de ella se va a lo invisible

Septiembre de 1996

Esa mañana, después de haber prometido a Violette que Geneviève Magnan no sería nunca enterrada en el cementerio de Brancion, Philippe había tomado primero la dirección de Mâcon, y luego, en el último momento, había continuado y seguido hasta Lyon, y después a Bron. Había llegado a media tarde frente al taller Pelletier. Allí aparcó lo suficientemente lejos para no ser visto. El taller era tal y como lo recordaba, con muros blancos y amarillos. Hacía trece años que no ponía un pie en él, y a pesar de estar bastante lejos, había podido percibir la mezcla de aceites de motor. Ese olor que tanto amaba.

Solo los modelos y el diseño de los coches expuestos que distinguió a través de su visera habían cambiado. Se había dejado el casco puesto durante horas. Había esperado mucho tiempo para verles.

Hacia las siete de la tarde, al distinguir a Françoise y Luc uno al lado del otro en su Mercedes, ella al volante, él en el asiento del pasajero, su corazón se había desbocado como el de un boxeador loco. Se había golpeado hasta en el pecho. Las luces traseras del vehículo hacía rato que habían desaparecido mientras Philippe recordaba los más bellos momentos de su vida con ellos. Esos momentos en los que realmente se había sentido amado y protegido. Esos momentos en los que nadie esperaba nada de él. Esos momentos lejos de sus padres. No había seguido al Mercedes. Solo quería verlos, estar seguro de que aún seguían allí, vivos. Solo eso, vivos.

Luego había enfilado el camino de La Biche-aux-Chailles. Ese lugar maldito en el que vivían Geneviève Magnan y Alain Fontanel. Había circulado de noche. Le encantaba montar en moto por la noche, observar el polvo y las polillas en los faros.

Había aparcado delante de su casa. Una de las habitaciones de la planta baja estaba encendida. A pesar de las circunstancias, Philippe no dudó en llamar a la puerta. Alain Fontanel estaba solo, un tanto achispado. El ojo a la funerala que Philippe le había puesto dos semanas atrás prácticamente se había reabsorbido.

—Geneviève se ha evaporado en el aire. Esta noche no vas a poder tirártela.

Eso es lo que Fontanel le dijo cuando descubrió a Philippe en el umbral de la puerta. Sus palabras le dejaron petrificado, provocándole náuseas. Había estado a punto de vomitar. ¿Cómo había podido caer tan bajo?

El hombre que tenía delante era de la peor calaña, pero Philippe tampoco se quedaba atrás. Él era quien había tenido un lío con Magnan. El que una noche se la había «prestado» a un colega sin ningún escrúpulo.

Sintió vértigo al pensar en ello. Se apoyó contra el marco de la puerta. Esa noche, delante de aquel hombre borracho que le miraba fijamente, Philippe comprendió el martirio que Magnan había sufrido en contacto con esos dos cerdos que la habían pisoteado: él y Fontanel. Y ese sufrimiento le había atravesado como un viento glacial. Como si el fantasma de Geneviève Magnan le hubiese traspasado como la hoja de un largo cuchillo. La noche se había abatido sobre él.

Al verle desfallecer, Fontanel había mostrado una sonrisa

perversa y le había dado la espalda sin cerrar la puerta de entrada. Philippe le había seguido por un pasillo en sombras. El interior olía a cerrado, ese olor a rancio, a grasa y polvo acumulados, como los de esos lugares en los que nunca se deja entrar el aire. O en los que no se ha pasado nunca ni un trapo ni una bayeta. Philippe pensó en Violette, que ventilaba la casa incluso en pleno invierno. Violette. Mientras seguía a Fontanel, Philippe había sentido una violenta necesidad de estrecharla en sus brazos. Estrecharla como no lo había hecho nunca. Pero como, sin duda, había hecho el viejo del cementerio.

Los dos hombres se habían sentado en la mesa del comedor. Un comedor con nada que comer, solo decenas de latas de cerveza vacías depositadas sobre un mantel de hule. Dos o tres cadáveres de botellas de vodka y otros licores fuertes. Y como si el diablo se hubiera invitado entre esas paredes malditas para hacerles compañía, empezaron a beber en silencio.

No fue hasta mucho más tarde cuando Fontanel se decidió a hablar, en un momento en que Philippe había posado sus ojos, sin poderlos apartar, en el retrato de dos chiquillos. Dos sonrisas enmarcadas en la esquina de un aparador ajado y mugriento. Una imagen tomada en el colegio, cuando tras la foto de grupo se hacía otra solo a los hermanos para darles un recuerdo a los padres.

—Los chicos están con la hermana de Geneviève. Están mucho mejor con ella que conmigo. Yo no he sido nunca un buen padre... ¿Y tú?

—...

—Y por lo que se refiere a la muerte de las pequeñas, de tu niña, Geneviève no tuvo nada que ver... Quiero decir, que no lo hizo a propósito. Yo no sé más que el final de la historia, cuando vino a despertarme. Me había quedado dormido y creí que estaba teniendo una pesadilla. Ella me zarandeó, parecía una loca. Lloriqueaba y berreaba al mismo tiempo, yo no entendía nada de lo que farfullaba... Me habló de ti, me dijo que tu hija estaba en el castillo, me habló de la sustitución en el colegio de Malgrange, del destino, malo como la tiña... Me habló de su madre, creí que había empinado el codo. Me tiró del brazo chillando:

«¡Ven! ¡Ven rápido! Es espantoso... espantoso», ella, Geneviève, nunca había dicho palabras así. Cuando llegué a la habitación del piso bajo, ya no se podía hacer nada...

Fontanel se había bebido una lata de un trago, seguida de un vaso de vodka. Había resoplado con fuerza y luego escupido las palabras mirando fijamente un agujero en el mantel de hule que había rasgado con la uñas.

—La directora, la Croquevieille, me pagaba con cuentagotas por encargarme del mantenimiento. Electricidad, fontanería, pintura, zonas verdes... Las zonas verdes, una mierda de zonas verdes. Hierba y guijarros. Geneviève hacía las compras y la cocina durante el verano. La directora insistía en que durmiéramos los dos en el castillo cuando las niñas desembarcaban: para poder vigilar y estar presentes. Esa noche, Geneviève no tenía que currar. Pero cuando las niñas se fueron a acostar, Lucie Lindon le pidió que la sustituyera durante dos horas y que supervisara las habitaciones de la planta baja. Lindon quería subir al primer piso para fumarse un porro en la habitación de Letellier. Geneviève no se atrevió a decirle que no... La chica siempre estaba echándole una mano. Sin embargo Geneviève no se quedó en el castillo. Se largó. Dejó a las pequeñas solas para ir a casa de su hermana y ver a nuestros niños porque el pequeño estaba enfermo y le tenía preocupada. En verano, se ponía medio chiflada por tener que dejarles mientras que los otros niños se iban a la playa... Solía reprochármelo: «Eres un inútil, ni siquiera eres capaz de llevarnos a una playa...».

Fontanel se marchó a mear resoplando: «Vida de mierda». Al regresar al comedor, se sentó al otro lado de la mesa, en otra silla. Como si la suya hubiese sido ocupada por alguien en su ausencia.

—Como mucho Geneviève debió de estar fuera una hora. Cuando regresó y empujó la puerta de la habitación 1, la cabeza empezó a darle vueltas y se golpeó contra el suelo... Ya por la tarde, se había medio desmayado. Creyó que estaba enferma... Que había pillado el virus de nuestro hijo. Le costó levantarse... Abrió la ventana del cuarto para respirar con todas sus fuerzas...

Eso fue lo que la salvó. No fue hasta cinco minutos después cuando se dijo que algo no andaba bien... Que las pequeñas dormían demasiado tranquilas. Geneviève no se dio cuenta inmediatamente... El monóxido de carbono es un gas que no se nota... En cada habitación había un calentador individual que databa de los tiempos de Matusalén... Una vieja carcasa que ya no funcionaba y que no teníamos derecho a tocar... sin embargo, alguien lo había hecho. Geneviève se dio cuenta inmediatamente porque esos putos cacharros baratos estaban escondidos detrás de un falso armario empotrado, y este había sido abierto... La puerta oscilaba en el vacío.

Alain Fontanel había abierto otra lata con un mechero que arrastraba por la mesa sin dejar de hablar.

—Todos sabíamos que las instalaciones del castillo estaban podridas... Una auténtica bomba de relojería. No pude hacer nada. Era demasiado tarde. Asfixiadas... Intoxicadas con monóxido de carbono. Las cuatro.

Fontanel se había callado. Por primera vez, su voz revelaba cierta emoción. Había encendido un pitillo cerrando los ojos.

—Rápidamente corté el calentador. Incluso encontré la cerilla que había servido para encenderlo. Geneviève nunca supo mentir... Cuando tú te la tirabas, yo lo sabía. Tenía ojos de enamoriscada. Una verdadera tarada. Apestaba la muy fresca, se ponía cosas en el cuerpo, zapatos que le destrozaban las piernas... Esa noche, pude leer en sus ojos que no había sido ella la que lo había hecho, que no tuvo nada que ver. Vi su miedo. Apestaba a muerte... Y además, había que conocer un viejo cacharro como ese para poder encenderlo. Ella no habría sido capaz... Existía una prohibición formal de tocar los antiguos calentadores de agua. Y todo el personal estaba al corriente. Nos lo repetían constantemente. No estaba escrito en el reglamento, si no la directora habría ido directamente al trullo, pero nosotros lo sabíamos... Tendría que haberlos hecho retirar... Croquevieille siempre estaba dispuesta a hacer pagar a los padres, pero cuando se trataba de pagar ella algo nuevo era otro cantar. Los únicos termos de agua caliente nuevos eran los de las duchas comunes.

Alguien había llamado a la puerta. Fontanel no había abierto. Simplemente había mascullado: «Putos vecinos» y se había servido otra copa en su vaso de cocina. Mientras que Fontanel le contaba todo, Philippe permaneció inmóvil, bebiendo largos tragos de vodka para quemar el dolor y ahogar la tristeza a intervalos regulares.

—Geneviève fue presa del pánico. Dijo que no quería ir a prisión. Que si alguien se enteraba de que se había marchado a ver a los niños, le echarían la culpa de todo. Me suplicó que la ayudara. Al principio le dije que no. «Y además, ¿cómo quieres que te ayude?», repliqué. «Diremos la verdad, que ha sido un accidente... Encontraremos al tarado que ha hecho eso.» Se volvió loca, su cara se deformó... Me insultó, me amenazó. Dijo que le contaría a toda la panda de policías que yo acosaba a las monitoras... Que me había visto coger sus braguitas en la lavandería... Que tenía pruebas. Le solté una bofetada para que cerrara la boca... Y luego me acordé de que cuando estaba en el ejército, una noche, un soldado había quemado una parte del cuartel al olvidar una cacerola con comida sobre un hornillo mal apagado... Y así fue como se me ocurrió la idea... Con el fuego, todo desaparece. Cuando todo se quema, nadie va al trullo... Sobre todo si son unas niñas pequeñas las que cometen un descuido al olvidar un cazo de leche en el fuego.

En ese instante, Philippe habría querido pedir a Fontanel que se callara. Pero se sentía incapaz de abrir la boca, de pronunciar la más mínima palabra. Habría querido levantarse, salir de allí rápidamente, huir, taparse los oídos. Pero se quedó inmóvil, petrificado, impotente. Como si dos manos heladas le mantuvieran firmemente asido a su silla.

—Fui yo quien prendió fuego a las cocinas... Geneviève colocó los boles en la habitación de las pequeñas... Yo esperé al final del pasillo dejando su puerta entreabierta. Geneviève subió a nuestra habitación... Después de esa noche, no dejó nunca de gritar... Ella también tenía miedo... Decía que tú o tu mujer terminaríais por encontrarla y hacerla pedazos...

Varios temblores atravesaron a Philippe. Como si recibiera descargas eléctricas a través de electrodos invisibles.

—Cuando las llamas entraron en la habitación, corrí al piso de arriba para aporrear la puerta de Letellier... Me escondí con Geneviève en nuestro cuarto. Lindon se despertó, bajó al piso de abajo y empezó a gritar cuando vio el fuego. Yo hice como si acabara de salir de la cama, como si no entendiera nada de lo que estaba pasando... Letellier quiso entrar en la habitación pero era demasiado tarde... Las llamas eran muy altas. Hicieron evacuar a todo el mundo... Cuando los bomberos llegaron, todo había desaparecido... Aquello recordaba al infierno, solo que mucho peor... Lindon no se atrevió nunca a preguntarle a Geneviève dónde estaba esa noche, por qué y cuándo se habían despertado las pequeñas para ir a la cocina sin que nadie se diera cuenta, porque todo eso, en el fondo, era culpa suya. Nunca supimos quién puso el calentador en marcha... Ni por qué... Ni en qué momento... Como puedes suponer comprobé también los de las otras habitaciones, nadie los había tocado... Y nunca dije nada.

Philippe había perdido la consciencia. Había vuelto a abrir los ojos, sintiendo la cabeza pesada, la boca pastosa, unas ardientes brasas en el vientre.

Alain Fontanel seguía sentado en el mismo lugar, la mirada vacía, los ojos inyectados en sangre, su vaso de cocina en la mano. No se había fumado el cigarrillo que aún tenía entre los dedos, la ceniza había caído en el mantel de hule.

—No me mires así, estoy absolutamente seguro de que no fue Geneviève quien lo hizo. No me mires así, ya te he dicho que soy un tipo despreciable... todos me evitan, cuando la gente se cruza conmigo cambia de acera, pero nunca he tocado un pelo a un niño.

*

Geneviève Magnan fue inhumada el 3 de septiembre de 1996. Por ironías de la vida o casualidad perversa, el mismo día en que Léonine habría cumplido diez años.

Cuando la enterraron en la sepultura familiar del pequeño cementerio de La Biche-aux-Chailles, a trescientos metros de su casa, Philippe ya había regresado al este, al lado de los trenes.

Durante el invierno de 1996-1997, no fue a *la dirección* ni un solo día y dejó que su moto durmiera en el garaje.

Sus padres vinieron a buscarlo una vez, en enero, para llevarle al cementerio de Brancion y recogerse ante la tumba de Léonine, pero él se negó a montar en el coche. Como un niño terco. Como cuando se marchaba de vacaciones a casa de Luc y Françoise a pesar de la reprobación de su madre.

Se pasó seis meses jugando con su Nintendo, atontándose con juegos en los que tenía que salvar a una princesa. La salvaba cientos de veces a falta de no haber podido salvar a la suya, la de verdad.

Una mañana, entre el ritual de las tostadas calientes y la comida, Violette anunció a Philippe que la plaza de guarda del cementerio en Brancion-en-Chalon había quedado vacante y que ella quería ese puesto más que nada en el mundo. Le pintó una estampa de cierta felicidad. Le describió el puesto como un lugar de sol, de vacaciones cinco estrellas.

Él la contempló como si ella hubiese perdido la razón. Y no a causa de su proposición, sino porque comprendió que le estaba ofreciendo seguir viviendo juntos. Al principio, en un acto reflejo, dijo que no porque pensaba que era para acercarse al viejo guarda del cementerio, pero eso no tenía sentido. Si ella hubiese querido acercarse, habría dejado a Philippe y se habría instalado con él. Comprendió que ella quería continuar, que él formaba parte de sus proyectos, de su futuro.

La idea de convertirse en guarda de cementerio le horrorizaba. Pero ya no tenía nada que hacer en Malgrange. Violette se ocupaba de todo. Y además, ¿qué otra cosa habría podido hacer? El día anterior había tenido una cita en la agencia de empleo y le habían sugerido que pusiera su curriculum vitae al día. ¿Al día de qué? Aparte de hacer chapuzas en su moto y seducir mujeres fáciles, no sabía hacer nada. Le habían propuesto una formación de mecánico para trabajar en un taller o en un concesionario, tenía buena presencia, podría incluso dedicarse a la venta. La idea de verse como vendedor de coches a comisión, sumada a los contratos de mantenimiento que iban asociados al trabajo, le asqueaba. El despertador que suena cada mañana, cuando para él no sonaba nunca, unos horarios que respetar, ir de traje y corbata, las treinta y nueve horas semanales, era mejor morir. Una pesadilla impensable. Él nunca había tenido ganas de trabajar, salvo a los dieciocho años, en el taller de Luc y Françoise.

Al aceptar ese trabajo de enterrador, el sueldo continuaría entrando cada mes, un sueldo que no tocaría. Violette haría la compra con el suyo, la cocina, la limpieza. Él conservaría a su mujer calentando su cama, sus rebanadas de pan tostado, las sábanas y la vajilla limpias, no tendría que mudar de costumbres, ni cambiar la marca de sus yogures preferidos. Podría continuar su vida de eterno adolescente. Como Violette le había dicho, ella colgaría cortinas en las ventanas de la casa y él no tendría que asistir a los entierros. Se instalaría con su Nintendo en una habitación cerrada y salvaría a las princesas, una detrás de otra, para evitar ser molestado por algún sepulturero o un visitante perdido que buscara una tumba.

En fin, aquella sería la ocasión de averiguar quién había sido el hijo de puta que había reactivado el calentador de agua la noche del 13 al 14 de julio de 1993 en el castillo de Notre-Dame-des-Prés. Estaría en el lugar adecuado para hacer las preguntas, romper algunos dientes, hacer hablar al silencio. Lo llevaría a cabo en secreto, para que nunca nadie pudiera presentarse a quitarle o reclamar el dinero del seguro que le habían dado, la indemnización por daños, perjuicios e intereses pagados como consecuencia de la muerte por accidente de Léonine.

Esa manía de poner todo aparte, como su madre le había enseñado, le repugnaba pero era más fuerte que él. Una enfermedad genética. Un virus, una bacteria mortal. Esa roñería era como una malformación congénita. Una herencia maldita contra la cual no podía luchar. ¿Ponerlo aparte para ir adónde? ¿Para hacer qué? No tenía ni idea.

Se mudaron en agosto de 1997. Hicieron el trayecto en una

camioneta de apenas veinte metros cúbicos, pues no poseían gran cosa.

El viejo del cementerio ya no estaba allí. Les había dejado una nota en la mesa. Philippe fingió no darse cuenta de que Violette conocía perfectamente cada rincón de la casa. Apenas desembarcaron, ella desapareció en el jardín. Le llamó y le dijo que saliera a ver: «¡Ven! ¡Ven rápido!». Philippe no había percibido esa sonrisa en su voz desde hacía años. Cuando la descubrió agachada al fondo del huerto, recogiendo gruesos tomates rojos como las mejillas de una muchacha, cuando la vio morder uno de ellos, aquello le recordó el destello que tenían sus ojos en la maternidad, el día que nació Léonine. Ella le dijo: «Ven a probar». Él tuvo un primer momento de rechazo. Luego observó que el jardín estaba situado más arriba del cementerio y que las aguas de este no podían verter en él. Sin embargo, sonrió a duras penas, se obligó a morder el tomate que ella le tendía. El jugo se deslizó en sus manos, Violette las agarró y le lamió los dedos. En ese instante, él comprendió que no había dejado nunca de quererla, pero que ya era demasiado tarde. Que no se puede volver atrás.

Sacó la moto de la camioneta y le dijo a Violette: «Voy a dar una vuelta».

77

Más vale llorarte que no haberte conocido

22 de octubre de 1996

Mi muy preciada Violette,
*Ya han pasado dos meses desde que tu marido te prohibió
venir. Te echo de menos. Dime, ¿cuándo volverás?*
*Esta mañana, he escuchado una canción de Barbara, es in-
creíble cómo su voz se acompasa perfectamente con el otoño, el
olor de esta tierra húmeda, pero no de aquella en la que las raíces
vuelven a crecer, sino donde estas duermen dulcemente para mejor renacer, donde se preparan para reunir fuerzas en el invierno.
El otoño es una canción de cuna por la vida que regresará. Todas
esas hojas que cambian de color parecen un desfile de alta costu-
ra, como las notas de la voz de Barbara. Yo a Barbara la encuentro un poco extraña. Cuando se la escucha atentamente, uno
comprende que a sus ojos nada es realmente grave a pesar de su
gravedad. Habría podido enamorarme locamente de ella, sobre
todo si hubiese sido un hombre. Qué quieres, no tengo la virtud
de las mujeres de los marineros.*
*Como este final de temporada ha sido suave y aún no ha he-
lado, acabo de recoger los últimos tomates, pimientos y calabacines. Se acerca el Día de Todos los Santos, es como una barrera*

invisible: una vez que haya pasado, ya no habrá más verduras de verano. Mis lechugas siguen siendo preciosas, en un mes ya no quedará más que achicoria. Las coles salen de la tierra. Mientras espero las primeras heladas, ya he aireado algunas zonas del huerto que he recubierto de estiércol, allí donde arrancamos las patatas y las cebollas juntos el pasado agosto. Mi amigo granjero me ha traído quinientos kilos de bosta que he vertido bajo el toldo cerca del cobertizo. Lo he recubierto por si llueve, lo mejor del estiércol se va con el agua, y no queda más que la paja. Huele un poco fuerte pero no demasiado (siempre es mejor que esa porquería de abonos químicos). Y no creo que moleste a mis vecinos de enfrente. A propósito, han enterrado a Édouard Chazel (1910-1996) hace tres días —muerto mientras dormía—. A veces me pregunto qué puede tener la noche para que te den tantas ganas de morir.

He sabido que Geneviève Magnan ha tenido un final muy triste. Creo que es necesario olvidar, Violette. Creo que es necesario continuar y no seguir tratando de saber cómo, por qué, quién. El pasado no es tan fértil como la bosta que yo deposito en el suelo. Se parece más a la cal viva. Ese veneno que quema las cepas. Sí, Violette, el pasado es el veneno del presente. Rumiarlo es morir un poco.

El mes pasado, comencé a podar los viejos rosales. Ha hecho demasiado calor para los champiñones. Habitualmente, si a finales del verano hay dos o tres tormentas con mucha lluvia, los níscalos aparecen siete días después. Ayer me acerqué al sotobosque, ese rincón secreto donde normalmente los recojo a paladas, y regresé como un parisino, casi con las manos vacías. Tres únicos níscalos me provocaban desde el fondo del cesto. Parecía una camada de gusanos blancos. Aun así me los comí en una tortilla. ¡Estaban buenísimos! La semana pasada, vi al señor alcalde y le hablé de ti, recomendándote encarecidamente. Quiere conocerte y no se opone al hecho de que me reemplaces. Le he advertido que no estarás sola, que tienes un marido. Al principio me ha puesto cara rara porque eso significa un sueldo de más, pero como antes había cuatro enterradores y ahora son solo tres, tu pareja debería entrar en el presupuesto. Así que, si yo fuera tú, no lo dejaría pasar, antes de que algún tipo venga a suplicarle —siem-

pre hay algún sobrino, una prima, un vecino que busca un puesto de funcionario—. Admito que la gente no se agolpa en las puertas de los cementerios para convertirse en guarda, pero aun así, ¡estemos atentos! ¡Queda sobreentendido que no dejaré mis gatos y mi jardín a nadie que no seas tú!

Vuelve para que te consiga una cita con el alcalde. En general, no hay que fiarse de los cargos electos, pero él es alguien bastante pasable. Si te da su palabra, no tendrás necesidad de firmar un compromiso escrito. Así que te urge encontrar alguna mentira que te permita venir aquí lo más rápido posible. ¿Te he hablado ya de la virtud de la mentira? Si lo he olvidado, haz un nudo en tu pañuelo.

Te beso tiernamente, preciosa Violette.

SASHA

—¡Philippe, tengo que ir a Marsella!

—Pero si no estamos en agosto.

—No voy a la cabaña. Célia me necesita unos días, en su casa. Tres o cuatro días como mucho... Si no hay complicaciones. Sin contar el viaje.

—¿Por qué?

—Tiene que ingresar en el hospital y no tiene a nadie que se ocupe de Emmy.

—¿Cuándo?

—Inmediatamente, es una urgencia.

—¿Inmediatamente?

—Sí, ¡ya te he dicho que es una urgencia!

—¿Qué tiene?

—Apendicitis.

—¿A su edad?

—No hay edad para tener apendicitis... Stéphanie me llevará a Nancy y allí tomaré un tren. Mientras llego, Emmy se quedará con una vecina... Célia me ha suplicado, no tiene a nadie más que a mí, me siento obligada a ir y hacerlo rápido. Te dejo todos los horarios del tren en una hoja al lado del teléfono. Ya he hecho la compra, no tienes más que calentarte la blanqueta de ternera o tu gratinado de patatas en el microondas, hay dos pizzas de las que te gustan en el congelador, he llenado el frigorífico de yogures y ensaladas ya preparadas. A mediodía, Stéphanie te traerá una *baguette* recién hecha. Te he dejado los paquetes de galletas en el cajón debajo de los cubiertos, como siempre. Me voy, hasta dentro de unos días. Te telefonearé en cuanto llegue a casa de Célia.

*

Durante el trayecto, que duró alrededor de veinticinco minutos, y pese a lo poco que hablé con ella, mentí a Stéphanie. Le conté la misma historia que a Philippe Toussaint: que Célia tenía apendicitis y necesitaba llegar rápidamente para recoger a su nieta, Emmy. Stéphanie no sabía mentir. Si le hubiese dicho la verdad, la habría soltado sin querer, se habría sonrojado y farfullado ante Philippe Toussaint cuando se lo hubiera cruzado.

Stéphanie había pedido que la sustituyeran una hora en la caja para poder llevarme a Nancy. En el coche no nos dijimos gran cosa. Creo que me habló de una nueva marca de biscotes bio. Desde hacía algunos meses, los productos biológicos habían hecho su aparición en las estanterías del supermercado y Stéphanie me hablaba de ellos como del grial. Yo no la escuchaba. Releía mentalmente la carta de Sasha. Ya me veía en su jardín, en su casa, en su cocina. Tenía prisa. Mientras observaba el tigre blanco colgado del retrovisor del Panda, ya estaba buscando las palabras adecuadas, los argumentos adecuados para que Philippe Toussaint aceptara el traslado, para que aceptara ese empleo de guarda del cementerio.

Tomé un tren para Lyon, otro para Mâcon y luego un autobús que pasaba por delante del castillo. Cuando llegamos a su altura cerré los ojos.

Empujé la puerta de mi futura casa al final de la tarde. El día

— 374 —

casi había desaparecido y hacía mucho frío. Mis labios estaban agrietados. En el interior el aire era suave. Sasha había hecho encender las velas y reinaba ese delicioso olor, el de los pañuelos de papel que impregnaba de Sueño de Ossian. Cuando me vio, solo dijo sonriendo:

—¡Doy gracias a la virtud de la mentira!

Estaba pelando unas legumbres. Sus manos un tanto temblorosas sujetaban el pelador como si fuera una piedra preciosa.

Tomamos una minestrone absolutamente deliciosa. Hablamos del jardín, de los champiñones, de canciones y de libros. Le pregunté adónde iría si nosotros nos instalábamos allí. Me contestó que ya lo tenía todo previsto. Que viajaría y se detendría donde le apeteciera. Que su pensión era tan escuálida como él, pero que con lo poco que comía le bastaba. Que se desplazaría a pie, en segunda clase o en autostop. Que eran los únicos paseos que deseaba dar. Quería aventurarse en lo desconocido. Con las casas de sus amigos como lugares de parada. Tenía pocos pero verdaderos. Ir a visitarles también formaba parte de sus proyectos. Ocuparse de sus jardines. Y si no tenían, construirles uno.

La India estaba en el punto de mira de Sasha. Su mejor amigo, Sany, un indio, hijo de un embajador, al que había conocido de niño, vivía en Kerala desde los años setenta. Sasha había ido a visitarlo en numerosas ocasiones, una vez incluso con Verena, su mujer. Sany era el padrino de Émile y de Ninon, sus hijos. Sasha quería terminar su vida allí. Aunque él no decía nunca «terminar mi vida» sino «seguir hasta mi muerte».

De postre, sacó arroz con leche que había preparado la víspera en unos tarros de yogur de cristal desparejados. Intenté apurar el caramelo del fondo con mi cuchara. Al verme hacer ese gesto, la voz de Sasha cambió:

—Al perder a los míos, también perdí un peso inmenso. La preocupación de dejarlos solos después de mi muerte, de abandonarlos. Ese terror de imaginar que podrían tener frío, tener hambre, estar mal y que yo no estaría ahí para tomarlos en mis brazos, protegerlos, sostenerlos. Cuando yo muera, nadie me llorará. No habrá tristeza tras de mí. Me marcharé ligero, aliviado del peso de sus vidas. Solo los egoístas tiemblan por su propia muerte. Los otros, tiemblan por aquellos a los que dejan.

—Pero yo sí te lloraré, Sasha.

—Tú no me llorarás como me habrían llorado mi mujer y mis dos hijos. Tú me llorarás como cuando se pierde un amigo. Nunca llorarás a ninguna persona como has llorado a Léonine. Lo sabes bien.

Hizo hervir un poco de agua para el té. Dijo que estaba feliz de verme ahí. Que entre los mejores amigos que iría a visitar en su jubilación, yo sería una de ellos. Y precisó: «Durante las ausencias de tu marido».

Puso música, las sonatas de Chopin. Y me habló de los vivos y de los muertos. De los habituales. De las viudas. Lo más duro serían las inhumaciones de niños. Pero nadie estaba obligado a nada. Había una auténtica solidaridad entre el personal del cementerio y la funeraria. Cualquiera podía hacerse sustituir. El sepulturero podía reemplazar a un porteador que a su vez podía reemplazar a un marmolista que podía reemplazar al oficial de pompas fúnebres que a su vez podía reemplazar al guarda cuando uno de ellos se sentía incapaz de afrontar un duelo difícil. Al único que no se podía reemplazar era al cura.

Yo iba a ver de todo y a oír de todo. La violencia y el odio, el alivio y la miseria, el resentimiento y los remordimientos, la pena y la alegría, los lamentos. Toda la sociedad, todos los orígenes y todas las religiones en apenas unas pocas hectáreas de terreno.

En cuanto al día a día, había dos cosas a las cuales debía prestar atención: no dejar encerrados a los visitantes —después de una muerte reciente, algunos perdían la noción del tiempo— y estar atenta a posibles ladrones —no era extraño que gente de paso se sirviera de las tumbas vecinas y de sus flores frescas, e incluso de las placas funerarias («A mi abuela», «A mi tío» o «A mi amigo» que se adaptan a todas las familias).

Vería muchos más viejos que jóvenes. Los jóvenes se marchan lejos para seguir sus estudios, un trabajo. Los jóvenes ya no venían demasiado a visitar las tumbas. Y si lo hacían, era una mala señal, casi siempre para despedir a algún amigo.

Al día siguiente se celebraría el 1 de noviembre, la fecha más importante del año. Yo misma podría comprobar cómo había que informar a aquellos que no tenían la costumbre de venir. Sasha me mostró dónde estaban situados los distintos planos del cementerio, las fichas de cartón con los nombres de las personas fallecidas en el curso de los seis últimos meses, que guardaba en una especie de oficina en el exterior de la casa del lado del cementerio. Me explicó que los demás, aquellos que habían muerto antes, estaban archivados en el ayuntamiento.

Pensé que Léonine ya estaba archivada. Tan joven y ya archivada.

En esas fichas estaba escrito el nombre y la fecha de fallecimiento del ocupante de cada tumba, así como el emplazamiento.

Los días de exhumación, que eran escasos, tendría que prestar atención a aquello que se estropeara en las tumbas de al lado. Uno de los tres sepultureros era especialmente torpe.

Algunos visitantes tenían permiso para entrar en coche. Les reconocería rápidamente, sobre todo por el ruido del motor de su vehículo, ya que la mayor parte eran viejecitos que hacían chirriar el embrague de sus Citröen.

Todo lo demás lo iría descubriendo sobre la marcha. Ningún día se parecería al anterior. Podría escribir una novela o relatar la memoria de vivos y muertos, algún día, cuando terminara de leer por centésima vez *Príncipes de Maine, reyes de Nueva Inglaterra (Las normas de la casa de la sidra)*.

Sasha había hecho una primera lista en un cuaderno nuevo, un cuaderno de colegial. Había escrito los nombres de los gatos que vivían en el cementerio, sus características, lo que comían, sus costumbres. Había improvisado un sitio para ellos con jerséis viejos y colchas, en la glorieta de los Boneteros al fondo a la izquierda. Allí donde nadie iba a recogerse, diez metros cuadrados sin paso, donde con la ayuda de los sepultureros les había construido un refugio. Un lugar seco y caliente para el invierno. Había anotado los datos de los veterinarios de Tournus, padre e hijo, que se desplazaban hasta aquí para las vacunas, las esterilizaciones y los cuidados con una rebaja del cincuenta por ciento. También podías encontrar perros allí, durmiendo en las tumbas de sus amos, y era necesario que me ocupase de ello.

En otra página, había anotado los nombres de los sepultureros, sus apodos, sus costumbres, sus atribuciones. Los de los hermanos Lucchini, su dirección y sus funciones. Y para terminar, el nombre de la persona encargada de las actas de defunción en el ayuntamiento. Y había concluido con estas palabras: «Hace doscientos cincuenta años que se entierra aquí a la gente, y aún no se ha terminado».

El resto del cuaderno había tardado dos días en completarlo. Era la parte que concernía al jardín, las hortalizas, las flores, los árboles frutales, las estaciones y las plantaciones.

Al día siguiente, Día de Todos los Santos, una fina capa de escarcha se había depositado en la tierra del jardín. Antes de abrir las verjas del cementerio, aún de noche, ayudé a Sasha a recolectar las últimas verduras de verano. Estábamos los dos en las avenidas heladas, linterna en mano, arropados con nuestros abrigos, cuando Sasha me habló de Geneviève Magnan. Me preguntó lo que había sentido cuando me enteré de su suicidio.

—Siempre pensé que las niñas no habían encendido el fuego en las cocinas. Que alguien debió de apagar mal alguna colilla o alguna cosa por el estilo. Creo que Geneviève Magnan conocía la verdad y no pudo soportarla.

—¿Te gustaría saberla?

—Tras la muerte de Léonine, lo único que me sostenía era descubrir la verdad. Actualmente todo lo que cuenta para ella, para mí, es hacer salir las flores.

Habíamos oído a los primeros visitantes aparcar delante del cementerio. Sasha se acercó para abrir las verjas. Yo le acompañé. Sasha me dijo: «Ya verás como acabarás por claudicar con las horas de apertura y cierre. De hecho, claudicarás con la tristeza de los otros. No tendrás valor para hacer esperar a los visitantes que lleguen con adelanto, y lo mismo te sucederá por las tardes. A veces no tendrás valor para pedirles que se marchen».

Me pasé el día observando a los visitantes, que entraban con los brazos cargados de crisantemos, recorrer las avenidas. Fui a hacer una visita a los gatos que se frotaron contra mí. Les acaricié. Me hicieron mucho bien. La víspera, Sasha me había explicado que numerosos visitantes se volcaban con los animales del cementerio. Que se imaginaban que sus desaparecidos se manifestaban a través de ellos.

Hacia las cinco de la tarde, me acerqué hasta Léonine, no a ella, sino a su nombre escrito en la tumba. Mi sangre se heló cuando distinguí al padre y a la madre Toussaint depositar unos crisantemos amarillos. No había vuelto a verlos desde la tragedia. Cuando venían a buscar a su hijo dos veces al año y aparcaban delante de la casa, yo ni siquiera les miraba a través de la ventana. Solamente escuchaba el ruido del motor de su coche y a Philippe gritar: «¡Ya voy!». Habían envejecido. Él estaba totalmente encorvado. Ella se mantenía todavía erguida, pero había encogido. El tiempo había pasado sobre ellos como una apisonadora.

No debía permitir que me vieran pues habrían avisado inmediatamente a Philippe Toussaint, que me creía en Marsella. Les observé a escondidas como una ladrona. Como si hubiera hecho algo mal.

Sasha llegó por detrás de mí y me sobresaltó. Me tomó por el brazo sin hacerme preguntas y me indicó: «Ven, volvamos a casa».

Esa noche le hablé del padre y de la madre Toussaint en la tumba de Léonine. Le hablé de la mezquindad de la madre. Del desprecio que mostraba hacia mí cuando me miraba sin verme. Eran ellos los asesinos, ellos los que habían enviado a mi hija a ese maldito castillo. Ellos los que habían organizado su muerte. Le dije a Sasha que tal vez venir a vivir a Brancion y trabajar en ese cementerio no era una buena idea. Cruzarme con mis suegros dos veces al año en las avenidas, verles depositar tiestos de flores para aliviar su culpa había sobrepasado mis fuerzas. Hoy me habían devuelto a mi estado de tristeza. No había un solo minuto, ni un segundo de mi vida en el que no pensara en Léonine, pero ahora era diferente. Yo había transformado su ausencia: ella estaba en otra parte, pero cada vez más cerca de mí. Y hoy, al ver a los Toussaint, la había sentido alejarse.

Sasha me respondió que el día en que se enteraran de que mi marido y yo vivíamos aquí, me evitarían y ya no vendrían más. Que estar aquí sería la mejor manera de no volverles a ver nunca. De alejarles para siempre.

Al día siguiente, fui al encuentro del alcalde. Apenas había puesto un pie en su despacho cuando me dijo que Philippe Toussaint y yo debíamos incorporarnos en agosto de 1997 al puesto de guardas del cementerio. Que cada uno de nosotros tendríamos un sueldo, casa incluida, y que nuestro consumo de agua y electricidad, así como nuestros impuestos locales, correrían a cargo del ayuntamiento. ¿Tenía alguna pregunta más?

—No.

Vi a Sasha sonreír.

Antes de dejarnos marchar, el alcalde nos ofreció un té en bolsitas a la vainilla y unas galletas duras que mojó en su taza como un niño. Sasha no se atrevió a rechazarlo a pesar de que odiaba el té en bolsitas. «Un plástico poroso colgado de un vulgar cordón, la vergüenza de nuestra civilización, Violette, y se atreven a llamar a eso "progreso".» El señor alcalde me habló, entre dos galletas, mientras consultaba su agenda:

—Como Sasha ya le habrá advertido, va a ver cosas raras. Hace una veintena de años, tuvimos una plaga de ratas en nuestro cementerio, muchas ratas. Llamamos a un técnico en plagas que esparció arsénico en polvo por todas las tumbas, pero las ratas continuaron haciendo estragos y ya nadie se atrevía a poner un pie en el cementerio. Aquello parecía *La peste* de Camus. El técnico aumentó las dosis de veneno pero no pasó nada. La tercera vez, echó los mismos polvos, pero en lugar de marcharse, se escondió para comprobar con sus propios ojos cómo se comportaban las ratas. Pues bien, sé que no va a creerme, pero una viejecita llegó con una pala y una escoba y recuperó todo el arsénico en polvo. ¡Lo revendía bajo cuerda desde hacía meses! Al día siguiente, nos habíamos granjeado unos grandes titulares en el periódico: «Tráfico de arsénico en el cementerio de Brancion-en-Chalon».

78

*Hay tantas cosas bellas que tú ignoras, la fe que
mueve montañas, el manantial blanco en tu alma,
piensa en ello cuando te duermas, el amor es más
fuerte que la muerte*

—Cada tumba es un cubo de basura. Son los restos los que se entierran ahí, las almas están en otra parte.

Después de haber murmurado esas palabras, la condesa de Darrieux ingiere su aguardiente de un trago. Acaban de enterrar a Odette Marois (1941-2017), la esposa de su gran amor. Ella se recupera de sus emociones sentada en la mesa de mi cocina.

La condesa ha asistido a la ceremonia desde lejos. Los hijos de Odette saben que ella ha sido la amante de su padre, la rival de su madre, y la tratan con frialdad.

A partir de ahora, la condesa podrá dejar sus flores de girasol en la tumba de su amante sin que yo las encuentre, con los pétalos arrancados, en el fondo de una papelera.

—Es como si hubiese perdido a una vieja amiga... Y sin embargo nos detestábamos. Pero bueno, en el fondo, las viejas amigas se detestan siempre un poco. Y además, yo soy celosa, es ella la que se va a reunir con mi amante en primer lugar. Esa zorra, toda su vida, habrá sido siempre la primera.

—¿Va a continuar poniendo flores en su tumba?

—No. Y menos ahora que ella está con él. Sería demasiado poco delicado por mi parte.

—¿Cómo conoció a su gran amor?

—Trabajaba para mi marido. Se ocupaba de las cuadras. Era un hombre apuesto, si hubiese visto su culo. ¡Sus músculos, su cuerpo, su boca, sus ojos! Todavía me estremezco al recordarlo. Fuimos amantes durante veinticinco años.

—¿Y por qué no dejaron a sus respectivos cónyuges?

—Odette le chantajeó con suicidarse: «Si me dejas, me mato». Y además, entre usted y yo, Violette, eso me convenía. ¿Qué habría hecho yo con un gran amor veinticuatro horas de veinticuatro? ¡Menudo trabajo habría sido! Como nunca he sabido qué hacer con mis diez dedos aparte de leer y tocar el piano, él se habría cansado muy pronto de mí. Mientras que así, retozábamos cuando nos apetecía, yo estaba mimada, encremada, perfumada, tenía buen tipo. Mis dedos jamás se habían manchado en la cocina o con leche cuajada, y eso, créame, los hombres lo adoran. Debo reconocer que era muy cómodo. Daba la vuelta al mundo en brazos de mi marido, palacios, piscinas y baños en los mares del Sur. Regresaba bronceada, disponible, reposada, me encontraba con mi gran amor, y nos amábamos aún más apasionadamente. Tenía la sensación de ser lady Chatterley. Por supuesto siempre le hice creer que el conde, veinte años mayor que yo, no me tocaba, que dormíamos en habitaciones separadas. Y él que Odette no se interesaba por las cosas del sexo. Nos mentimos por amor, para no hacernos daño. Cada vez que escucho «La canción de los viejos amantes», vierto una pequeña lágrima... Y hablando de lágrima, me gustaría una lagrimita más de su aguardiente, Violette. Hoy lo necesito más que nunca... Cada vez que me cruzaba con Odette, ella me miraba de arriba abajo, eso me encantaba... Yo le sonreía expresamente. Mi marido y mi amante murieron con un mes de diferencia. Ambos de un ataque al corazón. Fue horrible. Lo perdí todo de la noche a la mañana. La tierra y el agua. El fuego y el hielo. Es como si Dios y Odette hubieran unido sus fuerzas para aniquilarme. Pero bueno, he disfrutado de unos bonitos años, no me he quejado nunca... Ahora, mi última voluntad es hacerme incinerar y que arrojen mis cenizas al mar.

—¿No quiere que la entierren cerca del conde?

—¡¿Cerca de mi marido para la eternidad?! ¡Jamás! ¡Me daría demasiado miedo morir de aburrimiento!

—Pero acaba de decirme que son los restos lo que enterramos aquí.

—Incluso mis restos podrían aburrirse cerca del conde. Solo pensarlo me da escalofríos.

Nono y Gaston entran para prepararse un café. Se quedan muy sorprendidos al verme reír a carcajadas. Nono se sonroja. Está encaprichado de la condesa. Cada vez que la ve, se ruboriza como un colegial.

El padre Cédric llega unos minutos después y le besa la mano.

—Y bien, padre, ¿qué tal ha ido todo?

—Ha sido un entierro, señora condesa.

—¿Sus hijos le han puesto música?

—No.

—Oh, esos idiotas, Odette adoraba a Julio Iglesias.

—¿Y cómo lo sabe?

—Una mujer lo sabe todo de su rival. Sus costumbres, su perfume, sus gustos. Cuando un amante desembarca en casa de su querida, debe sentirse de vacaciones, y no en una choza.

—Todo eso no suena demasiado católico, señora condesa.

—Padre, es necesario que la gente peque, si no su confesionario estaría vacío. El pecado es su mercancía. Si la gente no tuviese nada que reprocharse, no habría nadie en los bancos de su iglesia.

La condesa busca a Nono con la mirada.

—Norbert, ¿tendría usted la amabilidad de acompañarme, por favor?

Nono se azora, poniéndose rojo como un tomate.

—Por supuesto, señora condesa.

Apenas han cruzado la puerta Nono y la condesa cuando Gaston rompe su taza. Cuando me agacho con el recogedor y la escobilla, Gaston me susurra al oído: «Me pregunto si Nono no se tirará a la condesa».

79

En el tiempo que une cielo y tierra
se oculta el más bello de los misterios

DIARIO DE IRÈNE FAYOLLE

29 de mayo de 1993

Paul está enfermo. Según nuestro médico de familia, presenta los síntomas propios de una complicación de hígado, estómago o páncreas. Paul sufre y no se cuida. Curiosamente, en lugar de hacerse análisis o pedir opinión médica a los especialistas, en una semana ha visto a tres videntes que le han pronosticado una larga y feliz vida. Paul no ha manifestado jamás el menor interés por los médiums ni esa clase de cosas. Eso me ha hecho pensar en esos ateos que empiezan a hablar de Dios cuando su barco se hunde, y tengo la sensación de que se ha puesto enfermo por mi culpa. Que mis mentiras para encontrarme con Gabriel en una habitación de hotel han terminado por afectarle.

Lyon, Aviñón, Chateauroux, Amiens, Épinal. Desde hace un año, Gabriel y yo recorremos las camas de hotel como otros recorren países.

Le he cogido dos citas a Paul para que se someta a un escáner en el Instituto Paoli-Calmettes, y no ha acudido. Cuando cada noche le digo que es urgente que intente curarse, me sonríe y responde: «No te preocupes, todo va a acabar bien».

Veo que sufre, que ha adelgazado. De noche, durante su sueño, el dolor le hace gemir. Estoy desesperada. ¿Qué pretende? ¿Se ha vuelto loco o es un suicida?

No puedo obligarle a montarse en mi coche para llevarle al hospital. Lo he intentado todo, la sonrisa, las lágrimas, la rabia, nada parece conmoverle. Se está dejando morir, partir a la deriva.

Le he suplicado que me hable, que me explique por qué lo hace. Por qué ese abandono. Se ha ido a acostar.

Estoy perdida.

7 de junio de 1993

Esta mañana Gabriel me ha telefoneado a la rosaleda, su voz parecía feliz, tiene un juicio en Aix toda la semana, quiere verme, pasar todas sus noches conmigo. Me dice que solo piensa en mí.

Le he respondido que es imposible. Que no puedo dejar a Paul solo.

Gabriel me ha colgado en las narices.

He cogido la bola de nieve del mostrador y la he lanzado con todas mis fuerzas contra una pared mientras soltaba un grito.

Ni siquiera es verdadera nieve, solo poliestireno. Ni siquiera es un verdadero amor, solo noches de hotel.

Nos hemos vuelto locos.

3 de septiembre de 1993

He envenenado la infusión de Paul. He puesto un potente sedante para que pierda el conocimiento y pueda llamar al SAMUR.

Los paramédicos se han encontrado a Paul tendido en medio del salón y se lo han llevado a urgencias, donde ha sido examinado.

Paul tiene cáncer.

Está tan débil por su enfermedad y los medicamentos que le he hecho tragar, que los médicos han decidido hospitalizarle por un periodo indeterminado.

Los exámenes toxicológicos de Paul han demostrado que había ingerido una dosis masiva de sedantes. Ha hecho creer a los médicos que fue él quien los tomó, que quería acabar con el dolor. Lo ha dicho para que no me investigaran.

Le he explicado mi gesto a Paul: que no me quedaba elección, que era la única solución que se me había ocurrido para que por fin fuera hospitalizado. Me ha dicho que le conmovía que yo le quisiese tanto. Él creía que ya no le amaba.

A veces me gustaría desaparecer con Gabriel. Pero solo a veces.

6 de diciembre de 1993

He telefoneado a Gabriel para contarle la operación, la quimioterapia. Para decirle que de momento no podemos vernos más.

Ha respondido: «Lo entiendo» y luego ha colgado.

20 de abril de 1994

Esta mañana una hermosa joven embarazada ha entrado en la rosaleda. Quería comprar un rosal antiguo y unas peonías en maceta para plantarlas el día de la llegada de su bebé. Hemos hablado de esto y aquello. Sobre todo de su jardín y de su casa, de su orientación sudeste, la mejor para plantar rosales y peonías. Ella me ha contado que esperaba una niña, que era maravilloso, yo le he respondido que yo tenía un hijo y que también era maravilloso. Eso le ha hecho reír.

Es muy raro que yo haga reír a los demás. Aparte de Gabriel. Y de mi hijo cuando era pequeño.

En el momento de pagar, la clienta me ha extendido un cheque, y luego me ha mostrado su carné de identidad diciéndome:

—Discúlpeme, es el de mi marido. Pero el nombre de familia y la dirección son las mismas.

En el cheque he visto que se llamaba Karine Prudent y que vivía en el número 19 del Camino de Contamines, Mâcon. Lue-

go he descubierto su documento de identidad a nombre de Gabriel. Su foto, su fecha y lugar de nacimiento, la misma dirección, 19 del Camino de Contamines en Mâcon, su huella digital. He tardado varios segundos en entender. En hacer las conexiones. Me he sentido enrojecer, mis mejillas ardiendo. La mujer de Gabriel me ha contemplado fijamente sin bajar los ojos, y luego ha cogido su carné de identidad de mis manos para deslizarlo en el bolsillo interno de su abrigo, contra su corazón, por encima de su futuro bebé.

Se ha marchado llevándose las plantas en una caja de cartón.

22 de octubre de 1995

Paul está en remisión. Hemos ido a celebrarlo con Julien. Mi hijo vive en un apartamento cerca de su facultad. Ahora mismo estoy sola. Me siento sola como antes de su nacimiento. Los niños llenan nuestras vidas y luego dejan un gran vacío, inmenso.

27 de abril de 1996

Han pasado tres años desde que tuve noticias de Gabriel. En cada uno de mis cumpleaños me digo que va a manifestarse. Y pienso, ¿lo creo o lo espero?

Le echo de menos.

Lo imagino en su jardín con su mujer, su hija, sus peonías y sus rosas. Lo imagino aburriéndose, él, a quien tanto le gustan los bares llenos de humo, los tribunales, las causas perdidas. Yo.

80

Háblame como lo has hecho siempre
No emplees un tono diferente
No adoptes un aire solemne o triste
Continúa riendo de lo que nos hacía reír juntos

Septiembre de 1997

Hacía cuatro semanas que Philippe vivía en Brancion-en-Chalon. Cada mañana, en cuanto abría los ojos, el silencio le fulminaba. En Malgrange había tráfico, coches y camiones que circulaban delante de su casa, que se paraban cuando Violette bajaba la barrera, cuando sonaba la campanilla, ruido de los trenes al pasar. Aquí, en esta monótona campiña, el silencio de los muertos le aterrorizaba. Incluso los visitantes caminaban sigilosamente. Solo el reloj de la iglesia que sonaba cada hora le recordaba, con su lúgubre sonido, que el tiempo pasaba y que nunca pasaba nada.

Solo llevaba cuatro semanas viviendo allí y ya le había cogido tirria a ese lugar. Las tumbas, la casa, el jardín, la región. Incluso a los sepultureros. Cada vez que su furgoneta traspasaba las verjas, Philippe los evitaba. Los saludaba de lejos. No quería hacerse amigo de esos tres degenerados. Un descerebrado que se hacía llamar Elvis Presley, otro que se desternillaba todo el tiempo y recuperaba gatos maltratados y otras bestias de todo género para curarlas, y el tercero que se partía la crisma en cuanto daba un paso de lado y que parecía salido directamente de un manicomio.

Philippe nunca se había fiado de los hombres que se interesaban por los animales. Era cosa de mujeres enternecerse ante una bola de pelo. Sabía que Violette soñaba con tener gatos y perros, pero Philippe se negaba. Le había hecho creer que era alérgico. La verdad es que les tenía miedo y que lo encontraba asqueroso. Los animales le repugnaban. El problema era que había un montón de gatos en el cementerio porque Violette y dos de los tres degenerados los alimentaban.

Por primera vez desde que se mudaron, se había programado un entierro a las tres de la tarde de ese día. Él se había marchado pronto esa mañana para dar una vuelta. Normalmente regresaba a la hora de comer, pero le había dado miedo cruzarse con la familia en duelo y con el coche fúnebre. Había conducido al azar por el campo hasta que acabó llegando a Mâcon a la hora de comer.

Parado ante un semáforo en rojo, había visto a unos niños salir de un colegio de primaria. Entre un grupo de niñas, había creído reconocer a Léonine. Los mismos cabellos, el mismo peinado, la misma presencia, el mismo paso, y sobre todo, el mismo vestido. Uno rosa y rojo con lunares blancos. En ese instante, había pensado: «¿Y si Léonine no estuviera en la habitación en el momento en que todo se quemó? ¿Y si Léonine aún siguiera viva en alguna parte? ¿Y si nos la hubieran robado?». Las personas de la calaña de Magnan y Fontanel eran capaces de todo.

Había apagado el motor de su moto y se había dirigido hacia la niña. Entonces, al acercarse a ella, había recordado que la última vez que vio a su hija tenía siete años. Y que ahora mismo no podría formar parte de ese grupo de chiquillas escandalosas y saltarinas, sino de uno de adolescentes. Ya no le cabría su vestido rosa y rojo con lunares blancos.

Al volver a su moto, la rabia regresó. La rabia por la muerte de su hija. Él tenía que vivir aquí, en ese lugar maldito, a causa de *ellos*.

Entró en un bar de carretera, pidió un filete con patatas y, una vez más, en el dorso de un mantel de papel, anotó:

Édith Croquevieille
Swan Letellier
Lucie Lindon
Geneviève Magnan
Éloïse Petit
Alain Fontanel

¿Qué iba a hacer con esos nombres? Los nombres de los culpables por haber estado ahí, culpables de negligencia. ¿Quién había encendido el maldito calentador? ¿Y por qué? ¿Acaso Fontanel le había contado lo primero que le vino a la cabeza? ¿Pero con qué propósito? Ahora que Geneviève Magnan estaba muerta, habría podido simplemente declarar que ella era la culpable. Habría podido decirle que el fuego fue accidental. Mantener la tesis del accidente doméstico. O también habría podido no decir nada. Por primera vez, Alain Fontanel había parecido sincero cuando empezó a hablar de un tirón, sin detenerse, sin reflexionar. Pero sus palabras estaban empapadas en alcohol. Y la percepción que Philippe había tenido también. Ambos estaban trompa en ese comedor del demonio.

Philippe había leído de nuevo esa lista de nombres que anotaba con mucha frecuencia. Tenía que llegar hasta el final. Encontrarse con los otros protagonistas cara a cara. Era demasiado tarde para no saber.

*

18 de noviembre de 1997

Al acompañar a una paciente hasta la sala de espera, Lucie Lindon le había reconocido inmediatamente. Se acordaba perfectamente del rostro de cada padre que había visto en el tribunal, de aquellos que llamaban la «acusación». Y de él, el padre de Léonine Toussaint, se había fijado en él porque estaba solo y era especialmente atractivo. Solo, sin su esposa, entre las otras parejas que formaban los padres de Anaïs, Nadège y Océane.

Ella había prestado testimonio bajo sus ojos. Había explicado que no había podido hacer nada aquella noche aparte de evacuar las otras habitaciones y dar la alerta al resto del personal. Que no había oído a las niñas levantarse para ir a las cocinas.

Desde la muerte de las pequeñas, Lucie Lindon siempre tenía frío. Era como si viviera permanentemente en plena corriente de aire. Ya podía abrigarse, que sentía los escalofríos recorrerla de arriba abajo. La tragedia la había sumido en un desierto glacial que la consumía igual que el fuego había consumido a las niñas. Una fina película de escarcha se había deslizado bajo su piel. Al ver al padre de Léonine, cruzó y posó sus manos sobre sus brazos friccionándolos como para calentarse.

¿Qué hacía él allí? Ninguna de las familias vivía en la región. ¿Sabría quién era ella? ¿Estaría ahí por casualidad o por verla a ella? ¿Tendría una cita o querría hablar con ella?

Sentado frente a una ventana, parecía esperar su turno, el casco de motorista posado a sus pies. Toussaint. Lucie Lindon buscó el nombre en la agenda de los tres médicos presentes esa mañana en la consulta donde ella era secretaria, pero no encontró el nombre por ninguna parte. Durante más de dos horas, los médicos abrieron la puerta de la sala de espera pero ninguno llamó al señor Toussaint. A mediodía, él seguía sentado frente a la ventana, junto a otros dos pacientes que esperaban su turno. Una media hora más tarde, cuando la sala de espera se quedó vacía, Lucie Lindon entró y cerró la puerta tras ella. Él volvió la cabeza en su dirección y la miró fijamente. Rubia, fina, bastante guapa. En otras circunstancias, se la habría ligado. Pese a que él no había ligado nunca, solamente abordaba a las chicas antes de servirse de ellas.

—Buenos días, señor, ¿tiene usted cita?

—Quiero hablar con usted.

—¿Conmigo?

—Sí.

Era la primera vez que oía el timbre de su voz. Se sintió decepcionada. Había percibido un acento un poco arrastrado, rural. El canto no estaba en consonancia con el plumaje. Lo pensó durante dos segundos, y luego entró en pánico. Sus manos empezaron a temblar. Las posó de nuevo en sus brazos frotándose nerviosamente.

—¿Por qué yo?

—Fontanel me dijo que usted le pidió a Geneviève Magnan que vigilara a las niñas en su lugar esa noche... ¿Es cierto?

Lo había dicho sin la más mínima entonación. Ni enfado, ni odio, ni pasión. Lo había dicho sin presentarse, sabía que Lucie Lindon le conocía, que le había identificado, que entendería el significado de las palabras «esa noche».

Mentir no serviría de nada. Lucie supo que no le quedaba elección. Fontanel, su solo nombre le daba terror. Un viejo perro libidinoso con ojos furtivos. Nunca había entendido por qué le habían contratado para trabajar en el castillo al lado de las niñas.

—Sí. Le pedí a Geneviève que me reemplazara. Yo estaba con Swan Letellier en el primer piso. Me había quedado dormida. Cuando alguien llamó a la puerta, descendí y entonces vi... las llamas... No pude hacer nada, lo siento, nada...

Philippe se levantó y se marchó sin despedirse. Así que era cierto, Fontanel no había mentido.

*

12 de diciembre de 1997

—¿Había alguien que la odiara?

—¿Que me odiara?

—Antes del incendio, ¿había alguien que hubiese querido hacerle daño?

—¿Hacerme daño?

—Hacerle daño hasta el punto de sabotear el material.

—No le entiendo, señor Toussaint.

—¿Acaso los calentadores instalados en las habitaciones de la planta baja estaban defectuosos?

—¿Defectuosos?

Philippe agarró a Édith Croquevieille por el cuello. La había esperado en el aparcamiento subterráneo del supermercado de Épinal. Épinal era el lugar donde se había instalado con su marido tras salir de la cárcel.

Philippe había sido paciente, había esperado a que ella regresara con su carrito, a que abriera el maletero del coche y cargara las compras. Era necesario que estuviera sola.

Cuando por fin se había acercado, amenazante, ella había tardado algunos segundos en ubicarlo. Luego se había dicho que él estaba ahí para matarla, y no para hacerle preguntas. Había pensado: «Ya está, todo ha terminado, estoy viviendo mis últimos instantes». Vivía con la idea de que un día u otro alguno de los padres la asesinaría.

Desde que sabía dónde vivía, Philippe la había observado dos días seguidos. Ella no se desplazaba nunca sin su marido. Este le acompañaba a todas partes, era la sombra de su sombra. Esa mañana, por primera vez, ella había abandonado el domicilio sola al volante de su coche. A su vez, Philippe tampoco la había dejado.

—Nunca he pegado a una mujer pero si continúa respondiendo a mis preguntas con otra pregunta, le voy a partir la cara... Y créame, no tengo nada que perder, eso ya lo he hecho.

Relajó su apretón. Édith Croquevieille vio que los ojos azules de Philippe se habían ensombrecido. Como si sus pupilas se hubiesen dilatado bajo el efecto de la rabia.

—Para ser más claro, ¿es cierto que las niñas se lavaban las manos con agua fría en su habitación porque los calentadores estaban estropeados?

Ella reflexionó dos segundos y susurró un «Sí» apenas audible.

—¿Sabía todo el personal que no se debían tocar esos calentadores?

—Sí... Hacía años que no funcionaban.

—¿Acaso un niño habría podido poner en marcha uno de ellos?

Ella giró nerviosamente la cabeza de izquierda a derecha antes de responder:

—No.

—¿Por qué no?

—Estaban a más de dos metros del suelo y disimulados detrás de una trampilla de seguridad. No había ningún riesgo.

—¿Quién pudo hacerlo a pesar de todo?

—¿Hacer qué?

—¿Poner uno de los calentadores en marcha?

—Nadie. Nadie.

—¿Magnan?

—¿Geneviève? ¿Por qué querría hacerlo? Pobre Geneviève. ¿Por qué me habla de los calentadores?

—Y Fontanel, ¿se llevaba usted bien con él?

—Sí. Nunca he tenido ningún problema con mi personal. Nunca.

—¿Y con algún vecino? ¿Un amante?

El rostro de Édith Croquevieille se descompuso a medida que Philippe la bombardeaba a preguntas. No entendía adónde quería llegar.

—Señor Toussaint, hasta el 13 de julio de 1993 mi vida había sido tan regular como un reloj.

Philippe detestaba esa expresión. Su madre la empleaba a menudo. Sintió ganas de matarla. Pero ¿de qué habría servido? Esa mujer ya estaba muerta. No había más que verla, enfundada en un abrigo triste. Con rostro triste, ojos tristes. Incluso las facciones de su rostro se habían descolgado. Le dio la espalda y se marchó sin decir palabra. Édith Croquevieille gritó:

—¿Señor Toussaint?

Él se dio la vuelta en su dirección sin demasiada convicción. Ya no tenía ganas de verla.

—¿Qué es lo que está buscando?

No le respondió, se subió a su moto y tomó la dirección de Brancion-en-Chalon de mala gana. Tenía frío, estaba cansado. Llevaba fuera tres días sin darle noticias a Violette. Tenía ganas de volver a unas sábanas limpias. Tenía ganas de jugar con su consola, de no pensar más, de retomar sus viejas costumbres, de no pensar más...

81

No sé si tú estás en mí,
si yo estoy en ti, o si tú me perteneces.
Pienso que los dos estamos en el interior de otro ser
que hemos creado y que se llama «nosotros»

A Gabriel Prudent no le gustaba lo que seleccionaba su mujer. Se dormía sistemáticamente ante las películas que ella alquilaba en Video Futur, el templo de las cintas de vídeo que hacía esquina con su calle. Ella siempre escogía comedias románticas. Gabriel prefería *La aventura es la aventura* de Claude Lelouch, cuyos diálogos conocía de memoria, o *Un mono en invierno*, con Belmondo y Gabin.

A excepción de Robert De Niro, los actores americanos por lo general no le atraían nada. Pero nunca contrariaba a Karine. Y además amaba ese ritual del domingo por la noche, sentado en el sofá, pegado contra su esposa, los ojos cerrados en su calor y su perfume especiado. Los diálogos en inglés que se iban amortiguando poco a poco. Al quedarse dormido, imaginaba guapos actores con el peinado impecable que se encontraban, se destrozaban y se volvían a cruzar al doblar una esquina para terminar besándose, entrelazados en un gran abrazo. Karine le despertaba suavemente cuando aparecía el rótulo de fin, sus ojos enrojecidos por el melodrama que acababa de ver, y le decía, divertida y molesta a la vez: «Amor mío, te has vuelto a dormir». Se levantaban, se asomaban a la habitación de la niña, que crecía demasiado rápido, la contemplaban maravillados y luego hacían el amor antes de que él se marchara, el lunes por la mañana, a los tribunales, donde le esperaban los acusados que clamaban su inocencia.

Sin embargo, esa noche de 1997, Gabriel no se durmió. En cuanto Karine introdujo la cinta en el magnetoscopio y aparecieron las primeras imágenes, se quedó atrapado por la historia. Como devorado. No veía a un hombre y una mujer extraordinarios interpretar la comedia, sino que vivía su fulminante enamoramiento ante sus ojos. Como si él, Gabriel, hubiese sido un testigo privilegiado. Como cuando tenía delante a todos esos desconocidos que desfilaban por el estrado, ya fueran de la acusación o de la defensa, a los que interrogaba. Sintió la mirada silenciosa de Karine posarse en él en multitud de ocasiones, inquieta porque no se hubiera sumido en su sueño abisal.

Y cuando en los últimos minutos de la película la heroína, sentada al lado de su marido, no abrió la puerta de su vehículo para unirse a aquel donde le esperaba su amante, y este último ponía el intermitente para marcharse para siempre, Gabriel sintió poco a poco que la barrera emocional que había erigido desde hacía cuatro años para olvidar a Irène cedía ante la presión de una tempestad, de un ciclón, de una catástrofe natural. Sintió la lluvia de las últimas imágenes de la película caer sobre él. Se vio, regresando de su estancia en Cap d'Antibes, esperando a Irène en su coche. «Vuelvo en cinco minutos, el tiempo de depositar las llaves del utilitario». Había esperado durante horas, las manos crispadas en el volante. Los primeros minutos, detrás de su parabrisas, había imaginado cómo sería la vida al lado de Irène. Había soñado con un futuro en el que serían dos. Y luego la espera se había eternizado.

Había terminado por soltar el volante. Se había bajado del coche para entrar en la rosaleda. Se había topado con una dependienta que no había visto a Irène desde hacía varios días. Había buscado por las calles, azarosamente, desesperadamente, resistiéndose a admitir que ella no regresaría, que había elegido quedarse con su vida, que no la cambiaría por él. Sin duda por amor a su marido y su hijo. En legítima defensa —ahí tenía una expresión que había escuchado a menudo durante los juicios.

Había vuelto a subirse al coche, y delante de su parabrisas, de los faros, había visto la noche y nada más.

Y luego una mañana, en su despacho, le dijeron que Irène Fayolle había solicitado una cita. En un primer momento pensó estúpidamente que se trataba de un homónimo. Pero cuando vio el número de teléfono que conocía de memoria, el número de la rosaleda que no se había atrevido nunca a marcar, supo que era ella.

Habían tenido Sedán y otros hoteles, otras ciudades durante un año, y entonces se produjo la enfermedad de Paul y el nacimiento de Cloé. De un lado la enfermedad, del otro la esperanza.

Sin noticias de Irène desde hacía cuatro años. ¿Qué habría sido de ella? ¿Cómo estaría? ¿Se habría curado Paul? ¿Seguiría viviendo en Marsella? ¿Poseería aún la rosaleda? Recordó su sonrisa, su presencia, su olor, su piel, sus pecas, su cuerpo. Sus cabellos que tanto le había gustado despeinar. Con ella no había sido nunca como con las otras, con ella había sido mejor.

Ante la secuencia final de la película, cuando los hijos esparcen las cenizas de su madre desde un puente, Gabriel lloró. En el mundo de Gabriel, los hombres no lloraban nunca. Ni siquiera en el momento de los veredictos más absurdos, más inesperados, más improbables, más felices, más desesperados. La última vez que había llorado debía de tener ocho años. Le habían cosido una herida en la cabeza sin anestesia, tras una caída de bicicleta.

Karine, su mujer, tampoco lloraba. En circunstancias normales, ante semejante melodrama, habría estrujado su pañuelo, pero la atención con la que Gabriel había seguido la película le impedía sentir otra cosa que no fuera miedo.

Rememoró a Irène en la rosaleda. La finura de sus manos, el color de sus cabellos, su piel clara, su perfume. Rememoró la mañana en la que le había tendido el documento de identidad de Gabriel para hacerle saber que ella existía y que estaba embarazada.

Karine había descubierto la existencia de Irène cuando el despacho de Gabriel le había dejado un mensaje: el conserje del hotel de Loges de Lyon deseaba devolverle unas pertenencias que Gabriel había dejado olvidadas durante el curso de su reciente estancia. La semana anterior, su marido abogado había tenido un juicio en la audiencia de Lyon. Karine había llamado al hotel, y tras hablar con el conserje, le facilitó su dirección particular. Dos días más tarde, recibió un paquete conteniendo dos blusas de seda blanca, un pañuelo de Hermés y un cepillo de pelo en el que estaban prendidos varios cabellos rubios. Karine pensó primero que se trataba de un error y luego se acordó de Gabriel. De su aire sombrío cuando regresó de Lyon pese a haber ganado su apelación. Había creído que estaba enfermo, porque traía muy mala cara. Se lo había comentado, él lo había descartado con un ademán y había respondido con una débil sonrisa que solamente estaba muy cansado.

La noche siguiente, Gabriel mencionó varias veces el nombre de alguien en su sueño: Reine. Por la mañana, Karine le había preguntado: «¿Quién es Reine?». Gabriel se había sonrojado hundiendo la nariz en su taza de café.

—¿Reine?

—Has pronunciado ese nombre toda la noche.

Gabriel se había reído con esa risa que a ella tanto le gustaba, una risa estrepitosa, y había contestado: «Es la mujer del acusado. Cuando se dio cuenta de que su marido había sido absuelto, se desmayó en el sitio». Una contestación desafortunada. Karine conocía el caso. Se trataba del juicio de Cédric Piolet, cuya mujer se llamaba Jeanne. No obstante no pestañeó, uno puede cambiar de nombre o tener dos.

Durante muchas noches Gabriel continuó llamando a Reine en su sueño. Karine lo achacó al trabajo y al estrés. Su marido aceptaba demasiados casos.

Cuando conoció a Gabriel, él era viudo y se había separado

de su última compañera. Al preguntarle si había alguien en su vida, le había respondido: «De vez en cuando».

Al sostener las dos blusas de seda que olían a L'Heure bleue, se acordó de aquello. Karine tiró las dos blusas y el pañuelo perfumado de Guerlain, así como el cepillo de pelo, a la basura. Esas cosas no pertenecían a una puta de paso, era algo mucho más grave. Desde hacía varios meses, Gabriel había cambiado. Cuando regresaba a casa, parecía estar en otra parte. Estaba como absorto por alguna cosa, como atormentado. Karine había observado que bebía más vino en la mesa. Cuando se lo había comentado, Gabriel había citado a Audiard: «Si alguna cosa debo echar en falta, no será el vino, será la embriaguez». Había otra mujer en las mentiras de Gabriel.

No fue muy difícil encontrar el número que aparecía regularmente en las últimas facturas de teléfono. El mismo número que también figuraba las semanas en las que Gabriel estaba ahí, cuando se quedaba en el despacho o trabajaba después en casa. Siempre alrededor de las nueve de la mañana. Conversaciones que raramente pasaban de los dos minutos. Como para desearse un buen día y colgar. Karine decidió marcarlo. Una joven le respondió:

—La rosaleda, dígame.

Karine había colgado. La semana siguiente repitió la llamada encontrando a la misma persona:

—La rosaleda, dígame.

—Sí, buenos días, mis rosales están enfermos, tienen unas extrañas manchas amarillentas en el extremo de los pétalos.

—¿De qué variedad son?

—No lo sé.

—¿Podría pasarse por la rosaleda con uno o dos esquejes?

Karine había llamado una tercera vez. Siempre la misma voz:

—La rosaleda, dígame.

—¿Reine?

—No cuelgue, le paso. ¿Quién pregunta?

—Es personal.

—¡Irène, preguntan por ti al teléfono!

Karine se había equivocado: no era a Reine a quien Gabriel llamaba en su sueño, si no a Irène. Alguien había cogido el aparato, y esta vez, Karine escuchó una voz femenina más grave, más sensual:

—¿Sí?

—¿Irène?

—Sí.

Karine había colgado. Ese día lloró mucho. Esos «de vez en cuando» de Gabriel se referían a ella.

Para terminar, llamó una cuarta y última vez.

—La rosaleda, dígame.

—Buenos días, ¿podría darme su dirección, por favor?

—Camino de Mauvais-Pas 69, en el barrio de la Rosa, distrito 7, de Marsella.

Karine extrajo la cinta de vídeo y la guardó en su funda. Gabriel seguía sentado en el sofá, avergonzado por haber llorado. Tenía a su vez la misma cara de culpable de aquellos a los que se pasaba la vida defendiendo.

Al meter la película en su bolso para no olvidarla al día siguiente cuando se marchara a trabajar, le dijo a Gabriel:

—Hace cuatro años y medio, cuando estaba embarazada de Cloé, visité a Irène.

Gabriel, pese a estar habituado a enfrentarse en la audiencia con asuntos de lo más complejos y sórdidos, que afectaban a todos los estratos de la humanidad, no supo qué responder a su mujer. Se quedó boquiabierto.

—Fui a Marsella. Le compré unos rosales y unas peonías blancas. En el momento de pagar, me presenté. Las flores no las he plantado en nuestro jardín, las arrojé al mar... Como cuando alguien ha muerto.

Esa noche, no se asomaron al cuarto de la niña antes de entrar en el suyo, y no hicieron el amor. En la cama, se dieron la espalda. Ella no consiguió dormir. Imaginaba a Gabriel, con los ojos muy abiertos, que tampoco lograba conciliar el sueño, rememorando las escenas de la película que acababa de ver y las que él había vivido con Irène. No volvieron a abordar el tema. Se separaron unos meses después de ese domingo. Karine lamentó durante mucho tiempo haber alquilado *Los puentes de Madison*. Y a diferencia de Gabriel, no volvió a ver nunca la película a pesar de las innumerables veces que la repusieron por la televisión.

*

DIARIO DE IRÈNE FAYOLLE

20 de abril de 1997

Hace un año que no escribo en el diario. Pero no he conseguido separarme de él. Lo oculto al fondo de un cajón, bajo mi ropa interior, como una niña tonta. A veces lo abro y vuelvo a él durante algunas horas. En el fondo, los recuerdos son grandes vacaciones, playas privadas. Uno no lleva un diario cuando sobrepasa una determinada edad y yo hace mucho tiempo que superé mi determinada edad. Supongo que Gabriel siempre me llevará de vuelta a mis quince años.

Él ha perdido mucho pelo. Ha engordado un poco. Su mirada sigue siendo igual de grave, bella, negra, profunda. Su voz cavernosa, única. Una sinfonía. Mi preferida.

Me he citado con Gabriel en un café cerca de la rosaleda. Me ha dejado pedir un té, sin hacer comentarios de tipo «es una bebida triste», y no ha vertido un chorrito de calvados dentro. Le he notado más tranquilo, parece menos atormentado, menos encolerizado. Incluso si siempre ha sido encantador, Gabriel es un hombre encolerizado. Sin duda a causa de las acusaciones de otros que se pasa la vida estudiando, negando en su lugar. Una noche, estando juntos en Cap d'Antibes, me dijo que la injusticia de algunos veredictos acabaría con él. Que algunas condenas le roían hasta los huesos. Antes de pedir un café tras otro para contarme sus últimos años, hablarme de su hija pequeña, de su hija mayor, la que está casada, de su última mujer, su divorcio, su trabajo, me ha pedido novedades de Paul y Julien. Sobre todo de Paul, de su cáncer, de la remisión. De los días que siguieron a su enfermedad, de cuando supo que se había salvado.

Gabriel me ha dicho que me comprendía, que él había dejado de fumar, que había visto una película que le había trastornado, que tenía poco tiempo, que le esperaban en la audiencia de Lille a la mañana siguiente, que debía tomar un avión porque había quedado con sus colegas a última hora de la tarde. Ha sido la primera vez que no me ha pedido que me marchara con él, que le acompañara. Hemos estado juntos una hora. Los diez últimos minutos ha tomado mis manos en las suyas y antes de marcharse ha cerrado los ojos y las ha besado.

—Me gustaría que descansáramos juntos en el cementerio. Después de esta vida fallida, me gustaría que consiguiéramos al menos reunirnos en nuestra muerte. ¿Estás de acuerdo en pasar la eternidad cerca de mí?

Yo contesté que sí, sin pensarlo.

—¿No te escaparás esta vez?

—No. Pero no tendrá más que mis cenizas.

—Incluso en cenizas, te quiero cerca de mí para toda la eternidad. Nuestros dos nombres juntos, Gabriel Prudent e Irène Fayolle, es igual de hermoso que Jacques Prévert y Alexandre Trauner. ¿Sabías que el poeta y su decorador estaban enterrados uno al lado del otro? A mí me parece genial hacerse enterrar con tu decorador. Tú en el fondo has sido mi decoradora. Tú me has ofrecido los más bellos paisajes.

—¿Vas a morir, Gabriel? ¿Estás enfermo?

—Es la primera vez que me tuteas. No, no voy a morir, bueno, no lo sé, no está previsto. Es por culpa de la película de la que te he hablado antes. Me ha trastornado. Tengo que irme. Gracias, hasta pronto, Irène, te amo.

—Yo también le amo, Gabriel.

—Eso nos da al menos un punto en común.

82

Aquí yace mi amor

Sucedió una mañana de enero de 1998. Acababa de descifrar sus nombres. Los nombres de la desgracia. Magnan, Fontanel, Letellier, Lindon, Croquevieille, Petit. Se habían deslizado del bolsillo trasero de los pantalones vaqueros de Philippe Toussaint, prácticamente ilegibles. La lista había pasado por la lavadora, la tinta se había corrido como si alguien hubiese llorado mucho tiempo sobre el papel desteñido. Había puesto a secar el pantalón en el radiador del cuarto de baño y cuando lo retiré, vi algo que sobresalía. Era un trozo de mantel de papel doblado en cuatro en el cual, una vez más, Philippe Toussaint había escrito sus nombres.

—¿Por qué?

Me senté en el borde de la bañera pronunciando esas palabras muchas veces: «¿Por qué?».

Vivíamos en Brancion-en-Chalon desde hacía cinco meses. Philippe Toussaint se escapaba cada día de dos maneras: los días de lluvia con sus videojuegos, los días sin lluvia con su moto. Había retomado las mismas costumbres que en Malgrange, pero sus ausencias eran más largas.

Evitaba a los paseantes del cementerio, los entierros, la apertura y cierre de las verjas. Tenía mucho más miedo de los muertos que de los trenes. De los visitantes enlutados que de los usuarios de la SNCF. Se reunía con apasionados de la moto como él para hacer competiciones por el campo. Largos circuitos que, imagino, terminaban en incursiones extraconyugales. A finales del año de 1997, se marchó cuatro días seguidos. Regresó deshecho de su escapada y, curiosamente, de inmediato advertí, comprendí, percibí que no había sido para encontrarse con una de sus amantes como era su costumbre.

Al llegar me dijo: «Perdóname, tendría que haberte llamado, nos hemos alejado más de lo previsto con los otros y en nuestro itinerario no había ninguna cabina telefónica, estábamos en medio de la nada». Era la primera vez que Philippe Toussaint se justificaba. La primera vez que se excusaba por no haber dado señales de vida.

Había regresado el día de la exhumación de Henri Ange, muerto en Sancy, Aisne, en 1918, a los veintidós años, en el campo de batalla. En la estela blanca podían adivinarse todavía las palabras: «Lamentos eternos». La eternidad de Henri Ange había llegado a su fin en enero de 1998, cuando sus restos fueron arrojados al osario. Mi primera exhumación. Ni los sepultureros ni yo habíamos podido hacer nada para preservar su reposo. Su tumba estaba demasiado deteriorada y corroída por el musgo desde hacía decenios.

Mientras los sepultureros abrían el féretro devorado por el tiempo, la humedad y los parásitos, oí llegar la moto de Philippe Toussaint. Les dejé solos para que terminaran su trabajo y me dirigí hacia la casa por costumbre. Cuando Philippe Toussaint volvía, le recibía... como el personal de una mansión cuando el señor regresa.

Él se había quitado el casco lentamente, traía mala cara, los ojos cansados. Se había dado una larga ducha y luego había comido en silencio. Enseguida había subido a echarse una siesta y había dormido hasta la mañana siguiente. Hacia las once de la noche me uní a él en la cama. Se pegó contra mí.

Por la mañana, tras tomar su desayuno, había vuelto a marcharse en moto pero solo por unas horas. Más tarde, me confesó que durante esos cuatro días de ausencia, había conducido hasta Épinal para hablar con Édith Croquevieille.

Hacía cinco meses que vivíamos allí y yo no había vuelto a visitar la casa de Geneviève Magnan para interrogar a Fontanel ni tampoco el restaurante en el que trabajaba Swan Letellier. No había tratado de saber dónde vivían las dos monitoras para hablar con ellas. La directora debía de haber salido de prisión, pues finalmente solo había cumplido un año de condena. Yo no había vuelto a pasar por delante del castillo, y tampoco había vuelto a oír la voz de Léonine preguntándome por qué todo se había quemado esa noche. Sasha no se había equivocado: aquel lugar me estaba curando.

Encontré rápidamente mi recuperación en ese cementerio, en la casa, en el jardín. Adoraba la compañía de los sepultureros, de los hermanos Lucchini y de los gatos que aparecían cada vez en mayor número a beber en mi cocina, un café los primeros, un cuenco de leche los segundos, cuando mi marido no estaba presente. Cuando la moto de Philippe Toussaint estaba aparcada delante de la puerta de la calle, no entraban nunca. No sentían ninguna inclinación por él y se limitaban a darse los buenos días y las buenas tardes. Los hombres del cementerio y Philippe Toussaint no mostraban ningún interés por el otro. Y en cuanto a los gatos, huían de él como de la peste.

Solo al señor alcalde, que pasaba a visitarnos una vez al mes, le daba igual que Philippe Toussaint no estuviera presente, era a mí a quien se dirigía siempre. Parecía satisfecho con «nuestro» trabajo. El 1 de noviembre de 1997, tras recogerse en la tumba de su familia y advertir los pinos que yo había plantado, me pidió que cultivara y vendiera algunos tiestos con flores en el cementerio, aquello sería un ingreso extra, y yo acepté.

El primer entierro al que asistí como guarda del cementerio se celebró en septiembre de 1997. Desde aquel día comencé a consignar las palabras, a describir a la gente que estaba presente, las flores, el color del ataúd, los homenajes escritos en las placas funerarias depositadas, el tiempo que hacía, los poemas y canciones elegidas, si un gato o algún pájaro se había acercado a la tumba. Casi inmediatamente sentí esa necesidad de dejar la huella del último instante, para que nada se borrase. Para toda esa gente que no podría asistir a la ceremonia a causa del dolor, de la pena, de un viaje, del rechazo o de la exclusión, allí habría alguien para decirles, testimoniar, contar, informar. Tal y como me hubiera gustado que hicieran con el entierro de mi hija. Mi hija. Mi gran amor. ¿Acaso te había abandonado?

Sentada en el borde de la bañera, con el trozo del mantel de papel en mis manos, sus nombres corridos ante mis ojos, sentí unas ganas irreprimibles de hacer como Philippe Toussaint y desaparecer algunas horas. Salir de ahí. Marcharme a otra parte. Ver otras calles, otros rostros, escaparates de ropa y de libros. Regresar a la vida, al discurrir de la misma. Porque fuera de la compra que hacía en el supermercado del centro del pueblo, no había dejado el cementerio desde hacía cinco meses.

Salí a las avenidas del cementerio, busqué a Nono para pedirle que me acercara a Mâcon y viniera a buscarme a última hora de la tarde. Él me preguntó si tenía permiso de conducir.

—Sí.

Me tendió las llaves de la furgoneta del ayuntamiento.

—¿Tengo derecho a conducirla?

—Eres una empleada municipal. Esta mañana he llenado el depósito. Que lo pases bien.

Tomé la dirección de Mâcon. Desde el Fiat Panda de Stéphanie, no había vuelto a tocar un volante, a sentir esa libertad. Conduje cantando: «Dulce Francia, querido país de mi infancia, mecido en tanta despreocupación, te llevo en mi corazón». ¿Por qué cantaba aquello? Las canciones de mi tío imaginario siempre me han atravesado como recuerdos inexistentes.

Aparqué en el centro de la ciudad. Debían de ser las diez de la mañana, las tiendas estaban abiertas. Lo primero que hice fue tomarme un café en un bar, contemplar a los vivos entrar y salir, caminar por las aceras, ver sus coches parándose ante los semáforos en rojo. Los vivos que no iban de luto.

Atravesé el puente Saint-Laurent, bordeé el río Saona y caminé por las calles al azar. Ese día nacieron mi ropero de invierno y mi ropero de verano. Me regalé un traje gris y una camiseta rosa de cuello alto de rebajas.

A la hora de comer, quise acercarme al barrio de los restaurantes para comprar un bocadillo. Hacía frío pero el cielo estaba azul. Me apetecía comer en un banco al borde del río y lanzar los restos de pan a los patos. Al recordar al gato siamés que me había salvado la vida la noche en la que había esperado a Swan Letellier, me despisté. Me vi recorriendo calles que no conocía. En un cruce, creí haberme orientado por fin pero, en lugar de tomar la dirección buena, me alejé del centro. Las calles estaban flanqueadas por viviendas y residencias. Observé las vallas, los columpios vacíos, los muebles de jardín disimulados bajo fundas de plástico en ese mes de enero.

Fue entonces cuando la vi, apoyada en la pata de cabra, una de las ruedas encadenada por un antirrobo. La moto de Philippe Toussaint estaba aparcada a cien metros de donde me encontraba. Mi corazón empezó a latir precipitadamente como el de una niña pequeña que no tiene el permiso de sus padres para salir de casa. Quise dar media vuelta y salir corriendo, pero algo me retuvo: necesitaba saber qué hacía allí. Cuando se marchaba a las once y regresaba a las cuatro, me imaginaba que se iba muy lejos. A veces, al volver, me contaba lo que había visto. No era raro que hiciese más de cuatrocientos kilómetros al día. Al contemplar su Honda, pensé que siempre la había visto aparcada delante de nuestra casa. Philippe Toussaint no me había propuesto nunca llevarme a ninguna parte. Nunca habíamos tenido dos cascos en nuestra casa, solo el suyo. Y cuando lo cambiaba, revendía el antiguo.

Un perro ladró detrás de una cerca y me sobresaltó. En ese mismo momento, lo distinguí a través de la ventana de un edificio flanqueado de césped amarillo, al otro lado de la calle. Atravesó una habitación de la planta baja y reconocí su silueta, su facha, la cazadora, su cabeza de comadreja, su delgadez: Swan Letellier. Sentí un hormigueo en las manos, como si me hubiese quedado en la misma posición durante mucho tiempo. Él se encontraba en una pequeña vivienda de tres pisos de hormigón de tonos pastel desvaídos: unos antiguos balcones de desgastadas barandillas mostraban el estigma del tiempo, algunas jardineras vacías que asomaban de los mismos, parecían haber conocido numerosas primaveras pero pocas flores.

Swan Letellier apareció en el vestíbulo, empujó una puerta de aluminio y recorrió la acera de enfrente. Le seguí hasta que entró en el bar de la esquina. Se dirigió al fondo. Allí donde Philippe Toussaint le esperaba. Se sentó en su mesa, frente a él. Hablaron tranquilamente, como dos viejos conocidos.

Philippe Toussaint había retomado el hilo de la historia, pero ¿cuál? Buscaba a alguien, alguna cosa. De ahí esa lista, siempre la misma, que escribía en el revés de una cuenta o de un mantel, como para resolver un enigma.

A través del cristal, solo podía ver su cabello. Como la primera noche en Tibourin cuando él me daba la espalda. Cuando, desde la barra, contemplaba sus rizos rubios que pasaban del verde al rojo y al azul bajo la luz de los focos. Ahora su pelo había encanecido ligeramente y el arcoíris de su juventud se había apagado. Y también el prisma de luz a través del cual yo lo admiraba. Pensé que después de todos esos años, cada vez que posaba mis ojos en él, hacía el mismo tiempo gris. Las chicas guapas que murmuraban piropos en su oído mientras yo escrutaba su perfil perfecto habían desaparecido. Ya solo debían de quedar mujeres entradas en carnes en esas camas improvisadas. El perfume que dejaban en su piel había cambiado, las refinadas fragancias se habían convertido en perfumes baratos.

Los dos estaban solos, en sombra, al fondo del bar. Hablaron unos quince minutos, y luego Philippe Toussaint se levantó bruscamente para salir. Tuve el tiempo justo para ocultarme en un callejón situado a un lado del bar. Él arrancó su moto y se marchó.

Swan Letellier continuaba en el interior. Estaba terminando su café cuando me acerqué a él. Vi que no me reconocía.

—¿Qué quería él?

—¿Perdón?

—¿Por qué estaba hablando con Philippe Toussaint?

En cuanto me identificó, los rasgos de Letellier se endurecieron. Me respondió con tono seco:

—Ha dicho que las niñas se asfixiaron con monóxido de carbono. Que alguien debió de encender un calentador o no sé qué.
Su marido busca un culpable que no existe. Si quiere mi consejo,
ambos deberían pasar página.

—Su consejo puede metérselo donde le quepa.

Los ojos de Letellier se agrandaron. No se atrevió a decir
una palabra. Salí a la calle y vomité mi bilis en la acera como una
borracha.

83

La gente tiene estrellas que no son las mismas.
Para aquellos que viajan las estrellas son sus guías,
para otros, no son más que pequeñas luminarias

—A veces lamento haber regañado a Léonine cuando había desobedecido o tenía un capricho. Lamento haberla sacado de la cama para ir al colegio cuando ella habría querido dormir todavía un poco más. Lamento no haber sabido que ella solo estaría de paso... Pero no lo lamento demasiado tiempo. Prefiero rescatar los buenos recuerdos, continuar viviendo con lo que ella me dejó de felicidad.

—¿Por qué no ha tenido más hijos?

—Porque había dejado de ser madre, solo era huérfana. Porque no tenía el padre adecuado para mis otros hijos... Y además, es difícil para los niños ser «los otros», «los de después».

—¿Y ahora?

—Ahora ya soy vieja.

Julien se echa a reír.

—¡Chitón!

Poso mi mano en su boca. Él atrapa mis dedos y los besa. Tengo miedo. Miedo del bullicio que hay en mi casa. Miedo de las puertas de coche que se van a cerrar en pocas horas. Miedo a darme de golpes contra la pared con esta historia que no es tan diferente a otras.

Nathan y su primo Valentin duermen en el sofá cerca de nosotros. Se adivinan sus pequeños cuerpos, pies contra cabezas, bajo las sábanas y las colchas mezcladas. Sus cabellos negros destacan sobre las dos almohadas blancas como un trozo de campo, un pequeño camino que huele a avellana. Hundir la mano en el pelo de un niño es como caminar sobre las hojas muertas de un bosque al principio de la primavera.

Julien, Nathan y Valentin llegaron de Auvernia ayer por la noche. Durante su estancia en Pardons, Nathan había acosado a su padre: «No volvemos a Marsella, vamos a ir a casa de Violette, no volvemos a Marsella, vamos a casa de Violette...», hasta que Julien había cedido y tomado la dirección del cementerio. Han llegado hacia las ocho, después del cierre de las verjas. Han llamado a la puerta del lado de la calle, pero no les he oído. Estaba en mi jardín replantando mis últimas semillas de lechuga. Los dos niños han desembarcado por detrás de mí, caminando de puntillas: «¡Somos zombis!». Éliane ha ladrado y los gatos se han acercado como si se acordaran de Nathan.

Ayer por la noche tenía ganas de estar sola, me encontraba cansada, me apetecía acostarme temprano, ver una serie en mi cama. No hablar. Sobre todo no hablar. Hice cuanto pude para no demostrarles que no tenía ganas de verles. Habría debido sentirme feliz por la sorpresa. Pero no lo estaba. Pensé que Nathan hablaba demasiado fuerte, pensé que Julien era demasiado joven.

Julien nos esperaba en la cocina. Un tanto avergonzado, me dijo: «Perdón por desembarcar tan improvisadamente, pero mi hijo está enamorado de usted... ¿Podemos llevarla a cenar?... He reservado mi habitación en casa de la señora Bréant».

Desde el momento en que ha abierto la boca he sentido que la soledad se despegaba de mí como una piel muerta. Su voz me ha causado el efecto de una escampada, como si hubiera encendido una luz por encima de mi cabeza. Como cuando en un día que se anuncia espantoso, de pronto, el cielo plomizo se entreabre y el sol lo atraviesa desde no se sabe dónde para iluminar ciertos puntos del paisaje. Tuve ganas de conservarles, a los tres.

Ni hablar de ir a un restaurante, cenarían en mi casa. Ni hablar de dormir en la habitación de la señora Bréant, dormirían aquí. Les hice unos sándwiches de queso tostado, unos macarrones, unos huevos al plato y una ensalada de tomate. Julien me ayudó a poner la mesa. De postre tenía sorbetes de fresa congelados. Suelo tener caramelos, hielo, pasteles de chocolate en mis armarios, yogures en el frigorífico, la misma vieja costumbre que la de tomar la mano de Nathan en la mía.

Le hice beber un montón de vino blanco a Julien para que no pudiera cambiar de idea, para que no se fuera a dormir donde la señora Bréant y se quedara en casa, conmigo.

Tras haber retirado los platos sucios, inventé una cama para los dos niños en el sofá grande, aquel donde yo dormía cuando visitaba a Sasha. Los chicos empezaron a soltar gritos eufóricos y a saltar sobre los sufridos muelles, que chirriaban de alegría.

Antes de acostarse, me suplicaron que les llevara por las avenidas del cementerio para «ver a los fantasmas». Me hicieron un montón de preguntas mientras leían los nombres de las estelas. Querían saber por qué algunas tumbas estaban mucho más floridas que otras. Leyeron las fechas y me dijeron que la mayoría de los muertos eran realmente viejos.

Terriblemente decepcionados por no haber visto ningún fantasma, me pidieron que les contara «historias que dieran miedo». Les hablé de Diane de Vigneron y Reine Ducha, que habían sido vistas en los alrededores del cementerio, al borde de la carretera o en las calles de Brancion-en-Chalon. Los niños empezaron a palidecer, así que para tranquilizarles les aseguré que se trataba de leyendas y que personalmente yo no las había visto nunca.

Julien nos esperaba en un banco del jardín. Fumaba un cigarrillo al lado de Éliane, a la que acariciaba perdido en sus pensamientos. Sonrió cuando los niños le contaron que no habíamos visto ningún fantasma pero que había gente que se los había cruzado en el interior y al lado del cementerio. Insistieron en que les enseñara las representaciones del fantasma de Diane en las antiguas tarjetas postales. Les hice creer que las había perdido.

Entramos los cuatro en casa. Los chicos comprobaron tres veces que las puertas estaban cerradas a cal y canto. Les dejé encendido el pasillo que conducía a mi habitación. Pero cuando vieron las muñecas de la señora Pinto, me pidieron una lámpara de noche cada uno.

Julien y yo subimos poniendo mucho cuidado en no tirar las muñecas. Él me siguió. En un momento dado yo me detuve. Sentí su aliento en mi nuca, acarició mi espalda y murmuró: «Dese prisa».

Apenas acabábamos de cerrar la puerta cuando los dos niños la reabrieron para venir a acostarse en mi cama. Nosotros nos tendimos cada uno a un lado hasta que se durmieron, les acariciamos la cabeza, de cuando en cuando nuestras manos se tocaban, se reencontraban, unidas en los cabellos de Nathan.

Entonces nos bajamos al sofá para hacer el amor. Hacia las cuatro los chicos se colaron bajo nuestras sábanas para pegarse a nosotros. Estábamos apretados como sardinas. No pude pegar ojo, escuchaba sus respiraciones. Las auscultaba como las sonatas de Chopin que Sasha oía sin parar.

A las seis, Julien me tomó de la mano y subimos a mi habitación para hacer el amor. Nunca pensé que volvería a hacer el amor varias veces con el mismo hombre. Siempre creí que sería con alguien de paso. Un desconocido. Un visitante. Un viudo. Un desesperado. Solo una vez para matar el tiempo.

Ahora mismo, estamos cuchicheando, la nariz dentro de nuestro cuenco de café. Mis manos huelen a canela y a tabaco. Mi cuerpo huele a amor, a rosas y a transpiración. Mi cabello está enmarañado, mis labios hinchados. Tengo miedo. Dentro de un momento, cuando Julien se marche, porque se marchará, la soledad regresará para hacerme compañía, fiel e inmortal.

—Y usted, ¿por qué no ha tenido hijos después de Nathan?

—Por lo mismo. No encontré la madre adecuada.

—¿Cómo es la madre de Nathan?

—Está enamorada de otro hombre. Me dejó por él.

—Eso es duro.

—Sí, muy duro.

—¿Aún la quiere?

—Creo que no.

Se levanta y me besa. Contengo la respiración. Qué agradable es que te besen en un día soleado. Me siento torpe, desmañada. He olvidado los gestos. Uno aprende a salvar vidas pero nunca a reanimar su piel y la de otro.

—En cuanto los niños se despierten, nos marcharemos.

—...

—Si hubiese visto su expresión ayer por la tarde cuando aparecimos... Joder, me sentí fatal... Si Nathan no hubiera estado ahí, me habría largado a toda prisa.

—Es porque no estoy acostumbrada...

—No voy a volver más, Violette.

—...

—No me apetece venir a acostarme con usted una vez al mes en su cementerio.

—...

—Usted vive con muertos, con novelas, con velas y algunas gotas de oporto. Usted tenía razón, no hay lugar para un hombre aquí. Y encima un hombre que tiene un niño.

—...

—Y además puedo leer en sus ojos que usted no cree en nuestra historia.

—...

—Hable, por favor. Diga algo.

—Usted sabe perfectamente que lo nuestro no puede durar.

—Pues claro que lo sé. Bueno, no, no sé nada. Es usted quien lo sabe. Deme noticias suyas de vez en cuando. Pero no muy a menudo, si no las estaré esperando.

84

Y ahora aquí estamos al borde del vacío
puesto que por todas partes buscamos el rostro
que hemos perdido

DIARIO DE IRÈNE FAYOLLE

13 de febrero de 1999

No sé cómo Gabriel ha podido enterarse de la muerte de
Paul. Esta mañana lo he visto fugazmente en el cementerio
de Saint-Pierre. Retirado, disimulado detrás de otra tumba,
como un ladrón.

Estábamos enterrando a mi marido y yo, yo solo tenía ojos
para Gabriel. ¿Quién soy? ¿Qué clase de monstruo soy?

He bajado los ojos para rezar una plegaria silenciosa por Paul
y cuando los he alzado, Gabriel había desaparecido. Mis ojos lo
han buscado desesperadamente, han registrado cada rincón del
cementerio, en vano.

Me he echado a llorar como una «viuda».

Cuando una mujer pierde a su marido, se la llama viuda.
Pero cuando una mujer pierde a su amante, ¿cómo se la llama?
¿Una canción?

8 de noviembre de 2000
Vendo la rosaleda.

30 de marzo de 2001
*Esta mañana Gabriel me ha telefoneado. Me llama una vez
al mes. Cada vez que descuelgo parece sorprendido de escuchar
mi voz. Me hace algunas preguntas: «¿Cómo te encuentras?
¿Qué haces? ¿Qué llevas puesto? ¿Llevas el pelo recogido? ¿Qué
estás leyendo en este momento? ¿Has ido al cine últimamente?».
Parece querer asegurarse de que realmente existo. O que existo
aún.*

27 de abril de 2001
*Gabriel ha venido a comer a mi casa. Le ha gustado mi nue-
vo apartamento, me ha dicho que se me parece.*

—*Las habitaciones son luminosas y huelen bien, como tú.*

Le ha hecho gracia que viva en la calle Paraíso.

—*¿Por qué?*

—*Porque tú eres el mío.*

—*Yo soy su paraíso intermitente.*

—*¿Sabes las curvas que dibujan los latidos del corazón en un
electrocardiograma?*

—*Sí.*

—*Tú eres las curvas de mi corazón.*

—*Es usted un gran orador.*

—*Eso espero, me pagan una fortuna por ello.*

*Me ha dicho que yo no sabía cocinar, que estaba mucho más
dotada para hacer brotar flores que para guisar a un animal en
una olla.*

Me ha preguntado si no añoraba mi trabajo.

—*No. No mucho. Tal vez un poco las flores.*

Me ha preguntado si podía fumar en la cocina.

—*Sí. ¿Ha vuelto a fumar?*

—*Sí. Me pasa como contigo, no consigo dejarlo.*

*Tal y como era su costumbre, me ha hablado de los casos que
llevaba en ese momento, de su hija mayor, de la que tenía pocas*

noticias, y de la pequeña, de Cloé. Me ha dicho que la echaba mucho de menos, que seguramente volvería a vivir con su madre.

—Sí, para poder vivir con mi hija voy a tener que pasar por la caja de Karine. Y ese repaso no es mi fuerte.

También me ha pedido que le contara novedades sobre Julien.

Antes de marcharse ha depositado un beso en mis labios. Como si fuéramos dos adolescentes. ¿«Amor» es masculino o femenino?

22 de octubre de 2002
Es el día Gabriel.

Ahora, cada vez que pasa por Marsella, viene a comer conmigo. Ordena dos platos del día en el restaurante que hay debajo de casa (porque mi cocina le horroriza: «No tiene suficiente mantequilla, no tiene suficiente nata, no tiene suficiente salsa, lo cueces todo con agua, yo prefiero que mis verduras se cocinen en vino»).

Ha llamado a la puerta trayendo nuestra comida en unos envases de aluminio. Él se termina siempre mi plato. Por regla general, yo suelo comer poco. Y cuando Gabriel está en mi cocina, aún como menos.

Ha vuelto a vivir con Karine, para estar cerca de Cloé. Al menos eso es lo que dice. De hecho, se lo he hecho notar: «Eso es lo que usted dice». A lo que me ha respondido: «No seas celosa, no tienes motivos para estar celosa. De nadie».

—Yo no soy celosa.

—Un poco sí. Yo lo soy. ¿Te ves con alguien?

—¿A quién quiere que vea?

—No sé, a mí, a un amante, un hombre, hombres, eres hermosa. Sé que te miran cuando entras en los sitios. Sé que te desean por todas partes donde vas.

—Yo le veo a usted.

—Pero no nos acostamos juntos.

—¿Quiere terminar mi plato?

—Sí.

5 de abril de 2003

Es un día Gabriel. Me telefoneó ayer por la noche, pasará a última hora de la tarde por mi casa, cuando termine en el tribunal. Tengo que comprar una botella de Suze, Gabriel adora el Suze.

Están los días sin y los días Gabriel.

25 de noviembre de 2003

Ayer por la noche Gabriel llegó tarde. Se tomó un resto de sopa, un yogur y una manzana. También bebió un vaso de Suze. Vi que lo hacía por darme gusto.

—Si me quedo dormido, mañana por la mañana despiértame a las siete, por favor.

Lo ha dicho como si tuviera la costumbre de dormir en mi casa cuando eso no ha ocurrido nunca. Veinte minutos después, estaba durmiendo en mi sofá. Le tapé con una manta. No conseguí pegar ojo porque él estaba en la habitación de al lado. El hombre de al lado. Toda la noche estuve pensando: «Gabriel es mi hombre de al lado». Me acordé de un pasaje de la película de Truffaut La mujer de al lado *en el que Fanny Ardant sale del hospital y le dice a su marido, mientras piensa en su amante, al que está dispuesta a matar: «Qué bien, te has acordado de traerme mi blusa blanca, la adoro (y la huele) porque es blanca».*

Esta mañana me he encontrado a Gabriel tumbado boca abajo, se había quitado los zapatos. El salón olía a tabaco, se había despertado durante la noche para fumar. Una ventana estaba entreabierta.

He lamentado que no haya venido a dormir conmigo en la cama. Se ha dado una ducha, ha tomado un café. Entre varios sorbos, me ha dicho: «Eres bella, Irène». Como de costumbre, antes de marcharse, ha depositado un beso en mi boca. Cuando llega, Gabriel respira hondo en mi cuello. Cuando se marcha, deposita un beso en mi boca.

22 de julio de 2004

He decidido acostarme con Gabriel. A nuestra edad ya hay caducidad. Y además, no será durante la eternidad cuando eche-

mos un polvo. *En cuanto le he abierto la puerta de mi aparta-*
mento, Gabriel ha sabido, visto, leído, sentido, que tenía ganas
de él. Y ha dicho:

—*Ay, ya empiezan los problemas.*
—*No será la primera vez.*
—*No, no será la primera...*
No le he dado tiempo a terminar la frase.

85

No os quedéis llorando alrededor de mi ataúd,
No estoy ahí dentro, no duermo.
Soy un millar de vientos que soplan

Mi lista para Nono está terminada. Este año, como los anteriores, es él quien va a sustituirme, quien me hará el relevo para regar las flores de las tumbas de las familias que se han marchado de vacaciones. Elvis, por su parte, se ocupará de Éliane y de los gatos. El padre Cédric será quien supervise el huerto y las flores del jardín. Le he confiado la ficha escrita a mano por Sasha —me había redactado una para cada mes.

Agosto

Prioridad del mes: regar.
Hay que regar por la tarde para que el frescor dure toda la noche, pero nunca demasiado pronto: si no la tierra estará aún caliente y el agua se evaporará muy rápido, por lo que regar demasiado pronto sería como escupir al viento.
Hay que regar al caer la noche con una regadera —utilizar el agua de los pozos o el agua de lluvia recuperada—. La regadera es más suave que el chorro, si riegas a chorro, compactas la tierra

y esta no respira. Es necesario que la tierra respire. Por ese moti-
vo de vez en cuando, a los pies de las plantas, como precaución,
debes escarbar la tierra con un rastrillo para airearla.

Recolectar las verduras maduras.

Los tomates pueden esperar unos días.

Las berenjenas cada tres días, si no engordan y se endurecen.

Las judías todos los días. Y hay que consumirlas de inmedia-
to. Bien para hacerlas en conserva, para congelarlas después de
haberlas cocido, o para regalarlas a los de alrededor.

Lo mismo para el resto, no hay que olvidar que cultivamos
para compartir, si no no tiene ningún interés.

El padre Cédric no estará solo para ocuparse del huerto. Desde que se ha desmantelado la «jungla de Calais», las familias sudanesas han sido alojadas en el castillo de Chardonnay. Se desplaza hasta allí tres veces por semana para ayudar a los voluntarios. Una joven pareja, Kamal y Anita, de diecinueve años respectivamente, espera un bebé. El padre Cédric ha obtenido autorización de la prefectura para acogerles en su casa. Va a tratar de protegerles lo máximo posible tras el nacimiento del bebé. El tiempo necesario para que retomen sus estudios, obtengan un diploma y, sobre todo, un permiso de residencia permanente. Es una situación precaria, el padre Cédric dice que vive sobre un polvorín, pero que es una fragilidad que celebra. Y que durante el tiempo que eso dure, aceptará esa alegría de compartir su rutina con una familia de adopción. Ya dure un mes o diez años, al menos lo habrá vivido.

—Todo es efímero, Violette, somos pasajeros. Solo el amor de Dios permanece constante en todas las cosas.

Desde que viven con el cura, Kamal y Anita pasan cada día por mi cocina y, a diferencia de los demás, se quedan más tiempo. Anita está loca de amor por Éliane y Kamal, por mi huerto. Se pasa horas descifrando las fichas de Sasha y mis catálogos de Willem & Jardins cuando no me está echando una mano. Se le ve muy dotado. La primera cosa que le dije es que tenía una buena mano para las plantas, él no me entendió y contestó, desconcertado: «Pero Violette, mi otra mano también es buena».

Le he dado mi método de aprendizaje de lectura Boscher a Anita. Ella lo lee en voz alta y cuando se equivoca, o se traba con alguna palabra, yo la corrijo sin siquiera mirar las páginas porque me lo sé de memoria.

Cuando Anita abrió el libro por primera vez, me preguntó si era de mi hija, y yo le respondí con una pregunta: «¿Puedo tocar tu vientre?». Ella contestó: «Sí, hazlo». Yo posé mis dos manos sobre su vestido de algodón. Anita se echó a reír porque le hacía cosquillas. El bebé me soltó varias patadas. Anita me dijo que él también se estaba riendo. Así que los tres nos reímos en mi cocina.

Si alguien muere y hay que organizar un entierro será Jacques Lucchini quien me reemplazará. Como tenía que darle algo que hacer a Gaston durante mi ausencia, le he pedido que recoja las cartas y las deje en la estantería que se encuentra al lado del teléfono. Estoy casi segura de que no podrá romper ninguna de mis cartas.

Tumbada en la cama, observo mi maleta aún abierta dispuesta sobre mi cómoda. La terminaré mañana. Siempre llevo demasiadas cosas a Marsella. Y luego, una vez en la cabaña, no me pongo ni la mitad. Hay demasiados «por si acaso» en mi equipaje.

La primera vez que vi esa maleta fue en 1998. Philippe Toussaint se había marchado para siempre pero yo aún lo ignoraba. Cuatro días antes, me había besado susurrando: «Hasta luego». Quería interrogar a Éloïse Petit, la segunda monitora. La única con la que no había hablado. Me había dicho: «Después lo dejaré. Después cambiamos de vida. Ya no puedo más de todo esto, de las tumbas. Nos iremos a vivir al sur».

Él cambió de vida solo.

El día que pensaba reunirse con Éloïse Petit, se desvió. En lugar de ir a verla tomó la dirección de Bron para encontrarse con Françoise Pelletier.

Llevaba sola cuatro días. Estaba arrodillada al fondo del

huerto, la nariz metida entre las hojas de las capuchinas que había prendido a unos tutores de bambú. Como cada vez que Philippe Toussaint se ausentaba, los gatos se habían acercado a la casa y jugaban al escondite a mi alrededor, se retaban a hacer carreras y uno de ellos terminó por volcar un cubo lleno de agua, mientras todos se sobresaltaron presa del pánico. A mí me dio un ataque de risa. Escuché una voz familiar decirme desde la puerta de la casa: «Es bueno oírte reír sola».

Creí que estaba alucinando. Que el viento en los árboles me jugaba una mala pasada. Alcé los ojos y vi la maleta posada en la mesa del cenador. Era azul, como el Mediterráneo los días de pleno sol. Sasha estaba de pie ante la puerta. Me acerqué a él y le acaricié el rostro porque aún no me lo creía. Pensaba que me había olvidado. Le dije: «Pensaba que me había abandonado».

—Nunca, ¿lo oyes, Violette? Nunca te abandonaré.

De forma desordenada, me habló de sus primeros meses de jubilación. Había estado en casa de Sany, su casi hermano, en el sur de la India. En Chartres, Besançon, Sicilia y Toulouse. Había visitado palacios, iglesias, monasterios, calles, otros cementerios. Había nadado en lagos, ríos y mares. Curado espaldas deshechas, tobillos torcidos y quemaduras superficiales. Venía de Marsella, donde le había montado unas jardineras con plantas aromáticas a Célia. Quería darme un beso antes de seguir hasta Valence para recogerse ante las tumbas de Verena, Émile y Ninon, su mujer y sus hijos, allí enterrados. Después volvería a la India al lado de Sany.

Acababa de dejar sus cosas en casa de la señora Bréant. Iba a quedarse dos o tres noches allí, el tiempo justo para visitar al alcalde, a Nono, Elvis, los gatos y los demás.

Esa maleta azul era para mí. Estaba llena de regalos. De tés, incienso, pañuelos, telas, joyas, mieles, aceites de oliva, jabones de Marsella, velas, amuletos, libros, un disco de Bach, semillas de girasol. En todas partes donde había estado, me había comprado un recuerdo.

—Te he traído una huella de cada viaje.

—¿La maleta también?

—Por supuesto, tú también te marcharás algún día.

Dio una vuelta por el jardín con los ojos llenos de lágrimas. Declaró: «El alumno ha superado al maestro... Estaba seguro de que lo conseguirías».

Comimos juntos. Cada vez que yo escuchaba un motor a lo lejos, pensaba que tal vez fuera Philippe Toussaint que regresaba. Pero luego no.

*

Diecinueve años después, es otro hombre al que me sorprendo esperando. Por la mañana, cuando abro las verjas, busco su coche en el aparcamiento. A veces, en las avenidas, cuando escucho pasos a mi espalda, me doy la vuelta pensando: «Está ahí, ha vuelto».

Ayer por la noche, creí que alguien llamaba a mi puerta del lado de la calle. Bajé a ver pero no había nadie.

Sin embargo, la última vez que Julien cerró la portezuela de su coche me dijo: «Hasta otro día», exactamente como si me dijera adiós; no pude hacer nada para retenerle. Le sonreí y con aire seguro le respondí: «Sí, buen regreso», exactamente como si le dijera: «Es mejor así». Cuando Nathan y Valentin se despidieron con la mano en la parte trasera del coche, supe que no les volvería a ver.

Desde ese día, Julien solo ha mandado una señal de vida. Una tarjeta postal desde Barcelona para decirme que Nathan y él pasarían los dos meses de verano allí y que la madre de Nathan se les uniría de vez en cuando.

El reencuentro entre Irène y Gabriel habrá servido a Julien y a la madre de Nathan. Yo he sido un puente, un paso entre ellos. Era necesario que Julien pasara por mí para entender que no podía perder a la madre de su hijo. Y gracias a Julien, sé que aún puedo hacer el amor. Que puedo ser deseada. Lo que no está nada mal.

86

Hemos venido aquí a buscar,
a buscar alguna cosa o a alguien.
A buscar ese amor más fuerte que la muerte

Enero de 1998

El día en que Violette le vio cara a cara con Swan Letellier en Mâcon, Philippe había sentido una mirada clavada en su nuca. Una presencia familiar detrás de él. No había prestado atención. No exactamente. No lo suficiente como para darse la vuelta. Ahora Swan Letellier le plantaba cara. «Una cara de rata.» Ese pensamiento ya había atravesado su mente en el tribunal. Esos ojillos hundidos, las mejillas cortadas a cuchilla, la boca fina.

Al teléfono, Letellier le había dicho: «Reúnase conmigo en el bar de la esquina, hacia mediodía, es un lugar tranquilo».

A él, como a los demás, Philippe le había formulado las mismas preguntas con tono glacial, una entonación y una mirada cargadas de amenazas: «No me mienta, no tengo nada que perder». Insistía siempre en esto último: ¿Quién habría podido poner en marcha un viejo calentador escacharrado?

Letellier parecía ignorar lo que había sucedido esa noche. Se había quedado blanco como una sábana cuando Philippe le había soltado de golpe la confesión de Alain Fontanel: que Geneviève Magnan se había marchado para darle un beso a su hijo enfermo, y luego, a su regreso al castillo, su pánico cuando descubrió los cuatro cuerpos asfixiados por el monóxido de carbono, la idea del fuego para hacer creer que fue un accidente doméstico, las patadas que Fontanel propinó en la puerta del dormitorio de la primera planta de Letellier para despertarlo, despertar a todo el personal.

Pero Letellier no se había creído esa historia. Fontanel era un alcohólico, debió de contarle lo primero que se le ocurrió a un padre que buscaba una explicación para lo inexplicable.

Se había acordado de unos golpes sordos contra la puerta. De cuánto les había costado espabilarse porque la monitora y él habían fumado unos porros. Del olor, del humo, del fuego. De la inaccesibilidad a la habitación 1, de las llamas demasiado altas, de esa barrera imposible de franquear. Del infierno que parecía invitarles. Ese momento en el que uno no deja de repetirse que se trata de una pesadilla, que nada es real. Volvió a recordar a las niñas fuera en camisón, sus pies desnudos embutidos en sus zapatillas o en los zapatos mal atados, y a todo el personal volviéndose loco. La madre Croquevieille que se ahogaba. Y los otros, impactados, temblando y rezando a la espera de los bomberos. Contar y recontar el número de niñas sanas y salvas. Sus ojos llenos de sueño mientras que ellos, los adultos, ya no dormirían nunca a pierna suelta. Las más pequeñas, aterrorizadas por las llamas, y el rostro lívido de las mayores, que reclamaban a sus padres. Habían tenido que llamarlos, advertirlos, unos tras otros. Y también habían tenido que mentir y no confesar que en el interior cuatro chiquillas habían perecido.

Aún hoy en día, había añadido Swan Letellier, seguía sintiéndose culpable. Todo aquello tal vez no hubiera sucedido si la monitora se hubiese quedado en la planta baja.

Lucie Lindon y él no les habían dicho nada a las autoridades sobre Geneviève Magnan porque se sentían culpables. Lucie Lindon no tendría que haberle pedido a Geneviève Magnan que la sustituyera. Pero Swan había insistido repetidamente. Todos habían faltado a su deber.

Croquevieille por estirar el dinero al máximo para no gastar ni un céntimo, por el linóleo mal pegado en las habitaciones, el amianto debajo de los tejados, la lana de vidrio que ya no aislaba nada, la pintura desconchada, las bajantes de plomo, el incendio que se había propagado demasiado rápido, los humos tóxicos desprendidos de los elementos vetustos de la cocina. No, nadie estaba limpio, ni Magnan, ni Lindon, ni Fontanel, ni él mismo. Todos estaban metidos hasta el cuello, y era una carga demasiado pesada de llevar... La única cosa de la que estaba seguro es que nadie habría podido poner en marcha un calentador de la planta baja intencionadamente. Todo el personal sabía que no se debían tocar. De hecho, esos viejos cacharros estaban disimulados detrás de unas trampillas de pladur totalmente inaccesibles a los niños. Se acordaba muy bien de las palabras de Édith Croquevieille la víspera de la llegada de las primeras veraneantes que debían sucederse durante dos meses: «Estamos en pleno verano, nuestras internas podrán arreglárselas con agua fría y lavarse con agua caliente en el cuarto de duchas comunes recién reformado». Swan Letellier se acordaba porque él era el encargado de la cocina y de la distribución de los platos. Su dominio eran las freidoras y el comedor. De los cuartos de baño del castillo no tenía que ocuparse.

Al terminar se había callado. Había dado unos sorbos al café, con la mirada atormentada, repasando silenciosamente lo que Philippe acababa de decirle. ¿Tendría que creer esa versión inverosímil? ¿Que Fontanel le había prendido fuego a las cocinas? ¿Que las niñas habían inhalado gas tóxico? Letellier había pedido un expreso al camarero del bar con un gesto de la mano. Saltaba a la vista que era un habitual del lugar. La gente le tuteaba.

Cuando Letellier se enteró del suicidio de Geneviève Magnan, no se sorprendió demasiado. Desde aquella noche, ella ya no era más que la sombra de sí misma. Bastaba con recordar en qué estado se hallaba durante el juicio. La última vez que había hablado con ella fue el día en que la mujer apareció para esperarle a la salida del restaurante donde él trabajaba. Aterrorizado, había llamado a Geneviève para decirle que ella se había presentado para hacerle preguntas. Philippe se había oído preguntar de forma brutal:

—¿Qué mujer?

—La suya.

—Debe de estar confundiéndola con otra persona.

—No creo. Me dijo: «Soy la madre de Léonine Toussaint».

—¿Qué aspecto tenía?

—Era de noche, no me acuerdo muy bien. Me esperaba delante del restaurante, en un banco. ¿No lo sabía?

—¿Eso cuándo fue?

—Hace unos dos años.

Philippe ya había oído bastante. O dicho bastante. Estaba ahí para hacer preguntas, y no para que se las hicieran. Se levantó mascullando un adiós, y Letellier le observó marcharse sin entender nada. Al darse la vuelta, Philippe había creído ver a Violette en la acera, detrás del cristal. «Me estoy volviendo loco.» Había regresado directamente a Brancion.

Por primera vez había encontrado la casa del cementerio vacía. Por primera vez se había dado una vuelta por las avenidas para encontrar a su mujer, en vano.

¿Quién era realmente Violette? ¿Qué hacía cuando él se marchaba días enteros? ¿A quién veía? ¿Qué buscaba?

Violette regresó dos horas después que él. Cuando abrió la puerta estaba muy pálida. Le había mirado fijamente durante unos segundos como si estuviera sorprendida de haber descubierto a un extraño en su cocina. Y luego, le había tendido un trozo de papel: «¿Léonine se asfixió?».

En ese papel usado, él había reconocido su letra, los nombres garabateados en el revés de un mantel, prácticamente desaparecidos. La tinta se había corrido hasta hacerlos casi ilegibles.

La pregunta que Violette le había formulado le produjo el efecto de un electroshock. Había tratado de buscar una mentira sin encontrarla, farfullado como si Violette acabara de pillarle en falta en los brazos de una de sus amantes:

—No lo sé, tal vez, estoy buscando... No estoy seguro de saber, de querer, estoy un poco perdido.

Ella se había acercado a él y le había acariciado el rostro con infinita ternura. Después subió a acostarse sin decir palabra. No había puesto la mesa ni preparado la cena. Cuando él se tumbó a su lado, ella le tomó la mano y le hizo la misma pregunta: «¿Léonine se asfixió?». Si se callaba, volvería a repetirle la misma pregunta todas las veces que fuera necesario.

Entonces Philippe se lo contó todo. Todo salvo su lío con Geneviève Magnan. Le contó sus conversaciones con Alain Fontanel, especialmente la primera, cuando le partió la cara en la cafetería del hospital en el que trabajaba; con Lucie Lindon en la sala de espera de la consulta médica; con Édith Croquevieille en Épinal, en el sótano de un supermercado, y con Swan Letellier ese mismo día, en un bar de Mâcon.

Violette le había escuchado en silencio, con su mano en la suya. Él estuvo hablando durante horas en la oscuridad de su habitación, sin ver su rostro. La había notado atenta, pendiente de sus palabras. No se había movido. No había hecho ninguna pregunta. Philippe había terminado por preguntarle lo que le quemaba los labios:

—¿Es cierto que fuiste a ver a Letellier?

Ella respondió sin pensárselo:

—Sí. Antes necesitaba saber.

—¿Y ahora?

—Ahora tengo mi jardín.

—¿A quién más has visto?

—A Geneviève Magnan una vez. Pero eso ya lo sabes.

—¿Y a quién más?

—A nadie. Solo a Geneviève Magnan y a Swan Letellier.

—¿Me lo juras?

—Sí.

87

Ningún remordimiento. Ningún lamento.
Una vida plenamente vivida

Todavía hoy en día cuando contemplo las películas de *Fanny, Marius* o *César* por televisión, se me saltan las lágrimas en cuanto escucho las primeras réplicas, pese a que las conozco de memoria. Son las lágrimas de la infancia, de alegría y admiración entremezcladas. Me gusta el blanco y negro de los rostros de Raimu, Pierre Fresnay y Orane Demazis. Me gusta cada uno de sus gestos, de sus miradas. El padre, el hijo, la chica joven y el amor. Yo habría querido un padre que me mirara como César mira a su hijo Marius. Yo habría querido un amor de juventud como el de Fanny y Marius.

La primera vez que vi *Marius*, la primera entrega de la trilogía *Marsella* de Marcel Pagnol, debía de tener unos diez años. Estaba sola con mi familia de acogida. Recuerdo que las otras niñas se habían marchado de vacaciones o a visitar a sus padres. Era verano y al día siguiente no había colegio. La familia recibía a unos amigos, habían organizado una barbacoa en el jardín. Me dieron permiso para levantarme de la mesa. Cuando llegué al comedor, me topé de bruces con la televisión grande encendida. Fue ahí donde descubrí esa historia sin color. La película había comenzado hacía una media hora. Fanny lloraba sobre el mantel a cuadros de la cocina, frente a su madre, que cortaba el pan. La primera réplica que escuché fue: «Vamos, mema, tómate la sopa, y sobre todo no llores sobre ella, ya está bastante salada».

Inmediatamente me sentí fascinada por los rostros y los diálogos, el humor y la ternura. Imposible apartarme del televisor. Esa noche me acosté muy tarde porque me vi toda la trilogía.

Aún me gusta la simplicidad universal y compleja de sus sentimientos. Me gustan las palabras que se dicen, tan hermosas, tan justas. La musicalidad en sus voces.

Creo que ya adoraba Marsella y a los marselleses antes de conocerles, como un presentimiento, un sueño premonitorio. Esa belleza en estado puro la siento cada vez que regreso a Sormiou, cuando desciendo por el pequeño camino escarpado que lleva al inmenso azul. Entiendo a Marcel Pagnol, entiendo que los personajes de su trilogía vienen de ahí. De esas rocas abruptas, blanqueadas por el sol, del calor ardiente, de esas aguas transparentes color turquesa que juegan al escondite con un cielo virgen, de esos pinos piñoneros que la naturaleza ha plantado sin grandes alharacas. Ese paisaje que no busca darse aires, que es simple y majestuoso. Algo evidente desde el primer momento. Es la atracción de Marius por la mar. Es el señor Panisse que «hace velas para que el viento lleve a los hijos de otros», como le dice César.

Cuando abro las contraventanas rojas de la cabaña con Célia y me encuentro el viejo aparador de la cocina, la mesa de madera tosca con sus sillas amarillas, el escurreplatos sobre el fregadero, los pequeños ramos de lavanda seca, los baldosines dispares y las molduras azul cielo, siempre pienso en César, que impide que Marius y Fanny se besen porque ella está casada con otro hombre: «Chicos, no, no hagan eso, Panisse es un buen hombre, no hagáis que quede en ridículo ante los muebles de su familia».

Fue el abuelo materno de Célia quien construyó esta cabaña en 1919. Antes de morir le hizo prometer que jamás se desprendería de ella. Porque ese techo valía más que todos los palacios del mundo.

Hace veinticuatro años que vengo aquí. Y cada verano, Célia se pasa la víspera de mi llegada para llenar la nevera y poner sábanas limpias. Compra café y filtros, limones, tomates y melocotones, queso de oveja, detergente y vino de Cassis. Ya puedo suplicarla, decirle que yo misma me encargaré de hacer la compra o al menos pagársela, que ella no quiere ni oír hablar de ello, y me repite cada vez: «Tú me acogiste en tu casa cuando no me conocías». He intentado dejar un sobre con dinero en un cajón. Una semana después, Célia me lo devolvía por correo certificado.

Una vez que las contraventanas están abiertas y mi ropa colocada, me reúno con algunos pescadores oriundos del lugar, que viven todo el año más abajo, en la cala. Ellos me hablan del mar, que pierde cada vez más peces, como la gente de la zona, su acento. Me regalan erizos, sepias y postres azucarados cocinados por sus mujeres o sus madres.

Hace un momento Célia estaba al borde del andén. El tren ha llegado con una hora de retraso, ella olía al café que había bebido mientras esperaba. Ha pasado un año desde la última vez que la vi. Nos hemos abrazado la una a la otra.

Ella me ha dicho:

—Y bien, mi Violette, ¿qué noticias traes?

—Philippe Toussaint ha muerto. Y poco después, Françoise Pelletier vino a verme.

—¿Quién?

88

Allá donde estoy, sonrío, pues mi vida
fue bella y, sobre todo, he amado

Philippe Toussaint nunca regresó y Sasha se quedó en casa de la señora Bréant.

Antes de saberlo, el día en que abrí la maleta azul llena de regalos, le dije a Sasha que el hombre con el que compartía mi vida sin haberla realmente compartido nunca era sin duda mucho mejor de lo que había dejado entrever.

Antes de saberlo, le dije a Sasha que aquel a quien consideraba un egoísta, a quien ya no escuchaba ni miraba, aquel que me había abandonado, sumiéndome en una soledad abisal, se me había aparecido mostrando su otra cara cuando le vi en un bar de Mâcon con Swan Letellier.

Antes de saberlo, le dije a Sasha que esa noche, al regresar de Mâcon, Philippe Toussaint me había contado que estaba buscando la verdad sobre cómo sucedieron los hechos. Que había interrogado, y en ocasiones perseguido, al personal del castillo. Y que durante sus indagaciones no había creído a nadie. A excepción de Éloïse Petit, a quien aún no había podido localizar.

Mi marido me había hablado sobre Alain Fontanel y los demás. Yo le había cogido de la mano por miedo a caerme pese a que estábamos acostados uno al lado del otro en nuestra cama. Había imaginado las palabras y los rostros de aquellos que habían visto por última vez a mi hija viva. Aquellos que no habían sabido cuidar de ella, de su sonrisa. Aquellos que habían dado muestras de su negligencia.

Las pequeñas se quedaron solas mientras la monitora y el cocinero estaban en el piso de arriba dispuestos a echar un polvo y fumar porros. Geneviève Magnan se había marchado dejando a las niñas sin vigilancia. La directora era de las que escondían el polvo bajo la alfombra, y solo servía para cobrar los cheques de los padres.

Para no sucumbir cuando me repitió las palabras de Fontanel, la historia del calentador defectuoso y de la asfixia, me tuve que concentrar en la fragancia del nuevo detergente que había utilizado para lavar nuestras sábanas la víspera, Vientos Alisios. Para no echarme a gritar en nuestra cama, recordé y repasé sin parar los dibujos del tambor de detergente, las flores de gardenia tahitiana rosas y blancas. Esas flores me habían transportado hasta los estampados de los vestidos de Léonine. Sus ropas eran como alfombras voladoras imaginarias en las que yo me subía cuando el presente se hacía demasiado insoportable. Toda la noche estuve respirando el olor de mis sábanas limpias mientras escuchaba a Philippe Toussaint hablarme prácticamente por primera vez.

Antes de saberlo, yo había acariciado de nuevo su rostro y habíamos hecho el amor como lo hacíamos de jóvenes, cuando sus padres desembarcaban en nuestra casa sin previo aviso. Antes de enterarme. Antes de saber que se había acostado con Geneviève Magnan cuando vivíamos en Malgrange-sur-Nancy, le había creído prácticamente por primera vez.

*

Philippe Toussaint no volvió nunca y Sasha se quedó en casa de la señora Bréant.

Ese año de 1998, tras un mes de ausencia, me acerqué hasta la gendarmería para denunciar la desaparición de mi marido. Fui allí siguiendo el consejo del señor alcalde, de otro modo nunca me habría atrevido a hacerlo. El brigadier que me recibió me puso cara rara. ¿Por qué había esperado tanto para revelar su desaparición?

—Porque él se marchaba a menudo.

Me llevó a un despacho adjunto a la recepción para rellenar un formulario y me ofreció un café que no me atreví a rechazar.

Le di una descripción de mi marido. El oficial de policía me pidió que regresara con una fotografía. No nos habíamos hecho ninguna desde nuestra llegada al cementerio. La última era de Malgrange-sur-Nancy cuando él pasó su brazo alrededor de mi cintura para hacer reír al periodista.

El brigadier me pidió que indicara la marca de su moto, la ropa que llevaba la última vez que le vi.

—Unos vaqueros, unas botas de cuero negro de motorista, una cazadora negra y un jersey de cuello vuelto rojo.

—¿Alguna marca en particular? ¿Tatuajes? ¿Manchas de nacimiento? ¿Algún lunar visible?

—No.

—¿Acaso se llevó sus cosas, papeles importantes que hicieran suponer una ausencia prolongada?

—Sus videojuegos y las fotos de nuestra hija aún siguen en casa.

—¿Había cambiado su comportamiento o sus costumbres en las últimas semanas?

—No.

No le dije al oficial de policía que la última vez que había visto a Philippe Toussaint, pensaba dirigirse al lugar donde trabajaba Éloïse Petit en Valence. Había encontrado su rastro, y sabía que estaba empleada en un cine de allí. La había telefoneado desde casa, ella le había dado cita para el jueves de la semana siguiente a las dos de la tarde delante del cine.

Ese día, Éloïse Petit había llamado al mediodía. Debió de encontrar el número desde el cual Philippe Toussaint se había puesto en contacto con ella. Al descolgar creí que sería de la alcaldía, para algún aviso de fallecimiento. Era la hora a la que solían llamarme regularmente para notificármelo o solicitar información a propósito de algún entierro sucedido o que iba a llevarse a cabo, de un apellido, de un nombre, de una fecha de nacimiento, de una cripta, de una avenida. Cuando Éloïse Petit se presentó, su voz temblaba. No entendí sus palabras inmediatamente. Cuando por fin comprendí quién era, y el motivo de su llamada, mis manos estaban húmedas y mi boca, seca.

—¿Hay algún problema?

—¿Un problema? El señor Toussaint no ha venido, habíamos quedado a las dos de la tarde, le espero desde hace dos horas delante del cine.

Cualquiera hubiera imaginado un accidente, cualquiera habría llamado a los hospitales entre Mâcon y Valence, cualquiera le hubiese dicho a Éloïse Petit: «¿Dónde estabas la noche en que la habitación 1 se quemó? ¿Estabas durmiendo tranquilamente justo al lado?». Pero yo le respondí que no había nada que entender, que Philippe Toussaint era y siempre sería imprevisible.

Se produjo un largo silencio al otro lado del teléfono y Éloïse Petit colgó.

No le dije al brigadier que siete días después del «vuelo» de Philippe Toussaint, siete días después de esa cita con Éloïse Petit a la cual él no asistió, una joven había venido a recogerse ante la tumba de las niñas, de mi hija. Y que, trastornada, había acabado, como muchos otros visitantes, comprando flores y bebiendo algo caliente en mi casa. Cuando vi a esa joven detrás de mi puerta, la reconocí de inmediato: Lucie Lindon. En la foto que yo había conservado, aparecía más joven, en color y sonriendo. En mi cocina, estaba blanca y ojerosa.

Yo misma le preparé un té en el cual vertí gruesas lágrimas de aguardiente —curiosa paradoja cuando lo que me habría gustado es echarle matarratas—. Le hice beber una taza y una copita de alcohol, dos copitas de alcohol, y luego tres. Y tal y como yo esperaba, acabó por desahogarse.

Aún conservo las marcas de mis uñas en el interior de mi mano izquierda. Las que me hice cuando Lucie Lindon habló. Mis líneas de la vida están recubiertas de cicatrices desde ese día. Me acuerdo de la sangre seca en mi palma, mi puño cerrado para que ella no lo viera, para que no lo supiera nunca.

Lucie Lindon me contó que formaba parte del personal del castillo de Notre-Dame-des-Prés.

—Ya sabe, esa colonia de vacaciones que se quemó hace cinco años, las cuatro niñas están enterradas aquí. Después de la tragedia, ya no he conseguido volver a dormir, vuelvo a ver las llamas; después de la tragedia, tengo siempre frío.

Ella continuó hablando. Y yo continué sirviéndole alcohol. El puño izquierdo apretado, mis uñas clavadas en mi carne. Sufría demasiado para sentir dolor físico. Tras el soliloquio, terminó por soltar que la «pobre Geneviève Magnan» había tenido una relación con el padre de la pequeña Léonine Toussaint.

—¿Una relación?

Noté un sabor a hierro en mi boca. Un gusto a sangre. Como si acabara de beber acero. Pero conseguí repetir: «¿Una relación?».

Esas fueron las últimas palabras que pronuncié delante de Lucie Lindon. Después guardé silencio. Después ella se levantó para marcharse. Me miró fijamente. Se secó el torrente de lágrimas que brotaban de sus ojos, nariz y boca con el dorso del brazo. Resopló ruidosamente y sentí ganas de abofetearla.

—Sí, con el padre de la pequeña Léonine Toussaint. Eso sucedió un año o dos antes de la tragedia. Cuando Geneviève trabajaba en un colegio... Cerca de Nancy, creo.

No le dije al brigadier que había desahogado toda mi rabia y mi dolor en los brazos de Sasha cuando comprendí que había sido Magnan quien había asesinado a las cuatro niñas para vengarse de él, de nosotros, de nuestra hija. No le dije que Philippe Toussaint había interrogado al personal del castillo en el cual nuestra hija había encontrado la muerte. Y que fue después del juicio, porque no creía en nadie. Y con razón. Debía encontrar por todos los medios la forma de enmendarlo. No era un culpable lo que él buscaba, era la prueba de su no culpabilidad.

Finalmente el brigadier me preguntó si Philippe Toussaint podría haber tenido una amante.

—Muchas.

—¿Cómo que muchas?

—Mi marido ha tenido siempre muchas amantes.

Pareció que se sentía indispuesto. El brigadier vaciló antes de anotar en su formulario que Philippe Toussaint se tiraba a todo lo que se movía. Se sonrojó un poco y me volvió a servir una taza de café. Ya me llamarían si había alguna novedad. Iban a emitir una orden de búsqueda. No volví a ver a ese hombre hasta el día en que enterró a su madre, Josette Leduc, de soltera Berthomier (1935-2007). Al verme, me sonrió tristemente.

*

Cuando supe que Philippe Toussaint había tenido una relación con Geneviève Magnan, perdí a Léonine por segunda vez. Sus padres me la habían quitado por accidente, su hijo me la había arrancado intencionadamente. El accidente se volvió asesinato.

Arrasé cual vándalo entre mis recuerdos, repasé mil veces las mañanas en las que llevaba a mi hija al colegio, o cuando, al final de la tarde, volvía para recogerla, hice de todo para recordar a esa ayudante de jardín de infancia al fondo de la clase, en un pasillo, delante de los percheros, en el patio del recreo, en el porche, por recordar una palabra, una frase que ella hubiera podido decirme. Y que no sería otra cosa más que un «Buenos días» o un «Adiós, hasta mañana», «Hace buen tiempo», «Abríguela bien para que no coja frío», «Hoy la he encontrado cansada», «Se ha olvidado el cuaderno de actividades de la clase, el que tiene el forro azul». Por recordar los intercambios que Geneviève Magnan habría podido tener con mi marido, entre canciones y serpentinas, en la fiesta del colegio. Las miradas, una sonrisa, un gesto. Una complicidad silenciosa, la de los amantes.

Busqué cuándo se veían, durante cuánto tiempo, por qué ella se había vengado con las niñas, cómo debió de haberla tratado Philippe Toussaint para que llegara a cometer semejante acto. Busqué la forma de golpearme la cabeza contra las paredes. Pero no encontré nada. Como una ausencia de mí misma.

La había entrevisto, pero no la había mirado. Formaba parte de los muebles del colegio cuyos cajones estaban cerrados para mí a cal y canto. «No te molestes en recordar, Violette.» Después de haber sabido aquello, ese dato insoportable, Sasha me reemplazó en el día a día del cementerio porque me volví una completa inútil. Una inútil que solo era capaz de estar sentada o acostada, atontada, buscando.

De no ser por su providencial regreso en ese momento de mi vida, con la maleta azul y sus regalos, esta vez, Philippe Toussaint habría acabado conmigo. Una vez más, Sasha se ocupó de mí. Pero no para enseñarme a plantar, sino para ayudarme a resistir ese nuevo invierno que se abatía sobre mí. Me masajeaba los pies y la espalda, me obligaba a tomar té, limonadas y sopas. Me cocinaba pasta y me hacía beber vino. Me leía en voz alta y se ocupaba del jardín desde donde yo lo había dejado. Él fue quien vendió mis flores, quien las regó y acompañó a las familias en duelo. Le dijo a la señora Bréant que se quedaría en su casa por un tiempo indeterminado.

Cada día me obligaba a levantarme, a lavarme, a vestirme. Y me dejaba volver a meterme en la cama. Me subía bandejas con comida que me forzaba a tomar refunfuñando: «Tanto hablar de jubilación, y mira lo que me estás haciendo pasar». Ponía música en la cocina dejando la puerta del pasillo abierta para que la oyera desde mi cama.

Y entonces, al igual que los gatos del cementerio, el sol penetró hasta mi dormitorio, hasta debajo de mis sábanas. Abrí las cortinas, y luego las ventanas. Volví a bajar a la cocina, puse a hervir agua para el té y ventilé la habitación. Acabé regresando al jardín. Acabé por cambiar el agua de las flores. Recibí de nuevo a las familias, volví a servirles algo caliente o algo fuerte que beber. No podía dejar de hablar de ello: «¿Te das cuenta, Sasha?

¡Philippe Toussaint se acostaba con Geneviève Magnan!». Durante todo el día le repetía la misma cantinela: «Ni siquiera puedo denunciarla, está muerta, ¿te das cuenta, Sasha? ¡Ella está muerta!».

—Violette, no debes seguir buscando razones, o serás tú quien la pierda.

Y razonaba:

—No creo que ella atacara a las niñas porque se conocieran. Sin lugar a dudas debió de ser una monstruosa coincidencia, un accidente. De verdad. Solo un accidente.

Si yo titubeaba, Sasha me convencía. Si Philippe Toussaint había sembrado el mal, Sasha no hacía más que sembrar el bien.

—Violette, la hiedra ahoga a los árboles, no te olvides nunca de podarla. Nunca. Cuando notes que tus pensamientos te arrastran a las tinieblas, coge las tijeras de podar y tala la pequeña miseria.

Philippe Toussaint desapareció en junio de 1998.

Sasha abandonó Brancion-en-Chalon el 19 de marzo de 1999. Se marchó una vez estuvo seguro de que yo había asumido que la tragedia había sido un accidente y no algo intencionado.

—Violette, con eso en el vientre, con esa certidumbre, vas a poder avanzar.

Imagino que se marchó a principios de primavera para estar seguro de que dispondría de todo el verano para recuperarme de su ausencia. Hasta estar seguro de que volvían a crecer las flores.

Hablaba a menudo de su último viaje. Pero en cuanto lo evocaba, se daba cuenta de que yo no estaba todavía lista para dejarle marchar. Su idea era coger un vuelo a Bombay y descender hasta el sur de la India, a Amritapuri, en Kerala. Quería instalarse allí como lo había hecho en casa de la señora Bréant, por una duración indeterminada. Sasha decía a menudo:

—Y seguir hasta mi muerte en Kerala, cerca de Sany, es un viejo sueño. De todas formas, a mi edad, ningún sueño es joven. Todos llevan años madurando.

Sasha no quería ser enterrado al lado de Verena y sus hijos. Deseaba que su cuerpo se consumiera en una hoguera, allá en el Ganges.

—Tengo setenta años. Aún me quedan unos años por delante. Quiero ver qué puedo hacer en esa tierra. Cómo puedo transmitirles lo poco que sé de plantas. Y luego, podría continuar aliviando dolores. Esos proyectos me encantan.

—¿Va a ofrecer sus manos expertas a los hindús?

—A quien quiera aceptarlas, sí.

Una noche, estábamos cenando los dos solos y hablamos de John Irving y de *Príncipes de Maine, reyes de Nueva Inglaterra* (*Las normas de la casa de la sidra*). Le dije a Sasha que él había sido mi doctor Larch particular, mi padre de sustitución. Él me respondió que algún día cercano me soltaría de la mano, que sentía que ya estaba preparada. Que incluso los padres de sustitución debían dejar marchar a sus hijos. Que una mañana ya no regresaría a mi casa para traerme pan recién hecho y el *Journal de Saône-et-Loire*.

—¡Pero ¿al menos no se irá sin despedirse?!

—Si me despidiese, Violette, no me marcharía. ¿Nos imaginas estrechándonos entre los brazos el uno del otro en un andén de la estación? ¿Por qué buscar lo insoportable? ¿No crees que ya hemos sufrido bastante? Mi lugar ya no está aquí. Tú eres joven y hace buen tiempo, quiero que rehagas tu vida. A partir de mañana te diré adiós cada día.

Mantuvo su promesa. Desde el día siguiente, antes de marcharse cada noche de vuelta a casa de la señora Bréant, me estrechaba en sus brazos y me decía: «Adiós, Violette, cuídate, te quiero», como si fuera la última vez. Y al día siguiente regresaba. Dejaba la *baguette* y el periódico en mi mesa, entre los botes de té y las revistas de flores, de árboles y de jardines. Luego intercambiaba algunas palabras con los hermanos Lucchini, Nono y los otros. Se iba con Elvis a recorrer las avenidas para ver a los gatos. Informaba a los visitantes que buscaban alguna avenida o un nombre. Echaba una mano a Gaston para arrancar las malas hierbas. Y por la noche, después de cenar juntos, me estrechaba de nuevo entre sus brazos y me decía: «Adiós, Violette, cuídate, te quiero», como si fuera la última vez.

Sus adioses duraron todo el invierno. Y en la mañana del 19 de marzo de 1999 ya no volvió. Me acerqué a llamar a la puerta de la señora Bréant. Sasha se había marchado. Hacía ya muchos días que había hecho su maleta y la noche anterior, al regresar, se había decidido a realizar su viejo sueño, el que llevaba años madurando.

89

Vivimos juntos la felicidad.
Reposamos juntos en paz

DIARIO DE IRÈNE FAYOLLE

13 de febrero de 2009
Mi antigua dependienta acaba de telefonearme: «Señora Fayolle, en la televisión acaban de anunciar que su amigo el abogado ha tenido un ataque al corazón en el tribunal esta mañana... Ha muerto en el acto».

En el acto. Gabriel ha muerto en el acto.

Yo le decía a menudo que yo moriría antes que él. Lo que no sabía es que moriría al mismo tiempo que él. Si Gabriel muere, yo muero.

14 de febrero de 2009
Hoy es San Valentín. Gabriel detestaba San Valentín.

Cuando escribo su nombre, Gabriel, Gabriel, Gabriel, en este diario, tengo la sensación de que está cerca de mí. Tal vez sea porque no está enterrado. Mientras los muertos no han sido enterrados permanecen en la proximidad. Esa distancia que ponen entre nosotros y el cielo aún no existe.

La última vez que nos vimos acabamos riñendo. Le pedí que

se fuera de mi apartamento. Gabriel se marchó por la escalera furioso, sin darse la vuelta. Esperé a oír el ruido de sus pasos, esperé que volviera a subir, pero no regresó. Normalmente me llamaba cada noche, pero después de nuestra disputa, mi teléfono se mantuvo en silencio. Ahora ya no podré cambiar nunca el curso de las cosas.

15 de febrero de 2009

Lo que me queda de Gabriel es la libertad con la que disfruto cada día gracias a él. Sus vestidos comprados en Cap d'Antibes en el fondo de un cajón, una botella de Suze olvidada en el mueble bar, algunos billetes de tren de ida y vuelta, tres novelas: Príncipes de Maine, reyes de Nueva Inglaterra (Las normas de la casa de la sidra) *y* Martin Eden *de Jack London, y también me regaló* Una mujer *de Anne Delbée en una edición muy rara. Gabriel estaba fascinado por Camille Claudel.*

Hace algunos años me reuní con él para pasar tres días en París. En cuanto llegué me llevó al museo Rodin. Quería descubrir las obras de Camille Claudel conmigo. En los jardines, me besó ante Los burgueses de Calais.

—Fue Camille Claudel quien esculpió las manos y los pies. Observa qué belleza.

—Usted también tiene unas manos preciosas. La primera vez que le vi hablar en el tribunal de Aix-en-Provence, fue lo único que pude mirar.

Gabriel era así: ahí donde no lo esperabas. Gabriel era una roca, era sólido y poderoso. Un caballero que no habría tolerado nunca que una mujer pagara la cuenta o se sirviera un vaso de vino estando él allí para hacerlo. Gabriel era la encarnación de la masculinidad. Cuando yo pensaba que veneraba a Rodin más que a Claudel, cuando yo pensaba que se postraría ante su Balzac *y su* Pensador, *le vi inclinarse ante* El gran vals *de Camille Claudel.*

En el interior del museo, no me soltó la mano. Como un niño. Por muy majestuosas que fueran las esculturas de Rodin, no le importaban nada.

Al observar Las habladoras, *la pequeña escultura de Camille Claudel exhibida sobre un pedestal, me estrechó los dedos con fuerza. Gabriel se inclinó sobre las figuras y permaneció un largo momento así, como si el tiempo se hubiera detenido. Cualquiera habría creído que las estaba respirando. Sus ojos brillaban ante esas cuatro pequeñas mujeres en ónix verde, nacidas hacía más de un siglo. Le escuché murmurar: «Están despeinadas».*

Al salir del museo encendió un cigarrillo y me confesó que había esperado a que yo le acompañara para visitarlo, que sabía, antes de entrar en él, que necesitaría coger mi mano para así no robar Las habladoras. *Ya de estudiante, se había enamorado al descubrir una foto de ellas. Las había deseado desde siempre, hasta el punto de querer poseerlas. Sabía que al verlas por primera vez de verdad necesitaría algo que le contuviera.*

—*El hecho de que defienda a ladrones no significa que yo no sea uno de ellos. Esas mujeres son tan delicadas, tan pequeñas, esas habladoras..., sabía perfectamente que podría deslizarlas bajo mi abrigo y huir con ellas. ¿Te imaginas tenerlas en tu casa? ¿Poderlas contemplar cada noche antes de acostarte, descubrirlas cada mañana al beber tu café?*

—*Usted se pasa la vida en hoteles, eso habría sido bastante complicado.*

Se echó a reír.

—*Tu mano ha impedido que cometiera un delito. Tendría que habérsela prestado a todos esos imbéciles a los que defiendo, así se habrían evitado cometer muchas tonterías.*

Por la noche cenamos los dos solos en el restaurante Julio Verne en lo alto de la torre Eiffel. Gabriel me dijo: «Durante estos tres días, vamos a seguir todos los tópicos, no hay nada mejor en el mundo que los tópicos». Al finalizar la frase, colocó una pulsera de diamantes alrededor de mi muñeca. Un objeto que brillaba como mil soles en mi piel clara. Centelleaba de tal forma que parecía de imitación. Como esas réplicas que las actrices llevan en las comedias americanas.

Al día siguiente, en el Sacré-Coeur, mientras ponía una vela a los pies de la virgen dorada, me puso un collar de diamantes alrededor del cuello y me besó la nuca. Me tomó por los hombros, me arrastró contra él y me susurró al oído: «Mi amor, pareces un árbol de Navidad».

El último día, en la estación de Lyon, justo antes de que yo montara en mi tren, tomó mi mano y deslizó un anillo alrededor del dedo corazón.

—No te confundas sobre mis intenciones. Sé que no te gustan las joyas. No te las he regalado para que las lleves. Quiero que vendas toda esta quincalla y que te regales bonitos viajes, una cabaña, todo lo que quieras. Y nunca me des las gracias. Me enfadaría. No te hago regalos para que me lo agradezcas. Es solo para protegerte si me ocurriera algo. Pasaré a verte la semana que viene. Llámame cuando llegues a Marsella. Ya te estoy echando de menos, estas separaciones son muy duras. Pero me gusta echarte de menos. Te amo.

Vendí el collar para comprar mi apartamento. La pulsera y la sortija aún están en una caja fuerte en el banco, mi hijo los heredará. Mi hijo heredará de mi gran amor. Es una cuestión de justicia. Gabriel amaba la justicia.

Gabriel era un hombre con carácter de acero. A nadie le interesaba contrariarle, incluyéndome a mí. Sin embargo, la última vez que lo vi, lo hice. Él había atacado abiertamente a una colega suya, todos los periódicos hablaban de ello. Esa abogada había asumido la defensa de una mujer, víctima del sadismo de su marido desde hacía años, que había acabado matándole. Yo me atreví a reprochar a Gabriel que atacara a su colega.

Estábamos los dos en mi cocina después de hacer el amor, él sonreía, parecía ligero, sencillamente feliz. En cuanto Gabriel traspasaba mi puerta se relajaba, como si se descargara de unas maletas muy pesadas. Mientras saboreaba mi té, le hice unas preguntas llenas de reproches: «¿Cómo había podido atacar a una abogada que defendía a una mujer maltratada? ¿Cómo podía ser tan maniqueo? ¿En qué clase de hombre se había convertido? ¿Quién se creía? ¿Dónde estaban sus ideales?».

Herido, Gabriel se sumió en una rabia salvaje. Se puso a gritar y a decir que yo no sabía nada y que ese caso era mucho

más complejo de lo que parecía. ¿Por qué me estaba inmiscu-
yendo? Me aconsejó que bebiera el té y me callara, que la única
cosa que yo había sido capaz de hacer era crear unas desafortu-
nadas rosas que acababa cortando, porque en el fondo yo lo
arruinaba todo.

—¡Te has pasado de la raya, Irène! ¡Tú nunca has sido capaz
de tomar una sola decisión en toda tu condenada vida!

Acabé llevándome las manos a los oídos para no escucharle.
Le pedí que se marchara de mi apartamento inmediatamente.
Cuando le vi vestirse, con aire serio, empecé a lamentarlo. Pero
ya era demasiado tarde. Éramos demasiado orgullosos uno y
otro para pedirnos perdón. Nos merecíamos algo mejor. Separarnos con una pelea.

Si se pudiera volver atrás...

Siento ganas de abrir las ventanas y de gritar a todos los tran-
seúntes: «¡Reconcíliense! ¡Pidan perdón! ¡Hagan las paces con
aquellos a los que aman! Antes de que sea demasiado tarde».

16 de febrero de 2009

*Un notario acaba de llamarme: Gabriel ha hecho todos los
trámites necesarios para que yo sea inhumada con él en el cementerio de Brancion-en-Chalon, en el pueblo donde nació. Me
ha pedido que me pasara por su despacho, donde Gabriel ha dejado un sobre para mí.*

Mi amor, mi cielo, mi cariño, mi maravilloso amor, desde
la claridad del alba hasta la caída de la noche, aún te amo, ya
lo sabes. Te amo.

Yo que litigo, que recuso, improviso, defiendo a asesinos,
a inocentes, a víctimas, le robo las palabras a Jacques Brel
para expresarte mis más hondos pensamientos.

Si estás leyendo esta carta es que he pasado a otra vida.
He tomado la delantera sobre ti, aunque sea por primera
vez. No tengo nada que escribirte que no sepas ya, aparte de
que siempre he detestado tu nombre.

Irène, mira que suena feo, Irène. Todo te pega, puedes

*llevarlo todo. Pero semejante nombre es como el verde bote-
lla o el color mostaza, no le pega a nadie.*

*El día que te esperé en el coche sabía que no regresarías,
que te estaba esperando para nada. Y era esa nada lo que me
impedía arrancar inmediatamente.*

Ella no va a volver, no me queda nada.

*Te eché tanto de menos. Y aquello no había hecho más
que empezar.*

*Nuestros hoteles, el amor por la tarde, tú bajo las sába-
nas... Tú permanecerás sobre todos mis amores. El primero, el
segundo, el décimo y el último. Tú seguirás siendo mis más
bellos recuerdos. Mis mayores esperanzas.*

*Esas ciudades de provincia que se convertían en capitales
en cuanto tú paseabas por sus calles, no las olvidaré nunca.
Tus manos en los bolsillos, tu perfume, tu piel, tus pañuelos,
mi tierra natal.*

Mi amor.

*Has visto, no te he mentido, te he reservado un lugar a mi
lado para la eternidad. Me pregunto si ahí arriba continuarás
tratándome de usted.*

*No tengas prisa, dispongo de todo el tiempo del mundo.
Disfruta todavía un poco del cielo visto desde ahí abajo. Disfruta sobre todo de las últimas nieves.*

Hasta pronto.

GABRIEL

19 de marzo de 2009

*He ido a visitar la tumba de Gabriel por primera vez. Des-
pués de haber llorado, después de haber sentido ganas de desen-
terrarlo, de sacudirle, de haberle dicho: «Dime que no es cierto,
dime que no estás muerto», he depositado una nueva bola de
nieve en el mármol negro que lo recubre. He prometido a Gabriel regresar para agitarla de vez en cuando. He contemplado
esa tumba que más adelante será la mía.*

Le he respondido a su carta de viva voz:

—Mi amor, usted también, usted también seguirá siendo mis

más bellos recuerdos... Yo he tenido muchas menos mujeres que usted, bueno, quiero decir, muchos menos hombres que usted, he conocido muy pocos. Usted solo necesitaba hacer un gesto para seducir. E incluso, tal vez ni eso. No tenía que hacer nada, solamente ser usted mismo. Usted es mi primer amor, mi segundo amor, mi décimo amor, mi último amor. Usted ha ocupado toda mi vida. Vendré a reunirme con usted en la eternidad, mantendré mi promesa. Guárdeme un sitio cálido, como en las habitaciones de hotel en las que nos encontrábamos, cuando usted se adelantaba, me guardaba mi sitio caliente en esas grandes camas de paso... Usted me enviará la dirección de la eternidad, un viaje como ese hay que prepararlo. Ya veré si me reúno con usted por tren, avión o barco. Le amo.

Permanecí un largo momento cerca de él. Arreglé las flores de su tumba, arranqué algunas que estaban marchitas bajo los plásticos, leí las placas funerarias. Creo que así es como se llaman.

Hay una señora que se ocupa del cementerio en el que Gabriel está enterrado. Es genial. Él que tanto amaba a todas las mujeres. La señora ha pasado a mi lado y me ha saludado. Hemos intercambiado algunas palabras. Yo ignoraba que existiera un oficio así. Que se pagara a la gente por ocuparse de los cementerios, por vigilarlos. Ella incluso vende las flores en la entrada, cerca de las verjas.

Continuar escribiendo este diario es continuar haciendo vivir a Gabriel. Pero Dios mío, qué larga se me va a hacer la vida.

90

Noviembre es eterno, la vida es casi hermosa,
los recuerdos son callejones que recorremos sin cesar

Junio de 1998

Aunque tan solo había doscientos kilómetros de autopista entre Mâcon y Valence, el camino se le había hecho interminable. Cuando Philippe conducía al azar, ninguna ruta le parecía larga. Pero cuando debía dirigirse desde un punto A a un punto B no dejaba de refunfuñar. Nunca soportaría la coacción.

Desde que Violette había descubierto que estaba tratando de conocer la verdad, se le habían quitado las ganas de seguir. Como si llevar solo ese secreto le hiciera mantenerse en una búsqueda quimérica, y el haberlo compartido le hubiera desmotivado. Totalmente. La palabra no le había liberado sino vaciado.

Hasta la propia Violette parecía haberle dado la espalda al pasado.

Hablaría con Éloïse Petit y luego pasaría página. Ese encuentro con la antigua monitora era como una última cita con el pasado.

Éloïse Petit le esperaba como estaba previsto delante del cine en el que trabajaba. Sus ratos libres estaban supeditados a los horarios de las sesiones. Un enorme cartel de *El paciente in-*

glés colgaba por encima de ella. Philippe la había reconocido inmediatamente a pesar de la agitación que reinaba frente a las taquillas, en un ir y venir de clientes que entraban y salían de las salas de proyección. Se habían visto dos años antes durante el juicio, se habían reconocido al instante.

Como si hubiese tenido miedo del qué dirán, Éloïse lo había arrastrado hasta una cafetería de un hotel ubicado dos calles más abajo, no muy lejos de la estación de Valence. Habían caminado el uno al lado del otro en silencio. Philippe aún notaba ese gran vacío, ese desánimo. Se había preguntado qué estaba haciendo ahí, en esa acera. Ni siquiera tenía más preguntas que hacerle a Éloïse. ¿Qué habría podido hacer ella con un calentador? ¿Acaso sabía algo de calentadores?

Habían pedido dos sándwiches tostados de queso, una botella de agua y una Coca-Cola. Emanaba una gran dulzura de Éloïse. Philippe se había sentido cómodo con ella, contrariamente a lo que le sucedió con los otros. Ella no intentaría mentir. Parecía sincera antes incluso de abrir la boca.

Éloïse le contó la llegada de las niñas el 13 de julio de 1993. El reparto de habitaciones que se había hecho por afinidad. Aquellas que ya se conocían no querían que se las separase. Lucie Lindon y ella habían tratado de complacer a todo el mundo y parecía que lo habían conseguido. Con la ayuda de las monitoras, las pequeñas habían guardado su ropa y sus efectos personales en las taquillas de su habitación, cerca de su cama.

A continuación habían merendado y luego habían salido a dar un paseo por el jardín del castillo, atravesando los prados para ver a los ponis y, a última hora, llevarles a las cuadras. A las niñas les había encantado duchar a los animales, salpicarse entre ellas, cuidarles, meterles en sus boxes, darles de comer con ayuda de los adultos. Cuando se sentaron a cenar estaban más alegres que unas castañuelas. En el refectorio reinaba un gran bullicio, con veinticuatro chiquillas felices hablando en voz alta. Las niñas habían vuelto a sus respectivas habitaciones alrededor de las nueve y media, después de haber pasado por las duchas comunes.

—¿Por qué no se lavaron en el aseo de su habitación?

Esa pregunta había sorprendido a Éloïse.

—No lo sé... El cuarto de duchas era nuevo. Recuerdo que yo también me lavé allí.

Éloïse había reflexionado mordiéndose los labios.

—Ahora que lo pienso, no había agua caliente en el aseo de mi habitación.

—¿Por qué?

Ella había hinchado sus carrillos como si se dispusiera a soplar un globo y luego respondió desolada:

—No lo sé... Eran unos aparatos viejos. El castillo había caído un poco en la ruina. Por todas partes olía a humedad. Y además, si había que pedirle a Fontanel que cambiara aunque solo fuera una bombilla, ya podías esperar sentada.

Las niñas venían del norte y del este de Francia, había continuado Éloïse. El viaje, el calor y el final de la tarde les habían agotado. Todas se fueron a la cama sin rechistar. Lucie Lindon y ella habían pasado por las habitaciones alrededor de las diez menos cuarto para comprobar si todo iba bien. Eran seis habitaciones en total, tres en la planta baja y tres en la primera. Cuatro niñas por habitación. Las pequeñas estaban todas acostadas. Algunas leían, otras hablaban, se intercambiaban fotografías y dibujos de cama a cama. Tenían las típicas conversaciones infantiles: «Es bonito tu pijama», «¿Me prestarás tu vestido?», «Me gustaría tener los mismos zapatos que tú». Sus gatos, sus casas, sus padres, sus hermanos y hermanas, el colegio, la maestra, las compañeras. Y sobre todo, los ponis. No pensaban en otra cosa, al día siguiente montarían en poni.

Éloïse Petit había vacilado antes de hablar de la habitación 1 a Philippe. Es más, ni siquiera había nombrado a Léonine, Anaïs, Océane y Nadège. Solo dijo las «niñas de la habitación 1» bajando la vista unos instantes antes de continuar.

Esa había sido la última habitación por la que habían pasado las monitoras. Las pequeñas estaban ya medio dormidas cuando Lucie Lindon y ella entraron para preguntar si todo iba bien, darles una pequeña linterna a cada una en caso de que necesitaran levantarse durante la noche, y decirles que Lucie estaría en la habitación de al lado si alguna tenía una pesadilla o le dolía la tripa. Una luz permanecería encendida en el pasillo toda la noche.

Casi enseguida, Éloïse se marchó a su cuarto en la primera planta y Lucie se reunió con Swan Letelier. Geneviève Magnan debía quedarse cerca de las habitaciones de la planta baja durante ese tiempo. Antes de que las dos monitoras subieran a la planta alta, habían visto a Geneviève sentada en las cocinas. Estaba limpiando las cacerolas de cobre instaladas en la gran mesa. Ella les había deseado buenas noches, con aire un poco triste o decaído. Éloïse no habría sabido decirlo.

—Yo subí a mi habitación y rápidamente me quedé dormida. En un momento dado, me levanté para cerrar mi ventana, que estaba dando golpes contra el marco.

Una extraña luz pasó por los ojos azules de Éloïse Petit. Como si estuviera reviviendo ese momento y viera algo pasar a lo lejos por la ventana. Como cuando uno mira por encima de la espalda de su interlocutor al percibir una silueta familiar o un movimiento inesperado que le llama la atención.

—¿Y vio alguna cosa?

—¿Cuándo?

—Cuando cerró su ventana.

—Sí.

—¿El qué?

—A ellos.

—¿Cómo ellos?

—Usted lo sabe.

—¿Geneviève Magnan y Alain Fontanel?

Éloïse Petit se había encogido de hombros. Philippe no había sabido interpretar ese gesto.

—¿Es cierto que usted había mantenido una relación con Geneviève?

Philippe se había tensado.

—¿Quién le ha dicho eso?

—Lucie. Me dijo que Geneviève le amaba.

Philippe había cerrado los ojos unos segundos y le había contestado, con el corazón encogido:

—Es de mi hija de la que he venido a hablar.

—¿Qué le gustaría saber?

—Quiero saber quién encendió el calentador del aseo de la habitación 1. Las niñas se asfixiaron por inhalar monóxido de carbono. Sin embargo, ¡todo el mundo sabía que no se debían tocar esos malditos calentadores!

Philippe había gritado muy fuerte. Los clientes, con la nariz hundida en sus periódicos o en la cola cerca de las cajas, se habían dado la vuelta para mirarles a los dos.

Éloïse se había sonrojado como si se tratase de una disputa de enamorados. Le había hablado a Philippe como cuando uno se dirige a alguien que ha perdido la razón. Como cuando se habla suavemente a los locos para no llevarles la contraria:

—No entiendo lo que está diciendo.

—Alguien encendió el calentador del cuarto de baño.

—¿De qué cuarto de baño?

—El de la habitación que se incendió.

Philippe había advertido que Éloïse no comprendía una sola palabra de lo que estaba contando. En ese momento, había empezado a dudar. Esa historia del calentador no se tenía en pie, era una estupidez. Tenía que rendirse a la evidencia, Geneviève Magnan o Alain Fontanel habían prendido fuego a la habitación 1 para vengarse de él.

—¿Acaso eso habría desencadenado el fuego? ¿El viejo calentador?

La pregunta de Éloïse le sacó de sus siniestros pensamientos.

—No, el fuego lo había iniciado Fontanel... para hacer creer que se trataba de un accidente doméstico y cubrir a Magnan.

—Pero ¿por qué?

—Porque ella esa noche se había escaqueado. No se había quedado con las pequeñas y cuando regresó, estas ya estaban... Ya era demasiado tarde... Las niñas se habían asfixiado.

Éloïse se había llevado las manos a la boca. Sus grandes ojos azules habían empezado a brillar. Philippe se acordó del día en que nadó para encontrarse con Françoise en el Mediterráneo y cómo ella se había resistido. Éloïse tenía la misma mirada de pánico que ella cuando estaba a punto de ahogarse.

Ninguno de los dos se dirigió la palabra durante casi diez minutos. Ni siquiera habían tocado sus platos. Philippe terminó pidiendo un expreso.

—¿Quiere usted otra cosa?

—Quizá fueran ellos.

—Fontanel y Magnan, sí.

—No, esa gente.

—¿Qué gente?

—La pareja que usted conocía, la que vi salir del patio cuando cerré mi ventana.

—¿Qué pareja?

—La gente con la que usted vino el día del incendio. Sus padres, bueno, al menos creo que son sus padres.

—No comprendo nada de lo que me está diciendo.

—Pero al menos, ¿usted está enterado de que vinieron esa noche al castillo, no?

—¿Qué padres?

Philippe había notado que perdía pie, como si cayera del último piso de un rascacielos.

—El 14 de julio, ustedes llegaron juntos. Creía que usted sabía que ellos habían pasado la víspera por el castillo. Sucede constantemente, las familias pasan a hacer una visita a los niños, pero nunca por la noche. Eso fue lo que me sorprendió.

—Está usted loca. Mis padres viven en Charleville-Mézières. No podían estar en la Borgoña la noche del incendio.

—Pues lo estaban, yo les vi. Se lo juro. Cuando cerré mi ventana, les vi abandonar el castillo.

—Usted se confunde...

—No. Su madre, su moño, su aspecto... No me confundo. Volví a verles el día del juicio en Mâcon. Le estaban esperando delante del tribunal.

Entonces Philippe se acordó. Fue algo fulgurante, una conmoción, como si un ínfimo detalle oculto en su inconsciente desde hacía años se le apareciese a plena vista. Algo anormal, una incoherencia que, vistas las circunstancias, no le había llamado la atención, y que sucedió ese 14 de julio de 1993.

Había telefoneado a sus padres y les había dicho: «Léonine ha muerto». Ellos habían aparecido a buscarle pocas horas después y, por primera vez, Philippe se había montado delante, al lado de su padre; su madre se había acomodado en el asiento trasero. Abatido, atontado por la pena, Philippe no había abierto la boca en todo el trayecto. De vez en cuando, escuchaba a su madre gemir detrás. Él sabía que su padre recitaba sus Ave María en silencio.

Cuando pensaba en su progenitor, siempre evocaba a un santurrón que procuraba obedecer en todo a su mujer. Philippe había soñado con ser el hijo de Luc, su tío. Pero la naturaleza se había burlado de él: había nacido de la hermana cuando habría querido nacer del hermano.

En el momento en que Éloïse evocó a sus padres, se acordó de que su padre no había buscado el camino, ni había preguntado la dirección, conduciendo como si conociera el trayecto. Al dejar la autopista, había un rótulo indicando el pueblo de La Clayette pero nada señalaba la dirección que debía tomarse para llegar al castillo. Cuando él era niño, sus padres siempre discutían porque su padre no tenía ningún sentido de la orientación y su madre se irritaba. Si no se había perdido ese día, tal vez fuera porque ya había estado allí antes.

Éloïse le contemplaba mientras él rehacía mentalmente ese siniestro trayecto. A pesar del miedo que se leía en su rostro, pensó que era guapo. Trató de recordar los rasgos de Léonine pero no lo consiguió. Las cuatro niñas habían desaparecido de su memoria. Las buscaba todo el tiempo pero no las encontraba. Tan solo le quedaban sus voces, cuando le hicieron muchas preguntas a propósito de los ponis. No le había dicho a Philippe que Léonine había perdido su peluche y que las dos lo habían buscado por todas partes. Léonine le había dicho: «Mi peluche es un conejo que tiene mi edad». Hasta que apareciera, Éloïse le había prestado un osito que sacó del cajón de objetos perdidos.

Le había prometido que al día siguiente buscaría a su peluche por todo el castillo y que lo encontraría.

Philippe la devolvió a la tierra:

—Quiero que jure por la cabeza de Léonine que no contará nada de esto nunca a nadie.

Éloïse se preguntó si Philippe no habría escuchado sus pensamientos. Fue incapaz de pronunciar una palabra. Él insistió:

—Nosotros dos no nos hemos visto nunca, nunca hemos hablado... ¡Júrelo!

Como si estuviera ante un tribunal, Éloïse levantó la mano derecha y dijo: «Lo juro».

—¿Sobre la cabeza de Léonine?

—Sobre la cabeza de Léonine.

Philippe escribió el número de teléfono de la casa del cementerio de Brancion y se lo tendió.

—En dos horas, llamará a este número, mi mujer le responderá, usted se presentará, le dirá que no he acudido a nuestra cita, que me ha esperado toda la tarde.

—Pero...

—Por favor.

Éloïse se compadeció de él y accedió.

—¿Y si me hace preguntas?

—No le hará preguntas. Yo la he decepcionado demasiado para que le pregunte nada.

Philippe se levantó para pagar la cuenta. Saludó brevemente a Éloïse al recuperar su casco y se marchó de allí para montarse en su moto aparcada delante del cine.

Al echar un vistazo a la gente que entraba y salía de las salas, se acordó de las palabras de su madre: «No confíes en nadie, ¿me oyes? En nadie».

Tenía casi setecientos kilómetros por delante, sería de noche cuando llegara a Charleville-Mézières.

*

Philippe observó un momento a sus padres a través de la ventana del salón. Estaban sentados uno al lado del otro en el viejo sofá de flores desvaídas. Como las de las tumbas abandonadas. Esas que Violette no podía soportar y retiraba.

El padre se había quedado dormido, la madre estaba inmersa en un serial, una reposición. Violette ya la había visto. Era una historia de amor entre un cura y una joven que se desarrollaba en Australia o en otro país lejano. Violette había llorado a escondidas en algunos momentos. Él había notado cómo se secaba las lágrimas con la manga. Su madre contemplaba fijamente a los actores con los labios apretados, como si lo que estaban haciendo le pareciera una mala elección y tuviese ganas de meter baza. ¿Por qué habría elegido ese programa romántico? Si las circunstancias no hubiesen sido tan graves, Philippe se habría reído.

De pronto, la casa en la que se había criado le pareció como un decorado. Con los años, los arbustos habían crecido, las hayas se habían desarrollado. Sus padres habían hecho reemplazar la antigua verja por una valla blanca, como las de las series americanas, habían renovado el enlucido de la fachada y colocado dos estatuas de leones a cada lado de la puerta de entrada. Las fieras de granito parecían aburrirse en ese pabellón de los años setenta. Pero había que mostrar a la vecindad que eran unos importantes funcionarios públicos. Sus padres, ambos jubilados de Correos —él había empezado como cartero y ella, de agente administrativo—, habían ascendido en el escalafón hasta alcanzar puestos de cierta categoría. Y cuando el dinero había acabado por entrar, habían ahorrado.

Philippe aún llevaba consigo las llaves de la casa. Usaba el mismo llavero desde la infancia, un minúsculo balón de rugby que había perdido su forma y sus colores. Sus padres no habían cambiado nunca las cerraduras. ¿Por qué hacerlo? ¿Quién habría querido entrar allí y encontrarse a un padre perdido en sus rezos, y a la madre sumida en su rencor? Eran como dos pepinillos en un tarro de vinagre.

No había puesto los pies en esa casa desde hacía años. Desde que conoció a Violette. Violette. Nunca la habían invitado. Siempre la habían despreciado.

Chantal Toussaint soltó un grito cuando vio aparecer a su hijo en el marco de la puerta del salón. Su grito despertó a su marido, que se sobresaltó.

En el momento de abrir la boca, Philippe vio varios retratos de Léonine colgando de las paredes, de los que dos de ellos habían sido tomados en el colegio. Eso le recordó a Geneviève Magnan, su sonrisa en los pasillos con olor a amoniaco. Se sintió presa de un vértigo y se agarró al aparador.

Violette había descolgado los retratos de su hija. Los había guardado en un cajón, cerca de su cama, en su cartera y entre las páginas de ese grueso libro que releía sin cesar.

Su madre se acercó a él, y murmuró: «¿Todo bien, mi niño?». Con un brusco ademán, Philippe le indicó que no se acercara, que mantuviera las distancias. El padre y la madre cruzaron una mirada. ¿Estaría enfermo su hijo? ¿Loco? Mostraba una espantosa palidez. Tenía el mismo aspecto que la mañana del 14 de julio de 1993 cuando le llevaron hasta el lugar de la tragedia. Le habían caído veinte años encima.

—¿Qué coño estabais haciendo en el castillo la noche en que se incendió?

El padre lanzó una mirada de reojo a la madre, esperando órdenes para responder. Pero como de costumbre, fue ella la que tomó la palabra, adoptando una voz de víctima, la de la niña amable que nunca había sido.

—Armelle y Jean-Louis Caussin se encontraron con nosotros en el pueblo de La Clayette antes de dejar a Catherine... bueno a Léonine y a Anaïs en el castillo. Nosotros los habíamos citado en un café, no hicimos nada malo.

—Pero ¿qué estabais haciendo allí?

—Habíamos asistido a una boda en el sur, ya sabes, la de tu prima Laurence... en el camino de vuelta a Charleville aprovechamos para visitar la Borgoña.

—Vosotros nunca habéis aprovechado nada, nunca. Quiero la verdad.

La madre vaciló antes de responder, apretó los labios e inspiró con fuerza. Philippe la detuvo inmediatamente:

—No empieces a lloriquear, hazme ese favor.

Su hijo nunca le había hablado así. El chico cortés, bien educado, que decía: «Sí, mamá», «No, mamá», «De acuerdo, mamá», estaba bien muerto. Había comenzado a desaparecer cuando perdió a su hija. Y había desaparecido completamente cuando se había mudado al lado de ella. Philippe les había advertido: «Os prohíbo poner un pie en el cementerio, no quiero que os crucéis con Violette».

Antes de la tragedia, las pocas veces en las que había desobedecido a su madre fueron aquellas en que se marchó de vacaciones con su tío Luc y con su joven esposa, que llevaba faldas muy cortas. Philippe siempre se había sentido atraído por las mujeres de clase baja. Por chicas de baja estofa, del arroyo.

La voz de Chantal Toussaint recuperó su timbre duro e implacable. El de un procurador.

—Había citado a los Caussin porque deseaba ver lo que tu mujer había metido en la maleta de nuestra nieta. Comprobar que no le faltara nada. No quería que se avergonzara delante de sus compañeras. Tu mujer era muy joven y Catherine no siempre estaba bien cuidada... Sus uñas largas, las orejas sucias, su ropa manchada o encogida por los lavados... Aquello me ponía enferma.

—¡Estás diciendo tonterías! ¡Violette se ocupaba muy bien de nuestra hija! ¡Y se llamaba Léonine! ¡¿Lo oyes?! ¡Léonine!

Ella se cerró la bata con un gesto torpe y brusco.

—Armelle Caussin abrió el maletero de su coche, comprobé el contenido de su equipaje mientras las pequeñas jugaban a la sombra al lado de tu padre y de Jean-Louis. Faltaban muchas cosas y tuve que tirar algunas prendas baratas o demasiado desgastadas para sustituirlas por otras nuevas.

Philippe imaginó a su madre llamando a Armelle Caussin con alguna excusa inventada y descartando las pequeñas prendas de su hija. Ese derecho de injerencia que se permitía desde siempre le repugnó. Le dieron ganas de estrangular a esa mujer que le había hecho despreciar a las otras. Chantal bajó los ojos para no seguir viendo la mirada de odio que él posaba sobre ella.

—Hacia las cuatro de la tarde, los Caussin se marcharon al castillo con las niñas. Tu padre y yo no queríamos hacer el camino a Charleville hasta que fuera de noche, a causa del calor. Decidimos quedarnos en el pueblo. Y regresamos al café para tomar cualquier cosa. Al ir al cuarto de baño vi el peluche de Léonine olvidado al lado de los lavabos. Sabía que ella no podía dormir sin él.

Chantal Toussaint hizo una mueca.

—Estaba muy sucio... Lo lavé con agua y jabón, sabiendo que con el calor se secaría rápidamente.

Volvió a sentarse en el sofá como si las palabras fueran demasiado pesadas de sobrellevar. Su marido la siguió como un obediente perrito esperando una recompensa, una mirada, un gesto amable, que no llegaría nunca.

—Entramos en el castillo sin permiso, no había nadie, ninguna vigilancia, todo estaba abierto de par en par. Léonine estaba detrás de la primera puerta que abrimos. Ya se había acostado. Se quedó muy sorprendida al vernos. Cuando advirtió que su peluche sobresalía de mi bolso, sonrió y lo cogió discretamente para que las otras niñas no la vieran. Debió de estar buscándolo por todas partes sin atreverse a decir nada para que no se burlaran de ella.

La madre empezó a sollozar. Su marido deslizó un brazo alrededor de sus hombros, ella lo rechazó con un gesto lento, y él lo retiró, acostumbrado a sus desprecios.

—Les pregunté a las niñas si querían que les contara alguna historia. Me dijeron que sí. Les leí un cuento de Grimm, *Pulgarcito*. Se quedaron dormidas rápidamente. Antes de marcharme besé a mi nieta una última vez.

—¡¿Y el calentador?!—gritó Philippe.

Sus padres, con lágrimas en los ojos, se encogieron, miserables, ante el furor de su hijo.

—¿Qué dices del calentador, qué calentador?—terminó por murmurar su madre entre dos sollozos.

—¡El del cuarto de baño! ¡En la habitación había un cuarto de baño! ¡Y un maldito calentador de agua! ¿Fuisteis vosotros quienes lo tocasteis?

El padre abrió la boca por primera vez y soltó con un suspiro:

—Ah, eso...

En ese instante, Philippe lo habría dado todo para que se hubiera mantenido callado como era su costumbre. O dijera una oración, la que fuera. Pero por una vez, una vez solamente, el hombre tuvo la sensación de haber sido útil en la vida de su mujer, de no haberse quedado cruzado de brazos, esperando a que ella terminara de contar la historia de *Pulgarcito*.

—Tu madre le preguntó a Léonine si se había cepillado bien los dientes antes de acostarse, ella respondió que sí, pero otra niña nos contó que no había agua caliente en el lavabo, y que el agua fría le daba dolor de dientes. Tu madre me pidió que echara un vistazo y, efectivamente, vi que el calentador estaba apagado, entonces yo...

Philippe cayó de rodillas delante de sus padres, agarró el cuello de la bata de su padre con las dos manos y le suplicó:

—Cállate, cállate, cállate, cállate, cállate, cállate, cállate, cállate, cállate, cállate, cállate...

Sus padres estaban petrificados. Philippe balbuceó algunas palabras inaudibles más y luego salió de la casa igual que había entrado en ella, en silencio.

Cuando volvió a subirse a su moto sabía que no tomaría la dirección del cementerio de Brancion. Sabía que ya no tenía casa. Ni esa noche ni mañana. Lo sabía desde que le pidió a Éloïse Petit que telefoneara a Violette para decirle que no se había presentado a su cita. Violette, que desde hacía mucho tiempo ya no le esperaba.

Por la mañana, cuando le había dicho que quería empezar de cero, instalarse en el sur, había leído en sus ojos que ella fingía creerle. Ahora ya no podía enfrentarse a ella. No quería volver a cruzarse con su mirada.

Chantal Toussaint salió corriendo en bata detrás de él para tranquilizarlo. Era peligroso que tomara la carretera en ese estado. Estaba demasiado cansado, exhausto, para empezar, debía reponer fuerzas, iba a prepararle su cama, su habitación seguía tal y como él la había dejado, incluso sus pósters, iba a cocinarle un buey Strógonov y el flan de caramelo que tanto le gustaba, mañana tendría las ideas más claras y...

—Me hubiera gustado que te murieras al darme a luz, mamá. Esa habría sido la oportunidad de mi vida.

Arrancó la moto y tomó la dirección de Bron sir pensarlo. Por los retrovisores, vio a su madre desplomarse en la acera. Sabía que sus palabras habían firmado su sentencia de muerte. Hoy o mañana. Y su padre la seguiría. Él siempre la había seguido.

Lo único que sintió fueron ganas de estar cerca de Luc y de Françoise para contárselo todo. Ellos sabrían qué hacer, sabrían encontrar las palabras, sabrían retenerlo a su lado para que no tuviera que rendir cuentas a nadie. Volver a ser el niño que quería ser, el hijo de Luc. Estaba harto de esa vida.

91

Y cuando tomando mi túmulo a guisa de almohada,
una ninfa vendrá a dormitar gentilmente sobre mí,
con su cuerpo apenas cubierto,
pido perdón por adelantado a Jesús, si la sombra
de mi cruz se echa un poco encima de ella,
para una pequeña felicidad póstuma

DIARIO DE IRÈNE FAYOLLE

2013

He entrado en casa de la señora del cementerio. Me ha mirado como alguien a quien se conoce de vista pero que no se logra ubicar. Estaba sola, sentada ante su mesa. Hojeaba un catálogo de jardinería.

—Estoy eligiendo mis bulbos de primavera. ¿Qué prefiere, los narcisos o los crocus? A mí me encantan los tulipanes amarillos.

Sus dedos se posaron en las fotos de unos macizos de flores. Una multitud de variedades.

—Los narcisos, creo que prefiero los narcisos. A mí también me encantan las flores, yo tenía una rosaleda, antes.

—¿Y dónde era eso?

—En Marsella.

—Oh... Yo voy a Marsella cada año, a la cala de Sormiou.

—Yo iba allí con mi hijo Julien cuando era pequeño. De eso hace mucho tiempo.

La señora del cementerio me ha sonreído como si compartiéramos un secreto.

—¿Quiere beber algo?

—Me vendría bien un té verde.

Se ha levantado para prepararme el té. He pensado que debía de tener más o menos la misma edad que Julien. Habría podido ser mi hija. Creo que no me habría gustado tener una hija. No sé qué habría podido contarle, cómo la habría aconsejado, orientado. Un chico es un poco como una flor salvaje, un espino, crece por sí solo cuando tiene con qué alimentarse, beber y vestirse. Cuando se le dice que es bello, fuerte. Un chico crece bien cuando tiene un padre. Una chica es más complicado.

La señora del cementerio es guapa. Lleva una falda recta negra y una camiseta gris. La encuentro elegante. Delicada. Casi me ha hecho lamentar no haber tenido una hija. Ha echado una cucharada de té a granel en una tetera antes de colarlo. A continuación, ha dejado un tarro de miel sobre la mesa. Se estaba bien en su casa. Olía bien. Me ha dicho que amaba las rosas. Su perfume.

—¿Vive usted sola?

—Sí.

—Vengo a este cementerio para ver a Gabriel Prudent.

—Está enterrado en la avenida 19, en la glorieta de los Cedros, ¿no es así?

—Sí. ¿Conoce usted el emplazamiento de los difuntos?

—De la mayoría. Y él fue un gran abogado, vino mucha gente a su entierro. ¿En qué año fue?

—2009.

La señora del cementerio se ha levantado para sacar un registro, el del año 2009, y ha buscado el nombre de Gabriel. Así que es cierto que anota todo en sus cuadernos. Ha empezado a leer: «18 de febrero de 2009, entierro de Gabriel Prudent, llueve a cántaros. Había ciento veintiocho personas en el sepelio. Su exmujer estaba presente, así como sus dos hijas, Marthe Dubreuil y Cloé Prudent. A petición del difunto, ni flores ni coronas. La familia ha hecho grabar una placa en la cual se puede leer: "En homenaje a Gabriel Prudent, abogado valiente. 'El valor, para un abogado es esencial, pues sin él, el resto no cuenta: talento, cultura, conocimiento del derecho, todo es útil al abogado. Pero sin valor, en el momento decisivo, solo quedan las palabras, frases que se suceden, que brillan y que mueren' (Robert Badinter)". Nada de cura. Nada de cruz. El cortejo apenas permaneció allí media hora. Cuando los dos oficiales de pompas fúnebres terminaron de bajar el féretro a la fosa, todo el mundo se marchó. Aún llovía con fuerza».

La señora del cementerio me ha vuelto a servir otra taza de té. Le he pedido que releyera las notas del entierro de Gabriel. Ella lo ha hecho de buena gana.

He imaginado a la gente alrededor del ataúd de Gabriel. He imaginado los paraguas, las ropas sombrías y abrigadas. Las bufandas y las lágrimas.

Le he contado a la señora del cementerio que Gabriel se enfurecía cuando le decían que era valiente. Que no tenía ningún valor decirle a un presidente de la audiencia que era un capullo retorcido. Que el valor era acudir todos los días fuera de sus horas de trabajo a los albergues de indigentes para distribuir comida a los pobres o alojar a judíos en su casa en 1942. Gabriel me repetía siempre que él no tenía ningún valor, que no asumía ningún riesgo.

Me ha preguntado si Gabriel y yo hablábamos mucho. Le he respondido que sí. Y que esa historia sobre que Gabriel detestaba que le consideraran valiente debía quedar entre ella y yo. Que no quería que la gente que con toda su buena intención había hecho grabar esas palabras en la placa en su memoria se enterara de que estaba equivocada.

La señora del cementerio me ha sonreído.

—No se preocupe. Todo lo que se dice entre estas paredes se queda aquí.

Me he sentido muy confiada a su lado y le he hablado como si hubiese echado un suero de la verdad en mi té.

—Acudo a la tumba de Gabriel dos o tres veces al año para agitar una bola de nieve que he depositado cerca de su nombre. Recorto los artículos de los periódicos para él, las crónicas judiciales que le interesarían, y se las leo. Le doy noticias del mundo, en todo caso del suyo. De asuntos criminales, pasionales, eternos. Visito más a menudo la tumba de mi marido, Paul, que está en el cementerio de Saint-Pierre en Marsella. Cada vez que voy le pido perdón. Porque seré enterrada cerca de Gabriel. Mis cenizas serán depositadas a su lado. Gabriel hizo todos los trámites necesarios en su notario y yo también. Nadie podrá oponerse. No estábamos casados. Sabe usted, quería entrar en su casa para decirle que el día en que mi hijo, Julien, se entere, será a usted a quien vendrá a preguntar.

—¿Por qué a mí?

—Cuando descubra que mi última voluntad es reposar al lado de Gabriel y no de su padre, va a querer comprender. Va a querer saber quién era Gabriel Prudent, y la primera persona a la que preguntará, será a usted. Porque la primera persona con la que se va a encontrar cuando traspase las verjas de este cementerio será usted. Como yo, cuando vine por primera vez.

—¿Quiere que le diga alguna cosa en concreto?

—No. No, estoy segura de que usted sabrá encontrar las palabras. O que por una vez, Julien encontrará las suyas para hablarle. Estoy convencida de que usted sabrá ayudarle, acompañarle.

Dejé a la señora del cementerio a mi pesar. Supe que sería la última vez que vendría a Brancion-en-Chalon. Volví a coger la carretera. Y regresé a Marsella.

2016

He terminado mi diario. Muy pronto me reuniré con Gabriel. Lo sé. Ya puedo sentir el olor de sus cigarrillos. Tengo prisa. Cuando pienso que la última vez que nos vimos reñimos, me digo que ya va siendo hora de reconciliarse.

Me acuerdo de su perfume. Pero ya no me acuerdo de su cara. Solo de sus cabellos blancos, su piel, sus manos finas, su impermeable. Y sobre todo de su perfume. Me acuerdo de la dulzura de ese momento. De las palabras que pronunció sobre Gabriel. También me queda su voz, su eco, cuando me dijo que algún día su hijo vendría hasta mí.

Cuando Julien llamó a mi puerta por primera vez, me hizo olvidar a Irène. Me pareció muy guapo en sus ropas arrugadas. No se parecía nada a su madre. Ella tenía la piel de una rubia, lisa, clara y delicada, mientras que su hijo era todo moreno, con los cabellos a los cuatro vientos y una piel que había bebido todos los soles. Me encantaba sentir sus manos de fumador sobre mí. Pero también he sentido mucho miedo.

Antes de salir para Marsella, le telefoneé muchas veces, pero su número sonaba en el vacío. Es como si ya no existiera. Incluso llamé a la comisaría, donde me respondieron que se había marchado, pero que podía escribirle, su correo aún estaba activo.

¿Qué es lo que podría escribirle?

Julien,
Estoy loca, estoy sola, soy imposible. Usted me creyó y yo hice todo lo posible para que sucediera.

Julien,
He sido tan feliz en su coche.

Julien, he sido tan feliz con usted en mi sofá.

Julien, he sido tan feliz con usted en mi cama.

Julien,
Usted es joven. Pero creo que eso no nos importa.

Julien, usted es demasiado curioso. Detesto sus hábitos de policía.

Julien,
Su hijo, me gustaría que fuera mi hijastro.

Julien,
Usted es exactamente mi tipo de hombre. Aunque en realidad, ya no sé nada. Imagino que usted es exactamente mi tipo de hombre.

Julien,
Le echo de menos.

Julien,
Moriré si usted no regresa.

Julien,
Le espero. Le aguardo. Quiero cambiar mis costumbres si usted cambia las suyas.

Julien,
De acuerdo.

Julien,
Estuvo bien, fue estupendo.

Julien,
Sí.

Julien,
No.

La vida ha arrancado mis raíces. Mi primavera ha muerto.

Cierro el diario de Irène con el corazón pesado. Como se cierra una novela de la que nos hemos enamorado. Una novela amiga de la que nos cuesta separarnos, porque queremos que permanezca cerca de nosotros, al alcance de la mano. En el fondo, me alegra que Julien me dejara el diario de su madre como recuerdo de ellos. Cuando regrese a mi casa, lo colocaré entre los libros que guardo como algo precioso en las estanterías de mi habitación. Hasta entonces, lo deslizo en mi bolsa de playa.

Son las diez de la mañana, estoy apoyada contra una roca, sentada en la arena blanca a la sombra de un pino blanco. Aquí, los árboles crecen entre las grietas de las rocas. Las cigarras se han puesto a cantar cuando he cerrado el diario de Irène. El sol pega con fuerza. Siento cómo pica en mis pies. En verano, el sol de aquí quema la piel en pocos minutos.

Los veraneantes empiezan a llegar por el camino escarpado con sus mochilas a cuestas. A mediodía, la pequeña playa estará repleta de toallas, de neveritas, de sombrillas. No hay demasiados niños en Sormiou. Durante la temporada alta, el acceso a la cala se hace a pie. Hay que caminar más de una hora para descender desde el aparcamiento de Baumettes. Eso no es fácil para las familias. A menudo, los niños que llegan hasta aquí han hecho el camino a hombros de sus padres o viven en las cabañas, durante el tiempo de vacaciones. Les llamamos los «cabañistas», esa palabra que solo existe en Marsella y no se encuentra en los diccionarios.

Aquí, la gente aún tiene permiso para fumar en los bares. Los carteros firman las cartas certificadas para evitar a los habitantes desplazarse si no están ahí en ese momento. En Marsella no se hace nada como en otras partes.

Ayer por la noche, Célia se quedó conmigo a cenar. Había preparado una paella de marisco que recalentó en una gran sartén. Durante ese tiempo, yo estuve deshaciendo mi maleta azul, colgando mis vestidos de las perchas. Sacamos la pequeña mesa de jardín de hierro forjado, le pusimos un mantel, servimos el agua y el vino rosado en unas jarras rojas. Llenamos un bol amarillo con un montón de hielo, pusimos un pan de campaña y unos platos desparejados. Todo está desparejado en la cabaña. Los objetos no parecen llegar hasta aquí juntos. Célia y yo disfrutamos del reencuentro, de contarnos idioteces, del arroz dorado y del rosado bien fresco.

Estuvimos hablando hasta tan tarde que Célia se quedó. Ha dormido conmigo como la primera vez en Malgrange-sur-Nancy durante la huelga de trenes. Era la primera vez que se quedaba.

Continuamos bebiendo el rosado tumbadas en la cama. Célia encendió dos velas. Los muebles de su abuelo danzaban en la penumbra. Dejamos dos ventanas abiertas para hacer corrientes de aire. Se estaba muy bien. Todavía olía a paella. Las paredes habían absorbido su olor. Eso me dio hambre, y me recalenté un poco más. Célia no quiso. Cuando deposité el plato vacío en el suelo, advertí el perfil de Célia. Y luego sus bonitos ojos azules como dos astros en la noche. Soplé para apagar las velas.

—Célia, tengo algo que decirte. Eso va a impedir que duermas pero como estamos de vacaciones, no es grave. Y además, no puedo no decirte «esto».

—...

—Françoise Pelletier era el gran amor de Philippe Toussaint. Fue en su casa donde él vivió sus últimos años. Se reunió con ella el día en que desapareció en 1998. Pero eso no es todo. Sé por qué desapareció. Por qué no volvió más a nuestra casa. Aquella noche, no fue el incendio lo que mató a las niñas... Fue el padre Toussaint.

Célia me agarró del brazo y solo murmuró: «¿Cómo dices?».

—Él estuvo hurgando en un viejo calentador de la habitación de las niñas y lo puso en marcha. No sabía que no se podía tocar. El aparato no se había encendido desde hacía años. El monóxido de carbono mata, es imperceptible, inodoro... Las niñas murieron mientras dormían.

—¿Quién te lo ha dicho?

—Françoise Pelletier. Fue Philippe Toussaint quien se lo contó todo. Y por esa razón, no volvió a casa el día en que se enteró. No podía mirarme a la cara... ¿Conoces esa canción de Michel Jonasz? «Dime, dime que aunque ella se ha marchado con otro no ha sido por mi causa, dime, dímelo...»

—Sí.

—Me sentí reconfortada al saber que Philippe Toussaint no se había marchado por mi causa. Sino a causa de sus padres.

Célia me agarró del brazo aún más fuerte.

No conseguí pegar ojo. Pensé en los viejos Toussaint. Llevaban muertos mucho tiempo. Un notario de Charleville-Mezières se había puesto en contacto conmigo en el año 2000. Estaba buscando a su hijo.

Cuando la luz del día entró por las ventanas y la corriente de aire se hizo más suave, Célia abrió los ojos.

—Vamos a prepararnos un buen café.

—Célia, he conocido a alguien.

—Pues bien, no es demasiado pronto.

—Pero se ha acabado.

—¿Por qué?

—Tengo mi vida, mis costumbres... desde hace demasiado tiempo. Además, él es más joven que yo. Y además no vive en la Borgoña. Y además tiene un hijo de siete años.

—Eso son muchos «además». Pero una vida y las costumbres pueden cambiarse.

—¿Tú crees?

—Sí.

—¿Tú cambiarías de costumbres?

—Y por qué no.

92

*La vida no es más que una larga pérdida
de todo aquello que amamos*

Mayo de 2017

Diecinueve años desde que Philippe vivía en Bron. Desde que recorrió el camino entre Charleville-Mézières y Françoise. Diecinueve años desde que desembarcó una mañana en el taller, en un estado lamentable. Había decidido nacer ese día. Matar el día anterior a su llegada. Ese día en el que había hablado con sus padres por última vez y, tras el cual, decidió trazar una gruesa línea con rotulador negro sobre un pasado del que quería desertar. Guardar en una caja los años con Violette y encerrar a sus padres bajo siete llaves en la habitación negra de su memoria.

Había sido muy sencillo hacerse llamar Philippe Pelletier, convertirse en el hijo de su tío. Sobrino o hijo, en la mente de la gente, venía a ser lo mismo. Philippe era «alguien de la familia», y por tanto un Pelletier.

Había sido muy sencillo guardar su documento de identidad en un cajón. Vaciar su cuenta bancaria para que su madre no supiera nada de él. Transformar ese dinero en bonos al portador. No acudir a votar. No utilizar su tarjeta de la Seguridad Social.

Françoise le había contado que Luc había muerto en octubre

de 1996. Luc, muerto y enterrado. A Philippe le había costado mucho encajar el golpe. Pero se había negado a recogerse ante su tumba. Ya no quería volver a poner los pies en un cementerio nunca más.

Françoise había vendido la casa un año después y vivía en Bron a doscientos metros del taller mecánico. Ella misma había estado muy enferma, había adelgazado mucho y también envejecido. Sin embargo, Philippe la había encontrado aún más deseable que en sus recuerdos, pero no le había dicho nada. Ya había hecho suficiente daño a su alrededor. Utilizado en otros su cuota de sufrimiento.

Se había instalado en la habitación de invitados. La habitación del hijo. La habitación del niño que no había existido nunca, solo esperado. Se había comprado ropa nueva con el primer sueldo que Françoise le pagó en metálico. Cuando mencionó su intención de mudarse unos meses después de instalarse en Bron, y alquilar un pequeño estudio no muy lejos del taller, Françoise había hecho como si no le escuchase. Así que se había quedado ahí. En esa extraña cohabitación. El mismo cuarto de baño, la misma cocina, el mismo cuarto de estar, las mismas comidas compartidas, pero en dormitorio aparte.

Le había contado todo a Françoise. Léonine, Geneviève Magnan, el calentador, *la dirección*, las orgías, el cementerio, la confesión de sus padres en el sofá de Charleville. Todo, excepto Violette. Eso se lo había guardado para él. De Violette simplemente le había dicho a Françoise: «Ella no tuvo nada que ver».

Con los años, había olvidado que en otra vida se había llamado Philippe Toussaint.

Viviendo con Françoise, había recuperado el valor. Había aprendido a trabajar duramente en el taller, a amar sus días de grasa, de averías, de chapas abolladas. Al reparar los motores, se había reconciliado con el deseo de vivir.

En diciembre de 1999, Françoise cayó enferma, con mucha fiebre, demasiada fiebre, y una tos terrible. Inquieto, Philippe había llamado a un médico de urgencias. Al anotarle sus prescripciones al lado de la cama, el médico le había preguntado a

Philippe si Françoise era su mujer, él había respondido que sí sin reflexionar. Sencillamente sí. Françoise, tendida bajo las sábanas, le había sonreído sin decir nada. Una sonrisa pálida, fatigada. Resignada.

Siguiendo los consejos del doctor, Philippe había hecho llenar una bañera a 37°, había llevado a Françoise hasta el cuarto de baño, la había desvestido y la había ayudado a meterse en la bañera, mientras ella se agarraba a él. Era la primera vez que la veía desnuda. Su cuerpo temblaba bajo el agua transparente. Él había paseado un guante de baño sobre su piel, su vientre, su espalda, su rostro, su nuca. Había hecho resbalar el agua por su frente. Françoise le había dicho: «Ten cuidado, soy contagiosa», Philippe había respondido: «Eso hace veintiocho años que lo sé». En la noche del 31 de diciembre de 1999 al 1 de enero de 2000, habían hecho el amor por primera vez. Habían cambiado de siglo en la misma cama.

Diecinueve años desde que Philippe vivía en Bron. Esa mañana, con Françoise, habían barajado la idea de vender el taller. No era la primera vez, pero en esta ocasión, iba en serio. Les apetecía el sol. Dejarlo todo e instalarse en la región de Saint-Tropez. Tenían suficiente dinero para darse una buena vida, y además Françoise iba a cumplir sesenta y seis años, con muchos años de trabajo a sus espaldas. Había llegado el momento de disfrutar.

A la hora de comer, Françoise se había acercado a una agencia inmobiliaria especializada en la venta de comercios y empresas. Philippe se había pasado por el apartamento para cambiarse de ropa. Se había abrigado demasiado por la mañana, y había sudado bajo su mono de trabajo. Se dio una ducha rápida y se enfundó una camiseta limpia. En la cocina, se había hecho dos huevos al plato y una tostada con queso cremoso en un trozo de pan del día anterior. Al servirse un café, había oído el correo caer al suelo. El cartero solía deslizarlo por la ranura de la puerta de entrada. Philippe lo había recogido maquinalmente y arrojado sobre la mesa de la cocina. Aparte de la revista *Auto-moto*, a la que Françoise estaba abonada para complacerle, él no leía el correo. Era Françoise quien se ocupaba del papeleo.

Estaba removiendo su cuchara en la taza cuando leyó, sin realmente leerlo: «Sr. Philippe Toussaint, a la atención de la Sra. Françoise Pelletier, avenida Franklin Roosevelt 13, 69500 Bron».

Lo releyó sin creer en ese nombre, señor Philippe Toussaint. Vaciló, terminó por coger el sobre como si se tratara de un paquete bomba. Era un sobre blanco, con el membrete de un despacho de abogados de Mâcon. Mâcon. Se acordó del día en que vio a un grupo de niñas salir de una escuela primaria. De aquella que llevaba el mismo vestido que Léonine. Ese día en que creyó que estaba viva.

Todo le volvió de golpe. Fue algo fulminante, como si le hubiesen asestado un gancho en el estómago. La muerte de su hija, el entierro, el juicio, el traslado, su malestar, sus padres, su madre, sus videoconsolas, el cuerpo caliente de mujeres escuálidas, de tetas enflaquecidas y vientres blandos, los rostros de Lucie Lindon y Éloïse Petit, Fontanel, los trenes, las tumbas, los gatos.

Sr. Philippe Toussaint.

Desgarró el sobre con manos temblorosas. Se acordó de las manos de Geneviève Magnan la última vez que la vio, cuando le dijo: «Yo nunca le habría hecho daño a unas niñas». Ella le había tratado de usted mientras se estremecía.

Violette Trenet, de casada Toussaint, había otorgado un poder notarial a un abogado para tramitar su divorcio amistoso. El abogado solicitaba al señor Philippe Toussaint que se pusiera en contacto con su despacho en el menor plazo posible a fin de concertar una cita.

Leyó fragmentos de frases: «... presentar documento de identidad... nombre del despacho notarial... contrato de matrimonio expedido por... profesión... nacionalidad... lugar de nacimiento... las mismas indicaciones para cada uno de los niños... acuerdo de los esposos sobre la ruptura... ninguna prestación compensatoria... tribunal de alta instancia de Mâcon... abandono del domicilio conyugal... sin más medidas».

Imposible. Había que parar todo aquello inmediatamente. Detener la máquina de retroceder en el tiempo. Dejó de leer, deslizó el sobre en el bolsillo interior de su cazadora, se puso el casco, se ajustó la correa y salió para acercarse hasta allí. A pesar de haberse jurado que no volvería a poner nunca los pies en aquel lugar.

¿Cómo habría conseguido Violette encontrar su dirección? ¿Cómo sabía lo de Françoise? ¿Cómo conocía su nombre? Sus padres no habían podido hablar, habían fallecido hacía mucho tiempo. Incluso antes de morir, desconocían el domicilio de Philippe. Nunca supieron que su hijo vivía en Bron en casa de Françoise. Imposible. Philippe no iría a ver a ese abogado. Nunca.

Era preciso que ella le dejara en paz. Era preciso marcharse, mudarse con Françoise y llamarse Philippe Pelletier. Su apellido siempre le había traído desgracias. Toussaint. Un nombre de cementerio, de muerte, de crisantemos. Un nombre que apestaba al frío y al recuerdo de los gatos.

Dos vidas a una centena de kilómetros la una de la otra. Nunca se había dado cuenta que Bron estuviera tan cerca de Brancion-en-Chalon.

Aparcó delante de la casa en el lado de la calle. Como un desconocido delante de una casa que siempre había detestado. La casa del viejo guarda del cementerio. Los árboles que Violette había plantado en 1997 estaban muy altos. Las verjas habían sido repintadas de verde oscuro. Entró sin llamar. Diecinueve años que no había puesto los pies en esa casa.

¿Seguiría ella viviendo allí? ¿Habría rehecho su vida? Por supuesto, por esa razón quería divorciarse. Para poder volver a casarse.

Sintió un extraño regusto en la boca, como el cañón de un arma de fuego hundido en su garganta. Sintió unas ganas terribles de soltar puñetazos. La rabia remontó a la superficie. Hacía mucho tiempo que no sentía esa amargura. Pensó en la dulce despreocupación de los diecinueve años transcurridos. Y ahí estaba sintiendo de nuevo *el mal*. Notando cómo volvía el hombre que no le gustaba, el hombre que no se gustaba a sí mismo. Philippe Toussaint.

Tenía que retomarlo ahí donde lo dejó esa misma mañana. Desprenderse de ese pasado sórdido de una vez para siempre. No apiadarse. No, no iría a ver a ese abogado. No. Había destruido su documento de identidad. Destruido su pasado.

En la mesa de la cocina, las tazas de café vacías estaban repartidas sobre las revistas de jardinería. Había tres pañuelos y un chaleco blanco colgados del perchero. Su perfume adherido a los tejidos suspendidos. Un perfume de rosas. Ella aún vivía allí.

Subió a la habitación. Soltó varios puntapiés a las cajas de plástico que contenían esas espantosas muñecas. Era más fuerte que él. Si hubiera podido asestar puñetazos a las paredes, lo habría hecho. Descubrió la habitación repintada, una alfombra azul cielo, una colcha rosa pálido, los visillos y las cortinas verde almendra. Una crema de manos en la mesita de noche blanca, libros, una vela apagada. Abrió el primer cajón de la cómoda, dentro había ropa interior rosa del mismo color que las paredes. Se tumbó en la cama. La imaginó durmiendo allí.

¿Acaso pensaba en él? ¿Le había esperado? ¿Buscado? Hacía siglos que había cerrado la caja sobre los años con Violette, pero durante mucho tiempo había soñado con ella. Escuchaba su voz, ella le llamaba y él no contestaba, se ocultaba en un rincón en sombra para que ella no lo descubriera, y terminaba por taparse los oídos para no oír su voz suplicante. Durante mucho tiempo se había despertado bañado en sudor, en sábanas empapadas por su culpabilidad.

En el cuarto de baño, encontró perfumes, jabones, cremas, sales de baño, aún más velas, aún más novelas. En el cesto de la ropa, vio prendas íntimas femeninas, un camisón de seda blanco, un vestido negro, un chaleco gris.

No había ningún hombre en esa casa. Ninguna vida en común. ¿Entonces por qué molestarle? ¿Por qué remover la mierda? ¿Para recuperar el dinero? ¿Una pensión? No era eso lo que decía la carta del abogado. «Amistosa... sin medidas.» Oyó a su madre: «Desconfía».

Bajó la escalera. Tiró las últimas muñecas que aún estaban en pie. Sintió ganas de correr al cementerio para visitar la tumba de Léonine, pero se contuvo.

Una sombra se movió detrás de él, y se sobresaltó. Un viejo chucho le husmeaba de lejos. Antes de que tuviese tiempo de soltarle un puntapié, la bestia se hizo un ovillo en su confortable cesto. En un rincón de la cocina, vio unos cuencos con comida en el suelo. Sintió una náusea al imaginarse viviendo con su ropa llena de pelos. Salió a la parte trasera de la casa, por la puerta que daba al jardín privado.

No la vio inmediatamente. También allí la vegetación había ido trepando como en los libros de cuentos de Léonine. Hiedra y parra virgen tapizando los muros, árboles jóvenes, rojos y rosas, parterres de flores multicolores. Cualquiera habría creído que al igual que la habitación, el jardín había sido repintado.

Ella estaba allí. Agachada en su huerto. Diecinueve años que no la veía. ¿Qué edad tendría ahora?

No apiadarse.

Le daba la espalda. Llevaba un vestido negro de puntitos blancos. Se había anudado un viejo delantal de jardín alrededor de la cintura. Calzaba unas botas de caucho. Su media melena recogida con una goma negra. Algunos mechones cosquilleaban su nuca. Llevaba unos guantes de tejido grueso. Se pasó el puño derecho por la frente como para retirar algo que la molestaba.

Sintió ganas de agarrarla por el cuello y apretar. De amarla y estrangularla. De hacerla callar, de que ya no existiera, de que desapareciera.

De no culpabilizarse más.

Cuando Violette se levantó, se volvió hacia él. Philippe solo vio terror en su mirada. Ni sorpresa, ni enfado, ni amor, ni rencor, ni lamento. Solo terror.

No apiadarse.

Ella no había cambiado. Volvió a verla detrás de la barra del Tibourin, una pequeña silueta frágil, que le servía vasos de alcohol a voluntad. Su sonrisa. Ahora, arrugas y mechones se mezclaban en su rostro. Los rasgos eran todavía finos, la boca, todavía bien dibujada y los ojos, desprendiendo como siempre una gran dulzura. El tiempo había profundizado los paréntesis de su boca.

Mantener las distancias.

No pronunciar su nombre.

No apiadarse.

Siempre había sido más guapa que Françoise, sin embargo era a esta última a la que él había preferido. Para gustos y colores... Eso es lo que decía su madre.

Vio a un gato sentado cerca de ella, se le puso la carne de gallina, recordó por qué estaba allí, por qué había vuelto a ese cementerio de desgracia. Recordó que no quería acordarse. Ni de ella, ni de Léonine, ni de los demás. Su presente era Françoise, su futuro sería Françoise.

Agarró brutalmente a Violette, apretó sus brazos con fuerza, con mucha fuerza, como para triturarla. Como cuando el hombre se convierte en verdugo para no sentir. Convocar el odio. Pensar de nuevo en sus padres en el sofá de flores. La maleta de Léonine en el maletero de los Caussin, el castillo, el calentador, su madre en bata, su padre atontado. Oprimió los brazos de Violette sin mirarla a los ojos, centrándose en un punto fijo, entre las cejas, un pequeño pliegue en el nacimiento de la nariz.

Olía bien. No apiadarse.

—He recibido una carta del abogado, te la he traído... Escúchame bien, escúchame bien, tú no me has escrito nunca a esa dirección, ¿lo oyes? Ni tú ni tu abogado, nunca. No quiero volver a leer tu nombre en ninguna parte, si no te... te...

La soltó con la misma brusquedad con la que la había agarrado, el cuerpo de Violette retrocedió como el de un pelele, le metió el sobre en el bolsillo del delantal, al tocarla sintió su vientre bajo la tela. Su vientre. Léonine. Le dio la espalda y caminó de vuelta a la cocina.

Al pasar por delante de la mesa, tiró al suelo *Príncipes de Maine, reyes de Nueva Inglaterra* (*Las normas de la casa de la sidra*). Reconoció la manzana roja de la cubierta, aquel era el libro que Violette poseía desde su época de Charleville, aquel que leía obstinadamente. Siete fotos de Léonine se escaparon entre las páginas dispersándose por la alfombra. Él vaciló y luego se agachó para recogerlas. Un año, dos años, tres años, cuatro años, cinco años, seis años, siete años. Es cierto que ella se le parecía. Las volvió a meter en el interior del libro, que depositó sobre la mesa.

La caja en la que había guardado durante diecinueve años su vida con Violette le estalló en la cara en ese instante. Las imágenes de su hija regresaron, primero en fragmentos, y luego en rompientes y arrasadoras olas. El día en que la vio en la maternidad por primera vez, acostada aún bebé entre él y Violette en su cama, abrigada con una manta, en su baño, en el jardín, delante de las puertas, atravesando una habitación, haciendo dibujos, modelando con plastilina, en la mesa, en la piscina hinchable, en los pasillos del colegio, durante el invierno, durante el verano, con su vestido rojo un poco brillante, sus pequeñas manos, sus trucos de magia. Y él siempre distante. Él como de visita en la vida de aquella hija, que deseaba hubiera sido un hijo. Todas las historias que no le había leído, todos los viajes que no había hecho con ella.

Cuando se subió a la moto, sintió las lágrimas resbalar por su nariz. Su tío Luc le decía que cuando se llora por la nariz es que esta ha tomado el relevo porque la capacidad de los ojos se ha desbordado. «Es como con los motores, mi pequeño.» Luc. Él era tan patético que incluso le había robado a su mujer.

Arrancó a toda velocidad diciéndose que se detendría un poco más lejos para recuperar el aliento y la calma.

Al distinguir las cruces a través de las verjas, pensó que él nunca había creído en Dios. Seguramente a causa de su padre. De las oraciones que él tanto detestaba. Se acordó del día de su primera comunión, del vino de misa, de Françoise agarrada al brazo de Luc.

Padre nuestro que estás en el suelo
empalado sea tu nombre, saca de nosotros tu reino
hágase tu voluntad así en las liendres como en los peines
danos hoy nuestro vino barato

perdona nuestros gastos como nosotros perdonamos a
aquellos que nos dan por saco
y no nos sometas a la penetración mas líbranos de que nos
pillen.
Mamen.

Durante los trescientos cincuenta metros en los que bordeó los muros del cementerio cada vez más rápido, tres pensamientos dieron vueltas sin parar en su mente, en una violenta colisión. Volver sobre sus pasos y pedir perdón a Violette, perdón, perdón, perdón. Regresar lo más rápido posible con Françoise y partir al sur, partir, partir, partir. Encontrar a Léonine, encontrarla, encontrarla, encontrarla.

Violette, Françoise, Léonine.

Volver a ver a su hija, sentirla, escucharla, tocarla, respirarla.

Era la primera vez que deseaba a Léonine. La había querido para poder conservar a Violette a su lado. Sin embargo hoy la quería como se quiere a un niño. Era un deseo más fuerte que el sur, Françoise y Violette. Un deseo que ocupó todo el espacio. Léonine debía de estar esperándole en alguna parte. Sí, ella le esperaba. Él no había entendido nada porque había sido un mal padre, iba a convertirse en su papá por primera vez, allí donde la encontrara.

Philippe se soltó la cinta del casco. Justo antes de acelerar en la primera curva, acelerar para estrellarse contra los árboles del bosque público un poco más abajo, no vio su vida desfilar, no vio las imágenes como en un libro del que pasan las páginas a toda prisa, no deseaba hacerlo. Justo delante de los árboles, distinguió a una joven al borde de la carretera. Imposible. Le miraba mientras que él aumentaba la velocidad a casi doscientos kilómetros por hora, y a su alrededor nada se detenía, salvo la mirada de ella sobre él. Tuvo el tiempo justo para pensar que la había visto en un antiguo grabado. Tal vez en una tarjeta postal. Y luego entró en la luz.

93

Somos el final del verano, el calor de los días
de vuelta, el reencuentro con nuestros apartamentos,
la vida que continúa su curso

Aún no he entrado en el mar. Cada mes de agosto, tengo miedo a enfrentarme al primer baño. Miedo de no encontrarme de nuevo a Léonine. Miedo de no volver a sentirla. Miedo de que ella no acuda a la cita por mi culpa. A que no escuche mi llamada, a no atraerla, a que mi voz no llegue hasta ella. A que no perciba lo bastante mi amor para regresar a mí. Miedo a dejar de amarla, a perderla para siempre. Es un miedo infundado, la muerte no conseguirá nunca separarme de mi niña y lo sé.

Me levanto, me estiro, arrojo el sombrero sobre mi toalla. Camino hacia el inmenso tapete esmeralda con reflejos nacarados. La luz de la mañana es cruda, viva.

Promete ser un hermoso día. Marsella cumple siempre sus promesas.

A esta hora, si hay sombra, el agua está oscura. Las olas están frescas como siempre. Avanzo suavemente. Sumerjo la cabeza. Nado hacia las profundidades cerrando los ojos. Ella ya está allí, está siempre allí, no se ha movido de ahí porque está en mí. Su presencia etérea. Respiro su piel cálida y salada como cuando se estiraba sobre mí para echarse una siesta bajo nuestra sombrilla.

Sus manos que corrían por mi espalda, como dos pequeñas marionetas.

Mi amor.

Cuando remonto a la superficie, y contemplo el azul del cielo directamente ante mis ojos, sé que la llevaré siempre conmigo. Que eso es la eternidad.

Nado durante largo rato, ya no tengo ganas de salir, como me sucede cada vez. Observo los pinos inclinados por el viento, observo la vida, estoy muy cerca de ella, ella está muy cerca de mí. Me voy acercando poco a poco a la orilla. Bajo mis pies, la arena ha regresado. Le doy la espalda a la playa, observo el horizonte, los barcos amarrados inmóviles, guijarros blancos pegados a la transparencia. Nada es más reparador que este lugar del mundo donde todo es bello, donde los elementos sanan a los vivos.

Hace calor, la sal quema mi rostro, y más aún mis labios. Sumerjo la cabeza en el agua, nado cerrando los ojos, me encanta adivinar, escuchar el mar por debajo.

Siento una presencia, una presencia diferente. Alguien me roza. Agarra mis caderas y posa una mano en mi vientre. Se pega por detrás, hace los mismos gestos que yo, una danza, casi un vals. Siento su corazón palpitar en mi espalda, le dejo hacer, lo he entendido. Un trasplante de otro amor, un nuevo corazón, el de ese otro, en el mío. Siento su boca en mi cuello, sus cabellos en mi espalda, sus manos siempre recorriéndome, sus pasos ligeros y delicados. Lo he esperado tanto sin creerlo, sin creer en él. Remonto a la superficie, él abre y cierra los ojos, sus pestañas en mi mejilla como mariposas. Me respira. Yo me estiro en el agua, él me sostiene, yo me dejo guiar, mi cuerpo es libre, mis piernas asoman a la superficie del agua, me abandono, él me encuentra, yo me encuentro.

Nosotros somos.

Nosotros.

Unas carcajadas.

Un niño.

Tres.

Otra mano me agarra el brazo y luego se pega a mí. Como la de Léonine, pequeña, nerviosa, cálida.

Espero no estar soñando, espero estar viviendo. El niño me salta en los brazos. Deposita unos besos húmedos en mi frente, en mis cabellos. Se lanza hacia atrás y suelta unos gritos de alegría.

—¡Nathan!

Grito su nombre como una letanía.

Él se mueve con gestos torpes, rápidos. Entorna los ojos, como un chiquillo que ha aprendido a nadar hace poco, un niño que tiene ganas y miedo a la vez. Se ríe a carcajadas, su sonrisa ha perdido dos dientes. Desliza unas gafas de bucear sobre sus ojos y mete la cabeza bajo el agua. Parece más cómodo y traza grandes círculos. Ha deslizado un tubo en su boca.

Sale del agua. Escupe al quitarse el tubo. Retira sus gafas que le han dejado grandes marcas bajo los ojos marrones, sus grandes ojos luminosos bajo la luz del sur. Mira por encima de mi hombro, contempla a Julien que me susurra al oído: «Ven».

94

No pasa un solo día sin que pensemos en ti

Sábado 7 de septiembre de 2017, cielo azul, veintitrés grados, diez y media. Entierro de Fernand Occo (1935-2017). Ataúd de castaño. Estela de mármol negro. Cripta en la que reposan Jeanne Tillet, de casada Occo (1937-2009), Simone Louis, de casada Occo (1917-1999), Pierre Occo (1913-2001), León Occo (1933).

Una corona de rosas blancas con una cinta: «Nuestras sinceras condolencias». Una corona de lirios blancos en forma de corazón, con una cinta: «A nuestro padre, a nuestro abuelo». En el féretro, rosas rojas y blancas, con una cinta: «Los Antiguos Combatientes».

Tres placas funerarias: «A nuestro padre, a nuestro abuelo. En recuerdo de esa vida de quererte y ser querido por ti», «A nuestro amigo. Nunca te olvidaremos, estarás siempre en nuestro pensamiento. Tus amigos pescadores», «No estás lejos, solo al otro lado del camino».

Unas cincuenta personas están presentes y entre ellas las tres hijas de Fernand, Catherine, Isabelle y Nathalie, así como sus siete nietos.

Elvis, Gaston, Pierre Lucchini y yo nos mantenemos a un lado de la cripta. Nono no está aquí. Se está preparando para su boda con la condesa de Darrieux, que se celebrará a las tres de la tarde en el ayuntamiento de Brancion.

El padre Cédric recita una oración. Pero no es solo por Fernand Occo por lo que nuestro cura se dirige a Dios. Ahora cada vez que habla, menciona a Kamal y a Anita en sus plegarias: «Lectura de la primera carta de San Juan: Queridos míos, porque amamos a nuestros hermanos, sabemos que hemos pasado de la muerte a la vida. Quien no ama permanece en la muerte. En esto hemos conocido lo que es el amor: debemos dar la vida por nuestros hermanos. Si alguno posee bienes del mundo, ve a su hermano que está necesitado y lo deja sin atender, ¿cómo puede permanecer en él el amor de Dios? Hijos míos, no amemos de palabra ni con discursos, sino de verdad y con obras».

La familia ha pedido a Pierre Lucchini que ponga la canción preferida de Fernand Occo para cuando lo sepulte. Esa de Serge Reggiani que se llama «Mi libertad».

No consigo concentrarme en la letra, por otro lado tan hermosa. Pienso en Léonine y en su padre, pienso en Nono a punto de enfundarse el traje de recién casado y en la condesa de Darrieux que le anuda la corbata, pienso en Sasha que viaja por las aguas del Ganges, pienso en Irène y en Gabriel que se tutearán en la eternidad, pienso en Éliane que se ha marchado a correr por el jardín de su dueña, Marianne Ferry (1953-2007), pienso en Julien y Nathan que estarán aquí en menos de una hora, pienso en sus brazos, su olor, su calor, pienso en Gaston que seguirá tropezando, pero al que nosotros recogeremos cada vez, pienso en Elvis que no sabrá escuchar nunca otras canciones que las de Elvis Presley.

Desde hace algunos meses, yo soy como Elvis, escucho siempre otra canción, la misma. Esta cubre todo el resto, todos los murmullos de mis pensamientos. Es una canción de Vincent Delerm que escucho una y otra vez y que se llama: «La vida por delante».

AGRADECIMIENTOS

Gracias a Tess, Valentin y Claude, mi esencia, mi inspiración eterna.

Gracias a Yannick, mi hermano adorado.

Gracias a mi preciosa Maëlle Guillaud. Gracias a todo el equipo de Albin Michel.

Gracias a Amélie, Arlette, Audrey, Elsa, Emma, Catherine, Charlotte, Gilles, Katia, Manon, Mélusine, Michel, Michèle, Sarah, Salomé, Sylvie, William, por vuestra compañía fundamental. Qué suerte teneros tan cerca.

Gracias a Norbert Jolivet, que existe en la vida real, y de quien no he cambiado ni el nombre ni el apellido porque no hay que cambiar nada en ese hombre, sepulturero de la ciudad de Gueugnon durante treinta años. Gracias a la redacción de esta novela, este inventor de alegría y bienestar se ha convertido en mi amigo. Espero beber cafés y copas de cassis blanco contigo por toda la eternidad.

Gracias a Raphaël Fatout, que me ha abierto la puerta de su curiosa tienda llena de humanidad Los torneros del valle, pompas fúnebres en Trouville-sur-Mer. Raphaël confió en mí al hablarme del amor por su trabajo, de la muerte y del presente como nadie lo ha hecho.

Gracias a papá por su jardín y sus apasionadas enseñanzas.

Gracias a Stéphane Baudin por sus sabios consejos.

Gracias a Cédric y Carol por la fotografía y la amistad.

Gracias a Julien Seul, que me ha dado permiso para utilizar su nombre y su apellido.

Gracias a los señores Denis Fayolle, Robert Badinter y Éric Dupont-Moretti.

Gracias a todos mis amigos de Marsella y de Cassis, mi cabaña sois vosotros.

Gracias a Eugénie y Simon Lelouch, que me han susurrado esta historia.

Gracias a Johnny Hallyday, Elvis Presley, Charles Trenet, Jacques Brel, Georges Brassens, Jacques Prévert, Barbara, Raphaël Haroche, Vincent Delerm, Claude Nougaro, Jean-Jacques Goldman, Benjamin Biolay, Serge Reggiani, Pierre Barouh, Françoise Hardy, Alain Bashung, Chet Baker, Damien Saez, Daniel Guichard, Gilbert Bécaud, Francis Cabrel, Michel Jonasz, Serge Lama, Hélène Bohy y Agnès Chaumié.

Y en definitiva, GRACIAS a todos aquellos que se han llevado literalmente a casa *Les Oubliés du dimanche* [Los olvidados del domingo.] Gracias a VOSOTROS he podido escribir mi segunda novela.